CHARLOTTE GARDENER

Lady Arrington und die rätselhafte Statue

Weitere Titel der Autorin

Lady Arrington und der tote Kavalier

Lady Arrington und die tödliche Melodie

Titel auch bei Lübbe Audio erschienen

Über die Autorin

Charlotte Gardener ist eine englische Autorin. Nachdem sie mehr als dreißig Jahre in London am Theater gearbeitet hat, ist sie nun ins wunderschöne Brighton zurückgekehrt, den Ort ihrer Kindheit. Hier hat sie auch endlich die Ruhe gefunden, um ihr Hobby zum Beruf zu machen: das Schreiben von Kriminalromanen. Und wenn sie nicht gerade in einem kleinen Café an einem ihrer Romane tüftelt, liebt sie es, mit ihrem Hund Scofield lange Spaziergänge am Strand zu unternehmen.

Charlotte Gardener

Lady Arrington und die rätselhafte Statue

Ein Kreuzfahrt-Krimi

lübbe

Dieser Titel ist auch bei Lübbe Audio und als E-Book erschienen

FSC
www.fsc.org
MIX
Papier aus verantwortungsvollen Quellen
FSC® C014496

Vollständige Taschenbuchausgabe
der bei beTHRILLED erschienenen E-Book-Ausgabe

Umschlaggestaltung: Kirstin Osenau
Unter Verwendung von Motiven von © Shutterstock: AKaiser | VladisChern | Jullius | Netfalls Remy Musser | Gringoann | s_oleg | Lee Yiu Tung
Satz: 3w+p GmbH, Rimpar (www.3wplusp.de)
Gesetzt aus der Palatino
Druck und Verarbeitung: GGP Media GmbH, Pößneck
Printed in Germany
ISBN 978-3- 404-18332-6

2 4 5 3 1

Sie finden uns im Internet unter www.luebbe.de
Bitte beachten Sie auch: www.lesejury.de

1

»Vorsicht, Mary! In Deckung!«

Bevor Mary protestieren konnte, hatte George MacNeill sie am Arm gegriffen und zwischen zwei Verkaufsständen hindurch in eine Seitengasse gezerrt. Sie wusste, dass er, der ehemalige Dockarbeiter und langjährige Seemann, niemals ein gelackter Gentleman mit den feinsten Manieren sein würde. Es störte sie nicht im Geringsten. Im Gegenteil, sie mochte seinen etwas ruppigen Charme. Aber diese grobe Behandlung passte weder zu ihm noch zu der romantischen, wenn auch etwas rauen Zärtlichkeit, die er bis dahin während ihres Bummels durch Hongkong an den Tag gelegt hatte. Eben noch waren sie Hand in Hand über den *Cat Street Market* in der Upper Lascar Road geschlendert. In aller Ruhe hatten sie die Mao-Figuren und Terrakotta-Krieger betrachtet, die hier zwischen kommunistischen Propagandabildern und Bruce-Lee-Postern feilgeboten wurden, die bunten Papierlampions, Drachenstatuen, Winkekatzen und anderen mehr oder minder kitschigen China-Souvenire. Sie hatten geplaudert, gelacht, sich aneinandergeschmiegt – und waren alle paar Meter stehengeblieben, um sich zu küssen. Beinahe war Mary sich wie ein verliebter Teenager vorgekommen.

Nun fand sie sich unversehens in dieser engen, dunklen Gasse wieder, wo MacNeill sie gegen eine Hauswand drückte und sie mit seinem Körper schirmte. Nicht unsanft zwar, aber auch nicht gerade liebevoll.

»Meine Güte«, sagte er, lehnte sich vor und spähte um die Ecke. »Das war knapp.«

»Apropos Güte«, sagte Mary. »Da es offenbar nicht spontane Leidenschaft und das Bedürfnis waren, mit mir allein zu sein, was dich zu diesem Abstecher bewegt hat – hättest du die Güte, mir zu erklären, vor wem oder was wir uns verstecken?«

Sie standen dicht beieinander, und Mary hatte sich keine Mühe gegeben, leise zu sprechen. Dennoch schien George sie nicht gehört zu haben. Jedenfalls gab er keine Antwort.

Es wollte sich Mary noch immer nicht erschließen, was es mit seinem unangekündigten Manöver auf sich hatte. Sie war es gewohnt, ihre Umgebung im Auge zu behalten. Nicht nur aus schriftstellerischer Neugier war sie immer auf der Suche nach außergewöhnlichen Ereignissen oder Einzelheiten, die sie in ihren Büchern verwenden konnte. Auch ihre Erfahrungen mit Mördern und anderen unliebsamen Gesellen hatten sie gelehrt, stets wachsam zu sein. Eine Bedrohung hatte sie auf dem Markt jedoch nicht ausgemacht, keine schwerbewaffnete Räuberhorde, kein giftiges Tier (eine Schlange etwa, die einer der zahlreichen Garküchen entfleucht war), kein überladenes Lastenfahrrad, aus dessen Bahn George sie im letzten Moment heldenhaft gerissen hatte – nicht mal einen herabfallenden Blumentopf. Auch jetzt konnte Mary nichts dergleichen entdecken. Statt Sorge empfand sie daher zunehmend Unmut über Georges eigenartiges Betragen.

»Hör mal, Liebster. Ich habe nichts dagegen einzuwenden, nach Kowloon, Lan Kwai Fong und dem Golden Bauhinia Square auch die weniger belebten Bereiche Hongkongs zu besuchen. Bekanntermaßen lernt man eine Großstadt erst richtig kennen, wenn man sie abseits der ausgetretenen Besucherpfade erkundet. Unsere derzeitige Umgebung aber«, sie deutete auf die Müllcontainer, Pappkartons und Getränkekästen mit leeren Flaschen, die zwischen den Hauswänden standen, »scheint mir nicht unbedingt ein touristischer Geheimtipp. Abgesehen davon, dass sie ziemlich übel riecht. Sofern du also vorhast, unseren Aufenthalt hier noch weiter in die Länge zu ziehen, wäre ich dir überaus verbunden, wenn du mir wenigstens den Grund für unseren Ausflug in diese wenig reizvollen Gefilde nennen würdest.«

Anstatt ihr aber endlich die verlangte Erklärung zu liefern, legte George nur einen Finger an die Lippen.

»Pscht. Wir müssen leise sein, damit sie uns nicht erwischen.«

»Wer denn nur, George? Wer soll uns nicht erwischen?«

Langsam wurde Mary dieses Spielchen zu dumm. Sie erinnerte sich, was sie in ihrem Reiseführer über den *Cat Street Market* gelesen hatte. Sein Name rührte nicht etwa daher, dass hier einst Katzen verkauft worden waren. Vielmehr war dieses Viertel in den 1920er Jahren ein Markt für Gebraucht-, aber auch für Diebesware gewesen. Im Kantonesischen, der Sprache, die hier in Südchina vorherrschte, bezeichnete man gestohlene Güter als Ratten und ihre Käufer als Katzen. Und obwohl sie auf dem Markt selbst keine entdeckt hatte, war Mary sich ziemlich sicher, dass zumindest Ratten hier in der Gasse keine Seltenheit waren. Wenn es George hier so gut gefiel, dachte Mary, konnte er ihretwegen in einen der herumliegenden Kartons ziehen. Sie für ihren Teil hatte nicht vor, die letzten Stunden, die ihr in Hongkong blieben, zwischen Unrat, Gestank und Nagetieren zu verbringen.

Gerade wollte sie sich an George vorbeischieben und

auf den Markt zurückkehren, als sie sah, vor wem er Reißaus genommen hatte.

In einem angeregten und offenbar heiteren Gespräch kamen zwei Männer und eine Frau an der Gasse vorbei. Es waren, zumindest aus Georges Sicht, nicht einfach irgendwelche Passanten, die sich beim Rundgang durch die Stadt vergnügten. Ihre blauweißen Ausgehuniformen wiesen sie als Seeleute aus – und zwar als Besatzungsmitglieder der *Queen Anne.*

Falls von Marys schwärmerischen Teenagergefühlen noch etwas übrig geblieben war, hatte es sich damit spätestens jetzt erledigt.

»Ich verstehe«, sagte sie bitter. »Mir war schon klar, dass dein energischer Einsatz nicht die Tat eines Kavaliers war, der die Dame seines Herzens nur vor Schaden bewahren will. Aber ich hatte keine Ahnung, dass es in Wirklichkeit bloß die Tat eines Feiglings war.«

Sie wusste, dass es vielleicht ein wenig harsch war, ihn als Feigling zu bezeichnen. Aber sie fühlte sich in ihrer Ehre gekränkt.

»Ebenso wenig wusste ich, dass es dich in Angst und Schrecken versetzt, mit mir gesehen zu werden.«

Mary war drauf und dran, den dreien etwas zuzurufen, um sich an George zu rächen und ihn in Verlegenheit zu bringen. Sie hätte zu gern erlebt, wie er versuchte, sich aus der Affäre zu ziehen, wenn seine Untergebenen ihren Kapitän dabei ertappten, wie er sich vor ihnen in einer schmutzigen Gasse verbarg. Das schickte sich schließlich nun wirklich nicht für den Kommandanten des größten Kreuzfahrtschiffes der Welt, selbst wenn er gerade in Zivil war und statt seiner Uniform Leinenhosen und ein schwarzes Poloshirt trug. Dann aber verzichtete sie doch auf solch einen kleinlichen Racheakt. Es reichte schließlich, wenn sich einer von ihnen wie ein Kindskopf benahm.

George vergewisserte sich, dass die Crewmitglieder weitergezogen waren. Dann erst wandte er sich zu ihr um.

»Hör zu, Mary. Es tut mir ungeheuer leid. Natürlich versetzt es mich nicht in Angst und Schrecken, mit dir gesehen zu werden. Sonst wäre ich ja nicht mit dir hier unterwegs, nicht wahr? Es ist nur so, dass …«

»Es ist nur so«, unterbrach sie ihn, »dass du nicht von bestimmten Leuten mit mir gesehen werden willst. Von Leuten, die auf der *Queen Anne* arbeiten.«

George wich ihrem Blick aus, schaute betreten zu Boden.

»Wie gesagt, es tut mir leid. Aber ich bin einfach noch nicht so weit, unsere Beziehung offiziell zu machen, zumindest nicht an Bord. Du weißt, wie schwierig meine Lage ist und wie sehr es die Dinge verkomplizieren würde, wenn alle wüssten, was zwischen uns vorgeht.«

Ja, Mary wusste es. Sie wusste, dass es ihm nicht darum ging, sich das Getuschel hinter seinem Rücken, Scherze und Sticheleien zu ersparen. Von all dem würde es reichlich geben, wenn in der Crew die Runde machte, dass der alte Seebär noch einmal die Segel Richtung Liebesglück gehisst hatte und vielleicht gar anstrebte, noch einmal in den Hafen der Ehe einzulaufen. Damit wäre er klargekommen. Für ihn stand jedoch mehr auf dem Spiel. Bei ihrem letzten gemeinsamen Abenteuer, jenem, das sie zusammengebracht hatte, war George beinahe seines Kommandos enthoben worden. Woran Mary nicht ganz unschuldig gewesen war. Zwar hatte sie es gerade noch geschafft, diese Katastrophe abzuwenden. Aber dadurch, dass der Kapitän sie bei der Aufklärung des damaligen Mordfalls unterstützt und sich somit gegen die Befehle des Schiffseigners gestellt hatte, hatte er sich bei seinem Arbeitgeber nicht gerade beliebter gemacht. Dessen Handlanger, der aufgeblasene Doktor Germer, hatte bereits nach besten Kräften versucht, MacNeill abzuservieren. Und Mary, die ihm verhasst war, hätte er wohl am liebsten auf einer einsamen Insel mitten im Ozean ausgesetzt. Im Moment war George auf seinem Posten sicher, nicht nur aufgrund seiner Kenntnisse und Fähigkeiten als Kapitän, sondern auch dank der Rückendeckung durch seine Mannschaft. Wenn jetzt jedoch herauskäme, dass er nicht nur mit einer Passagierin angebandelt hatte, sondern auch noch ausgerechnet mit jener Passagierin, die dem Schiffseigner und Germer ein solcher Dorn im Auge war, könnte er angreifbar werden und im schlimmsten Fall doch noch seinen Posten verlieren.

Mary hatte Verständnis dafür, dass er sich nicht leichtsinnig das Leben schwer machen wollte. Aber enttäuscht war sie dennoch – und noch lange nicht bereit, versöhnliche Töne anzuschlagen. Hier ging es ums Prinzip. Von dem Mann, mit dem sie zusammen war, wünschte sie sich, allen Gegnern die Stirn zu bieten und für sie einzustehen, ganz gleich in welcher Lage. Was sie auf keinen Fall wollte, war, von ihm in enge Seitenstraßen gestoßen zu werden.

»Natürlich möchte ich dir nicht zumuten, liebster George, dich meinetwegen mit Komplikationen herumschlagen zu müssen. Beim nächsten Mal kann ich mich in einer solchen Situation ja im erstbesten Müllcontainer verkriechen. Gib mir nur vorher Bescheid, damit ich mich passend anziehen kann.«

Sie trat zurück auf den Markt. George kam ihr nach. Die Verkäufer der umliegenden Stände schauten die beiden etwas verwundert an.

»Warte doch, Mary.« George fasste sie am Arm, dieses Mal jedoch sachte. »Wo willst du denn hin? Du wolltest mir doch noch den Man Mo Tempel zeigen.«

Mary hatte bereits allein ein paar Tage in Hongkong verbracht und die Stadt erkundet. Sie war hergeflogen, um von hier aus eine weitere Reise mit der *Queen Anne* anzutreten, von Hongkong über Ho-Chi-Minh-Stadt nach Singapur. Zum einen reizte es sie, Asien näher kennenzulernen. Zum anderen war dies eine gute Gelegenheit, Zeit mit George zu verbringen. Schließlich sahen sie einander nicht allzu oft. Sie lebte in ihrem Herrenhaus in England, während seine Heimat der Ozean war. Vor der Fahrt hatte er es eingerichtet, dass sie ein paar Stunden füreinander hatten, da sich dies auf dem Schiff schwierig gestalten würde. Sie hatten seinen Landgang für alle Sehenswürdigkeiten genutzt, die Mary als besonders lohnenswert erachtete. Sie hatten vom Victoria Peak die Aussicht auf die Skyline genossen, hatten die Statuen in der Ten Thousand Buddhas Monastery bewundert, hatten kulinarische Besonderheiten wie hundertjährige Eier und Quallensalat gekostet (Gerichte, die Mary nicht dauerhaft auf ihren Speiseplan aufnehmen würde). Es war für sie beide ungewohnt, wieder einen Partner zu haben. Marys Mann Maxwell war nun schon seit zwei Jahren tot, und auch MacNeill war seit geraumer Weile Witwer. Beide waren sie in dieser Zeit alleinstehend gewesen, bis es auf den Norwegischen Fjorden zwischen ihnen gefunkt hatte. Aber obwohl das, was zwischen ihnen bestand, noch neu für sie war und sie selten Zeit miteinander verbrachten, hatten sie sich hier in Hong Kong bestens verstanden. Es war nichts Krampfiges zwischen ihnen gewesen, sondern hatte sich natürlich angefühlt, war sogar sehr harmonisch gewesen — bis zu jenem unseligen Moment, in dem George seinen kleinen Panikanfall erlitten hatte.

Mary fand es schade, dass ihr gemeinsamer Trip ein so unerfreuliches Ende nahm. Aber die Lust auf gemeinsames Sightseeing war ihr gründlich vergangen.

»Ich denke, unsere Besichtigungstour ist beendet«, sagte sie. »Du musst ja ohnehin zurück auf dein Schiff, um die Vorbereitungen zum Auslaufen zu überwachen. Da schadet es sicher nicht, wenn du ein bisschen früher zurückkehrst. Ich gehe bestimmt recht in der Annahme, dass es dir lieber ist, wenn wir getrennt dort eintreffen, nicht wahr? Wir wollen doch nicht, dass jemand auf den Gedanken kommt, wir seien ein Paar.«

Sie machte sich von ihm los und ging zwischen den Ständen hindurch die Upper Lascar Road hinab. George sah wohl ein, dass es sinnlos war, ihr nachzueilen und sie aufhalten zu wollen. Aber ganz geschlagen geben wollte er sich noch nicht.

»Mary, jetzt warte doch«, rief er ihr nach. »Ich verspreche, ich mache es wieder gut.«

Mary wandte sich noch einmal nach ihm um.

»Das kannst du gerne tun, George. An Bord der *Queen Anne*. Lass dir schon mal was einfallen.«

Beinahe tat er ihr leid, wie er niedergeschlagen zwischen goldenen Winkekatzen, Terrakottasoldaten und Mao-Zedong-Bildern stand. Sie wollte ihn nicht bestrafen, jedenfalls nicht härter als nötig. Und sie hatte auch nicht vor, während der anstehenden Reise die beleidigte Leberwurst zu spielen und ihn bei jeder Gelegenheit leiden zu lassen. So empfindlich war sie nicht. Jetzt aber war sie erst einmal sauer auf ihn, und das konnte er ruhig merken. Außerdem, fand sie, würde ihm ein kleiner Denkanstoß guttun, damit er einsah, dass es so auf lange

Sicht nicht ging — und es bei einem solchen Verhalten mit Entschuldigungen nicht getan war.

Sie ließ den *Cat Street Market* mit all seinem bunten Krimskrams hinter sich, bog in die Hollywood Road ein — und wurde prompt Zeugin eines Spektakels, bei dem sie ihren Ärger und ihre Enttäuschung über George MacNeill glatt vergaß.

2

Wie sich auf dem *Cat Street Market* Verkaufsstände aneinanderreihten, reihten sich in der Hollywood Road Geschäfte aneinander. Bei vielen von ihnen handelte es sich um Antiquitätenläden. Natürlich fanden sich auch auf dem angrenzenden Markt, von dem Mary gerade kam, Möbel, Porzellan und ähnliches Kunsthandwerk, das die Verkäufer zu Spottpreisen losschlugen und für dessen Echtheit sie ohne zu zögern ihre Hand ins Feuer gelegt hätten. Mary wusste jedoch, dass man gut beraten war, nicht gleich bei jedem vermeintlichen Schnäppchen zuzuschlagen, bei dem man meinte, sich zum kleinen Preis eine Rarität mit enormem Wiederverkaufswert sichern zu können. Die Vasen etwa, die ihr dort als wertvolle Altertümer angepriesen worden waren, mochten zwar im Ming-Stil gestaltet sein. Doch entstammten sie garantiert nicht der Mingdynastie aus dem 14. bis 17. Jahrhundert, sondern waren wohl eher erst in der vergangenen Woche in einer Fabrik in Shenzhen hergestellt worden — und zwar massenweise. Ähnliches galt für die übrigen mehr oder weniger gelungenen Fälschungen. Vielleicht wurde auf dem *Cat Street Market* nicht mehr mit Diebesgut gehandelt. Aber das hieß nicht, dass dort alles einwandfrei zuging.

In der Hollywood Road hingegen konnte man Originale erstehen. Von Vasen aus der Ming- und Pferde-Figuren aus der Tang-Ära über Teetische und Hochzeitsschränke aus Zhejiang bis hin zu Ahnenbildern früherer Herrscherfamilien war hier alles zu haben — sofern man bereit war, dafür entsprechend tief in die Tasche zu greifen.

Gerade interessierte Mary sich für dieses Angebot allerdings herzlich wenig. Sie wollte viel lieber erfahren, was es mit dem Tumult auf sich hatte, der sich vor einem der Antiquitätengeschäfte abspielte. Auf der Straße hatte sich eine Menschentraube gebildet, die ihr die Sicht versperrte, sodass sie nicht erkennen konnte, was vor sich ging. Aber allein diese Versammlung reizte sie, es herauszufinden. Ganz abgesehen davon, dass ihr ein wenig Ablenkung gerade sehr gelegen kam. Sekunden später wühlte sie sich auch schon durch die Menge, die nur widerwillig vor ihr auseinanderwich. Ein paarmal musste sie sich den Weg deshalb mit einem beherzten Stoß ihrer Ellenbogen freimachen. Schließlich aber erreichte sie die vordere Reihe.

Und was sich ihr bot, war ein überaus unterhaltsames Spektakel. Eine ganze Armee von Lastträgern mühte sich mit unzähligen Kisten, Kästen und Truhen ab, die sie schwitzend und ächzend aus dem Antiquitätengeschäft schleppten und auf Handkarren, Rollwagen und Lastenrikschas wuchteten. Schränke, Tische, Stühle und viele weitere Möbel wurden herbeigeschleppt, dazu Statuen, steinerne Buddhas, goldene Drachen, sogar ein Terrakottakrieger in Menschengröße. Sie wickelten alles in schützende Transportfolie und versahen die Stücke mit orangenen Warnbändern, auf denen ›Achtung! Zerbrechlich‹ stand. Der Bürgersteig war fast vollständig zugestellt, sodass Fußgänger gezwungen waren, auf die Straße auszuweichen. Da viele sich kurzentschlossen zu den Zuschauern gesellten, wuchs die Menge vor dem Laden ebenso an wie diese eigenartige Sammlung von kuriosen Gegenständen. Autos stauten sich bereits bis um die nächste Ecke. Aber selbst wütendes Hupen brachte niemanden dazu, den Weg freizugeben.

Mary fand es verständlich. Die Parade der Lastträger war nämlich nicht das Einzige, was es hier zu bestaunen gab. Mindestens ebenso unterhaltsam, wenn nicht unterhaltsamer war die Dame im knallpinken Kostüm, die diese Parade mit zackigen Kommandos dirigierte. Sie musste ungefähr vierzig sein, war schlank und hatte schwarze Haare, die sich in einer kompliziert aussehenden Hochsteckfrisur auf ihrem Kopf türmten. Oben auf der Frisur balancierte ein winziges Hütchen, das passend zum Kostüm ebenfalls pink war. Als ob das nicht gereicht hätte, um zu raten, welches ihre Lieblingsfarbe war, steckten ihre Füße in pinken High Heels, mit denen sie unentwegt zwischen den Trägern hindurchstöckelte, um ihnen wild gestikulierend Anweisungen zu erteilen. Auf ihrer Nase saß eine riesige Sonnenbrille mit pinkem Gestell, ihre Lippen waren pink geschminkt, und Mary war ziemlich sicher, dass sich unter den pinken Handschuhen pink lackierte Nägel verbargen. Zu guter Letzt durfte für das runde Gesamtbild natürlich auch eine pinke Handtasche nicht fehlen.

Aber so heiter — und für die Menge erheiternd — ihre farbliche Aufmachung auch sein mochte: Sie selbst schien all das fröhliche Pink nicht in gute Laune zu versetzen. Im Gegenteil stand sie offenbar kurz vor einem Tobsuchtsanfall. Zwar war auch sie, wie die Träger, Asiatin und gab ihre Befehle auf Chinesisch. Die Träger aber schienen sie nicht zu verstehen. Mary sprach zwar kein Chinesisch, wusste jedoch, dass zwischen den vielen Dialekten, die im Land gesprochen wurden, mitunter gewaltige Unterschiede bestanden. So gewaltige Unterschiede, dass ein Einwohner Pekings, der Mandarin, also Hochchinesisch sprach, sich mit einem Einwohner

Hongkongs nicht unterhalten konnte. Wenn sie auch nicht bestimmen konnte, woher die Dame im pinken Kostüm stammte, schien Mary doch ziemlich klar, dass genau darin der Grund für ihre Verständigungsschwierigkeiten mit den Trägern bestand. Dass sie zwischendurch in ein lupenreines, britisch angehauchtes Englisch wechselte, half ihr wenig. Was wohl daran lag, dass sie sich in der einen Sprache nicht weniger zickig äußerte als in der anderen.

»Vorsicht damit!«, keifte sie etwa einen der Träger an. »Lass das bloß nicht fallen. Hast du eine Ahnung, was das gekostet hat? Du könntest dein ganzes Leben schuften und wärst immer noch nicht imstande, mir das zu ersetzen. Hey, du da«, wandte sie sich an einen anderen. »Das hat da nichts zu suchen. Bring das gefälligst da rüber. Und beeilt euch alle mal ein bisschen. Ich habe nicht ewig Zeit!«

Dabei fuchtelte sie mit den Armen, klatschte in die Hände, schüttelte den Kopf, dass ihr Hütchen wackelte, und stieß immer wieder erbost den spitzen Absatz ihrer Pumps auf das Pflaster. Die Träger aber gaben sich keine besondere Mühe, ihren so harsch geäußerten Wünschen nachzukommen. Sie schienen ihre Lasten dort abzustellen, wo ihnen gerade der Sinn danach stand. Mitunter gar mit der Absicht, ihre pinke Auftraggeberin zur Weißglut zu treiben. Da sie sich untereinander immer wieder angrinsten oder die Augen verdrehten, vermutete Mary, dass sie entgegen ihrer ersten Annahme sehr genau verstanden, was die pinke Dame von ihnen wollte. Auch ihr konnte es nicht entgehen. Und dass sie sich nicht nur ihrem Willen widersetzten, sondern sich noch dazu über sie lustig machten, trieb sie in immer größere Empörung.

»Das ist doch einfach unglaublich. Eine Unverschämtheit! So ein mieser Service ist mir im Leben noch nicht untergekommen.«

Frustriert von dem mangelnden Erfolg ihres Bemühens, ging sie schließlich dazu über, ihren Zorn an einem jungen Mann auszulassen, der mit einem Klemmbrett auf dem Bürgersteig stand und offenbar damit beschäftigt war, das Vorhandensein, den einwandfreien Zustand und die ordnungsgemäße Verpackung der einzelnen Stücke zu überwachen und in eine Bestandsliste einzutragen.

»Stehen Sie hier doch nicht einfach nur blöd in der Gegend rum. Das ist doch eine Zumutung, wie diese Leute arbeiten. Falls man das überhaupt Arbeit nennen kann. Unternehmen Sie was! Sie arbeiten schließlich in dem Saftladen hier.«

Sichtlich zufrieden nahm sie zur Kenntnis, dass ihre Worte auf den jungen Mann, offenbar ein Angestellter des Antiquitätengeschäfts, eine weitaus stärkere Wirkung hatten als auf die Lastträger. Er schien bei jedem von ihnen zusammenzuzucken wie unter einem Peitschenhieb.

»Es tut mir schrecklich leid, Mrs. Gao«, stammelte er. »Es war mir nicht möglich, genügend zuverlässiges Personal zu engagieren, um all ihre Neuerwerbungen zu transportieren. Ich dachte, wir könnten es ihnen nachsenden. Ich wusste nicht, dass Sie darauf bestehen würden, alles persönlich mitzunehmen.«

Er war schlank, mit schmalen Schultern, schmaler Brust und schmalen Hüften, und trug einen schwarzen Anzug. Hatte er sich vorher noch einigermaßen gerade gehalten, schien er sich unter dem Unmut der pinken Dame zu ducken, der nun in einem weiteren Schwall auf ihn niederging.

»Ach so ist das.« Sie baute sich vor ihm auf. »Das ist also meine Schuld, ja?«

»Aber nein, Mrs. Gao. Selbstverständlich nicht. Ich wollte auf keinen Fall andeuten, dass … Bitte verzeihen Sie mein Versäumnis. Ich versichere Ihnen, dass ich nicht die Absicht hatte …«

Während er seine Beteuerungen und sein Flehen um Vergebung vorbrachte, sank er unter ihren wütenden Blicken weiter und weiter in sich zusammen. Die Lastenträger nutzten die Gelegenheit zu einer Pause und wandten sich, ebenso wie die Zuschauermenge, der einseitigen Auseinandersetzung zu. Wenn Mrs. Gao sich auch eben noch lautstark über sie beschwert hatte, schien es ihr nun ausnahmsweise nichts auszumachen, dass sie die Arbeit vorübergehend einstellten. Ganz offensichtlich genoss sie es, den jungen Mann vor möglichst großem Publikum zu demütigen.

Mary aber fand das Schauspiel nun gar nicht mehr unterhaltsam. Ungerechtigkeit und Grobheit waren ihr zuwider, und sie war nicht bereit, dieser Erniedrigung länger tatenlos beizuwohnen.

3

»Entschuldigen Sie bitte.« Mary trat aus der Menge und ging auf Mrs. Gao zu. »Wenn ich auch Verständnis für die schwierige Herausforderung habe, der Sie sich ausgesetzt sehen, hege ich doch arge Zweifel, dass die richtige Herangehensweise darin besteht, den Leuten in Ihren Diensten die Hölle heißzumachen. Jedenfalls erschließt sich mir nicht, was Sie damit bezwecken. Die Arbeit wird dadurch gewiss nicht schneller vonstatten gehen.«

»Was?«

Mrs. Gao drehte sich zu ihr um. Ihrer Miene war anzusehen, wie wenig erfreut sie über diese Störung war. Ihre Angriffslust schien sich dadurch noch zu steigern.

»Wer sind Sie denn?«, fuhr sie Mary an. »Was fällt Ihnen ein, sich hier einzumischen? Das Ganze geht Sie ja wohl kaum etwas an.«

»Mein Name ist Mary Elizabeth Arrington«, erklärte Mary ruhig. »Und da ich mich aus Prinzip einmische, wenn Leuten Unrecht getan wird, geht mich das Ganze hier sehr wohl etwas an.«

Mrs. Gao betrachtete sie verächtlich von Kopf bis Fuß.

»Engländerin, ja? Ich höre es an Ihrem Akzent. Was tun Sie in Hongkong? Wollen Sie Ihre ehemalige Kolonie besichtigen? In Erinnerungen an Großbritanniens verblassten Ruhm schwelgen?«

Mary war sich darüber im Klaren gewesen, dass sie sich durch ihr Einschreiten selbst zur Zielscheibe für

Mrs. Gaos Unverschämtheiten machen würde. Aber wer sich mit Mördern herumschlug, fand sie, brauchte gegenüber einer Person mit zweifelhaftem Geschmack in Modefragen auch nicht klein beizugeben.

»Ich bin mir der historischen Verbindung zwischen dieser Stadt und meinem Heimatland durchaus bewusst. Aber auch, wenn dies nicht der Fall wäre, würde ich mich als Gast Hongkongs stets rücksichts- und respektvoll verhalten und allen, denen ich begegne, höchste Achtung entgegenbringen. Ein Betragen, an dem Sie erwägen sollten, sich ein Beispiel zu nehmen. Dann könnten Sie auch damit rechnen, dass die Leute Sie unterstützen. Wenn Sie also möchten, dass diese Männer die Aufgabe ernst nehmen, mit der Sie sie betraut haben, würde ich vorschlagen, dass Sie Ihr Geschrei einstellen und sich bei ihnen für Ihre Beleidigungen entschuldigen.«

»Wie bitte?« Mrs. Gao riss ihre pinke Sonnenbrille herunter. Sie starrte Mary fassungslos an. Sich bei jemandem zu entschuldigen schien für sie eine geradezu absurde Vorstellung zu sein. »Ich soll mich entschuldigen? Dafür, dass sie nicht anständig arbeiten? Ich bezahle sie schließlich.«

»Aber wohl kaum dafür«, wandte Mary ein, »dass sie sich von Ihnen beschimpfen lassen.«

Mrs. Gao machte eine wegwerfende Handbewegung. »Ach, kommen Sie. Ich habe sie lediglich ein bisschen angetrieben. Die verstehen ja nicht einmal, was ich sage.«

»Ich denke, sie verstehen Sie ziemlich gut. Selbst wenn Sie nicht brüllen.« Sie wandte sich an die Arbeiter, die das Gespräch aufmerksam verfolgten. »Nicht war, meine Herren?«

Einige der Träger nickten. Manche mit einem Grinsen.

»Wenn Sie also nicht wollen, Mrs. Gao«, fuhr Mary fort, »dass Ihre Antiquitäten hier auf dem Bürgersteig und der Straße zur Dauerausstellung werden, kommen Sie, fürchte ich, um eine Entschuldigung und eine Änderung ihres Verhaltens nicht herum.«

Ein paar der Arbeiter verschränkten die Arme vor der Brust, um zu zeigen, dass Mary mit dieser Einschätzung richtiglag und sie keinen Finger mehr rühren würden, bevor Mrs. Gao sich am Riemen riss. Dann könnte die Dame in Pink selber zusehen, wie sie die Tonnen aus Holz, Stein und Metall, die sie herbeigetragen hatten, von hier wegbekam. Der Angestellte des Geschäftes hatte sich ein paar Meter abseits in Sicherheit gebracht hatte. Nun, da er aus der Schusslinie war, erwartete er mit Spannung, wie dieses Duell der beiden Damen ausgehen würde.

Mrs. Gao wurmte es sichtlich, dem Gutdünken der Träger ausgeliefert zu sein, und sie wand sich noch ein paar Augenblicke. Aber sie sah ein, dass Sie keine Wahl hatte, wenn sie sich nicht selbst einen Trageriemen auf den Rücken schnallen wollte. Offenbar war die Schmach einer Entschuldigung ihr lieber als eine derartige körperliche Belastung, die auch ihr schickes Kostüm in Mitleidenschaft gezogen hätte.

»Ich finde ja nicht … Also ich … Na ja … Tschuldigung«, murmelte sie.

Es war gerade so hörbar gewesen. Aber da Mary erkannte, wie schwer der stolzen Frau schon dieses Zugeständnis gefallen war, verzichtete sie darauf, sie es deutlicher wiederholen zu lassen. Aus der Zuschauermenge ertönten ein paar spöttische Bravo-Rufe. Die Träger aber schienen zufrieden. Sie gaben einander ein Signal und kehrten an ihre Arbeit zurück. Soweit Mary erkennen konnte, schleppten sie keine weiteren Kunstgegenstände oder Möbel mehr herbei, sondern machten sich daran, sie auf ihren jeweiligen Transportgefährten mit Gurten und Seilen festzuzurren.

»Na also«, sagte Mrs. Gao, als sie dies sah — und scheute sich nicht, sich diesen Erfolg kurzerhand selbst anzurechnen. »Es geht doch.« Sie setzte ihre Brille wieder auf. »Man muss eben nur richtig mit Leuten umzugehen wissen.«

»Ganz recht«, sagte Mary, war jedoch nicht sicher, dass Mrs. Gao diese kleine Lektion tatsächlich beherzigen würde. Die pinke Dame brauchte nicht lange, um ihr diese Befürchtung zu bestätigen.

»Was gucken Sie denn so belämmert?«, wandte sie sich an den Angestellten und klatschte in die Hände. »Hopphopp, damit wir hier langsam zum Abschluss kommen.«

Der Angestellte zuckte zwar unter dieser Aufforderung kurz zusammen. Doch sie war harmlos im Gegensatz zu dem, was er bisher erduldet hatte. Er warf Mary einen dankbaren Blick zu und nahm sein Klemmbrett wieder vor.

Mrs. Gao holte einen pinken Lippenstift aus ihrer pinken Handtasche und zog sich die pinken Lippen nach.

»Sie müssen verstehen, Verehrteste — ich bin Geschäftsfrau. Mein Business verlangt, Termine strikt einzuhalten. Da ist es manchmal unerlässlich, deutliche Worte zu finden.«

Mary wunderte sich über diese plötzliche Vertrautheit. Sie hatte den Moment verpasst, in dem Mrs. Gao sie zu ihrer Busenfreundin erkoren hatte. Wahrscheinlich lag es nicht nur daran, dass Mary ihr Problem gelöst, sondern auch daran, dass sie ihr die Stirn geboten hatte. Es nötigte ihr wohl den Respekt ab, mit dem sie ihre Mitmenschen nicht gerade großzügig verwöhnte.

»Sie sehen selber aus wie jemand«, sagte Mrs. Gao, »der den Druck von Terminen kennt. In welcher Branche sind Sie tätig?«

»Ich bin Schriftstellerin. Ich verfasse Kriminalromane. Und ja: Auch ich bin mit Termindruck mehr als vertraut.«

Vor allem in den vergangenen Jahren war sie damit etwas vertrauter geworden, als ihr lieb war. Der Verlag *Fitch & Finnegan,* der ihre Bücher herausbrachte, war nicht müde geworden, auf die lange überfällige Abgabe ihres neuesten Manuskriptes zu pochen. Mary aber hatte sich, durch Schreibhemmungen und schlichtweg fehlende Inspiration, über Monate hinweg schwer damit getan, die Geschichte zu Papier zu bringen. Zwischenzeitlich hatte sie schon nicht mehr daran geglaubt, dass es ihr gelingen werde. Auch Mr. Bayle, ihr Lektor, der sie schon seit Jahren betreute, schien kurz davor gewesen zu sein, alle Hoffnung darauf zu verlieren, das Manuskript jemals in Händen zu halten. Zum Glück hatte ihre letzte Kreuzfahrt Marys Kreativität angefacht, sodass es ihr endlich gelungen war, den Roman fertigzustellen. Es war ein weiterer Grund für ihre Anwesenheit in Hongkong und die anstehende Kreuzfahrt. Für diesen hart erarbeiteten Erfolg hatte sie ihrer Meinung nach Urlaub verdient.

»Daher«, fuhr sie fort, »weiß ich auch um die Notwendigkeit von Organisation und Zeitmanagement. Was das betrifft – und wenn Sie mir diese Frage erlauben, Mrs. Gao –, gäbe es nicht eine einfachere Möglichkeit, all dies abzutransportieren? Wenn Sie vermögend genug sind, all diese Kunstwerke zu erstehen, sollte es doch auch keine Schwierigkeit für sie darstellen, einen Lieferwagen zu arrangieren, mit dem sich alles viel schneller und unkomplizierter erledigen ließe.«

Mrs. Gao schnaubte verächtlich. Sie hatte nicht lange gebraucht, um ganz zu ihrem alten Selbst zurückzufinden.

»Denken Sie, darauf wäre ich selbst noch nicht gekommen?« Sie wies auf den Angestellten mit dem Klemmbrett. »Sogar dieser bessere Flohmarkthändler hatte die Idee.«

»Dürfte ich dann vielleicht fragen, was dagegenspricht?«

»Hongkong!«

»Wie bitte?«

»Hongkong spricht dagegen. Diese Stadt ist voller Diebe.«

Sie deutete auf die Menge, die sich ein wenig ausgedünnt hatte, da der Unterhaltungswert ohne Mrs. Gaos Ausraster stark gesunken war.

»Alles Kriminelle. Glauben Sie mir. Ich bin zwar nicht von hier, ich stamme aus Shanghai und lebe inzwischen in Singapur. Aber da Hongkong ebenso wie meine Wahlheimat ein bedeutendes Finanzzentrum darstellt, bin ich durch meine Geschäfte in der Hotelbranche immer wieder gezwungen, mich hier aufzuhalten. Es ist mir jedes Mal ein Graus. In Singapur herrscht Ordnung. Da kriegen Sie schon eine Strafe von der Polizei, wenn Sie einen Kaugummi auf den Boden werfen. Hier aber ist alles voller Gesindel.«

Sie blickte misstrauisch um sich, als warteten die Lastträger nur darauf, sich eine zentnerschwere Statue einfach unter den Arm zu klemmen und Reißaus zu nehmen.

»Denken Sie nicht«, fragte Mary, »dass Sie mit dieser Verallgemeinerung ein wenig zu weit gehen?«

»Zu weit gehen?«, fuhr Mrs. Gao auf, bereit, ein weiteres Mal ihrer Empörung freien Lauf zu lassen. Dann aber fiel ihr wohl ein, dass sie damit bisher nicht besonders weit gekommen war. Sie senkte ihre Stimme wieder.

»Das kann nur jemand behaupten, der nicht von hier ist. Ich habe diese Stücke«, sie wies auf die Antiquitäten, »vor einigen Wochen bei einer Auktion von *Christie*'s ersteigert. Ich konnte sie nicht direkt verschiffen, da die Zollbehörden sich reichlich Zeit damit ließen, mir die Ausfuhrgenehmigungen auszustellen. Daher war ich gezwungen, sie in diesem Laden hier zwischenzulagern, während ich meinen Geschäften nachging.«

»Und?«, fragte Mary, die darin nichts Außergewöhnliches erkennen konnte. Wenn man davon absah, dass Mrs. Gao offenbar sämtliche auf der Auktion versteigerten Exponate erstanden hatte. Sie wagte nicht, zu fragen, was all das gekostet haben mochte. Aber sicher war das, was sie vor sich sah, Hunderttausende wert. Der eine oder andere Gegenstand wäre ihrer Meinung nach besser in einem Museum aufgehoben gewesen statt in dem zweifellos luxuriösen Domizil einer Singapurer Geschäftsfrau. Aber auch diese Überlegung behielt sie für sich. Mrs. Gao schien zu jenen Leuten zu gehören, die der Ansicht waren, dass ihnen alles zustand, was sie mit ihrem Geld kaufen konnten – und darüber hinaus auch noch manches, das sie nicht kaufen konnten.

»Raten Sie mal«, sagte Mrs. Gao, gab Mary allerdings dazu keine Gelegenheit. »Schon kurz danach kam es zu einem Einbruchsversuch. Zwar ist es den Einbrechern nicht gelungen, etwas zu entwenden, und ich habe den Besitzer sofort angewiesen, zusätzliche Wachen anzustellen. Es ist also alles noch einmal gut gegangen. Aber daran sehen Sie, dass ich mit meiner Verallgemeinerung, wie Sie es nennen, vollkommen richtig liege. Und damit, denke ich, ist ja wohl auch klar, warum ich Ihren Vorschlag mit dem Lieferwagen sofort verworfen habe. Jetzt, wo ich meine Besitztümer endlich mitnehme, werde ich sie keine Sekunde aus den Augen lassen, bis ich sie sicher nach Hause geschafft habe. Mein Gott, werde ich froh sein, wenn ich zurück in Singapur bin.«

Die Lastenträger und der Angestellte, dachte Mary, würden darüber wahrscheinlich ebenso froh sein. Beinahe furchtsam näherte sich der junge Mann ihr von der Seite und wagte kaum, sie anzusehen.

»Wir wären dann so weit, Mrs. Gao. Es ist alles vertäut. Sie können aufbrechen.«

»Das wird aber auch Zeit.«

Mrs. Gao zog einen ihrer Handschuhe aus und reichte Mary die Hand. Mary hatte richtig gelegen. Ihre Nägel waren pink lackiert.

»Also dann, Verehrteste. Ich habe mich gefreut, Ihre Bekanntschaft zu machen. Sollten Sie einmal nach Singapur kommen, zögern Sie nicht, mich zu besuchen. Fragen Sie einfach in den besseren Hotels nach Mrs. Gao. Man kennt mich.«

Zwar würde Mary sich schon in wenigen Tagen in Singapur befinden, wo ihre Fahrt mit der *Queen Anne* enden würde. Allerdings verschwieg sie Mrs. Gao diese Tatsache. Es war ein unterhaltsames Gespräch gewesen, und sie konnte sich gut vorstellen, Mrs. Gao als Vorbild für eine ihrer Romanfiguren zu nutzen. Aber es verlockte sie wenig danach, ihre Bekanntschaft zu vertiefen.

»Gute Reise«, sagte sie daher nur. »Ich hoffe, dass all Ihre Habseligkeiten unbeschadet eintreffen.«

Sie konnte sich gut vorstellen, dass einige der Träger

nicht davor zurückschrecken würden, ihre Last ganz aus Versehen vor eine Straßenbahn oder einen Bus fallen zu lassen. Mary hoffte, sie würden darauf verzichten, weniger um Mrs. Gaos als um der schönen Stücke wegen, um die es schade wäre.

»Keine Sorge«, sagte Mrs. Gao. »Darauf werde ich achten.«

Sie stieg in eine Fahrradrikscha, die gerade neben ihr anhielt. Sie nahm auf dem gepolsterten Sitz Platz wie eine Königin in ihrer Kutsche. Nur eine Sänfte, dachte Mary, hätte noch besser gepasst.

»Genießen Sie Ihren restlichen Aufenthalt in Hongkong«, sagte Mrs. Gao. »Und passen Sie auf Ihre Wertsachen auf.«

Sie schwenkte ihren pinken Handschuh. Die Lastenträger fassten die Griffe ihrer Wagen und Karren. Die Rikscha fuhr an und die sonderbare Karawane, mit Mrs. Gao an der Spitze, setzte sich in Bewegung und zog, gefolgt von einer Schlange ungeduldig hupender Autos, die Straße hinab.

Der Angestellte atmete erleichtert durch und verschwand in seinem Geschäft. Auch die verbliebenen Zuschauer gingen auseinander und kehrten zu ihren alltäglichen Verrichtungen zurück. Mary warf einen Blick auf die Uhr. Sie hatte noch etwas Zeit, bevor sie zum Hafen musste. Sie beschloss, noch ein wenig herumzuschlendern, um auf diese Weise von Hongkong Abschied zu nehmen. Ihre kurzzeitige Missstimmung war verflogen. Sie freute sich auf die *Queen Anne* und auf die Kreuzfahrt über das Südchinesische Meer und vorbei am Golf von Thailand. Gewiss würde sie unterwegs, wie es auch die letzten Male der Fall gewesen war, wieder eine Menge netter Menschen kennenlernen (netter als die Dame in Pink), mit denen sie Umgang pflegen konnte, unter den übrigen Passagieren und garantiert unter dem Personal. Wie immer würden die Stewards, Bell Boys und übrigen Crewmitglieder vom ersten Moment an alles tun, um ihr den Aufenthalt an Bord angenehm zu gestalten.

Dachte sie zumindest.

4

»Halt, bleiben Sie sofort stehen!«

Das war nun aber gar nicht der Empfang, mit dem Mary gerechnet hatte, und eindeutig nicht der Empfang, den sie auf der *Queen Anne* gewohnt war. Zwar hatte das gigantische Schiff im Hafen den gleichen beeindruckenden Anblick geboten wie sonst auch. Und am Eingang stand wie üblich ein Steward in schwarzem Anzug an einem Tresen, um die Bordkarten zu prüfen. Hinter ihm hatten sich in gewohnter Manier weitere Stewards und Bell Boys aufgereiht und lächelten alle überaus freundlich. Allerdings hatte sich dieses Mal jemand zu ihnen gesellt, der bei Marys vorherigen Reisen nicht dabei gewesen war. Und Mary hätte es vorgezogen, wenn er auch dieses Mal nicht anwesend gewesen wäre.

Es handelte sich um einen hünenhaften Mann mit kurz geschorenen dunklen Haaren, muskelbepackten Armen und einem Gesicht, das aus Granit gemeißelt zu sein schien. Im Gegensatz zu den Stewards und Bell Boys zeigte er nicht einmal den Ansatz eines Lächelns. Vielmehr sah er aus, als hätte er sich das Lächeln vollständig abgewöhnt, um noch bedrohlicher zu wirken. Diesen Eindruck unterstützte er zusätzlich mit seiner schwarzen Uniform, die mit den Uniformen des Kapitäns oder der Offiziere an Bord nicht das Geringste gemein hatte, sondern vielmehr an einen Soldaten denken ließ. In strammer Haltung hatte er sich hinter dem Tresen des Stewards aufgebaut. Es fehlte nur noch eine Pistole in einem Holster, und Mary hätte das Gefühl gehabt, sich nicht auf ein Kreuzfahrt-, sondern auf ein Gefängnisschiff oder gar eine Galeere zu begeben, wo die Passagiere, anstatt im Liegestuhl bei Cocktails zu entspannen, unter Peitschenhieben und Trommelschlägen an den Rudern schuften mussten.

Der Hüne war ihr sofort aufgefallen — es war auch völlig unmöglich, solch eine Furcht einflößende (und hier völlig unpassende) Erscheinung zu übersehen. Doch hatte Mary ihn zunächst nicht weiter beachtet. Nachdem sie dem Steward ihre Bordkarte vorgezeigt hatte, war sie schnurstracks an ihm vorbeigegangen und hatte den Weg zur Grand Lobby und den Aufzügen eingeschlagen, um zu ihrer Suite zu fahren. Aber kaum war sie an dem Riesen vorbei, hatte er ihr auch schon seinen kläffenden Befehl nachgebrüllt.

»Kehren Sie auf der Stelle um!«

Die übrigen Passagiere, die sich im Eingangsbereich aufhielten, waren zusammengefahren und hatten sich zu ihm umgewandt. Einige starrten ihn erschrocken, andere verärgert an. Sie alle hatten das Schiff in freudiger Erwartung ihrer anstehenden Reise betreten. Mit so einem Radau und vor allem mit diesem ungewohnten Befehlston hatte keiner von ihnen gerechnet. Auch die Stewards und Bell Boys wirkten schockiert von seinem grobschlächtigen Auftreten, das ganz und gar nicht zum gediegenen Inneren des Schiffes passte. Aber niemand wagte es, den Hünen in seine Schranken zu weisen. Die Passagiere beeilten sich, zu ihren Kabinen zu kommen. Die Bell Boys schnappten sich, was sie an Koffern und Taschen erwischen konnten, um möglichst schnell aus seiner Reichweite zu gelangen. Die Stewards bemühten sich, die neu eintreffenden Gäste besonders herzlich willkommen zu heißen, um diesen befremdlichen Auftritt zu überspielen. Sie schafften es nur bedingt.

»Entschuldigen Sie«, sagte Mary und wandte sich zu dem Hünen um. »Reden Sie mit mir?«

Sie sah überhaupt nicht ein, sich von ihm einschüchtern zu lassen. Oder ihm zu gehorchen. Zwar war sie stehengeblieben. Doch ignorierte sie seine Anweisung, zu ihm zurückzukehren.

»Sie wissen genau, dass ich mit Ihnen rede. Kommen Sie sofort her.«

Er starrte sie finster an. Aber Mary hielt seinem Blick stand.

»Ich fürchte, wenn Sie das Bedürfnis haben, sich mit mir zu unterhalten, werden Sie sich zu mir bequemen müssen.«

Der Hüne presste seine Lippen aufeinander. Aber er sah wohl ein, dass sie nicht nachgeben würde. Mit zackigen Schritten marschierte er auf sie zu, blieb vor ihr stehen und blickte auf sie nieder. Er öffnete den Mund. Aber bevor er seinem Unmut über ihre Befehlsverweigerung Luft machen konnte, kam Mary ihm zuvor.

»Wie kann ich Ihnen behilflich sein, junger Mann? Ich nehme an, Sie haben sich verirrt, nicht wahr?«

Es verwirrte ihn, dass sie ihn nicht zu Wort kommen ließ. Und ihre Aussage, mit der er offenbar nichts anzufangen wusste, verwirrte ihn umso mehr.

»Was?«

Mary war nicht klein. Er aber war gut eineinhalb Köpfe größer als sie. Sie las das Namensschild, das ziemlich genau auf ihrer Augenhöhe auf seiner massigen Brust prangte.

»Sie müssen auf dem falschen Schiff sein, Mr. Bogdanovich. Ihrer Uniform und Ihrem militärischen Gehabe nach scheinen Sie zu glauben, Sie befänden sich auf einem Marineschulschiff oder einem Flugzeugträger, der vor dem Auslaufen in ein Kriegsgebiet steht. Dort würden Ihr Aufzug und Ihr Auftreten gut hinpassen. Hier hingegen, auf diesem wunderbaren Kreuzfahrtschiff, ist beides fehl am Platz. Es bleibt mir somit gar nichts anderes übrig, als anzunehmen, dass Sie sich verirrt haben – und mich mit einem Kadetten verwechseln.«

Ihr Gegenüber brauchte eine Weile, um seine Verwunderung zu überwinden.

»Das heißt Hauptmann Bogdanovich«, sagte er dann. »Und ich verwechsele Sie mit niemandem. Ich weiß genau, wer Sie sind: Mary Elizabeth Arrington, Kriminalschriftstellerin. Ich bin bestens über Sie und Ihre Machenschaften informiert. Und auf dem richtigen Schiff bin ich auch. Meine Leute und ich werden hier während dieser Reise für Sicherheit sorgen.«

Mary folgte seinem Blick. In einigen Metern Entfernung hatte ein weiterer schwarz gekleideter Mann Posten bezogen. Er war zwar ein wenig kleiner als derjenige, der vor ihr stand. Doch machte er das, was ihm an Größe fehlte, durch Breite spielend wieder wett. Was ihre grimmigen Visagen anging, stimmten sie miteinander vollkommen überein. Die Anwesenheit eines dieser Klötze war Mary schon alles andere als angenehm. Dass es noch mehr von dieser Sorte gab, fand sie richtiggehend beunruhigend. Sicherer fühlte sie sich dadurch jedenfalls nicht.

»In diesem Fall«, sagte sie zu dem Exemplar, das ihr gegenüberstand, »täten Sie gut daran, Ihr Benehmen Ihrer Umgebung anzupassen und sich nicht einer solchen Barackensprache zu bedienen. Wie Sie vielleicht mitbekommen haben, vermitteln Sie den Passagieren nicht gerade ein Gefühl von Geborgenheit. Das ist nicht meine erste Reise auf diesem Schiff, und ich kann Ihnen versichern, dass ich zuvor nicht auf eine derartig grobe Art und Weise begrüßt worden bin. Was nun Ihre Aufgabe an Bord betrifft: Ich fühle mich geehrt, dass Sie offenbar so sehr um meine Sicherheit besorgt sind, dass sie mich sogar persönlich willkommen heißen. Was ich Ihnen aber mit absoluter Sicherheit mitteilen kann, ist, dass ich unseren freundschaftlichen Austausch an dieser Stelle beenden werde. Wenn Sie mich also entschuldigen möchten: Ich werde mich in meine Suite begeben, um privat und in aller Ruhe meinen Machenschaften nachzugehen, wie Sie es nennen. Sollte mich dabei etwas verunsichern, werde ich Ihnen unverzüglich darüber Meldung erstatten.«

Sie wollte ihn stehenlassen. Er aber trat ihr in den Weg.

»Ich weiß, dass dies nicht Ihre erste Reise auf der *Queen Anne* ist. Ich weiß auch, was für einen Aufruhr sie bei ihren anderen Reisen verursacht haben. Aber nicht dieses Mal. Damit eines zwischen uns klar ist: Meine Leute und ich sind vom Schiffseigner unter Vertrag genommen worden, damit wir Verbrechen an Bord verhindern. Und das werden wir mit vollem Einsatz tun. Sollte trotzdem irgendwas passieren, werden Sie sich schön da raushalten und die Aufklärung den Profis überlassen, anstatt sich wie in der Vergangenheit dreist einzumischen. Ich warne Sie nur dieses eine Mal.«

Mary runzelte die Stirn. Es mochte ja im allgemeinen Interesse der Passagiere und auch der Besatzung liegen, dass der Schiffseigner vorbeugende Maßnahmen ergriffen hatte, um Delikte zu verhindern. Wobei ihm, wie sie sehr wohl wusste, nicht das Wohlergehen der Menschen an Bord am Herzen lag, sondern es ihm viel eher darum ging, schlechte Presse zu verhindern, die seine Vertuschung früherer Verbrechen an Bord anprangerte und dem Ruf und damit dem Börsenwert seines Unternehmens schadete. Das erklärte wohl auch, warum er statt diskreten Sicherheitsleuten, wie man sie etwa in den besseren Hotels fand, eine polternde Schar von Söldnern angeheuert hatte, die direkt aus dem Schützengraben auf das Schiff gezogen zu sein schienen. Er wollte ein Zeichen setzen, vermutete sie, um die geschäftsschädigenden Zeitungsberichte zu widerlegen. Außerdem sollten die Wachen, die sicher nicht nur hier, sondern überall auf dem Schiff Aufstellung bezogen hatten, potenzielle Kriminelle von vornherein von ihren Schandtaten abschrecken. Und zu guter Letzt – gewiss nicht sein geringstes Anliegen – wollte er sie, Mary, einschüchtern, indem er ihr Bogdanovich gleich nach ihrer Ankunft auf der *Queen Anne* auf den Hals hetzte.

»Herzlichen Dank für diese Warnung«, sagte Mary. »Allerdings würde mich in dieser Hinsicht doch sehr interessieren, ob der Kapitän damit einverstanden ist, dass Sie mich damit behelligen.«

Sie hätte nur allzu gerne hinzugefügt, dass George nicht nur als Kapitän, sondern mehr noch als ihr Partner damit garantiert alles andere als einverstanden war. Aber sie wollte George nicht hintergehen, indem sie ihre Beziehung ohne sein Einverständnis öffentlich machte. Und überhaupt ging diesen Grobian ihr Liebesleben gar nichts an.

Wenn Bogdanovich zum Lächeln imstande gewesen wäre, hätte er sie frech angegrinst. So aber blitzte es nur höhnisch in seinen Augen.

»Es spielt keine Rolle, ob MacNeill damit einverstanden ist. Ich und meine Leute unterstehen nicht dem Kapitän.«

Mary hatte schon so eine Ahnung, was er als Nächstes sagen würde.

»Wir sind Doktor Germer untergeordnet.«

Mary unterdrückte ein Seufzen. Das hatte ihr gerade

noch gefehlt. Auf ihren vorherigen Reisen war sie mehrfach mit dem Schiffsarzt aneinandergeraten. Er hatte alles getan, um ihre Ermittlungen zu sabotieren. Mit seinem schwammigen Gesicht, den Schweinsäuglein, seinem schmierig-süßlichen Lächeln und seinem aufgeblasenen Ego war er an sich schon unangenehm genug. Es behagte Mary gar nicht, dass er zu allem Überfluss nun auch noch über so etwas wie eine Privatarmee verfügte. Dazu eine, die ihm, was seine mangelhaften Manieren anging, offenbar in nichts nachstand.

»Dann seien Sie so freundlich«, sagte Mary, »und richten Ihrem Chef aus, dass seine Botschaft angekommen ist – und sie voll und ganz dem entspricht, was ich von ihm gewohnt bin. Wie üblich verspüre ich nicht das leiseste Bedürfnis, mit ihm im Verlauf der kommenden Tage näheren Umgang zu pflegen. Gleiches gilt für Sie, Herr Hauptmann, und Ihre Angestellten.«

Sie trat an Bogdanovich vorbei, der dieses Mal keine weiteren Anstalten machte, sie aufzuhalten.

»Ich wünsche daher sowohl Ihnen als auch mir, dass es Ihnen gelingt, Ihrer Pflicht, Verbrechen zu verhindern, Genüge zu tun, damit wir alle eine geruhsame Reise erleben.«

Sie ließ ihn stehen und ging den Korridor entlang auf die Grand Lobby zu. Sie hoffte inständig, dass ihr Wunsch sich erfüllen werde. Aber die Zeichen, dachte sie, standen nicht günstig. Der Beginn dieser Reise war jedenfalls alles andere als geruhsam. Nach dieser Auseinandersetzung sehnte sie sich danach, in ihrer Suite die Beine hochzulegen und ein wenig zu entspannen.

Aber wie sich zeigte, war ihr Erholung noch nicht vergönnt.

5

»Entschuldigen Sie, Madam«, sagte Mary. »Aber kann ich Ihnen irgendwie helfen?«

Sie hatte die Grand Lobby noch nicht erreicht, als ihr die alte Dame aufgefallen war. Im Vorübergehen hatte sie einen der weiten, schier endlosen Korridore hinabgeblickt, die zu den Kabinenbereichen im Inneren des Schiffes führten.

Und hatte sofort innegehalten.

Wie die übrigen Korridore war auch dieser mit rotem Teppich ausgelegt, auf dem sich verschnörkelte goldene Muster umeinander wanden. Die Wände waren mit hellem Holz getäfelt. Geschmackvolle Lampen warfen dezentes Licht auf die großen Art-Deco-Platten, die hier im Bas-Relief-Stil die Jahreszeiten darstellten, exotische Tiere aus den Ländern, die das Schiff bereiste, die sieben Weltwunder, aber auch Himmelsphänomene wie die Aurora Borealis. Die alte Dame, die Mary zum Stehenbleiben bewegt hatte, sah allerdings nicht aus, als sei sie hergekommen, um die Kunstwerke zu bestaunen oder einfach nur ein wenig herumzuschlendern und in Muße die *Queen Anne* zu erkunden. In planlosem Zickzack wanderte sie von einem Bild zum anderen, den Korridor hinauf und hinab, mitunter gar im Kreis. Obwohl sie allein war, redete sie ununterbrochen, als habe sie einen unsichtbaren Begleiter, dem sie die Vorzüge ihrer Umgebung erklärte. Dabei machte sie weder einen verzweifelten noch auch nur unglücklichen Eindruck. Im Gegenteil schwätzte sie ziemlich heiter vor sich hin und lachte ab und an sogar fröhlich. Aber es war für Mary doch ziemlich deutlich, dass sie verwirrt war und nicht sich selbst überlassen über das Schiff wandern sollte.

Mary blickte sich um. Doch es war niemand in der Nähe, der sich um die alte Dame gekümmert hätte. Die anderen Passagiere, die an ihr vorüberkamen, betrachteten sie neugierig, teilweise belustigt. Aber alle machten einen Bogen um sie. Ein Steward oder anderer Angestellter des Schiffes war gerade nicht zu sehen, auch keiner von Bogdanovichs Leuten, wofür Mary allerdings dankbar war. Die hätten die alte Dame wahrscheinlich mit ihrem brutalen Auftreten in Angst und Schrecken versetzt und sie wegen widerrechtlichen Herumlungerns kurzerhand eingesperrt.

Da sie es nicht mit ihrem Gewissen vereinbaren konnte, sie zu ignorieren und sich selbst zu überlassen, ging Mary auf sie zu und sprach sie an.

»Haben Sie sich verlaufen? Ich kenne mich auf diesem Schiff ein wenig aus und kann Ihnen den Weg zeigen, wenn Sie mir sagen, wohin Sie möchten.«

Die alte Dame stellte ihren Marsch über den Korridor ein und blieb vor Mary stehen. Gott sei Dank erfüllte sich Marys Hoffnung, dass sie Englisch verstand. Ihre Antwort entsprach allerdings nicht unbedingt Marys Erwartung.

»Ach, sieh mal an. Was für ein hübsches junges Mädchen du bist.« Sie hob eine von Knoten durchzogene Hand und strich Mary über das Haar. »Wie alt bist du denn, meine Kleine?«

Falls Mary noch Zweifel daran gehabt hätte, dass der Geisteszustand der Dame altersbedingt ein wenig abgebaut hatte, hätte sie spätestens jetzt die Bestätigung dafür erhalten. Ein Mädchen war sie mit ihren 65 Jahren schließlich schon lange nicht mehr. Zwar sah sie jünger aus. Obwohl sie das zunehmende Grau ihrer Haare nicht überfärbte und ihr Gesicht durchaus die eine oder andere Falte aufwies, kam es nicht selten vor, dass die Leute sie auf Mitte oder Anfang Fünfzig schätzten. Allerdings wäre trotzdem wohl außer dieser alten Dame niemand darauf verfallen, sie als ›Kleine‹ zu bezeichnen. Wobei sich nicht bestreiten ließ, dass Mary sich im Vergleich zu ihr geradezu rosig ausnahm. Sie hatte schneeweißes Haar, das ihr bis auf den Rücken fiel. Ihr Gesicht war von Falten zerfurcht. Ihre Augen blinzelten Mary kurzsichtig an. Außerdem war Mary ziemlich sicher, dass es ihre dritten Zähne waren, mit denen sie so strahlend lächelte. Sie trug ein altmodisches, grünrot kariertes Kleid, das ihr bis zu den Knöcheln reichte und einen leichten Geruch nach Mottenkugeln verströmte. Sie sah aus wie die freundliche Großmutter im Märchen – die sich im Wald verlaufen hatte.

»Reisen Sie allein?«, fragte Mary. »Oder sind Sie mit jemandem zusammen an Bord gekommen? Mit ihrer Familie vielleicht?«

Die alte Dame fasste sie an den Schultern.

»Aber natürlich, Liebes. Was glaubst du denn? Dass ich mutterseelenallein unterwegs bin? Nein, nein. Die ganze Familie ist hier. Wir treffen uns gleich alle zum Teetrinken.«

Mary war erleichtert, dass sie offenbar einen wachen Moment hatte und zu einer klaren Aussage imstande war. Die alte Dame machte diesen Eindruck aber sogleich wieder zunichte.

»Und zwar im Garten von Chatsworth House. Du, Lydia, machst uns doch deinen berühmten Bienenstich.« Sie ließ Mary los und klatschte begeistert in die Hände. Dabei sah sie nun selbst wie ein kleines Mädchen aus. »Da freue ich mich schon die ganze Zeit drauf.«

Mary wusste, dass es aussichtslos war, ihr zu erklären, dass sie weder Lydia hieß noch vorhatte, auf der *Queen Anne* einen Kuchen zu backen. Oder dass Chatsworth House in der Grafschaft Derbyshire Tausende von Kilometern entfernt war.

»Kommen Sie, Madam«, sagte sie. »Ich bringe Sie zur Rezeption. Da kann man Ihre Familie ausrufen oder Ihre Kabinennummer herausfinden, sodass wir Sie zu Ihrer Unterkunft bringen können. Was meinen Sie?«

»Aber sicher, Lydia. Machen wir einen schönen Spaziergang und laufen uns Appetit an.« Sie zwinkerte Mary zu. »Dann können wir uns auch zwei Stücke Bienenstich gönnen. Aber hör bitte auf mit diesem Madam-Unsinn. Ich bin es doch, deine alte Freundin Dorothy. Erkennst du mich nicht mehr? Na ja, das kommt vor, dass man auf seine alten Tage ein bisschen vergesslich wird.« Sie hakte sich bei Mary ein. »Sollen wir, Lydia?«

Wenn die alte Dame sie nun nicht mehr für eine »liebe Kleine«, sondern unbedingt für ihre Freundin halten wollte, sah Mary keinen Grund, ihr diese Freude zu nehmen.

»Sehr gerne, Dorothy.«

Mary wollte sie gerade den Korridor hinabführen.

Da aber kam jemand in großer Hast auf sie zugelaufen.

6

»Mutter?«, rief der Mann, der sich mit schnellen Schritten über den Korridor näherte. Er hatte ein quietschbuntes, billig wirkendes Hawaiihemd an, bei dessen Anblick Mary fürchtete, zu erblinden. Dazu trug er Bermuda-Shorts, die ihm etwas zu eng saßen, und, am Ende von beinahe kahlen, blassen Waden, Sandalen mit weißen Socken. Auf dem Kopf hatte er eine rote Baseballkappe, unter der braunes Haar zum Vorschein kam. Er war zwar nicht gerade dick, hatte jedoch einen kleinen Bierbauch, der bei seinem Sprint hin- und herschaukelte. Unter den Bauch hatte er eine Hüfttasche geschnallt. Wie er so auf Mary zukam, wirkte er wie das perfekte Abbild des typischen Kreuzfahrt-Touristen.

»Gott sei Dank, Mutter, da bist du ja.« Er hatte Mary und die alte Dame erreicht und schloss Dorothy in die Arme. »Wir haben dich schon überall gesucht.«

Nun stieß auch eine Frau dazu, die ein paar Meter hinter ihm zurückgeblieben war. Möglicherweise, dachte Mary, lag es daran, dass sie mit ihren Flipflops nicht so schnell laufen konnte wie er mit seinen Sandalen. Abgesehen vom Schuhwerk aber schienen ihre Outfits aufeinander abgestimmt. Ihr Wickelkleid im Hawaiistil passte zu seinem Hemd, ihr breiter roter Strohhut zu seiner Baseballkappe. Ihr schulterlanges Haar hatte sie wohl versucht, hellblond zu färben. Herausgekommen war allerdings eher eine Art schmutziges Gelb. Auf ihrer Nase saß eine riesige Plastiksonnenbrille mit sternförmigen Gläsern.

»Du sollst uns doch nicht so erschrecken«, sagte sie und legte Dorothy eine Hand auf den Rücken. Ihre Fingernägel, sah Mary, waren künstlich und giftgrün. »Wir haben uns ungeheure Sorgen um dich gemacht.«

Dorothy schien weder von ihren Sorgen noch von ihrem Tadel getroffen. Dafür schien sie hocherfreut, die beiden zu sehen.

»Andy! Catherine!«, rief sie. »Wie nett, dass ihr mich besuchen kommt. Das macht ihr viel zu selten. Manchmal denke ich, ihr hättet mich vergessen. Aber Lydia hat mir Gesellschaft geleistet. Ihr erinnert euch doch an Lydia, nicht wahr?«

Der Mann ließ Dorothy los, ergriff Marys Hand und schüttelte sie herzlich.

»Andrew Beckett«, sagte er und bestätigte damit, dass Dorothy zwar Fremde für ihre alten Freundinnen halten mochte, aber immerhin imstande war, ihren eigenen Sohn zu erkennen. »Das ist meine Frau Catherine.«

Auch Catherine gab Mary die Hand.

»Wir sind Ihnen unendlich dankbar, dass Sie sich um meine Schwiegermutter gekümmert haben, Mrs. …«

»Mary Elizabeth Arrington. Keine Ursache. Das habe ich gern gemacht.«

»Lydia und ich haben uns hervorragend unterhalten.«

»Wir unternehmen gerade eine Besichtigungstour an Bord«, sagte Andy, ein wenig zerknirscht. Offenbar war es ihm peinlich, dass er seine betagte Mutter aus den Augen verloren hatte, und verspürte das Bedürfnis, sich dafür zu rechtfertigen. »Eine tolle Sache. An jedem Tag zeigen sie uns da einen anderen Bereich der *Queen Anne*. Sogar die Kabine des Kapitäns.«

»Wir machen zum allerersten Mal so eine Fahrt«, fügte Catherine an. »Andy will unbedingt alles an Bord sehen. Er hat sich schon zu Hause darauf vorbereitet, sämtliche Informationen verschlungen, die es über die *Queen Anne* gibt. Ich glaube, er würde sich auch ohne Führer hervorragend hier zurechtfinden.«

»Leider hat meine Begeisterung auch unangenehme Folgen, wie man sieht.« Er blickte mit schuldbewusster Miene auf Dorothy. »Wir waren so fasziniert, dass wir einen Moment nicht auf Mutter geachtet haben. Und auf einmal war sie nicht mehr da.«

»Sie schleicht sich immer wieder weg«, sagte Catherine, »und geht auf Ihre persönlichen Erkundungstouren. Man passt einen kleinen Moment nicht auf und schwupps ist sie verschwunden.«

»Nun ja«, sagte Mary. »Es ist ja nichts weiter passiert. Und es ist ja gut, dass Sie in Ihrem Alter noch so aktiv sind, Dorothy.«

Aber Dorothy hörte sie nicht. Während die drei sich unterhalten hatten, war sie unbemerkt ein paar Meter den Korridor hinabgewandert und schickte sich gerade an, um eine Ecke zu biegen. Mary konnte Andy und Catherine keinen Vorwurf machen. Die alte Dame war wirklich noch flink auf den Beinen. Andy eilte ihr nach, fasste sie am Arm und zog sie sachte zurück, was Dorothy auch ohne Widerstand geschehen ließ. Sie schien die Gesellschaft ihres Sohnes zu genießen. Nur schienen ihre Abenteuerlust und Entdeckungsfreude manchmal mit ihr durchzugehen.

»Andy, da bist du ja«, rief sie und strahlte ihn an, als hätten sie sich Ewigkeiten nicht gesehen. »Und du auch, Catherine.« Sie zog einen spielerischen Flunsch. »Ihr habt mich bestimmt seit drei Wochen nicht mehr besucht.«

»Meine Schwiegermutter lebt in einem Altenheim«, sagte Catherine. »Wir hätten sie gerne bei uns. Aber unsere Wohnung ist zu klein, und wir würden es nicht schaffen, uns um sie zu kümmern.«

»Wir schaffen es auch leider nicht, sie so oft zu besuchen, wie wir gerne würden«, ergänzte Andy, der offenbar Angst hatte, dass Mary ihn für einen Rabensohn halten könnte. »Ich muss auch viel arbeiten, damit wir uns das Heim leisten können. Ich leite einen kleinen Schlosserbetrieb, wissen Sie? Das nimmt viel meiner Zeit in Anspruch. Dadurch sehen wir meine Mutter leider viel zu selten.«

»Dafür sind Sie ja nun hier zusammen«, sagte Mary.

»Genau«, sagte Andy. »Wir haben all unsere Ersparnisse zusammengerafft, damit wir Mutter auf diese Reise einladen und wir alle endlich mal wieder ein paar Tage miteinander verbringen können.«

Er legte Dorothy einen Arm um die Schulter, einerseits wohl, um sie an sich zu drücken, andererseits, dachte Mary, damit sie nicht wieder durchbrannte.

»Dann wünsche ich Ihnen einen wundervollen Aufenthalt an Bord. Es ist ein tolles Schiff. Ich bin sicher, Sie werden eine großartige Zeit haben.« Mary lächelte die drei an, die hier auf dem eleganten Korridor herausstachen wie eine Schar Paradiesvögel. »Das werden wir bestimmt«, sagte Catherine. »Also los. Wir haben Mrs. Arrington schon lange genug aufgehalten.«

»Genau«, stimmte Andy zu. »Außerdem sollten wir uns beeilen, wenn wir noch etwas von der Führung haben wollen.«

Sie nahmen Dorothy in die Mitte – zur Sicherheit, schien es. Da sie den gleichen Weg hatte, begleitete Mary sie noch bis in die Grand Lobby.

»Da vorne ist die Besichtigungsgruppe.«

Andy deutete auf ungefähr ein Dutzend Leute, die sich um einen rothaarigen jungen Mann mit Sommersprossen versammelt hatte. Er trug ein Sakko, das einer Kapitänsuniform nachgeahmt schien, und hielt ein Fähnchen in die Höhe, auf das ein Bild der *Queen Anne* gedruckt war. Er war gerade damit beschäftigt, mit lauter Stimme die Gestaltung und Ausstattung der Grand Lobby zu erläutern, die stuckverzierte Galerie mit ihren runden Emporen, die prachtvollen Leuchter, die marmorierten Säulen und natürlich das bronzene Relief, das ein mächtiges Schiff auf stürmischen Wellen darstellte. Seine Zuhörer hingen an seinen Lippen, und während er sprach, war ihm die Begeisterung anzusehen, die er für den Gegenstand seiner Ausführungen empfand.

»... befinden sich an Bord über 300 Gemälde«, hörte Mary ihn gerade sagen, »mit einem Gesamtwert von ungefähr 5 Millionen Euro. Darunter sind natürlich auch Porträts der britischen Königsfamilie.«

»Kommt schnell«, rief Andy aufgeregt. »Das will ich mir nicht entgehen lassen.«

»Vielen Dank noch mal, Mrs. Arrington«, sagte Catherine. »Sie waren wirklich unsere Retterin. Wir sehen uns bestimmt noch während der Reise.«

»Bestimmt«, sagte Mary. »Viel Spaß bei ihrer Tour. Auf Wiedersehen, Dorothy.«

»Mach es gut, Lydia.« Die alte Dame lächelte. »Wir sehen uns beim Tee.«

Die drei schlossen sich wieder der Gruppe an.

Mary durchquerte die Grand Lobby. Dabei fing sie weitere Worte des jungen, enthusiastischen Reiseführers auf. Er schien über jede noch so kleine Einzelheit Bescheid zu wissen. Aber auch unterhaltsame Anekdoten hatte er auf Lager.

»Während der Olympischen Sommerspiele 2004 in Griechenland«, erzählte er, »ankerte die *Queen Anne* vor Piräus – übrigens ist die Ankerkette 350 Meter lang und wiegt 120 Tonnen, jeder der beiden Anker ist 23 Tonnen schwer. Das Schiff diente damals als schwimmendes Hotel für berühmte Persönlichkeiten. Der französische Präsident und der britische Premierminister übernachteten hier, aber auch die amerikanische Basketballmannschaft. Sie sehen also, unter den Menschen, die schon durch diese Lobby geschritten sind, befinden Sie sich in bester Gesellschaft.«

Seine Zuhörer stießen bewundernde Laute aus. Mary freute es, jemanden zu sehen, der eine solche Leidenschaft für seine Arbeit aufbrachte wie dieser junge Mann. Auf ihren vorherigen Reisen war er nicht an Bord gewesen. Sonst hätte auch sie sich längst einmal einer seiner Touren angeschlossen. Vielleicht, dachte sie, würde sie ja im Laufe dieser Fahrt Gelegenheit dazu haben, von ihm mehr über die ruhmreiche Geschichte der *Queen Anne* zu erfahren. Erst mal aber war ihr Wunsch nach Ruhe ausnahmsweise stärker als ihr Wissensdrang. Sie trat in den Aufzug und ließ sich von ihm über das geschäftige Treiben in der Lobby erheben, hinauf in die friedliche Abgeschiedenheit von Deck 10, wo sich ihre übliche Unterkunft an Bord befand: die Trafalgar Suite.

Doch als die Aufzugtüren vor ihr auseinanderglitten, stutzte sie. Es kam ihr vor, als hätte sie ein Déjà-vu. Das, was sie vor sich sah, hatte sie doch erst vor kurzer Zeit erlebt. Allerdings war es kein Erlebnis gewesen, das sie unbedingt wiederholen wollte.

7

Auf Deck 10 herrschte Tumult. Er ähnelte stark jenem Aufruhr, der sich nur wenige Stunden zuvor in Hongkong abgespielt hatte. Genauer gesagt schien er so etwas wie seine Fortsetzung zu sein. Auf dem Korridor, den sich die Trafalgar und die Piccadilly Suite teilten, waren dieselben Möbel, Statuen und sonstigen Antiquitäten aufgestellt wie auf der Straße vor dem Antiquitätengeschäft. Zumindest ein Teil von ihnen. Der Rest befand sich bereits im Inneren der Piccadilly Suite. Da die Tür offen stand, konnte Mary den Terrakotta-Soldaten sehen, der neben dem Sofa aufgestellt war. Der Couchtisch, der zur üblichen Einrichtung gehörte, war gegen einen chinesischen Teetisch ersetzt worden. Auf dem Boden war ein kunstvoll gestickter Teppich ausgerollt. Zwischen all diesen Kostbarkeiten fiel Mary aber eine Figur ganz besonders auf, die einen Ehrenplatz auf der Salonkommode erhalten hatte: ein chinesischer Drache, etwa einen halben Meter hoch und aus grünschimmernder Jade. Seinen Kopf umrahmte eine mächtige Mähne, sein Maul mit den spitzen Fängen war weit aufgerissen, der schuppige, schlangenartige Körper wie zum Sprung gespannt. In einer seiner Klauen hielt er eine Kugel. Es war ein wunderschönes, liebevoll gearbeitetes Stück Handwerkskunst, das sicher ein Vermögen gekostet hatte.

Alle Kunstgegenstände waren von ihrer Transportfolie und den Warnaufklebern befreit worden. Obwohl die Reise nur fünf Tage dauern würde, wollte Mrs. Gao offenbar ihr zeitweises Domizil an Bord mit ihnen ausstatten, wie sie zu Hause ihre Wohnung mit ihnen ausstatten würde. Mary wunderte es nicht. Dass die Dame exzentrisch war, hatte sie ihr bereits zu Genüge bewiesen.

Und hier, wie in der Hollywood Road, war sie wieder völlig in ihrem Element.

»Passen Sie doch auf. Sind Sie blind?«, keifte sie lautstark, während sie in ihrem pinken Kostüm in der Mitte der Suite stand und die Arbeiten dirigierte. »Nein, das muss da rüber. Mein Gott, Sie können aber auch gar nichts richtig machen.«

Ihre Ungeduld und ihr Gemecker bewiesen, dass sie aus dem Erlebnis mit den Lastträgern keine Lehren gezogen hatte. Vielleicht lag es daran, dass es hier keine Lastträger waren, die sie befehligte und die nicht davor zurückscheuten, bei übler Behandlung die Arbeit einzustellen. Deren Rolle hatten hier Bell Boys, Stewards und andere Angestellte der *Queen Anne* übernommen. Im Gegensatz zu den Lastenträgern waren sie verpflichtet, Mrs. Gao jeden Wunsch zu erfüllen, da sie nicht nur ein Passagier des Schiffs, sondern noch dazu ein Passagier der gehobenen Klasse war. Aber die Männer und Frauen nahmen es gelassen. Sie waren eigenwillige – und eigenartige – Gäste gewohnt. Und selbst, wenn ihr unhöflicher Tonfall einem von ihnen gehörig gegen den Strich gegangen wäre, er hätte es nicht gewagt, etwas zu sagen. Denn abgesehen von Mrs. Gao gab es noch eine Person, die darauf achtete, dass die Arbeiten ordnungsgemäß und zügig vonstattengingen.

Es war die Concierge, eine Schwedin, wie sich Mary zu erinnern glaubte, namens Mathilda Lindqvist. Sie war an Bord für die Gästebetreuung zuständig, für allgemeine Belange wie die Aufsicht über die Kabinenreinigung, die Versorgung mit Handtüchern, zusätzlichen Kissen oder Decken und den Weck- oder Wäscheservice.

Aber auch die Erfüllung extravaganter Anliegen, wusste Mary, fiel in ihren Aufgabenbereich, etwa die Besorgung ausgefallener Speisen oder schwer beschaffbarer Souvenirs, die Organisation einer Stretch-Limousine für den Landausflug oder Tischreservierungen in den exklusivsten Gourmetrestaurants der Städte, vor denen die *Queen Anne* anlegte. Ihr besonderes Augenmerk lag dabei stets auf der Betreuung der wenigen, aber mitunter recht anspruchsvollen Gäste der Trafalgar und Piccadilly Suite.

Mary hatte ihre Dienste bisher nicht in Anspruch genommen. Was auf der *Queen Anne* an kulinarischen Genüssen geboten wurde, reichte ihr vollkommen, und ihre Landausflüge unternahm sie am liebsten zu Fuß. Wenn sie auch selber daher wenig mit ihr in persönlichen Kontakt gekommen war: Sandra, das polnische Zimmermädchen, mit dem Mary Freundschaft geschlossen (und mit deren Hilfe sie nun schon zwei Mordfälle aufgeklärt hatte), wurde nicht müde, zu betonen, wie sehr die Concierge ihre Untergebenen schikanierte. Mary wusste, dass Sandra nicht gerade mit Begeisterung Anweisungen befolgte und in dieser Hinsicht sicher etwas übertrieb. Aber auch sie konnte nicht abstreiten, dass die Concierge eine starke, geradezu einschüchternde Autorität ausstrahlte. Wie immer, wenn Mary ihr begegnet war, trug sie eine makellose nachtschwarze Uniform. Ihr blondes Haar war zu einem perfekten Knoten aufgesteckt, aus dem nicht eine einzige unordentliche Strähne hing. Und dem Blick ihrer eisblauen Augen entging nichts, während sie ihre Befehle mit kühler Stimme erteilte, die keinen Widerspruch duldete. Denn so freundlich, entgegenkommend und hilfsbereit sie sich auch den Gästen gegenüber zeigte: Von ihren Untergebenen verlangte sie strikten Gehorsam, Eifer und ein perfektes Erscheinungsbild (was einer der Streitpunkte war, über die sie sich mit Sandra regelmäßig in die Haare kriegte).

Marys Überraschung, Mrs. Gao hier wiederzusehen, war schnell verflogen. Schließlich hatte die Dame in Pink ihr erzählt, wohin sie wollte, und es ergab Sinn, dass sie per Schiff nach Singapur übersetzte, anstatt zu fliegen. Ansonsten hätte sie für ihre tonnenschweren Besitztümer wahrscheinlich eine eigene Frachtmaschine chartern müssen. Ebenso wie es folgerichtig war, dass sie mit dem Schiff reiste, war es folgerichtig, dass sie dabei auf das schickste und komfortabelste schwimmende Beförderungsmittel zurückgriff, das zur Verfügung stand: Die *Queen Anne.* Und es verstand sich von selbst, dass sie eine der beiden Luxussuiten bezog.

Mary war nicht begeistert, sie zur Nachbarin zu haben. Sie konnte nicht gerade behaupten, während ihrer Unterhaltung eine innige Sympathie für sie entwickelt zu haben. Vor allem jetzt hatte sie keinerlei Verlangen danach, von ihr entdeckt und in ein Gespräch verwickelt zu werden, in dem sie Mary die Unzulänglichkeit des Bordpersonals auseinandersetzte. Aber Mrs. Gao war sowieso zu sehr mit ihren wütenden Tiraden beschäftigt, um sie zu bemerken.

Sie wartete daher einen günstigen Zeitpunkt ab, in dem Mrs. Gao gerade in die andere Richtung schaute, und wollte sich unbemerkt vorbeistehlen.

Da aber schallte ein Ruf über den Korridor.

8

»Haltet ein in eurem ruchlosen Treiben, auf dass ihr nicht Unglück über dieses Schiff und alle bringt, die sich darauf befinden.«

Die Stimme, die hinter Mary erklang, ähnelte dem Singsang eines Priesters. Mary wandte sich um. Von den Aufzügen hatten sich zwei Männer genähert. Mary war zu sehr damit beschäftigt gewesen, die Vorgänge um Mrs. Gao zu beobachten, um ihre Ankunft früher zu bemerken. Vorne ging ein chinesischer Mann. Er war mittelgroß und mager, geradezu asketisch. Sein Kopf war vollkommen kahl. Ein dünner weißer Bart reichte ihm bis auf die Brust. Seine Augen waren halb geschlossen, als sei er tief in Gedanken versunken. Er hatte die Hände in die weiten Ärmel seines Gewandes geschoben, das ihm in weiten Falten bis auf die Knöchel fiel und aufwendig mit bunten Symbolen bestickt war. Mary konnte sie nicht deuten. Doch schienen sie chinesischen Ursprungs zu sein.

Mit gesetzten, aber entschlossenen Schritten durchquerte er den Gang und trat wie selbstverständlich in die Piccadilly Suite, als habe er das Recht, sich überall an Bord nach Gutdünken zu bewegen. Der Mann, der ihm in respektvollem Abstand folgte, schien sein Anhänger zu sein. Ein bleicher, schmaler Mann mit tiefschwarzem Haar der ein einfach geschnittenes grünes Hemd und dazu passend grüne Hosen aus grobem Stoff trug.

Mary, neugierig geworden, schob sich an die Tür und spähte ins Innere der Suite. Sie hatte es nun nicht mehr eilig, in ihr eigenes Quartier zu kommen. Wenn ihr auch nicht danach war, mit Mrs. Gao zu plaudern, wollte sie doch unbedingt erfahren, was diesen chinesischen Hohepriester, oder was immer er war, hierherführte. Und was es mit seiner sonderbaren Warnung auf sich hatte.

»Ihr habt euch mit Mächten angelegt, die euer beschränktes Fassungsvermögen weit übersteigen«, rief er in seinem Singsang, in dem die Worte an- und abschwollen. Sein Englisch hatte einen starken chinesischen Akzent. »Fahrt nicht darin fort, die Geister zu erzürnen.«

Die Arbeiten in der Suite kamen abrupt zum Stillstand. Die Stewards und Bell Boys stellten ab, was sie gerade in Händen hielten, und blickten ihn an. Ms. Lindqvist, die Concierge, wandte sich nach ihm um. Sie alle wunderten sich über diesen eigenartigen Auftritt. Mrs. Gao hingegen, die bei dem Aufruf herumgewirbelt war, sah darin nur eine Störung und ein unberechtigtes Eindringen in ihre Suite. Sie duldete weder das eine noch das andere.

»Was fällt Ihnen ein, hier mir nichts dir nichts reinzuspazieren?«, fuhr sie den Hohepriester an. »Sie sehen doch, dass wir zu tun haben. Machen Sie, dass Sie wegkommen! Und kaufen Sie Ihrem Schoßhündchen mal was Anständiges zum Anziehen.« Sie wies auf den grün gekleideten Mann. »Das beleidigt ja jeden Sinn für Mode.«

Das Gleiche, dachte Mary, kann man allerdings auch von Mrs. Gaos quietschpinkem Outfit behaupten.

Mrs. Gao wedelte mit den Händen.

»Hopp hopp jetzt, raus mit euch!«

Aber der Hohepriester rührte sich nicht vom Fleck, und auch sein Anhänger blieb wie angewurzelt stehen.

»Ich habe Sie auf das Schiff kommen sehen, Unwürdige.« Er zog eine Hand aus seinem Ärmel und wies anklagend auf Mrs. Gao. »Sie haben einen schrecklichen Frevel begangen, indem Sie sich diese heiligen Artefakte unrechtmäßig angeeignet und hierhergebracht haben.« Sein Anhänger nickte und murmelte Zustimmung. »Wenn Sie nicht bereit zur Umkehr sind, werden Sie schwer dafür büßen.«

Die Concierge bedachte ihn mit ihrem eisigen Blick, bei dem es Mary kalt den Rücken runterlief – obwohl er sich nicht einmal auf sie richtete. Offenbar sah Ms. Lindqvist es als ihre Aufgabe an, sich nicht nur um das Wohl ihrer Luxuspassagiere zu kümmern, sondern ihnen auch Störenfriede vom Leib zu halten.

»Verzeihen Sie, Herrschaften.« Ihre Stimme war nicht ein Grad wärmer als ihre blauen Augen. »Aber dieses Deck ist für die Gäste unserer Suiten reserviert. Sie haben hier keinen Zutritt. Ich muss Sie daher in aller Höflichkeit ersuchen, zu gehen. Bitte zwingen Sie mich nicht, den Sicherheitsdienst zu alarmieren.«

Mary hoffte inständig, dass er sie nicht dazu zwang. Das Letzte, was hier oben noch fehlte, waren Bogdanovich und seine Grobiane. Sie hätten das Chaos perfekt gemacht. Der Hohepriester sah allerdings nicht aus, als sei er von dieser Drohung eingeschüchtert. Er wollte gerade antworten. Aber Mrs. Gao gab ihm keine Gelegenheit.

»Nicht so hastig«, rief sie, schob die Concierge beiseite und baute sich vor dem Hohepriester auf. War sie eben noch erpicht darauf, die ungebetenen Gäste loszuwerden, schien der Priester durch seine kleine Ansprache nun ihre Kampfeslust geweckt zu haben. Eine Kampfeslust, die sie nur allzu gern an ihm ausließ.

»Wen nennen Sie hier eine Unwürdige, Sie Witzfigur? Was stellen Sie überhaupt dar? Sind Sie auf dem Weg zu einem Kostümfest?«

»Zeigen Sie Respekt vor Meister Wang«, sagte sein

Anhänger. Sein Englisch hatte eine starke amerikanische Färbung. Für Mary, die selber ein reines, vielleicht gar etwas hochgestochenes britisches Englisch sprach, hatte es einen geradezu schnoddrigen Klang. »Er ist ein Gelehrter, der tiefe Einsichten und Kenntnisse über die chinesische Mythologie, die Geisterbeschwörung, aber auch die Heilkunde besitzt. Ein wohlhabender Unterstützer und Schüler seiner Lehre hat ihn eingeladen, von China nach Singapur zu reisen, und keine Kosten und Mühen gescheut, damit Meister Wang auch dort sein heiliges Wissen zum Wohl der Menschheit bei einigen Vorträgen verbreiten kann. Da das Fliegen für ihn Ausdruck der menschlichen Überheblichkeit ist, bewältigt er den Weg auf diesem Schiff. Dies stellt einen ungeheuren Glücksfall für Sie und alle anderen da, die sich an Bord befinden. Wie sonst hätten sie Gelegenheit, an seiner Weisheit teilzuhaben? Sie täten gut daran, dafür dankbar zu sein und ernst zu nehmen, was er Ihnen mitzuteilen hat.«

Mrs. Gao betrachtete ihn von oben bis unten.

»Wer sind Sie denn überhaupt, dass Sie sich hier einmischen mit ihren ollen Klamotten und der schäbigen Frisur? An Ihnen hätte ein Modeberater oder ein Hairstylist seine wahre Freude. Eine Stunde unter der Sonnenbank würde Ihnen auch mal ganz guttun. Sie sehen nicht gesund aus.«

»Mein Name ist Jonathan Rudd,« sagte der schmale Mann, ohne auf Mrs. Gaos spitze Bemerkungen einzugehen. »Ich habe die Ehre, die rechte Hand von Meister Wang zu sein. Er ist ein großer Weiser, der …«

»Ein großer Weiser?«, unterbrach ihn Mrs. Gao. »Dass ich nicht lache. Wenn er so weise wäre, würde er sich nicht mit mir anlegen.«

Der Hohepriester verzog keine Miene und zeigte auch sonst keinerlei Anzeichen dafür, dass Mrs. Gao ihn mit ihrem Spott getroffen hatte. Der bleiche Mann wollte von Neuem das Wort ergreifen. Aber Meister Wang hielt ihn mit einer Geste zurück.

»Schon gut, Jonathan. Wir können nicht erwarten, dass die Ungläubigen uns verstehen.« Er wandte sich wieder an Mrs. Gao. »Der Dämon Xiaogui wird Sie heimsuchen und Sie bestrafen für Ihre Vergehen. Mit lodernden Flammen wird er über Sie herfallen, um ihre Seele zu verbrennen. Mit seinen Klauen wird er sie packen und Sie hinabzerren in die Dämonenhölle, aus der es niemals ein Entkommen für Sie geben wird. In alle Ewigkeit werden Sie furchtbare Qualen erleiden.«

Mrs. Gao stieß spöttisch die Luft durch ihre pinken Lippen.

»Ich bin Geschäftsfrau, guter Mann. Ich führe knallharte Verhandlungen mit den wichtigsten Businessvertretern ganz Asiens. Da glauben Sie doch wohl nicht, dass ein Tattergreis mit Zauselbart oder irgend so ein dahergelaufener Dämon mir Angst einjagt.« Sie schaute sich in ihrer Suite um. »Wo soll dieser Dämon denn bitte schön sein, hm? Versteckt er sich unter der Couch? Oder in einem meiner Schränke? Sie da«, sprach sie einen der Stewards an. »Schauen Sie mal, ob er nicht in der Schublade da hockt. Das wäre natürlich fürchterlich. Schlimm genug, dass Leute ihre Haustiere mit auf das Schiff bringen. Da müssen wir nicht auch noch irgendwelche Dämonen hier herumspringen haben. Ich hoffe, er ist wenigstens stubenrein.«

»Machen Sie nur Ihre Scherze«, sagte Meister Wang. »Aber Xiaogui ist ganz in Ihrer Nähe und lässt sie nicht aus den Augen. Wenn er nicht in einer anderen seiner vielen Formen unter den Sterblichen wandelt, nimmt er die Gestalt eines Drachen an.« Er streckte die Hand aus und zeigte auf die Jadestatue auf der Kommode, die Mary zuvor bereits aufgefallen war. »Dieses Drachen!«

Alle Augen richteten sich auf die grünblau schimmernde Statue.

»Ist das Ihr Ernst?«, fragte Mrs. Gao.

»Ganz recht«, rief Meister Wang, von ihrer Frage ermutigt. »Diese Statue ist mit einem Fluch belegt. Jedem, der sie besitzt, steht ein grausames Schicksal bevor.«

»Na, das wird ja immer besser«, sagte Mrs. Gao. »Erst Dämonen, jetzt auch noch Flüche. Aber wer weiß.« Ein freudiges Lächeln breitete sich über ihr Gesicht. »Vielleicht steigert das ja den Wert.«

»Es gibt nur einen Weg, den Dämon zu besänftigen«, erklärte Meister Wang. »Sie müssen mir die Statue aushändigen, damit ich den Fluch aufheben und den Dämon bannen kann.«

»Nichts da«, sagte Mrs. Gao. »Sie bannen hier gar nichts. Ich habe das Ding gekauft, mit Fluch und allem drum und dran. Wenn da ein Dämon drinsteckt, gehört der mir. Ich habe ihn rechtmäßig erworben!«

»Das ist kein Spiel«, rief Meister Wang und seine bisher so stoische Miene, sah Mary, verzerrte sich zu Angst. Natürlich war es Humbug, was er Mrs. Gao erzählte. Aber er schien diesen Humbug zu glauben. »Wir müssen Xiaogui in seine Schranken weisen. Ich bin der Einzige, dem das gelingen kann. Geben Sie mir den Jadedrachen! Sofort!«

Mit diesen Worten stürzte er vor, um die Statue an sich zu reißen.

»Unterstehen Sie sich, meine Antiquitäten zu begrabschen«, rief Mrs. Gao. »Haltet diesen Verrückten auf, bevor er etwas kaputtmacht!«

Meister Wang hatte die Statue fast erreicht, als einige Stewards und Bell Boys herbeisprangen, ihn zu fassen kriegten und ihn zurückzogen. Er wand sich in ihrem Griff, während er mit weit aufgerissenen Augen die Statue anstarrte, nach der er noch immer die Hände ausstreckte.

»Lasst mich los, Ihr Narren. Xiaogui wird uns alle vernichten, wenn ich ihn nicht aufhalte.«

Meister Wangs Anhänger eilte zu ihm, und für einen Moment glaubte Mary, es werde zu einer gewaltsamen Auseinandersetzung zwischen ihm und den Schiffsangestellten kommen. Aber Meister Wang beruhigte sich wieder und gab seinem Jünger ein Zeichen, zurückzubleiben. Die Stewards und Bell Boys ließen ihn los und umstellten die Statue mit vor der Brust verschränkten Armen.

Notgedrungen trat Meister Wang zurück zu seinem Anhänger.

»Ich beschwöre Sie«, wandte er sich an Mrs. Gao. »Hören Sie mich an. Großes Unglück wird über Sie hereinbrechen, wenn ...«

Aber Mrs. Gao war nicht in der Stimmung, ihn noch einmal zu Wort kommen zu lassen.

»Über *Sie* wird gleich großes Unglück hereinbrechen, wenn Sie nicht endlich machen, dass Sie wegkommen. Ich habe die Nase voll von diesem Hokuspokus und den Spukgeschichten. Concierge, verständigen Sie den Sicherheitsdienst, bevor dieser Spinner sich von Neuem an meinen Sachen vergreift.«

»Sehr wohl«, sagte die Concierge und griff zu dem Funkgerät, das sie am Gürtel trug. »Wünschen Sie, dass ich ihn von Bord bringen lasse?«

Mrs. Gao schien diesen Vorschlag ernsthaft in Erwägung zu ziehen.

»Ach nein«, sagte sie dann. »Er ist ja wohl nur ein bisschen verwirrt. Ein alter Mann, der nicht mehr weiß, wo hinten und vorne ist. Bringen Sie ihn zum Seniorentanztee, oder beschäftigen Sie ihn mit einer Runde Bingo. Hauptsache, Sie sorgen dafür, dass er meiner Suite nicht noch einmal zu nahe kommt.«

»Wie Sie wünschen, Mrs. Gao.« Die Concierge führte ihr Funkgerät zum Mund. »Mr. Bogdanovich, hören Sie mich?«

»Schon gut.« Meister Wang schob die Hände zurück in seine Ärmel. »Wir werden Sie nicht länger behelligen. Aber denken Sie daran: Ich habe Sie gewarnt. Der Fluch des Jadedrachen wird Sie ereilen.«

Er wandte sich um und verließ die Suite. Seinen Jünger im Schlepptau schritt er den Korridor hinab.

Mrs. Gao klatschte in die Hände.

»Zack, zack«, rief sie. »Weiter geht's. Die Show ist vorbei, und wir haben hier noch einiges zu tun.«

Die Arbeiten in der Suite kamen wieder in Gang, und es dauerte keine Minute, bis Mrs. Gao wieder mit Befehlen und Nörgeleien beschäftigt war. Sie mochte den Auftritt des angeblichen Weisen schnell weggesteckt haben. In Mary aber wirkte er noch nach. Sein Verhalten kam ihr doch allzu mysteriös vor, als dass es ihr möglich gewesen wäre, nicht weiter darüber nachzudenken. Allerdings, beschloss sie, das nicht hier auf dem Gang zu tun. Sie zog ihre Bordkarte hervor und nutzte sie, um die Trafalgar Suite zu öffnen. Froh, nun endlich in ihren eigenen vier Wänden zu sein, trat sie ein, schloss die Tür – und wunderte sich.

9

Etwas stimmte hier nicht. Auf den ersten Blick sah alles normal aus. Der großzügige Sitzbereich war mit den gleichen schicken Designermöbeln ausgestattet, auf denen Mary es sich auf ihren vorherigen Reisen bequem gemacht hatte. Vor der Außentür lag der Balkon, von dem sie oft die herrliche Aussicht auf den Ozean oder fremde Städte genossen hatte — und der gerade ein eindrucksvolles Bild des Hongkonger Hafens und der Skyline aus Wolkenkratzern bot. Wie immer war die gesamte Einrichtung in dezenten Creme- und Beigetönen farblich aufeinander abgestimmt. Alles war ordentlich und sauber. Alle Oberflächen waren auf Hochglanz poliert. Der Teppich war sorgfältig gesaugt. Die Scheiben so gründlich gewaschen, dass man darauf nicht den feinsten Striemen entdecken konnte. Nirgendwo lag ein einziger Staubfussel, fand sich ein einziger Fleck. Die Trafalgar Suite war blitzblank.

Und genau das war es, was an diesem Bild nicht stimmte. Bei Marys ersten beiden Reisen war Sandra für die Reinigung der Suite zuständig gewesen. Hier waren sich die beiden zum ersten Mal begegnet. Hier hatten sie ihren ersten Streit ausgetragen, aus dem später die innige Freundschaft entstanden war, die sie nun miteinander verband. Auch auf der letzten Fahrt, durch die Fjorde Norwegens, waren sie sich vor dem Ablegen des Schiffes hier begegnet. Für Mary gehörten diese Treffen in ihrer Suite somit schon genauso zu den Ritualen vor Reiseantritt wie das Einchecken oder das erste Durchschreiten der Grand Lobby. Dass Sandra nicht hier war, verwirrte sie.

»Sandra?«, rief sie.

Aber sie erhielt keine Antwort.

Auch sonst fand sich keinerlei Hinweis darauf, dass Sandra sich gerade in der Suite aufhielt – oder sich in den letzten Stunden hier aufgehalten hatte. Solche Hinweise waren so offensichtlich, dass Mary keinerlei detektivischen Spürsinn gebraucht hätte, um sie zu entdecken: achtlos stehengelassene Putzeimer, Spülwasserpfützen auf dem Boden, einzelne liegengebliebene Gummihandschuhe, vergessene Sprühflaschen mit Glasreiniger oder Ähnliches, das von Sandras üblicher, alles andere als vorbildlicher Arbeitseinstellung zeugte. All das fehlte hier. Daraus, dachte Mary, lassen sich nur zwei mögliche Schlüsse ziehen. Der erste Schluss lautete, dass Sandras Verantwortungsbewusstsein im Job eine enorme Steigerung erfahren hatte. Das aber schien Mary ziemlich unwahrscheinlich. Sandra wurde niemals müde, sich über die Plackerei zu beklagen, die die Concierge ihr zumutete, und darüber, wie sehr es ihr zuwider war, hinter den Schickimickis, den Passagieren der oberen Klassen, hinterherzuwischen. Damit blieb nur der zweite Schluss übrig: Jemand anderes hatte hier sauber gemacht. Jemand, der diese Aufgabe im Gegensatz zu Sandra ernst nahm, anstatt sie bloß lästig zu finden und so schnell wie möglich hinter sich zu bringen.

Mary wusste, dass Sandra nach wie vor auf der *Queen Anne* arbeitete, und hatte ihr vor ihrem Flug nach China in einer E-Mail geschrieben, dass sie nach ihrem Aufenthalt in Hongkong an Bord kommen würde. Sandra hatte geantwortet, wie sehr sie sich darauf freue, sie wiederzusehen. Mit keiner Silbe hatte sie erwähnt, dass sie nicht mehr für die Trafalgar Suite zuständig sei und Mary hier nicht begrüßen werde.

Wo aber war sie?

Obwohl Mary wusste, dass es aussichtslos war, unternahm sie einen Rundgang durch die Suite. Im Schlafzimmer war das Kingsize-Bett sorgfältig gemacht. Im Badezimmer blitzten die Wasserhähne. Waschbecken und Dusche waren makellos sauber. Alles, wie es sein sollte. Oder wie es, aus Marys Sicht, eben nicht sein sollte. Ein wenig Unordnung wäre ihr lieber gewesen, wenn sie ihre junge Freundin dazwischen vorgefunden hätte.

Ratlos kehrte sie in den Salon zurück und ließ sich auf das Sofa fallen.

Keine Sandra. Nirgends.

Dafür fand sie etwas anderes.

10

›Es überrascht mich nicht im Geringsten, meine verehrte Mrs. Arrington, dass Sie sich erneut den Wellen und Stürmen und übrigen Unbilden des Ozeans, den Krankheiten, wilden Tieren, magenverderbenden Speisen und sonstigen Gefahren exotischer Länder und, schlimmer als all dies zusammen, der zwanghaft guten Laune und den Eskapaden pöbelnder Pauschalproleten aussetzen. Schließlich haben Sie mich mit Ihrer Vorliebe für derart zweifelhafte Urlaubsunterfangen und die Gesellschaft feierfreudiger All-inclusive-Touristen bereits hinreichend vertraut gemacht. Doch komme ich allein aus Prinzip nicht umhin, meine tiefste Missbilligung darüber zum Ausdruck zu bringen, dass Sie sich ein weiteres Mal an Bord dieser Barbarenbarke begeben haben, deren heitere Horden angefacht von gepanschten Pina Coladas und begleitet von stumpfsinnigem Partygewummer grölend die Weltmeere unsicher machen.‹

Es waren nur Worte auf Papier. Aber während Mary sie las, kam es ihr vor, als höre sie Mr. Bayles Stimme in ihrem Kopf, seine hochgestochene britische Aussprache, den tadelnden Tonfall, mit dem er Vorwürfe wie diesen zu übermitteln pflegte. Sie konnte ihn sogar vor sich sehen in seiner üblichen stocksteifen Haltung, gekleidet in einen maßgeschneiderten Tweedanzug mit Karomuster und wie immer mit makellos sitzendem schwarzgrauen Scheitel über seinen silbergrauen Schläfen. Das perfekte Abbild des vornehmen, ein wenig verkrampft wirkenden Engländers.

›Wenn auch nicht zu Ihrem Reisegeschmack‹, fuhr der Brief fort, ›so darf ich Sie immerhin zum Abschluss Ihres jüngsten Manuskriptes beglückwünschen, das Sie mir vor Ihrem Aufbruch freundlicherweise zukommen ließen. Sie können sich vorstellen, wie froh ich bin, dass es Ihnen gelungen ist, die Schwierigkeiten zu überwinden, die Sie bei Ihrem schriftstellerischen Wirken plagten. Ich bin sicher, dass dem neuen Roman um unseren Lieblingsermittler Stuart Smith großer Erfolg beschieden sein und *Halunken auf Hochsee* einen Platz in den Krimi-Bestsellerlisten erlangen wird.‹

Die Buchstaben unter dem Briefkopf von *Fitch & Finnegan* waren ordentlich, geradezu penibel aneinandergereiht. Sie waren vollkommen schnörkellos, wiesen nicht die geringste Verspieltheit auf. Mary fand es erstaunlich, wie es ihrem Lektor gelang, seine Korrektheit und Steifheit sogar in seiner Handschrift zum Ausdruck zu bringen.

›Da Ihre Fahrten mit dem Todeskutter‹, es war seine bevorzugte Bezeichnung für die *Queen Anne*, auch wenn sie für das luxuriöse Schiff alles andere als passend war, ›Sie zu derartigen kreativen Höhenflügen antreiben, verstehe ich vollkommen, warum Sie entschieden haben, auf der Suche nach weiteren künstlerischen Eingebungen so bald auf diese Schaluppe zurückzukehren.‹

Mr. Bayle ahnte nicht, dass es dafür neben Abenteuerlust, Reisefreude und Inspiration noch einen anderen, ganz wesentlichen Grund gab. Mary hatte sich gehütet, ihm von ihrer Beziehung mit George zu erzählen. Ein Liebesverhältnis ausgerechnet mit dem Kapitän des *Todeskutters* hätte ihn nur zu weiteren spöttischen Bemerkungen ermutigt. Als sie daran dachte, konnte sie Georges Haltung ein wenig besser verstehen. Es machte Sinn, sich genau zu überlegen, wen man in sein Privatleben einweihte. Vielleicht, dachte sie, war sie ein wenig zu hart mit ihm umgesprungen.

Sie las den Rest des Briefes.

›Da die dort gegebene intellektuelle Unterforderung Ihrer Geisteskraft so bekömmlich ist, sollte ich Sie als Ihr Lektor eigentlich darin bestärken, möglichst viel Zeit zwischen den bierseligen Kreuzfahrt-Zombies zu verbringen, die die Unterdecks bevölkern. Dazu allerdings kann ich mich beim besten Willen nicht durchringen. Ich beschränke mich daher darauf, Ihnen eine gute Reise zu wünschen und zu hoffen, dass Sie mich für die Ängste, die ich Ihretwegen ausstehen muss, mit einer weiteren grandiosen Geschichte entschädigen. Hochachtungsvoll, Ambrosius Bayle.‹

Darunter fand sich ein Zusatz: ›P.S.: Ich habe mir die Freiheit genommen, Ihnen eine kleine Aufmerksamkeit zukommen zu lassen, die Sie in Ihrem Kühlschrank finden (zumindest, sofern auf das Bordpersonal Verlass ist). Bei all den primitiven Trinkgelagen, die zweifellos von morgens bis abends auf dem Todeskutter stattfinden, sollte es wenigstens eine Passagierin geben, die *erlesenen* alkoholischen Genüssen frönt. Cheers!‹

Mary legte den Brief auf den Couchtisch, stand auf und ging zu der Bar, mit der ihre Suite ausgestattet war. Im Kühlschrank entdeckte sie eine Flasche Champagner – eine der edelsten Sorten. Sie bewies, dass Mr. Bayle bei all seinen Sticheleien und der Grummeligkeit, zu der er bisweilen neigte, überaus großzügig sein konnte. Mary wusste schon genau, wann dieser feine Tropfen zum Einsatz kommen würde: Heute Abend, wenn sie George wiedersah und sie ihren kleinen Streit beilegten. Sie würden nicht nur auf Marys abgeschlossenes Buch, sondern auch auf ihr Zusammensein und eine fabelhafte Reise anstoßen. Aber bis dahin war es noch eine Weile hin, und Mary hatte nicht vor, in der Zwischenzeit herumzusitzen und Däumchen zu drehen. Schließlich beschäftigte sie noch immer eine drängende Frage:

Wo in Gottes Namen war Sandra?

11

»Ms. Kaczmarek?«, fragte die Concierge. Sie zog die Brauen hoch, als rufe die bloße Erwähnung dieses Namens in ihr Missbehagen und unangenehme Erinnerungen hervor. »Was ist mit ihr? Wenn sie sich irgendein Versäumnis oder Ähnliches hat zuschulden kommen lassen, nehme ich gern Ihre Beschwerde auf, Mrs. Arrington, und verspreche Ihnen, auf der Stelle disziplinarische Maßnahmen in die Wege zu leiten, um …«

»Aber nicht doch«, unterbrach Mary sie.

Sie war ein wenig geschockt darüber, dass Ms. Lindqvist ohne Weiteres davon ausging, dass sie sich über Sandra beklagen wollte. Andererseits hätte es sie wohl nicht überraschen dürfen. Schließlich hatte Sandra sich nie als herausragende Arbeitskraft ausgezeichnet.

»Sie hat sich nicht das Geringste zuschulden kommen lassen.« Vor allem in Anbetracht von Ms. Lindqvists erster starker Reaktion, konnte es Marys Ansicht nach nicht schaden, Sandra bei ihr in besonders gutes Licht zu rücken. »Ich habe niemals einen Grund zur Klage über sie gehabt. Im Gegenteil habe ich sie stets als reizende und überaus höfliche junge Dame erlebt.«

Für einen Moment huschte Unglauben über Ms. Lindqvists Gesicht, als sei es unfassbar, dass sie und Mary tatsächlich über ein und dieselbe Person redeten. Aber schnell hatte sie sich wieder gefasst und ihrem Gesicht seine kühle Undurchschaubarkeit wiedergegeben.

»Das freut mich zu hören, Mrs. Arrington. Warum

fragen Sie denn nach ihr? Ist irgendetwas in Ihrer Suite nicht in Ordnung? Brauchen Sie irgendetwas?«

Die Frau, dachte Mary, war vielleicht nicht gerade warmherzig. Aber eins musste man ihr lassen: Ihre Dienstbeflissenheit kannte keine Grenzen. Mrs. Gao hatte sie eine geraume Weile dafür eingespannt, ihre Suite nach ihren Vorstellungen und Anweisungen einzurichten – und Mary wusste ja bereits, wie anstrengend die bloße Gegenwart der pinken Dame war. Dennoch war Ms. Lindqvist ihr sofort bereitwillig entgegengeeilt, als Mary auf den Korridor getreten war und sie angesprochen hatte.

»Nein, in meiner Suite ist alles bestens, Ms. Lindqvist. Danke. Es ist nur so, dass ich mich gewundert habe. Bei meinen vorherigen Reisen habe ich Ms. Kaczmarek immer dort angetroffen.«

»Was einer der zahlreichen Gründe dafür ist«, sagte Ms. Lindqvist, »dass ich sie nicht mehr auf Deck 10 einsetzen kann. Sehen Sie, Mrs. Arrington, wir erwarten von unserem Reinigungspersonal, diskret und schnell vorzugehen, damit unsere Passagiere nicht behelligt werden, sondern sich in ihren aufgeräumten und sauberen Unterkünften schlichtweg wohlfühlen können. Ihr Lob in allen Ehren. Aber Ms. Kaczamarek«, sie sprach den Namen aus wie etwas, auf das sie allergisch reagierte, »hat sich leider zum wiederholten Male als ungeeignet erwiesen, die ihr zugewiesenen Verpflichtungen und die damit einhergehende Verantwortung angemessen wahrzunehmen. Es gab Beschwerden, Mrs. Arrington. Viele Beschwerden. Nicht all unsere Gäste sind so nachsichtig wie Sie.«

Wenn man sich schon eine dieser Edelunterkünfte leistete, schien ihre Miene zu sagen, sollte man doch auch Anspruch auf den makellosen Service erheben, der im Preis inbegriffen war. Mary spürte einen Anflug von schlechtem Gewissen. Ja, Sandra mochte von Natur aus nicht gerade eine vorbildliche Reinigungskraft sein. Aber auch sie, Mary, hatte einen Beitrag dazu geleistet, dass sie ihre Pflichten vernachlässigt hatte. Schließlich hatte sie Sandra immer wieder für ihre Ermittlungen eingespannt, und auch, wenn Sandra gerne daran beteiligt gewesen war: Mary fühlte sich schuldig, dass die junge Frau ihretwegen Schwierigkeiten bekommen hatte.

»Aufgrund der vielen Beschwerden«, fuhr Ms. Lindqvist fort, »blieb mir nichts anderes übrig, als Ms. Kaczmarek bis auf Weiteres einen anderen Posten zuzuweisen. Aber keine Sorge, Mrs. Arrington. Wir haben andere, weitaus verlässlichere Angestellte, die sich liebend gerne um Ihr Wohlergehen und den ordnungsgemäßen Zustand ihrer Suite kümmern werden.«

»Da bin ich mir sicher. Es ist nur so, dass …«

Aber Mary wusste nicht weiter. Sie konnte der Concierge schlecht sagen, dass sie und die junge polnische Frau sich angefreundet hatten. Solchen Freundschaften zwischen Passagieren und Personal stand Ms. Lindqvist sicher nicht offen gegenüber. Vielmehr bedeuteten sie bestimmt nur einen weiteren Verstoß gegen die Dienstvorschriften, den sie sofort zu Sandras Ungunsten in deren Personalakte vermerken würde. Wie aber konnte sie sonst dafür sorgen, Sandra zumindest gelegentlich in ihrer Suite zu begegnen?

Zum Glück fiel ihr ein Ausweg ein.

»Ich habe vor einer Weile angefangen, Polnisch zu lernen«, fuhr sie ihrer Eingebung folgend fort. »Ich habe Verwandtschaft in Warschau. Auf meinen vorherigen Reisen war Ms. Kaczmarek so freundlich, mir dabei behilflich zu sein, mir Tipps zu geben und meine Aussprache zu korrigieren, während sie mit der Reinigung meiner Suite befasst war. Ich fände es sehr schade, wenn ich während dieser Reise auf ihre Unterstützung verzichten müsste. Die polnische Grammatik ist ziemlich komplex, wissen Sie? Von daher wäre ich Ihnen sehr verbunden, wenn es Ihnen möglich wäre, Ms. Kaczmarek wieder hierher zu versetzen.«

Von Ms. Lindqvist Augen kriegte Mary beinahe Schüttelfrost. Schon diese Form des Umgangs ihrer Untergebenen mit den Passagieren schien nicht die Zustimmung der Concierge zu finden. Mary hoffte dennoch, dass ihr Bedürfnis, die Gäste an Bord zufriedenzustellen, diese Bedenken übertrumpfte. Es war ihr wichtig, sich mit Sandra (und auch mit ihrem Freund, dem Maschinisten Antonio) wie auf ihren vorherigen Fahrten austauschen, sich mit ihr beraten zu können, ohne Verdacht zu erregen. Zwar war nun nichts vorgefallen – kein Verbrechen, über das sie hätten beraten müssen. Aber Mary hätte es doch sehr bedauerlich gefunden, auf den regelmäßigen Austausch mit ihrer Freundin verzichten zu müssen.

Die Concierge jedoch war nicht gewillt, sich erweichen zu lassen.

»Es tut mir außerordentlich leid, Mrs. Arrington. Aber diesen Wunsch kann ich Ihnen leider nicht erfüllen. Ms. Kaczmarek muss die Konsequenzen ihres Handelns und ihrer Verfehlungen begreifen. Ich untergrabe meine eigene Autorität, wenn ich diese Verfehlungen nicht ahnde, sondern Ms. Kaczmarek einfach immer wieder damit durchkommen lasse. Wenn ich ihr erlauben würde, mit Ihnen während ihrer Arbeitszeit zu plaudern, würde ich sie ja quasi dafür belohnen und dieses unerwünschte Betragen nur fördern. Ganz abgesehen davon fällt es ohnehin nicht in ihren Aufgabenbereich, Sprachunterricht zu erteilen.«

Es fiel auch nicht in Sandras Aufgabenbereich, dachte Mary, Morde aufzuklären. Aber trotzdem hatte sie dazu unermesslich wertvolle Beiträge geleistet. Aber das konnte sie Ms. Lindqvist leider nicht verraten.

»Wenn sie Verantwortungsbewusstsein und Pflichtgefühl gelernt hat«, fuhr die Concierge fort, »werde ich in Erwägung ziehen, sie wieder an anderer Stelle einzusetzen. Aber nicht in absehbarer Zeit.«

Mary musste einsehen, dass sie bei ihr gerade nichts weiter erreichen konnte. Sie wollte ihr nicht etwa drohen, sich beim Kapitän zu beschweren. Schließlich machte Ms. Lindqvist auch nur ihren Job, und dazu gehörte es nun einmal, für reibungslose Arbeitsabläufe zu sorgen. Außerdem bedeutete Sandras Versetzung ja nicht zwangsläufig, dass sie einander während dieser Reise gar nicht zu sehen kriegen würden.

»Wären Sie denn so freundlich, mir mitzuteilen, wo sich Ms. Kaczmareks neuer Arbeitsplatz befindet?«

Bestimmt, dachte sie, hat die Concierge sie zu Antonio in den Maschinenraum, in den Lagerbereich oder sonst wo in die untersten Tiefen des Schiffes verbannt, möglichst weit weg von sämtlichen Passagieren.

Die Concierge schien mit sich zu ringen, ob sie Mary Sandras Aufenthaltsort wirklich preisgeben sollte. Am liebsten hätte sie wohl jeglichen Kontakt zwischen Sandra und den Gästen unterbunden. Aber ihr Wunsch, die Passagiere zufriedenzustellen, überstieg scheinbar die Abneigung gegen Sandra und ihre Arbeitseinstellung. Deshalb gab sie es Mary schließlich doch preis. Doch das Seufzen, mit dem sie ihre Worte begleitete, drückte noch einmal ihr Unverständnis darüber aus, dass eine gebildete, kultivierte Frau wie Mary freiwillig den Umgang mit jemandem suchte, den Ms. Lindqvist, hätte sie sich unverhohlen äußern dürfen, wahrscheinlich als ›Rotzgöre‹ bezeichnet hätte.

Mary bedankte sich bei ihr, ließ sie stehen und brach sofort auf. Zeternde Geschäftsfrauen in Pink, chinesische Hohepriester, verfluchte Statuen und Dämonen, Furcht einflößende Sicherheitsleute, verwirrte alte Damen und jetzt auch noch Sandras Versetzung – für ihren Geschmack gingen gerade eindeutig zu viele sonderbare Dinge auf der *Queen Anne* vor sich. Sandra war die Einzige, mit der sie in aller Offenheit darüber sprechen und die ihr hoffentlich einige Fragen beantworten konnte.

12

»Hallo, Mrs. Arrington«, schluchzte Sandra. »Das ist aber lieb von Ihnen, dass Sie mich besuchen kommen.«

Tränen liefen ihr über das Gesicht. Ihre Augen waren gerötet und geschwollen. Sie warf sich in Marys Arme wie jemand, der schon nicht mehr auf Rettung zu hoffen wagte und plötzlich ein Licht am Ende eines langen, dunklen Tunnels sieht.

»Sie ahnen gar nicht, wie froh ich bin, Sie zu sehen.«

»Meine Güte, Sandra«, rief Mary schockiert, während sie die junge Frau an sich drückte. Sie wies durch die offene Tür, aus der Sandra auf den Flur getreten war. Dahinter, in Schwaden aus heißem Dampf, zwischen Feuerstößen und untermalt von Gezisch und Gebrodel werkelten weißgewandete Männer und Frauen mit langen Messern, Hackebeilen und Reibeisen.

»Ist es hier denn wirklich so schlimm?«

Sandra löste sich von ihr.

»Was? Wieso?«

Sie berührte ihr feuchtes Gesicht, verstand, was Mary meinte und schnitt eine Grimasse.

»Ach nein. Was denken Sie denn von mir, Mrs. Arrington? So leicht fange ich nicht an zu flennen. Ein bisschen hartgesottener bin ich schon. Das sollten Sie eigentlich wissen. Das Geheule kommt vom Zwiebelschneiden. Ich habe gerade gefühlte zwanzig Kilo von den Dingern enthäutet und gewürfelt.«

Sie fuhr sich mit dem Ärmel über die Wangen. Es war ungewohnt für Mary, sie nicht in der Uniform des Reinigungspersonals, sondern im Outfit einer Küchenhilfe zu sehen, weißem Hemd, weißer Hose, schwarzer Kittelschürze. Auf ihrem Kopf saß eine runde weiße Kochhaube.

»Wenn es auch nicht grad zum Flennen ist — toll finde ich es nicht, dass die Lindqvist mich ausgerechnet in eine der Restaurantküchen abkommandiert hat. Ich hab überhaupt keine Ahnung vom Kochen. Deshalb muss ich die ganze Zeit Gemüse schnippeln oder stehe an der Spüle und schrubbe Geschirr sauber. Meine Haut ist schon ganz aufgeweicht von dem Seifenwasser, und von dem Hantieren mit dem Messer habe ich Blasen an den Fingern. Das ist richtige Knochenarbeit. Außerdem ist es super heiß da drin, weil da auf etlichen Herden gleichzeitig gekocht wird und mehrere Öfen laufen. Dazu kommt, dass ich wegen des Schichtdienstes, den ich hier schieben muss, Antonio kaum zu sehen bekomme, und wir haben ja so schon wenig Zeit füreinander. Echt ätzend.«

Sie zuckte bekümmert die Schultern.

»Ich weiß, ich darf mich eigentlich nicht beschweren. Dass ich hier gelandet bin, habe ich mir wohl selber eingebrockt.«

»Nicht allein«, sagte Mary zerknirscht. »Ein wenig bin ich wohl auch dafür verantwortlich. Schließlich haben Sie Ihre Arbeit vernachlässigt, um mir bei meinen Ermittlungen zu helfen.«

»Schon. Aber dazu hat mich ja niemand gezwungen. Das habe ich gerne gemacht.«

Ihr Gesicht leuchtete auf bei den Erinnerungen an die Abenteuer, die sie und Mary bereits zusammen bestanden hatten.

»So viel Aufregung und Abwechslung hab ich mein ganzes Leben lang nicht gehabt, da hätte ich niemals drauf verzichten wollen. Außerdem haben wir dabei viel Gutes bewirkt und ein paar echt fiese Verbrecher zur Strecke gebracht.« Ihre Mundwinkel krümmten sich wieder abwärts. »Trotzdem könnte ich gut darauf verzichten, jetzt dafür kiloweise Zwiebeln zu schneiden, Essensreste von Tellern zu kratzen und sie zu spülen. Ich weiß, ich war auch vom Putzen der Kabinen nie begeistert. Aber jetzt würde ich mich darum reißen. Bewegungsfreiheit, nicht diese Hitze, der permanente Geruch von Essen und all das. Niemand, der mich ständig beaufsichtigt, sodass ich Zeit hätte, mit Ihnen zu plaudern … Das einzig Gute ist, dass es nicht die olle Concierge ist, die mir hier im Nacken sitzt. Meine Chefin hier ist sogar ziemlich nett.«

Sie deutete in die Küche, aus der Mary der Duft exotischer Gewürze, von Ingwer, Zitronengras und Kardamom, in die Nase zog. Mary zählte ungefähr ein Dutzend weißer Gestalten, die damit beschäftigt waren, Pfannen zu schwenken, in Töpfen zu rühren oder raffiniert aussehende Gerichte auf weißen Porzellantellern zu arrangieren. Jeder erledigte die ihm zugewiesene Aufgabe mit zügigen und geübten Handgriffen, und alle Arbeitsabläufe schienen flüssig ineinanderzugreifen. Diejenige, die darüber die Aufsicht führte, war eine hochgewachsene schlanke Asiatin. Sie trug eine Kochjacke mit Kugelknöpfen, eine hohe, steife Kochmütze, ein Halstuch und eine weiße Schürze. Sie schien immer ganz genau zu wissen, was gerade in welchem Bereich der Küche, an welchem Herd, welchem Ofen, welchem Grill geschah – und was dort zu geschehen hatte. Mit deutlicher Stimme, aber ohne zu schreien, erteilte sie Anweisungen und schien dabei allgegenwärtig zu sein. Eben probierte sie noch eine der Soßen, dann prüfte sie, ob ein Stück Fleisch, Fisch oder Hühnchen den gewünschten

Gargrad erreicht hatte. Einen Moment später kostete sie, ob eine Mischung blanchierten Gemüses richtig gewürzt war. Auf diese Weise sorgte sie dafür, dass die Gerichte, die in den Speiseraum gelangten, den hohen Ansprüchen der Passagiere genügten.

Das war kein leichtes Unterfangen. Schließlich war die *Queen Anne* nicht nur für ihre komfortablen Kabinen, ihren phänomenalen Service und ihr herausragendes Unterhaltungsangebot berühmt. Ebenso bekannt war das Schiff dafür, seine Gäste auch in kulinarischer Hinsicht stets auf dem höchsten Niveau zu verwöhnen. Und auf vielfältige Weise. Neben einigen ausgewählten Restaurants gab es auch einen Foodcourt mit Speisen aus aller Herren Länder. Das *Red Lotus*, vor dessen Kücheneingang Mary und Sandra standen, war für ausgefeilte Delikatessen aus der asiatischen Küche zuständig.

»Mei Li ist streng, aber fair«, sagte Sandra. »Sie meckert nicht rum, wenn ich was falsch mache oder nicht schnell genug bin, sondern sagt es mir freundlich. Sie nörgelt auch nicht wie die Lindqvist die ganze Zeit rum, dass meine Haare durcheinander sind.«

»Da bin ich froh«, sagte Mary. »Ich werde trotzdem mein Bestes tun, um dafür zu sorgen, dass Sie Ihren vorherigen Posten zurückbekommen. Zum einen würde ich es sehr bedauern, mit Ihnen während dieser Reise nicht gelegentlich ein wenig Zeit verbringen zu können. Zum anderen kann es ja sein, dass ich Sie als Unterstützung bei Nachforschungen brauche«

Sandra lächelte. Aber es war ein mutloses Lächeln.

»Das ist nett von Ihnen, Mrs. Arrington. Ich würde mich riesig freuen, wenn das klappen würde. Aber ich fürchte, die Lindqvist wird nicht mit sich reden lassen und nicht mal Ihnen als Passagierin der Luxusklasse so einen Gefallen tun. Nicht nur, weil sie selber eiskalt und hart ist und sich in den Kopf gesetzt hat, aus mir eine folgsame Angestellte zu machen. Es hat auch mit diesen Sicherheitsleuten zu tun, die hier überall an Bord rumlungern.«

Mary horchte auf.

»Die Sicherheitsleute? Was haben die damit zu tun?«

»Na ja, die sollen nicht nur für Ordnung sorgen, sondern auch ein Auge darauf haben, dass das Personal anständig arbeitet. Da will die Concierge natürlich nicht riskieren, dass irgendwas auf sie zurückfällt und sie Scherereien kriegt. Und ich bin für sie natürlich das größte Risiko.«

»Ich verstehe«, sagte Mary. »Das ist wirklich ein sehr unangenehmer Trupp.«

Sandra nickte.

»Das können Sie laut sagen. Sie sind heute Morgen völlig überraschend an Bord gekommen. Es gab keinerlei Ankündigung. Angeblich wusste nicht einmal der Kapitän Bescheid.«

Was erklärte, dachte Mary, dass George die Sicherheitsleute ihr gegenüber mit keiner Silbe erwähnt hatte.

»Ich glaube«, sagte Sandra, »dass die an Bord sind, haben wir auch Ihnen zu verdanken, Mrs. Arrington. Innerhalb des Personals munkelt man, dass Germer sie Ihretwegen angeheuert hat. Er soll angeordnet haben, sofort informiert zu werden, sobald Sie wieder eine Reise auf der *Queen Anne* buchen. Als ihr Name auf der Passagierliste auftauchte, hat er diese Gorillas herbeigeschafft. Er hatte sie wohl in der Hinterhand, sozusagen auf Abruf bereitstehen. Damit der Kapitän keine Schwierigkeiten macht, hat er ihn überrumpelt. Sie jedes Mal mitfahren zu lassen, ist dem Schiffseigner wahrscheinlich zu teuer. Aber wenn sie die schlechte Presse verhindern, die Sie dem Unternehmen bisher eingetragen haben, ist es ihm die Investition offenbar wert. Die Typen sollen von Anfang an ein Auge auf Sie haben.«

»Das habe ich schon gemerkt. Ihr Anführer Bogdanovich hat mich überaus unfreundlich in Empfang genommen.«

»Vor allem aber sollen sie Verbrechen verhindern. Falls doch was passiert, sollen sie die Ermittlungen sofort an sich reißen.« Sie zuckte die Schultern. »Jedenfalls ist es kaum möglich, Bogdanovich und seine Leute ohne Weiteres loszuwerden. Sie können sich darauf verlassen, Mrs. Arrington, dass Germer sie jedes Mal anheuern wird, wenn Sie vorhaben, einen Fuß auf die *Queen Anne* zu setzen. Da haben wir dann leider alle was von.«

Mary gefiel es ganz und gar nicht, was Sandra ihr da berichtete. Besonders überrascht war sie allerdings nicht. Schließlich hatte Germer schon auf ihren vorherigen Kreuzfahrten alles versucht, ihr Steine in den Weg zu legen. Dass er jetzt auch auf vorbeugende Maßnahmen zurückgriff, war zu erwarten gewesen. Mary bedauerte, dass dadurch auch alle anderen in Mitleidenschaft gezogen wurden, die übrigen Passagiere, denen diese Unholde die entspannte Urlaubsstimmung verdarben, und Angestellte wie Sandra, die ihren Kontrollen ausgesetzt waren. Sie beschloss, George darauf anzusprechen. Vielleicht ließ sich ja eine Lösung finden. Unzufriedene Passagiere konnten schließlich auch nicht im Sinne des Schiffseigners sein. Wenn sie allerdings bedachte, dass er ausgerechnet Dr. Germer in allem freie Hand gewährte, während George bei ihm mehr und mehr in Ungnade zu fallen schien, standen die Chancen darauf nicht besonders gut.

Sie legte Sandra eine Hand auf die Schulter.

»Lassen Sie sich nicht unterkriegen«, sagte sie. »Ich bin sicher, dass uns etwas einfallen wird, um …«

Aber in diesem Moment wurde sie von der Köchin unterbrochen, die in den Korridor getreten war.

»So, Sandra«, sagte Mei Li. »Ich fürchte, deine Pause ist vorbei. Wir haben einen Schwung neuer Gäste draußen und müssen ein bisschen Gas geben. Keine Hektik, wir kriegen das hin. Aber fürs Plaudern ist keine Zeit.«

»In Ordnung«, sagte Sandra.

Ihrer Miene nach war sie nicht angetan von der Vorstellung, zu weiteren Zwiebelbergen oder anderem Gemüse zurückzukehren. Dass sie sich dennoch ohne Widerrede fügte, musste daran liegen, dass es nicht Ms. Lindqvist war, die sie zurück an die Arbeit beorderte. In der Auseinandersetzung mit der Concierge hatte Sandra nie ein Blatt vor den Mund genommen und keinen Finger krumm gemacht, ohne ihre Chefin wissen zu lassen, was sie von ihr hielt. Dass sie sich der Köchin gegenüber schnippische Bemerkungen verkniff, zeugte von dem Respekt, den Sandra vor ihr hatte. Bevor sie jedoch in die Küche zurückkehrte, war es ihr offenbar wichtig, die beiden Frauen miteinander bekannt zu machen.

»Mei Li, das hier ist Mrs. Arrington, eine berühmte Schriftstellerin aus England.« In ihrer Stimme schwang der Stolz darüber mit, mit einer berühmten Persönlichkeit befreundet zu sein. »Sie schreibt nicht nur fantastische Krimis, sondern ist auch selber eine brillante Ermittlerin. Sie hat hier auf diesem Schiff einige schwere Verbrechen aufgeklärt.«

»Allerdings nicht allein«, sagte Mary. »Ich hatte dabei schlagkräftige Hilfe.«

Mary und Sandra lächelten einander an.

Mei Li schien durchaus beeindruckt. So beeindruckt sogar, dass sie die Eile, zu der sie Sandra eben noch angetrieben hatte, kurzzeitig zu vergessen schien.

»Ich kenne natürlich Ihre Bücher, Mrs. Arrington.«

Sie reichte Mary die Hand. »Ich habe sie alle gelesen. Ich liebe Stuart Smith, er ist eine grandiose Figur. *Attentäter in Athen* ist mein Lieblingsbuch. Ich weiß gar nicht, wie oft ich das schon gelesen habe. Auch von Ihren Heldentaten auf der *Queen Anne* habe ich gehört. Die sind ja geradezu legendär. Ihnen persönlich zu begegnen, ist mir eine große Ehre. Allerdings hätte ich nie damit gerechnet, sie vor meiner Küche anzutreffen.«

»Ich bin sicher«, sagte Mary, »dass Sie mich in den nächsten Tagen noch mehrfach antreffen werden, dann allerdings nicht vor der Küche, sondern in Ihrem Restaurant. Was ich von hier aus sehen und riechen konnte, macht wirklich sofort Appetit.«

»Mei Li ist eine Meisterin ihres Fachs«, sagte Sandra. »Sie lässt mich zwischendurch das eine oder andere probieren. Ich sage Ihnen, Mrs. Arrington, so etwas Leckeres haben Sie in Ihrem Leben noch nicht gegessen.«

Mei Li lächelte bescheiden. So großes Lob war ihr sichtlich unangenehm.

»Sandra übertreibt, Mrs. Arrington. Ich möchte den Leuten nur vermitteln, dass das Essen meiner Heimat aus mehr besteht als aus Frühlingsrollen, Hühnchen süßsauer und gebratenem Reis, den man in Sojasoße ertränkt. Dazu versehe ich traditionelle chinesische Gerichte mit einem modernen Touch.«

»Ich freue mich jedenfalls darauf, diese Gerichte zu probieren.«

»Sie sind uns jederzeit willkommen. Nun aber los, Sandra. Auf Wiedersehen, Mrs. Arrington. Es war schön, Sie kennenzulernen.«

»Gleichfalls«, sagte Mary.

Mei Li kehrte in die Küche zurück.

»Machen Sie es gut, Mrs. Arrington.« Sandra winkte Mary kurz zu. »Ich hoffe, wir sehen uns noch auf Ihrer

Reise. Kommen Sie bloß nicht darauf, irgendwelche Morde ohne mich aufzuklären.«

»Versprochen, Sandra. Aber hoffen wir doch lieber, dass es dieses Mal keine aufzuklären gibt.«

Sie sah Sandra nach, die im Dampf und Lärm der Küche verschwand, und machte sich dann ebenfalls auf den Weg – aber in die andere Richtung. Die *Queen Anne* würde bald ablegen und Mary hatte vor, die Abfahrt auf dem Außendeck zu erleben, von wo aus sie ein letztes Mal auf Hongkong schauen konnte, bevor das Schiff über das südchinesische Meer seinen Weg Richtung Vietnam einschlug. Außerdem, dachte sie, würde ihr ein wenig frische Luft dabei helfen, den Kopf freizukriegen. Es war schon ungeheuer viel passiert, das sie beschäftigte.

Und die Reise hatte noch nicht einmal begonnen.

13

Jedem Anfang wohnt ein Zauber inne, hieß es. Und Gleiches, fand Mary, galt für jeden Aufbruch. Vom Heck des Schiffes bot sich ein großartiger Ausblick auf Hongkong, das hinter der schäumenden Schneise, welche die *Queen Anne* durch den Ozean zog, weiter und weiter zurückfiel. Das Sonnenlicht glitzerte auf den gläsernen und stählernen Fassaden der Wolkenkratzer, die sich zu einer eindrucksvollen Skyline aufreihten. Ausflugsschiffe, Fischerboote und Dschunken kreuzten durch das Hafenbecken und schienen der *Queen Anne* Geleit auf das offene Meer geben zu wollen. Die Passagiere, die sich hier an der Reling versammelt hatten, genossen es, den Seewind zu spüren, der ihnen ins Gesicht und durch die Haare wehte. Ihnen allen war die Aufregung, Freude und Erwartung anzumerken, die mit dem Beginn der Fahrt einherging. Plaudernd und lachend zeigten sie auf Hongkong, tauschten miteinander ihr Wissen über die Orte aus, die das Schiff anlaufen würde, machten Fotos oder filmten mit ihren Handys, um jede Sekunde dieses Abenteuers, das nun begann, festzuhalten. Ein erhebendes Gefühl ergriff jeden von ihnen, während sie Hongkong zum Abschied winkten.

Mary beneidete sie. Sie hatte nichts von der famosen Aussicht, und ihr eigenes Aufbruchsgefühl war weit weniger erhebend, da sie gezwungen war, es in einer unbequemen Schwimmweste zu erleben. Zu ihrem Bedauern hatte sie, just als sie das Außendeck betreten hatte, erfahren, dass sie zu der ersten Gruppe von Passagieren zählte, die die für alle vorgeschriebene Sicherheits- und Rettungseinweisung zu durchlaufen hatte. Statt ein letztes Mal in aller Ruhe Hongkong zu bewundern, stand sie daher mit einem guten Dutzend anderer Reisender bei den Rettungsbooten zusammen, die an Verankerungen an der Seite des Schiffes hingen, und lauschte gezwungenermaßen den Erläuterungen einer Stewardess, die erklärte, wie sie sich in einem Notfall zu verhalten hatten. Sie war jung und wirkte noch etwas unerfahren, und wenn sie auch über das nötige Wissen verfügte, schien sie ein wenig verunsichert, es all diesen Leuten vorzutragen.

»Das Notsignal besteht aus sieben kurzen und einem langen Ton. Sollte es erklingen, bitten wir Sie, möglichst warme Kleidung wie etwa eine Jacke überzuziehen. Eine Schwimmweste, wie Sie alle sie gerade tragen, finden sie im Kleiderschrank Ihrer Kabine. Lassen Sie Ihr Gepäck und alle sonstigen persönlichen Gegenstände zurück und begeben sie sich zügig, aber ohne Hektik, an den Ihnen zugewiesenen Sammelpunkt.«

Mary ging es gehörig gegen den Strich, diese Prozedur bei jeder Reise von Neuem über sich ergehen zu lassen. So oft, wie sie diese Übung schon absolviert hatte, wäre sie imstande gewesen, sie zu leiten. Sie hätte die Weste mit geschlossenen Augen anlegen und den Klettverschluss des Gürtels schließen können. Sie wusste längst, dass das Licht, das sich an der Weste befand, bei Wasserkontakt zu leuchten begann und dass die Weste mit einer Trillerpfeife ausgestattet war, mit der sie auf sich aufmerksam machen konnte. Ohne fremde Hilfe wäre es ihr gelungen, eines der Rettungsboote zu Wasser zu lassen, zu denen sie im Übrigen ein etwas gespaltenes Verhältnis hatte. Bei ihrer letzten Reise hatte eines von ihnen seinem Namen nicht gerade alle Ehre gemacht, sondern hätte sie beinahe erschlagen, anstatt ihr das Leben zu retten. Sie hoffte einfach, dass die Stewardess bald zum Ende käme, damit sie angenehmeren Unternehmungen an Bord nachgehen konnte.

Andere in ihrer Gruppe, vor allem jene, die zum ersten Mal auf einem Kreuzfahrtschiff waren, fanden die Darbietung hingegen weitaus spannender — und unterhaltsamer. Nicht wenige scherzten über die ulkige Erscheinung, die sie alle in den klobigen orangenen Schwimmwesten abgaben, und der eine oder andere konnte sich das Lachen nicht verkneifen, als die Stewardess nun vorführte, wie man sich mit einer Hand Mund und Nase zuhielt und den anderen Arm um den Oberkörper legte, damit die Weste nicht verrutschte, wenn man sich möglichst geradlinig ins Wasser fallen ließ. Die Scherzkekse fühlten sich offenbar an alte Piratenfilme erinnert. Vermutlich, dachte Mary, würden sie es weniger witzig finden, sollte wider Erwarten der Ernstfall eintreten. Die Stewardess schien unsicher, ob sie die Störenfriede zur Ruhe ermahnen sollte. Vielleicht fürchtete sie, sich dadurch weiteren Spott zuzuziehen.

In dem Moment hallte ein aufgebrachter Ruf über das Deck.

»Hilfe, bitte helfen Sie mir!«

Die Stewardess unterbrach ihre Ausführungen. Alle drehten sich um. Verwundert, manche verstört, blickten sie auf die etwas plumpe Gestalt im quietschbunten Hawaiihemd, die mit fuchtelnden Händen und wippendem Bierbauch auf sie zueilte.

»Bitte, jemand muss etwas tun!«

Die Männer, Frauen und Kinder in den Schwimmwesten schauten einander ratlos an. Nur die Stewardess, etwas überfordert mit der Situation, wollte auf den

Mann zutreten. Aber Mary, froh über die Abwechslung, kam ihr zuvor.

»Mr. Beckett. Was ist denn geschehen?«

Andy Beckett, der die ganze Zeit über hektisch um sich geschaut hatte, richtete seinen Blick auf sie.

»Mrs. Arrington«, rief er und schob sich durch die Gruppe auf sie zu. Es fehlte wohl nicht viel, und er wäre ihr in die Arme gefallen, so froh schien er, sie zu sehen. »Mrs. Arrington, Gott sei Dank treffe ich Sie. Sie müssen mir unbedingt helfen.«

»Was ist denn passiert?«

»Meine Mutter«, stieß Beckett hervor. Er war völlig außer Atem. Sein Gesicht war hochrot vom Laufen, vor allem aber wohl von der Aufregung. »Sie ist schon wieder verschwunden. Wir haben … wir waren …«

Mary legte ihm eine Hand auf die Schulter. Sie kam sich etwas albern vor, dieses Gespräch mit einer Schwimmweste am Leib zu führen. Aber Beckett schien ihre Aufmachung gar nicht recht wahrzunehmen.

»Beruhigen Sie sich, Mr. Beckett.«

»Andy«, keuchte er. »Bitte nennen Sie mich Andy.«

»Atmen Sie tief durch, Andy. Und dann erzählen Sie uns in aller Ruhe, was passiert ist.«

Andy stützte sich mit den Händen auf den Knien ab, schloss für einen Moment die Augen und schnaufte ein paarmal tief durch. Mary und die Umstehenden warteten geduldig ab, bis er wieder zu Atem gekommen war.

Schließlich richtete er sich auf und blickte in die Runde.

»Wir waren gerade am Ende des ersten Teils unserer Besichtigungstour. Ich hatte die ganze Zeit auf sie achtgegeben. Aber ich muss abgelenkt gewesen sein, ich fand alles so faszinierend, und da ist sie durchgebrannt, schon wieder …«

Ein paar der Leute schauten Beckett vorwurfsvoll an, weil er es vernachlässigt hatte, auf die alte Frau achtzugeben. Viele aber schmunzelten über deren Flucht oder tuschelten miteinander. Diskussionen setzten ein.

»Ich bitte Sie, Herrschaften«, mahnte die Stewardess. »Wir haben hier eine Notlage. Seien Sie so freundlich und halten Sie sich mit ihren Äußerungen zurück, damit wir uns um das Problem kümmern können.«

Aber ihre Ermahnungen gingen im allgemeinen Aufruhr unter. Mary griff zu einem effektiveren Mittel. Sie fand die Trillerpfeife an ihrer Weste und blies mit aller Kraft hinein. Der schrille Ton ließ alle zusammenfahren, und sofort kehrte wieder Ruhe in die Gruppe ein. Mary nickte zufrieden. Offensichtlich konnte so eine Rettungsweste nicht nur im Wasser, sondern auch schon an Bord überaus praktisch sein.

»Wo befanden Sie sich, als Sie bemerkt haben, dass Dorothy verschwunden ist?«

»Wir waren gerade im *Prince Charles' Club*. Der ist wirklich fantastisch. Es gibt da mehrere Bars und eine riesige Tanzfläche, eine Soundanlage auf dem neuesten Stand der Technik, und es ist alles so schick und modern und ...« Er merkte, dass dies schwerlich der richtige Zeitpunkt war, um seiner Begeisterung über die Vorzüge des schiffseigenen Nachtclubs freien Lauf zu lassen. »Ich weiß nicht, was ich tun soll, Mrs. Arrington. Catherine und ich sind den ganzen Weg der Tour noch einmal abgegangen. Dann haben wir beschlossen, uns zu trennen, um unsere Chance zu erhöhen und uns über das Handy Bescheid zu geben, falls wir Mutter finden. Wir suchen jetzt schon lange, und dieses Schiff ist so riesig, es gibt tausend Plätze, an denen sie sein kann – wenn sie nicht wieder an Land gewandert ist, bevor wir abgelegt haben.«

Er drängte sich zwischen den Leuten hindurch bis an die Reling und schaute zurück auf Hongkong, das nur noch winzig in der Ferne zu erkennen war.

»Mein Gott, ich mag gar nicht daran denken, dass sie jetzt vielleicht allein in dieser Stadt herumirrt – wenn ihr nicht etwas noch Schlimmeres zugestoßen ist.« Mit einem Grausen starrte er in das Wasser hinab. »Was, wenn sie von Bord gefallen ist?«

»Das glaube ich nicht«, sagte Mary.

Beckett sah sie mit einer Mischung aus Zweifel und Hoffnung an.

»Nein?«

»Nein. Sie kann das Schiff nicht verlassen haben. Man mag von den Sicherheitsleuten halten, was man will. Aber ich denke, es ist sehr unwahrscheinlich, dass sie eine alte Dame einfach so an sich vorbei und von Bord spazieren lassen. Und ebenso wie hier viele Leute zusammengekommen sind, werden auch die anderen Decks gerade gut besucht sein. Da ist es kaum denkbar, dass sie über die Reling gestürzt ist – und selbst wenn, hätte längst jemand Alarm geschlagen.«

Andy Beckett stieß einen Seufzer der Erleichterung aus.

»Okay, ja, das macht Sinn, nicht wahr?«

»Tut es«, sagte Mary, und auch einige der anderen nickten, um Beckett Mut zu machen. »Ich denke, das Wahrscheinlichste ist, dass Dorothy sich verlaufen hat. Aber es ist natürlich auch nicht gut, dass sie allein auf dem Schiff unterwegs ist, ohne zu wissen, wo sie sich befindet oder wo sie hin soll. Allerdings machte sie auf mich nicht den Eindruck von jemandem, der schnell in Panik gerät oder Gefahr läuft, zusammenzubrechen. Sie wirkte ziemlich fit für ihr Alter.«

»Das ist sie«, sagte Beckett. »Sie ist ziemlich zäh.«

»Na, sehen Sie. Bestimmt treffen wir sie dabei an, wie sie die Bibliothek oder den Tanzsaal besichtigt. Vielleicht sitzt sie auch in einem Café, trinkt Tee und genießt die Aussicht. So oder so werden wir sofort mit der Suche beginnen.« Sie wies auf die anderen Passagiere, die das Gespräch gebannt verfolgt hatten. »Ich bin sicher, dass einige der Herrschaften hier sich uns anschließen werden.«

Einige nickten. Beckett blickte um sich, dankbar für die Unterstützung. Mary zerrte sich die Schwimmweste herunter, und viele andere taten es ihr gleich. Die Stewardess blickte ein wenig unglücklich auf den orangenen Berg, der sich nun vor ihren Füßen auftürmte. Doch erhob sie keine Einwände, schien im Gegenteil ganz froh, dass Mary das Kommando übernommen hatte.

»Kommen Sie, Herrschaften«, sagte Mary in die Runde. »Anstatt hier weiter für den Notfall zu üben, müssen wir uns um einen echten Notfall kümmern. Es gibt jemanden, der wirklich gerettet werden muss.«

14

Mary war in ihrem Element. In Windeseile bewies sie, dass sie nicht nur über das Talent verfügte, erfundene Verbrechen in Romanen darzustellen und wirkliche Verbrechen aufzuklären, sondern außerdem die Fähigkeit besaß, groß angelegte Suchaktionen zu organisieren. Sie teilte die freiwilligen Helfer an Deck in kleine Trupps ein, die jeweils bestimmte Bereiche des Schiffes durchsuchen und dabei über Handy miteinander in Kontakt bleiben sollten. Sie rekrutierte Stewards, Bell Boys und andere Crewmitglieder, um Korridore, Restaurants, die Bibliothek, den Fitnessraum und sonstige Orte zu überprüfen. Sie wusste, dass Dorothy im Grunde überall sein konnte. Über die vielen Gänge, Treppen oder über die Aufzüge konnte sie in kurzer Zeit jeden Abschnitt auf jedem Deck erreicht haben. In Anbetracht der Notlage und der Größe des Schiffes schreckte Mary nicht einmal davor zurück, Bogdanovich und seine Leute in die Suche mit einzubeziehen. Zwar war der grimmige Hauptmann nicht bereit, sich ihrem Kommando unterzuordnen. Doch schien er froh, die Schlagkraft seiner Truppe unter Beweis stellen zu können, und schickte sie sofort aus. Dabei ging es ihm, wie Mary vermutete, weniger um das Wohl der alten Dame als vielmehr darum, den anderen Suchenden zuvorzukommen und damit zu beweisen, dass der Aufenthalt des Sicherheitspersonals an Bord absolut unabdinglich war.

Wenn dies sein Anliegen war, scheiterte er. Und auch

den anderen Mitsuchenden gelang es nicht, Dorothy ausfindig zu machen.

Stattdessen war es der Maschinist Antonio, Sandras Freund, der Dorothy schließlich in die Grand Lobby führte. In seiner üblichen Arbeitskleidung, einem blauen Overall über einem weißen Unterhemd, das seine muskulösen Arme zur Schau stellte, mit Ölflecken im Gesicht und mit seinem glänzenden, zu einem Pferdeschwanz gebundenen Haar passte er nicht recht zu der edlen Einrichtung der Prachthalle. Ein wenig wirkte er wie ein Action-Held, der gerade von einer heiklen Dschungelmission zurückkehrt, bei der er die alte Dame an seinem Arm im Alleingang aus den Klauen skrupelloser Bösewichte befreit hatte. Und Dorothy ihrerseits sah aus, als hätte sie tatsächlich Schlimmes durchgemacht. Von ihrer Unbekümmertheit und guten Laune war nichts mehr zu spüren. Blass und zittrig hing sie an Antonios Arm und wäre ohne ihn wohl in sich zusammengesunken.

»Dorothy«, sagte Mary. Von Sandra verständigt, hatte sie die beiden bereits erwartet. Erschrocken von dem angeschlagenen Zustand der zuvor so robust wirkenden Frau eilte sie ihnen entgegen. »Ist alles in Ordnung mit Ihnen?«

Aber Dorothy gab keine verständliche Antwort, murmelte nur ein paar Worte und blickte Mary an, ohne sie zu erkennen. Zusammen mit Antonio geleitete Mary sie in eine ruhige Ecke der Halle und half ihr vorsichtig in einen der dort stehenden Sessel.

Die Nachricht, dass die vermisste alte Dame gefunden worden war, hatte sich rasch verbreitet. Die meisten der freiwilligen Helfer waren wieder dazu übergegangen, ihren Urlaub zu genießen. Nur einige wenige waren in die Halle gekommen, um sich zu vergewissern, dass das kleine Abenteuer, an dem sie teilgenommen hatten, tatsächlich ein gutes Ende genommen hatte. Sie hatten sich um die Sitzecke versammelt, hielten jedoch höflichen Abstand, um Dorothy nicht zu bedrängen. Etwas anderes, als Abstand zu halten, wäre ihnen allerdings auch gar nicht möglich gewesen. Denn Bogdanovich und zwei seiner Leute waren ebenfalls gekommen. Mit bedrohlichen Mienen schirmten sie Mary, Antonio und Dorothy von dem übrigen Betrieb in der Lobby ab. Marys Ansicht nach war es vollkommen unnötig, da sich ohnehin niemand allzu sehr für sie interessierte und niemand auf die Idee kam, etwa Fotos zu machen oder Dorothy anderweitigen Stress zu bereiten (sie machte allerdings nicht den Eindruck, als hätte sie überhaupt etwas davon mitgekriegt). Aber Mary hatte keine Lust, sich mit Bogdanovich herumzuschlagen. Es war wichtiger, sich um Dorothy zu kümmern.

»Was ist denn mit Ihnen passiert«, fragte Mary sie, »das Sie so mitgenommen hat?«

Aber Dorothy starrte nur weiterhin vor sich ins Nichts. Sie legte ihre faltigen Hände aufeinander, hielt die eine mit der anderen fest, als versuchte sie, das Zittern aus ihnen zu bannen. Es gelang ihr nicht. Ihre Lippen bewegten sich noch immer. Doch wollte sich Mary nach wie vor nicht erschließen, welche gemurmelten Worte sie hervorbrachten.

»Antonio«, wandte sie sich an den Maschinisten. »Wissen Sie etwas Genaueres darüber, was geschehen ist?«

Aber Antonio schüttelte den Kopf. Mary wusste, dass er alles andere als redselig war, niemals ein Wort mehr äußerte, als absolut notwendig. Sie erwartete daher, dass er seine Antwort auf dieses Kopfschütteln beschränken würde, und war überrascht, als er tatsächlich sprach.

»Ich habe sie in einem Bereich unter Deck gefunden, in der Nähe des Maschinenraums. Sie saß auf dem Boden, unverletzt, aber sehr verstört. Sie konnte mir nicht sagen, was passiert ist.«

»Gott sei Dank haben Sie sie gefunden. Und Gott sei Dank ist sie nicht verletzt. Sie ist offenbar nicht gestürzt und hat sich auch nirgendwo gestoßen. Vielleicht kann sie uns etwas sagen, wenn sie sich beruhigt hat.«

Ein Steward schob sich zwischen Bogdanovich und seinen beiden Wachhunden hindurch, um Dorothy einen stärkenden Tee zu bringen. Er hielt ihr die Tasse hin. Aber die alte Dame sah ihn nur fragend an. Da sie ohnehin nicht imstande gewesen wäre, die Tasse zu halten, ohne alles zu verschütten, nahm Mary sie dem Steward ab. Sie gab Dorothy die Tasse, legte ihre Finger darum, half ihr, sie festzuhalten und zum Mund zu führen. Dorothy schlürfte einen kleinen Schluck. Das Zittern ließ tatsächlich ein wenig nach. Doch Dorothys Augen blieben glasig. Mary nahm ihr die Tasse ab und stellte sie auf den Tisch neben dem Sessel.

Da sie nicht wusste, wo Dorothys Kabine war, wollte sie Antonio gerade bitten, die alte Dame gemeinsam mit ihr in die Trafalgar Suite zu bringen. Dort könnte sie sich auf dem Sofa und fern von allem Aufruhr ein wenig ausruhen, bis ihr Sohn in Kenntnis gesetzt war und käme, um sie abzuholen. Da aber erklang in ihrem Rücken Bogdanovichs harsche Stimme.

»Halt! Hier kommt niemand durch!«

»Machen Sie gefälligst Platz, Sie Grobian«, antwortete jemand. »Das ist meine Mutter.«

Widerwillig wichen die Sicherheitsleute zur Seite, wenn auch keinen Zentimeter weiter als nötig. Andy Beckett und seine Frau Catherine drängten sich zwischen ihnen hindurch. Beiden war die Angst in ihre Gesichter geschrieben.

»Meine Güte, Mutter«, sagte Andy, der den Tränen nahe schien, und ging neben Dorothy in die Hocke. »Was machst du nur für Sachen? Wenn dir etwas passiert wäre, ich weiß nicht ...«

Catherine legte ihr die Hand auf die Schulter.

»Wir sind einfach nur froh, dass es dir gut geht.«

Dorothy schaute auf. Die Anwesenheit ihres Sohnes und ihrer Schwiegertochter, ihre bekannten Gesichter und Stimmen schienen sie ein Stück weit aus ihrer Benommenheit zu bringen. Doch war es nicht Erleichterung oder Freude, was sie stattdessen zeigte. Ihre Verstörung ließ nicht nach – und noch etwas anderes trat in ihre Züge, etwas, das Mary noch mehr beunruhigte als Dorothys bisheriger Zustand: Ein unsagbarer Schrecken. Einer Panik nah, richtete sie ihren Blick auf Mary. Ihre Lippen bewegten sich noch immer. Und nun wurden ihre Worte deutlich vernehmbar.

»Das Monster«, flüsterte sie.

Sie fasste Mary am Ärmel, hielt sich daran fest wie ein verängstigtes Kind. Mit weit aufgerissenen Augen starrte sie Mary an.

»Das Monster wollte mich holen.«

15

»Ein Monster?«, fragte Catherine. »Wovon bitte redet sie da nur?«

»Oh Gott, es ist schlimmer, als wir dachten«, rief Andy Beckett und schlug die Hände über dem Kopf zusammen. »Sie muss sich irgendwo gestoßen haben. Oder irgendetwas ist auf sie draufgefallen. Offenbar hat sie jetzt vollkommen den Verstand verloren.« Er fasste Dorothy an der Schulter, drückte sie sanft. »Mutter, beruhige dich. Wir sind ja bei dir. Niemand kann dir etwas tun. Ein Monster schon mal gar nicht.«

Dorothy schaute zwar zu ihm auf. Aber statt einzusehen, dass er recht hatte und keine Ungeheuer an Bord ihr Unwesen trieben, schüttelte sie nur ihren Kopf, als sei von ihnen beiden er derjenige, der nicht klar denken konnte.

»Es wollte mich holen.« Sie krampfte ihre Finger in Marys Arm und schaute panisch um sich. »Das Monster ist hinter mir her.«

Andy setzte bereits zu einem neuen Einwand an. Aber Mary brachte ihn mit einer Geste zum Schweigen. Auch sie glaubte nicht, dass die alte Dame einem Monster über den Weg gelaufen war. Doch es schien Mary sinnvoller, auf sie einzugehen. Vielleicht ließ sich auf diese Weise herausfinden, was tatsächlich vorgefallen war. Denn irgendetwas war geschehen, da war Mary sicher. Irgendetwas Außergewöhnliches. Dorothy, das hatte sie schon bei ihrer ersten Begegnung festgestellt, war geistig nicht auf der Höhe und nun noch zusätzlich durcheinander. Aber sie glaubte nicht, dass diese Verschlimmerung auf einem bloßen Hirngespinst beruhte.

»Was für ein Monster war es, Dorothy?« Sie beugte sich zu ihr herab. »Wie sah es aus?«

Dass sie jemand ernst nahm, wirkte besser auf Dorothys Verfassung als alles gut gemeinte Zureden. Ihr Blick wurde ein wenig klarer.

»Es hatte ein fürchterliches Gesicht«, sagte sie mit bebender Stimme, »eine grausige Fratze, mit riesigen Zähnen. Rote, böse funkelnde Augen, spitze, geschwungene Hörner, mit denen es mich aufspießen wollte. Und Federn, grüne, lange Federn, die von seinem Kopf abstanden. Es fauchte und schnaubte und brüllte und streckte seine Klauen nach mir aus und …«

Ihre Stimme brach. Sie presste sich die Hände vors Gesicht, und ein heftiges Schluchzen schüttelte ihren schmalen Körper.

Catherine hob ratlos die Arme und ließ sie wieder fallen.

»Sie fantasiert. Sie hat sich verlaufen, hat dabei völlig den Bezug zur Realität verloren und leidet jetzt an Halluzinationen. Das ist die einzige Erklärung.«

»Ich kann Ihnen nicht zustimmen«, sagte Mary. »Als ich sie vorher im Korridor antraf, war sie auch allein unterwegs. Das löste keine derartige Angst in ihr aus. Im Gegenteil war sie ziemlich guter Laune. Irgendetwas hat sie gesehen.«

»Aber was denn?«, fragte Andy. »Doch wohl kaum ein Monster. Vielleicht ein Plakat für einen Film oder ein Musical? Ein Buchcover oder so etwas?«

Auch Mary war dieser Gedanke bereits gekommen. Doch sie kam nicht dazu, sich mit dieser Frage näher auseinanderzusetzen.

16

»Ihr Ungläubigen«, hallte eine gebieterische Stimme durch die Grand Lobby. Es war eine Stimme, mit der Mary bereits wohlvertraut war. »In eurer Einfalt sucht ihr die Lösung einzig in jenen Gefilden, die euren beschränkten Geistern offenstehen: In den Gefilden der Vernunft. Oh, welch törichtem Irrtum ihr dabei erliegt!«

Mary wandte sich um. Jetzt erst sah sie, dass die Zuschauermenge innerhalb der letzten Minuten angewachsen war. Eine alte Frau erregte vielleicht nicht übermäßig viel Aufmerksamkeit. Die Verkündung, sie sei einem Monster begegnet, sorgte hingegen verlässlich für Aufregung und Neugier. Eine stattliche Anzahl von Passagieren, aber auch einige Stewards und Bell Boys hatten sich um die Sitzecke versammelt. Um möglichst viel von dem Gespräch aufzuschnappen, waren sie so dicht an Dorothy herangerückt, wie die Sicherheitsleute es zuließen. Jetzt teilte sich die Menge. Sogar Bogdanovich und seine Leute wichen zur Seite, um dem Mann Platz zu machen, der nun gemeinsam mit seinem Anhänger Jonathan Rudd auf Mary und die anderen zutrat. Bogdanovich hinderte ihn nicht daran. Offenbar hatte er ebenfalls aufmerksam gelauscht, um mitzubekommen, was es mit dem vermeintlichen Monster auf sich hatte, und war dadurch zu abgelenkt gewesen, um Meister Wang aufzuhalten.

Wie eine wandelnde Statue, die von ihrem Sockel in einem chinesischen Tempel herabgestiegen war, um die Irdischen mit ihrer Weisheit zu beglücken, baute sich der selbsternannte Hohepriester vor Dorothy auf. Mary wich nicht von ihrer Seite, bereit, einzuschreiten und ihn des Platzes zu verweisen, sollte er der angeschlagenen alten Dame noch weiter zusetzen.

»In eurer Verblendung«, sprach er, »seid ihr der einfältigen Ansicht, alles habe sich den Gesetzen eurer sogenannten Wirklichkeit zu unterwerfen. Dabei aber überseht ihr jenen Teil, der sich nicht von diesen Gesetzen fassen lässt, den Bereich der Geister, der Dämonen und ja: auch der Monster.«

Mary hatte keine Lust, sich auf ein Wortgefecht mit ihm einzulassen. Aber ihr war noch weniger danach, ihn schamlos Dorothys Leid zur Verbreitung seiner vermeintlichen Lehren ausnutzen zu lassen. Sie hatte Respekt vor anderer Leute Religion und Glauben. Jeder konnte selbst entscheiden, welchen Überzeugungen er sich anschließen wollte. Und natürlich war es möglich, dass Meister Wang, wie sein Anhänger behauptete, tatsächlich ein Gelehrter mit tiefreichenden Kenntnissen der chinesischen Mythologie und Heilkunde war. Aber dieser Mann war ihr nicht geheuer. Er war ihr zu undurchsichtig und überhaupt suspekt mit seinem großspurigen Getue und seinem grüngewandeten Schatten, der ihn auf Schritt und Tritt verfolgte. Sie würde ihm nicht erlauben, hier ungehindert seiner Selbstdarstellung zu frönen und die ganze Situation an sich zu reißen.

»Verzeihen Sie, großer Meister. Ich bin sicher, es ist faszinierend, einige Auszüge aus Ihrem reichhaltigen Wissensschatz zu hören. Ich bin immer interessiert an fremden Kulturen und ihrer Mythologie. Das *Royal Theatre* hier an Bord bietet Platz für zahlreiche Zuschauer. Sie sollten vielleicht in Erwähnung ziehen, es zu mieten, um den Passagieren und dem Personal einen Vortrag zu halten. Er fände sicher starken Anklang. Ich verspreche Ihnen, in der ersten Reihe zu sitzen und Ihren Ausführungen gebannt zuzuhören. Hier und jetzt aber halte ich diese weder für hilfreich noch für angebracht.«

Meister Wang verzog keine Miene. Unter halb geschlossenen Lidern hervor sah er sie mit seinen schläfrig wirkenden Augen an. Lediglich ein leichtes Zucken seines Kinnes meinte Mary wahrzunehmen, das seinen weichen weißen Bart erzittern ließ. Sonst aber zeigte er keinerlei Reaktion. Dafür trat Jonathan Rudd vor.

»Schweigen Sie und weichen Sie zurück«, rief er und streckte den Finger nach Dorothy aus. »Meister Wang ist der Einzige, der diese Frau retten kann.«

Wenn Mary auch nicht begeistert von Meister Wangs Gegenwart war, musste sie doch zugeben, dass er eine wünschenswerte Wirkung auf Dorothy ausübte. Sie war noch immer sichtlich durcheinander. Aber angesichts der farbenfroh gekleideten Gestalt und der Ablenkung, die sie ihr bot, schien sich ihr Schrecken zu legen.

»Lydia«, fragte sie. »Wer ist der bunte Herr? Ein Zauberer?« Sie klatschte freudig in die Hände. »Kann er eine Münze verschwinden lassen und sie hinter deinem Ohr hervorziehen?« Mary war erleichtert, sie lächeln zu sehen. »Hat er auch ein weißes Kaninchen dabei?«

Erwartungsfreudig blickte sie zu ihm auf. Ihre Begegnung mit dem Monster schien sie zumindest für den Augenblick vergessen zu haben.

Aber Meister Wang machte keine Anstalten, Kaninchen, Tauben, sonstige Tiere oder wenigstens ein paar farbige Tücher aus seinem Ärmel zu ziehen. Andy und Catherine wirkten unsicher, was sie von ihm halten sollten, ebenso wie Bogdanovich. Er schien zwar bereit, einzuschreiten und Meister Wang gegebenenfalls aus der Lobby schaffen zu lassen. Doch schien er erst einmal herausfinden zu wollen, was der vermeintliche Weise zu verkünden hatte. Meister Wangs selbstsicheres Auftreten, seine geheimnisvolle Aura, der Anschein der Allwissenheit, den er sich gab, schien alle zu beeindrucken, sie wenigstens neugierig zu machen. Aber schließlich, dachte Mary, hatten sie auch nichts von seinem Betragen bei Mrs. Gao mitbekommen.

Sie lehnte sich zu ihm.

»Wenn Sie nicht tatsächlich imstande sind«, raunte sie, »die Gute mit einem Kartentrick aufzuheitern, schlage ich vor, dass sie höchstens einen ganz bestimmten Trick vorführen und sich und ihren Jünger schleunigst in Luft auflösen. Ansonsten sehe ich mich gezwungen, dem Sicherheitspersonal und allen anderen hier zu berichten, dass sie sich nicht darauf beschränken, Münzen verschwinden zu lassen, sondern es darauf anlegen, dies mit gewissen Drachenstatuen zu tun. Ms. Lindqvist, die Concierge, wird den Vorfall sicher gerne bezeugen.«

»Was erlauben Sie sich«, rief Jonathan, dem ihre Worte nicht entgangen waren. »Zeigen Sie etwas mehr Ehrerbietung. Dieser Mann verfügt über Fähigkeiten und Kenntnisse, von denen Sie nicht einmal zu träumen wagen! Ich bin der beste Beweis dafür. Bevor ich ihn kannte, war ich ein Verirrter, ein Verlorener. Er führte mich auf den rechten Weg, auf den Weg der Erleuchtung, wie er es auch mit Ihnen, mit jedem hier machen könnte, wenn nicht Leute wie Sie …«

Meister Wang machte eine beschwichtigende Geste, bei der Jonathan auf der Stelle verstummte.

»Lass gut sein, mein treuer Jünger. Die Ungläubigen, jene, die blind sind im Geiste, können wir nicht bekehren.« Er wandte sich an Mary und hob die Stimme, sodass alle Umstehenden ihn hören konnten. »Wie Sie meinen, Madam. Alles, was ich wollte, war, meine Dienste anzubieten und diese erbarmenswerte Frau zu retten, die so Schreckliches mitgemacht hat. Wenn meine Hilfe nicht erwünscht ist, werde ich mich zurückziehen. Doch wenn alles noch schlimmer wird, vergessen Sie nicht, dass Sie es waren, die mich fortgeschickt hat.«

Er wandte sich zum Gehen und gab seinem Jünger ein Zeichen, ihm zu folgen. Jonathan warf Mary grimmige Blicke zu. Doch sie ließ sich davon ebenso wenig aus der Ruhe bringen wie von Meister Wangs Warnungen.

»Was ist denn los, Lydia?«, fragte Dorothy von ihrem Sessel aus. »Ist die Show schon zu Ende? Das war aber enttäuschend. Er hat ja noch nicht einmal jemanden zersägt oder sich aus Ketten befreit.«

»Tja, Dorothy, ich fürchte, solche Sensationen hat er nicht zu bieten. Er kann auch bedauerlicherweise nicht durch Wände gehen. Daher hoffe ich, dass er möglichst schnell eine Tür findet, durch die er entschwinden kann.«

Aber zu ihrem tiefsten Bedauern teilten nicht alle diese Meinung.

»Warten Sie«, rief Andy Beckett, hastete vor und fasste Meister Wang am Arm. »Wenn Sie meiner Mutter wirklich helfen können, tun Sie das bitte.«

Er blickte Mary verlegen an.

»Entschuldigen Sie, Mrs. Arrington. Ich bin sicher, Sie meinen es gut, und ich bin Ihnen ungeheuer dankbar dafür, dass Sie geholfen haben, Mutter zu finden. Ich habe auch keine Ahnung, was ich von all dem halten soll. Aber wenn er wirklich etwas darüber weiß, über das, was mit ihr passiert ist, sollten wir ihn vielleicht wenigstens ausreden lassen.«

»Hören Sie, Andy«, setzte Mary an.

Aber Meister Wang schnitt ihr das Wort ab.

»Ja, ich weiß etwas darüber«, rief er, entschlossen, sich das Rampenlicht nicht noch einmal streitig machen zu lassen. »Ich weiß alles darüber. Diese Frau leidet nicht unter Einbildungen, nicht unter Halluzinationen. Es war fraglos ein Monster, das über sie hergefallen ist – und es kann keinen Zweifel daran geben, was für ein Monster es war.«

»Was für ein Monster war es?«, fragte Catherine, die wie Andy an seinen Lippen hing. Dorothy tat es ihnen gleich. Doch wirkte sie nicht fasziniert und gespannt auf das, was er kundzutun hatte. Im Gegenteil hatte die neuerliche Erwähnung des Monsters all jene Furcht und jenen Schrecken wieder in ihr hervorgebracht, von dem Mary gehofft hatte, sie habe ihn überwunden oder zumindest verdrängt. Mary hätte gehen können. Es war aussichtslos, Meister Wang aufhalten zu wollen, wenn seine begierigen Zuhörer in der Überzahl waren, und sie konnte hier nichts mehr ausrichten. Aber sie weigerte sich, von Dorothys Seite zu weichen.

»Es war das Monster«, verkündete Meister Wang, »in das sich der tückische Dämon Xiaogui bisweilen verwandelt, um uns Irdische seinen Zorn spüren zu lassen und seine bösen Spiele mit uns zu treiben.«

Einige der Zuhörer lachten über diese alberne Vorführung. Andere aber hielten den Atem an oder stießen verwunderte oder besorgte Laute aus.

»Ein Dämon?«, murmelte jemand. »Das ist ja unheimlich. Davon stand aber nichts in der Reisebroschüre.«

Meister Wang ignorierte die Spötter und badete sichtlich zufrieden im Staunen jener, die seinen Worten Glauben schenkten. Dorothy fing leise an zu wimmern. Mary stellte sich neben sie und legte ihr tröstend die Hand auf die Schulter. Meister Wang hingegen schenkte ihr, der er doch angeblich helfen wollte, nicht mehr Beachtung, als ein großer Schauspieler einem bedeutungslosen Statisten geschenkt hätte. Mary fragte sich, ob er einfach nur ein Scharlatan war, der andere mit seinen Geschichten um den Finger wickeln wollte, oder ob er tatsächlich all das glaubte, was er von sich gab.

»Ganz recht. Die Beschreibung, die diese Frau, sein armes Opfer, uns geliefert hat, entspricht genau jenen Darstellungen, die man von Xiaogui in den alten Schriften meines Heimatlandes findet — und jener Erscheinung, in der er mir selbst einmal gegenübergetreten ist.«

»Sie sind ihm begegnet?«, fragte Andy Beckett.

»Das bin ich. Er wollte mich angreifen, mich fortzerren in den Höllenschlund. Aber ich hatte die Aufzeichnungen der Weisen genau studiert, hatte mich mein ganzes Leben lang darauf vorbereitet, ihm gegenüberzutreten in einem Kampf um meine Seele.«

»Wie ist es ausgegangen?«, fragte jemand aus der Menge. Mary kam die Frage in mehrfacher Hinsicht unnötig vor. Zum einen war es ganz offensichtlich eine an den Haaren herbeigezogene Gruselgeschichte, mit der Meister Wang sich als Kämpfer gegen die finsteren Mächte der Hölle darstellte. Zum anderen war die Tatsache, dass er eine Kreuzfahrt unternahm und unter ihnen in der Grand Lobby stand, wohl Beweis genug dafür, dass es dem vermeintlichen Dämon nicht gelungen war, ihn in die Hölle zu entführen. Ob er ihm freilich die Seele geraubt hatte, dachte Mary bitter, stand noch zur Debatte.

»Ich konnte ihn zwar nicht besiegen«, gestand Meister Wang ein. »Er war zu mächtig, ich noch zu jung und unerfahren. Aber es gelang mir immerhin, ihn in die Flucht zu schlagen. Seitdem jage ich ihn, um mir die letzte große Schlacht mit ihm zu liefern. Mit der Zeit habe ich mein Wissen vermehrt. Er spürt das, er fürchtet sich vor mir. Er weiß, dass ich ihm nun gewachsen bin.

Ich kenne Mittel und Wege, ihn zu vernichten – und jene vor ihm zu beschützen, über die er sich ruchlos hermachen will.«

Wie aufs Stichwort reichte Jonathan ihm einen kleinen, kunstvoll bestickten Beutel, den er aus seinem grünen Gewand hervorgezogen hatte.

Mary nutzte Meister Wangs kurzzeitiges Schweigen, um sich an Andy zu wenden.

»Ich bitte Sie, Andy. Hören Sie nicht auf diesen Blödsinn. Ihrer Mutter geht es wirklich schlecht. Wir müssen Sie von hier fortbringen.«

Andy war sichtlich hin- und hergerissen.

»Ja, gewiss, Mrs. Arrington, Sie haben recht. Sie braucht Ruhe und Erholung.« Aber sein Blick haftete an dem Beutel in Meister Wangs Hand. »Wir gehen gleich, nur noch einen Moment.«

Mary hoffte, dass Dorothys Schwiegertochter für vernünftige Ratschläge empfänglicher wäre.

»Catherine, hören Sie …«

Aber sie wurde enttäuscht.

»Warten Sie, Mrs. Arrington. Vielleicht gibt es ja tatsächlich etwas, das er für Dorothy tun kann. Sie sagten doch selber, dass sie irgendetwas gesehen hat, dass nicht alles bloß Einbildung war. Da dürfen wir uns doch die Gelegenheit, etwas darüber zu erfahren, nicht entgehen lassen.«

Mary verdrehte die Augen über die Naivität der beiden. Schon bei ihrer ersten Begegnung war ihr klar gewesen, dass sie nicht unbedingt mit messerscharfem Intellekt gesegnet waren. Aber dass sie sich von solchen absurden Stories fesseln lassen würden, hätte sie nicht erwartet. Das Einzige, was sie ihnen zugutehalten konnte, war die Tatsache, dass sie es gut meinten, in ihrer Blindheit wohl wirklich glaubten, Dorothy einen Gefallen zu erweisen. Sie drückte der alten Dame die Hand. Dorothy schaute zu ihr auf, dankbar, eine Verbündete bei dieser irrwitzigen Vorstellung zu haben, von der sie nicht zu begreifen schien, was es damit auf sich hatte.

Meister Wang schwenkte den Beutel, sodass alle ihn sehen konnten.

»Wenn Sie gestatten«, sagte er zu Andy und Catherine, »werde ich ein Ritual durchführen, das diese Frau, ihre Mutter, von dem bösen Einfluss des Dämons befreit und ihn zudem mit einem unsichtbaren Schutzbann davon abhalten wird, sich ihr ein weiteres Mal zu nähern.«

Andy wies sofort auf seine Mutter.

»Ja, bitte tun Sie das.«

»Gut. Alles, was ich dafür von Ihnen benötige, ist eine geringe Opfergabe, zum Zeichen Ihres Glaubens an die Wirksamkeit des Mittels und des Rituals.«

Jonathan trat vor und streckte die Hand aus.

»Natürlich.« Andy Beckett kramte sein Portemonnaie aus der Tasche seiner Shorts und hielt Jonathan einige Scheine hin. Der Jünger steckte sie mit einem Nicken ein.

Mary konnte nicht mehr an sich halten.

»Haben Sie denn überhaupt keine Skrupel?«, fuhr sie Meister Wang an. »Schrecken Sie wirklich nicht einmal davor zurück, aus dem Leid einer armen alten Frau Kapital zu schlagen?«

Aber Meister Wang antwortete ihr nicht. Das überließ er wiederum seinem treuen Anhänger.

»Diese Kräuter sind äußerst selten, schwer und nur unter großen Gefahren zu beschaffen, die Rezeptur streng geheim. Es ist nur recht und billig, dass Meister Wang für seine Mühen und die Risiken, die er auf sich nimmt, entschädigt wird.«

»Natürlich«, gab Mary zurück. »Es wäre ja auch absolut unverschämt, von ihm zu verlangen, dass er sich gratis mit Dämonen und Monstern herumschlägt. Wo kämen wir denn da hin? Aber vielleicht hat er ja derzeit ein spezielles Kreuzfahrt-Rabatt-Angebot? Zwei Dämonenaustreibungen zum Preis von einer oder etwas in dieser Art.«

Meister Wang achtete nicht auf sie. Von Jonathan nahm er ein kleines silbernes Behältnis entgegen — die Taschen des Jünger-Gewandes schienen unerschöpflich —, das ein wenig einem Weihrauchfässchen ähnelte. Er öffnete seinen Beutel, der mit einer Kordel verschnürt war, und schüttete daraus eine grünbraune Mischung verschiedener getrockneter Kräuter in das Gefäß, deren Zusammensetzung sich Mary nicht erschloss, die jedoch einen überaus starken Geruch verströmte. Dieser Geruch nahm nun noch zu, als Jonathan mit einem langen Streichholz die Kräuter zum Kokeln brachte. Dichter Rauch zog aus den Öffnungen des Gefäßes, das Meister Wang in weicher Pendelbewegung hin- und herschwenkte. Mary war ziemlich sicher, dass es nicht erlaubt war, in der Grand Lobby herumzuzündeln.

»Tun Sie doch etwas«, wies sie Bogdanovich an. »Bevor er das ganze Schiff abfackelt.«

Bogdanovich schaute streng auf das rauchende Behältnis in Meister Wangs Hand. Mary erkannte, dass sie einen Fehler gemacht hatte, ihm Anweisungen zu erteilen. Normalerweise, vermutete Mary, wäre er jetzt auf jeden Fall eingeschritten. Nun aber schien er es aus kindischem Trotz allein deshalb nicht zu tun, weil sie ihn dazu aufgefordert hatte. Er musste ihr beweisen, dass er sich, außer von Germer, von niemandem etwas sagen ließ, von ihr schon mal überhaupt nicht.

»Sie haben hier gar nichts zu melden«, erklärte er. »Und Sie«, er richtete seine Worte an Meister Wang, »sollten ganz vorsichtig mit ihren Zündeleien sein. Sonst lösche ich das Feuer, indem ich Sie mitsamt ihrer komischen Silberkugel ins Wasser werfen lasse.«

»Dorothy hat schon genug durchgemacht«, sagte Mary, nicht bereit, aufzugeben. »Es wird ihrem Befinden gewiss nicht zuträglich sein, von Ihnen mit irgendwelchen stinkenden Schwaden eingeräuchert zu werden.«

»Lassen Sie ihn nur«, sagte Andy, eingenommen von dem Spektakel. »Mutter hat ein schwaches Herz und muss Tabletten nehmen. Die vertragen sich nicht gut mit anderen herkömmlichen Medikamenten. Zuhause verwenden wir daher auch manchmal Naturheilmittel und haben gute Erfahrung damit gemacht. Kräuter können ihr ja wohl nicht schaden. Außerdem habe ich schon bezahlt.«

Widerwillig wich Mary zur Seite. Sie wollte Dorothy nicht dem sonderbaren Rauch aussetzen. Aber sie hatte alles versucht und war in ihrem Bemühen, Meister Wang aufzuhalten, gescheitert. Dem ersten Eindruck nach schien er Dorothy immerhin wirklich nicht zu schaden. Sie schien lediglich ein wenig benebelt, im wahrsten Sinne des Wortes. Sie starrte ausdruckslos durch die Schwaden hindurch auf Meister Wang, der das Gefäß vor ihr von der einen Seite zur anderen schaukeln ließ. Wahrscheinlich dachte sie, der Zauberer werde nun doch endlich ein paar seiner Tricks aufführen.

Die Worte, die er dabei murmelte, hätte man auf jeden Fall ohne Weiteres für magische Beschwörungsformeln halten können, mysteriöse Laute in einer Sprache, die Mary unbekannt war, sofern sie tatsächlich existierte und Meister Wang sie sich nicht gerade aus den Fingern sog. Jonathan stimmte einen Singsang an, der an- und abschwellend durch die Grand Lobby driftete. Andy und Catherine sahen Meister Wang voller Bewunderung zu, und auch viele der übrigen Umstehenden schienen von seinem Ritual stark beeindruckt.

Seine Beschwörungen wurden schneller, lauter, drängender. Auch der Singsang schwoll an, während er mit dem Rauch über die Köpfe der Versammlung emporstieg. Mit seiner freien Hand vollführte der Hohepriester allerlei sonderbare Gesten in Dorothys Richtung, denen sie mit den Augen folgte. Dann, ebenso wie der Rauch sich ausdünnte, wurde auch seine Stimme leiser, und als die letzten Wölkchen aus seinem Gefäß zogen, verstummte er ebenso wie Jonathans Gesang. Ein strenger Geruch blieb in der Luft hängen, als Meister Wang sein Gefäß an den Jünger zurückreichte und sich an Andy und Catherine wandte.

»Mein Ritual hat gewirkt. Ihre Mutter wird, zumindest für eine Weile, vor Xiaogui sicher sein.« Er richtete seine schläfrigen Augen auf die Umstehenden, schien jeden Einzelnen von ihnen der Reihe nach damit zu fassen. »Aber die Gefahr ist nicht gebannt. Der Zorn des Dämons ist noch nicht besänftigt. Wir alle können ihm zum Opfer fallen. Und wir alle wissen, wer dafür verantwortlich ist.« Sein Blick verfinsterte sich ebenso wie seine Stimme. »Eine unmoralische, verwerfliche Person, die aus Rücksichtslosigkeit, Gier und Eigennutz unser aller Unheil heraufbeschwört.«

In diesem Moment erspähte er Mrs. Gao, die gerade aus einem der Luxusgeschäfte kam, die um die Galerie der Grand Lobby herum Edelwaren verkauften. Sie ging auf die Treppe an der Empore zu, gefolgt von einem Steward, der mit so vielen Taschen und Tüten bepackt war, dass er jeden Augenblick unter seiner Last zusammenzubrechen drohte und Mühe hatte, über sie hinwegzuschauen. Meister Wang ließ seine anklagende Stimme mit solcher Wucht durch die Halle schallen, dass all jene, die sich bisher nicht um die Vorgänge in der Sitzecke gekümmert hatten, abrupt stehenblieben, ihre Gespräche unterbrachen und sich erschrocken nach ihm umwandten.

»Sie ist es, die Ruchlose!« Er streckte anklagend den Finger nach Mrs. Gao aus. »Sie hat den Dämon Xiaogui entfesselt, der nun über sein erstes Opfer hergefallen ist. Schande über sie, denn wir werden diesen Frevel alle teuer bezahlen.«

Es war Mrs. Gao unmöglich gewesen, ihn zu überhören. Aber es schien ihr nicht viel auszumachen, dass sich auf einmal alle Blicke auf sie richteten. Im Gegenteil trat sie mit einer Selbstverständlichkeit und Gemütsruhe an das Geländer der Empore, als wollte sie sich diesen Blicken bereitwillig darbieten. Sie hatte das Kostüm gewechselt, allerdings nicht die Farbe.

»Sieh mal an«, rief sie und winkte in die Lobby hinab. »Wenn das nicht unser langfingriger Hohepriester mit dem Dämonenfaible ist. Ich freue mich, Sie hier zu sehen – das bedeutet, dass Sie nicht in meiner Suite herumschleichen, um sich an meinen Antiquitäten zu vergreifen. Was treiben Sie denn da unten? Haben Sie einen verhexten Kristallleuchter aufgestöbert oder sitzt ein fieser Kobold in einer der Blumenvasen?«

»Ihnen werden die Scherze noch vergehen«, antwortete Meister Wang, und sein Jünger verschränkte die Arme vor der Brust, um dieser Warnung – oder Drohung, dachte Mary – zusätzlichen Nachdruck zu verleihen. »Es würde mich nicht wundern, wenn sie die nächste wären, die Xiaoguis furchtbaren Zorn zu spüren bekommt – und dann werden Sie sich wünschen, ich hätte Sie durch eines meiner Rituale geschützt.«

»Ach, papperlapapp«, erwiderte Mrs. Gao. »Sie behaupten doch, ihr putziger Dämon habe sich in meiner

Suite häuslich niedergelassen. Da wird er doch wohl kaum derjenigen etwas antun, die die Rechnungen bezahlt. Vielleicht will er sich ja mal was über den Zimmerservice kommen lassen. Ihnen weiterhin viel Spaß bei der Geisterbeschwörung. Wenn Sie dabei zufällig auf Marilyn Monroe oder John Lennon treffen, grüßen Sie schön von mir.« Sie wandte sich um und schnippte mit den Fingern, damit der Steward sich wieder in Bewegung setzte. »Auf geht's, junger Mann. Ich brauche dringend ein paar neue Hüte.«

Mit wiegenden Hüften entfernte sie sich, gefolgt von dem Steward, über einen der Korridore.

»Sie wird schon sehen, was sie davon hat, sie und alle anderen, die es wagen, Xiaogui zu unterschätzen«, murmelte Meister Wang, und Jonathan nickte grimmig.

Nach diesen Abschlussworten durchschritt er die Halle und verließ sie gemeinsam mit Jonathan. Nun, da die Vorführung vorüber war, zerstreuten sich die Zuschauer, um anderweitige Unterhaltung zu suchen. Auch Bogdanovich und seine Leute kehrten auf ihre vorherigen Posten zurück. Lediglich Mary und Antonio blieben mit Dorothy, Andy und Catherine in der Sitzecke zurück.

»Ein komischer Vogel«, sagte Mary. »Finden Sie nicht, Antonio?«

Der Maschinist nickte.

»Den sollten Sie im Auge behalten, Mrs. Arrington. Möglich, dass er an Bord noch für weitere Unruhe sorgt.«

»Das werde ich tun. Danke noch einmal für Ihre Hilfe.«

Antonio nickte ihr zu und ging dann davon, um seine Arbeit im Maschinenraum wieder aufzunehmen.

»Wie fühlen Sie sich, Dorothy?«, fragte Mary. »Ist alles in Ordnung?«

Dorothy schüttelte den Kopf.

»Ich weiß nicht, Lydia. Mir ist ein wenig blümerant zumute. Habe ich ein Nickerchen gemacht? Es ist mir, als hätte ich einen ganz sonderbaren Traum gehabt.«

Mary gewann immer mehr den Eindruck, dass Ruhe allein nicht ausreichen würde, um Dorothys angeschlagenen Zustand zu bessern. Nicht nach dem Wahnwitz, dem sie eben noch ausgeliefert gewesen war. Sie machte sich Vorwürfe, es zugelassen zu haben. Natürlich lag es nicht in ihrer Verantwortung, zu entscheiden, was das Beste für die alte Dame war. Da Dorothy selbst nicht imstande war, überhaupt irgendwelche Entscheidungen zu treffen, war es die Aufgabe ihres Sohnes und ihrer Schwiegertochter. Allerdings hatten die beiden gerade bewiesen, dass sie diese nicht unbedingt vorbildlich erfüllten. Deshalb war Mary entschlossen, sie zumindest jetzt dazu zu nötigen, das Richtige zu tun.

»Wir sollten sicherstellen, dass mit ihr alles in Ordnung ist und sie nicht doch irgendwelche Verletzungen hat – oder jetzt eine Rauchvergiftung. Am besten, wir bringen sie auf die Krankenstation, damit sie von einem Arzt untersucht werden kann.«

»Sicher«, sagte Andy. Nun, wo alles vorbei war, schien es ihm ein bisschen peinlich zu sein, dass er sich so schnell auf Meister Wangs Anordnungen eingelassen und ihm sogar Geld gegeben hatte. »Das machen wir.«

»Gut. Ich bringe Sie hin.«

Mary sah es als ihre Pflicht an, als eine Art Wiedergutmachung dafür, dass sie, zumindest ihrem Gefühl nach, Dorothy im Stich gelassen hatte. Besonders reizvoll fand sie es allerdings nicht, Dorothy zum Arzt zu begleiten. Schließlich wusste sie genau, wer dieser Arzt sein würde.

Und sie hatte nicht das geringste Bedürfnis, ihm zu begegnen.

17

»Sockenschuss.«

»Wie bitte?«, fragte Mary.

Dr. Germer lehnte sich in seinem Ledersessel zurück, der unter der Last, die er zu tragen hatte, ächzte und knarzte. Er legte seine Füße, die in Gesundheitslatschen steckten, auf die Schreibtischplatte und verschränkte seine speckigen Finger hinter dem Kopf, sodass die dunklen Flecken zum Vorschein kamen, die sich unter seinen Achseln gebildet hatten. Er hatte seinen weißen Kittel an einen Haken an der Tür seines Büros gehängt. Der Kittel, dachte Mary, hatte ihm zumindest noch einen Anschein von medizinischer Professionalität verliehen. Sein übriges Outfit kündete ihrer Meinung nach nicht davon, dass man einen vertrauenswürdigen Arzt vor sich hatte. Es erweckte eher den Eindruck eines schmierigen Pseudo-Playboys, der sein mit dubiosen Machenschaften verdientes Geld an der Riviera für Champagner, Kaviar und käufliche Damenbekanntschaften verprasst. Daher passte es zu seinem Charakter natürlich besser als der Kittel. Über seinem weichen Wanst spannte sich ein seidenes, teuer aussehendes Hemd. Seine dicken Beine steckten in viel zu eng geschnittenen Hosen aus braunem Kunstleder. Sein Gürtel war mit einer breiten goldenen Schnalle versehen, auf der ein großes verschnörkeltes G prangte — das Marys Ansicht nach ebenso gut für ›Germer‹ wie für ›Grobian‹, ›Großmaul‹ oder ›Gernegroß‹ stehen konnte.

»Die Alte hat einen totalen Sockenschuss. So einfach ist die Sache.«

»Lautet so Ihre professionelle Diagnose?«

Mary saß in einem Stuhl vor dem Schreibtisch und wusste nicht recht, wo sie hinschauen sollte. Germers Schwabbelbauch, die Sohlen seiner Latschen, das Hemd mit dem geschmacklosen Muster, von dem ihr übel wurde, wenn sie es zu lange ansah, die orange schimmernde, über den Schädel gekämmte Haartolle oder sein speckiges, glänzendes Gesicht mit dem süßlichen, selbstgefälligen Lächeln – nichts davon war ein unwiderstehlicher Blickfang. Auch sonst gab es in dem Büro keine Möglichkeit, sich von seinem Anblick abzulenken. Was vor allem daran lag, dass sie, egal, wohin sie schaute, nichts anderes sah als Germer, und zwar auf zahlreichen Fotos: Germer mit einem riesigen Fisch, den er offensichtlich gerade geangelt hatte, Germer mit einem Cocktailglas, Sonnenbrille und breitem Grinsen, Germer oben ohne beim Sonnenbad – vor allem Letzteres war schwer zu ertragen. Mary war es ein Rätsel, wie der Schiffsarzt es schaffte, in derart vielfacher Ausführung ständig von sich selbst umgeben zu sein – sie selbst fand es schon schwer genug, ihn in Einzahl auszuhalten.

»Die Diagnose, in die Sie das gesamte Fachwissen einfließen lassen, das Sie im Laufe Ihres Studiums und den Jahren Ihrer Berufsausübung erworben haben? Ich gehe einfach mal davon aus, dass Sie tatsächlich einen Abschluss von einer richtigen Universität besitzen und sich Ihre Qualifikation für diesen Posten nicht über einen Online-Kurs erkauft haben, wie man aufgrund Ihres Betragens manchmal vermuten könnte.«

Germers süßliches Lächeln hielt zwar stand. Das leichte Zucken seiner Mundwinkel verriet jedoch, dass er diese Bemerkung alles andere als erheiternd fand. Seine Freundlichkeit, wusste Mary, war ohnehin nur aufgesetzt. Seine Augen – böse, kleine Schweinsäuglein – lächelten niemals mit. Und gerade ihr gegenüber kostete es ihn Mühe, diese falsche Freundlichkeit beizubehalten. Seine Eignung in Zweifel zu ziehen und ihm den Respekt, ja die Bewunderung zu verweigern, die er seiner Meinung nach als *Principal Medical Officer* der *Queen Anne* verdiente, war der sicherste Weg, ihn an einem empfindlichen Punkt zu treffen. Mary hatte kein Problem damit, ihn zu provozieren, vor allem nach der schäbigen Darbietung, die er vor wenigen Minuten bei seiner Untersuchung von Dorothy Beckett abgeliefert hatte.

»Ich habe mein Studium an der Universität meiner Heimatstadt Wien absolviert«, sagte er mit seinem kräftigen Akzent, der seine österreichische Herkunft verriet. »Sie brauchen sich also über meine Fähigkeiten als Arzt keine Sorgen zu machen, verehrte Mrs. Arrington.«

Dass er weiterhin höflich blieb, lag wohl daran, dass er nicht bereit war, vor ihr Schwäche zu zeigen.

»Allerdings musste ich kaum auf mein überaus reiches Fachwissen und meine jahrelange Erfahrung zurückgreifen, um festzustellen, was mit der prähistorischen Schrumpelmumie nicht stimmt, die Sie hier angeschleppt haben. Das lag auf der Hand: Die Frau ist vollkommen senil.«

Er ließ seinen Worten ein abfälliges Schnauben folgen, das wohl nicht nur senilen Menschen an sich galt, sondern Dorothy im Besonderen. Als Mary, Dorothy und das Ehepaar Beckett die Krankenstation betreten hatten, hatte Germer gerade am Empfangstresen gelehnt und mit seiner Rezeptionistin und Sprechstundenhilfe Molly Prendergast geflirtet. Mary wusste bereits von ihrer ersten Reise, dass die beiden nicht nur durch ein Arbeitsverhältnis miteinander verbunden waren. Allerdings wollte sich ihr noch immer nicht erschließen, was Ms. Prendergast dazu verleitete, mit Germer das Bett zu teilen.

Weder der Arzt noch die Rezeptionistin waren begeistert, die vier mit Mary an der Spitze in die Krankenstation einfallen zu sehen. Noch weniger begeistert war Germer, als Mary ihn aufgefordert hatte, Dorothy einer gründlichen Rundum-Untersuchung zu unterziehen. Seiner Ansicht nach schien sein Job vorrangig darin zu bestehen, sich um die Reichen und Schönen an Bord zu kümmern, vor allem um die weiblichen Vertreter dieses Standes, während alle anderen Patienten für ihn eher Störungen seines Tagesablaufes darstellten. Vor allem, wenn es sich um solche wie die Becketts handelte, die ganz offenbar eher der Kategorie ›Pauschaltouristen‹ angehörten. Doch war es ihm unmöglich, ihnen seine Dienste abzuschlagen — natürlich weniger aufgrund seines hippokratischen Eids als vielmehr wegen der offiziellen Beschwerde, die er sich dadurch eingehandelt hätte.

Mit einem Lächeln, aus dem seine gesamte Abneigung für das anstehende Unterfangen sprach, hörte er sich Marys Bericht der Vorfälle an und verhehlte dabei nicht, dass er all dies für ausgemachten Schwachsinn hielt. Dennoch, weil notgedrungen, bat er seine unerwünschten Gäste anschließend in das Untersuchungszimmer und wies Dorothy an, sich auf die darin befindliche Liege zu legen. Andy und Catherine hielten sich im Hintergrund, um Germer nicht im Weg zu stehen. Offenbar waren sie von seinem Berufsstand beeindruckt, geradezu eingeschüchtert, wie sie zuvor von Meister Wang beeindruckt und eingeschüchtert gewesen waren. Im Gegensatz zu ihrem Sohn und ihrer Schwiegertochter legte Dorothy Germer gegenüber keinerlei Ehrfurcht an den Tag.

»Lydia?«, fragte sie. »Wer ist der dicke Mann mit der grässlichen Frisur?«

Germer war bemüht, sich nichts anmerken zu lassen. Aber Mary entging nicht, dass er unauffällig seine orangene Tolle zurechtstrich.

»Er ist Arzt, Dorothy. Er wird schauen, ob mit dir alles in Ordnung ist.«

»Ein Arzt? Er? Sollte er dann nicht vielleicht Hemden tragen, von denen den Leuten nicht schlecht wird?« Sie piekte ihn in die Seite. »Und etwas Sport würde ihm guttun.«

»Finger weg und stillhalten«, sagte Germer. »Ich untersuche *Sie,* nicht umgekehrt.«

»Natürlich«, sagte Dorothy. »Soll ich mich freimachen, Herr Doktor?«

»Um Gottes willen bloß nicht.« Schrecken trat in Germers Speckgesicht. »Bleiben Sie einfach nur liegen und regen Sie sich nicht.«

In weniger als fünf Minuten hatte er ihr mit seiner Lampe in die Augen geleuchtet, sie mit dem Stethoskop abgehört und ihren Puls und Blutdruck gemessen.

»Körperlich ist alles in Ordnung mit ihr«, verkündete er. »Geistig ist es eine ganz andere Sache.«

Andy und Catherine atmeten auf.

»Vielen Dank, Doktor Germer«, sagte Andy und schüttelte Germer die Hand. »Ich bin so froh, dass ein fähiger Mediziner wie Sie sich um meine Mutter gekümmert hat. Wenn Sie sagen, dass alles in Ordnung ist, mache ich mir keine Sorgen mehr. Das Mutter verwirrt ist, wussten wir ja schon.«

Mary fand nicht, dass Germer derartigen Überschwang für seine oberflächliche Leistung verdient hatte.

An ihm freilich ging dieses Lob nicht wirkungslos vorbei. Sichtlich geschmeichelt sonnte er sich in diesen Bewunderungsbekundungen.

»Ich gebe Ihnen ein Beruhigungsmittel mit«, sagte er, durch die Komplimente gnädig gestimmt. »Damit können Sie sie ruhigstellen, wenn sie sich noch einmal aufregen sollte — oder Ihnen mit ihren Sprüchen zu sehr auf die Nerven geht.«

Er schrieb etwas auf einen Rezeptblock, riss den Zettel ab und reichte ihn Andy.

»Geben Sie das vorne am Empfang ab.«

»Danke, Herr Doktor.«

Andy half Dorothy von der Liege und verließ mit ihr und Catherine das Untersuchungszimmer. Mary blieb zurück.

»Sehen Sie, Mrs. Arrington«, sagte Germer. »Da hat der Onkel Doktor doch mal wieder den Tag gerettet.« Er wies zur Tür. »Wenn Sie mich dann entschuldigen würden. Ich habe noch viele wichtige Angelegenheiten zu erledigen.«

»Da bin ich ganz sicher. Aber wenn Ms. Prendergast noch ein paar Minuten ohne Ihre Aufmerksamkeit auskommt, würde ich gerne noch kurz mit Ihnen reden.«

Die gute Laune, die ihn kurzzeitig eingenommen hatte, fiel von Germer ab.

»Aber selbstverständlich, meine liebe Mrs. Arrington.« Er zeigte ihr ein Lächeln, das eher einem Zähnefletschen glich. »Sie wissen doch, dass es nichts Schöneres für mich gibt als Ihre Gesellschaft. Kommen Sie in mein Büro.«

Wenn besagtes Lächeln auch unverändert auf seinen schwulstigen Lippen lag, hatte seine Geduld doch in der Zeit, die sie einander nun gegenübersaßen, spürbar nachgelassen. Trotz der entspannten Pose, in der er sich in seinem Sessel fläzte, ließ er keinen Zweifel daran, wie gern er Mary losgeworden wäre, um sich seinen ›wichtigen Angelegenheiten‹ zu widmen.

»Was wollen Sie noch von mir?«, fragte er. »Ich habe meine Pflicht erfüllt, die alte Schabracke untersucht und Ihnen das Ergebnis mitgeteilt: Sockenschuss. Im Übrigen die gleiche Diagnose, die ich geneigt bin, Ihnen zu stellen. Sie müssen wirklich nicht ganz bei Trost sein, einen derartigen Aufstand zu veranstalten und das ganze Schiff in Alarmbereitschaft zu versetzen.«

»Jemand musste etwas unternehmen«, gab Mary zurück. »Nach meinen bisherigen Begegnungen mit Ihren sogenannten Sicherheitsleuten fehlte es mir an Vertrauen, ihnen diese Aufgabe zu überlassen. Des Weiteren glaube ich kaum, dass es Dorothy gutgetan hätte, wenn nach einem Monster direkt noch eine Horde schwarz gekleideter Unholde über sie hergefallen wäre, um sie«, sie setzte mit den Fingern Anführungszeichen in die Luft, »zu ›retten‹.«

»Tststs, Sie tun meinen Leuten Unrecht, Mrs. Arrington. Das sind bestens ausgebildete Fachkräfte, die für Ihre Arbeit höchste Einsatzbereitschaft zeigen.«

»Genau wie Sie.« Sie deutete auf seine Achselhöhlen. »Mit all Ihrem Bemühen um Dorothys Wohlergehen haben Sie sich ja so sehr verausgabt, dass Sie sogar ins Schwitzen gekommen sind.«

Germer drehte den Kopf, blickte auf die Schweißflecke und verzichtete zu Marys Bedauern nicht einmal darauf, an ihnen zu riechen. Er öffnete eine Schublade seines Schreibtischs und holte ein große Dose Deodorant heraus.

»Ihre Sorge um meine persönliche Hygiene schmeichelt mir. Daher bin ich in meiner unerschöpflichen Güte bereit, über Ihre Verfehlung hinwegzusehen und Ihnen den Irrsinn mit der Suche zu verzeihen. Doch rate ich Ihnen, in Zukunft auf derartige Aktionen zu verzichten und stattdessen unser hochprofessionelles Sicherheitspersonal seine Arbeit machen zu lassen. Sonst kriegen wir beide echte Schwierigkeiten miteinander, und das wollen Sie doch nicht, oder?«

Er zog den Deckel der Dose ab, schüttelte sie kräftig und sprühte sich eine gewaltige Ladung unter die Achseln. Mary bereute, ihn durch ihre Sticheleien auf seine Ausdünstungen aufmerksam gemacht zu haben. Die dicke Moschuswolke, die nun durch das Büro schwebte, machte das Atmen ebenso schwer wie zuvor Meister Wangs stinkender Kräuterqualm.

»Besser?«, fragte er mit gehässigem Lächeln.

Mary wedelte den Dunst aus der Dose beiseite.

»Erinnern Sie mich daran, Molly Prendergast noch einmal zu ihrem hervorragenden Männergeschmack zu gratulieren. Aber was mich gerade eigentlich interessiert ist die Frage, was Sie in Bezug auf Mrs. Beckett zu unternehmen gedenken.«

Germer verstaute die Dose wieder in seiner Schublade.

»Das kann ich Ihnen in einem Wort sagen, Mrs. Arrington: Nichts. Oder, wenn es ein paar Worte mehr sein sollen: Absolut nicht das Geringste.«

»Sie wollen nicht einmal überprüfen lassen, was es mit ihren Erwähnungen eines Monsters auf sich hat?«

Germers Lächeln zog sich ein wenig weiter in die Breite.

»Warum fragen Sie mich das? Mit solchen Belangen sollten Sie sich doch an den Kapitän wenden, oder etwa nicht? Sie beide verstehen sich doch bestens, wenn ich mich nicht irre.«

Soweit Mary wusste, war er über ihr wirkliches Verhältnis nicht im Bilde. Aber ganz sicher konnte sie nicht sein. Deshalb beschloss sie, um dieses Thema einen weiten Bogen zu machen.

»Natürlich könnte ich das tun. Allerdings bin ich längst darüber informiert, dass Sie es sind, der das Kommando über die Sicherheitsleute innehat. Nicht, dass ich das für eine gute Idee halte. Aber wenn Sie sie losschicken würden, um dieser Sache auf den Grund zu gehen, würden sie zumindest das tun, was sie sollen: einen sinnvollen Beitrag zur allgemeinen Sicherheit auf dem Schiff leisten.«

Germer betrachtete sie durch seine Schweinsäuglein.

»Wissen Sie, was das Schöne an unserer Bekanntschaft ist, Mrs. Arrington?«

»Dass Sie keine Scheu haben, mir Ihre verschwitzten Achselhöhlen zu präsentieren?«

»Das Schöne an unserer Bekanntschaft ist, dass wir ganz offen miteinander umgehen können. Wir kennen einander, wissen, was wir voneinander zu erwarten haben. Wir brauchen uns nicht zu verstellen. Das hat doch was.«

Um diesen Vorzug ihrer Beziehung zu unterstreichen, nahm er die Füße vom Schreibtisch, öffnete ein Fach seines Schreibtischs und holte eine Flasche Enzianschnaps und ein Gläschen heraus. Mary fragte sich, ob sein Schreibtisch neben Deo und Spirituosen auch irgendetwas enthielt, das für seine Arbeit notwendig war. Germer goss das Gläschen bis zum Rand voll und trank es in einem einzigen Schluck aus. Zwischen seinen Wurstfingern sah das Glas aus wie ein Fingerhut.

»Sehen Sie«, nachdem er das Glas mit einem lauten Knall abgestellt hatte, verschränkte er die speckigen Finger über seinem Fettbauch. »Da wir einander so gut kennen, überrascht mich Ihre Bitte ein wenig. Sie sollten doch ganz genau wissen, wie meine Antwort lautet und dass ich unter keinen Umständen meine wertvollen Ressourcen dafür verschwenden werde, den Hirngespinsten zittriger Tatter-Omis hinterherzujagen.«

Mary wusste es, aber sie hatte Germer wenigstens die Chance geben wollen, ein einziges Mal das Richtige zu tun.

»Sie werden also keinerlei Untersuchung oder Nachforschung anordnen?«

»Ganz richtig. Nichts dergleichen. Meine Leute haben Besseres zu tun. Sie sollen für Ordnung sorgen, das Personal und die Passagiere überwachen, Verbrechen verhindern und diese bei Bedarf aufklären, bevor andere, weniger dafür qualifizierte Personen auf den Gedanken kommen, sich in sie einzumischen. Falls Sie es nicht gemerkt haben sollten: Damit meine ich Sie.«

»Dieser subtile Hinweis ist mir nicht entgangen, werter Dr. Germer.«

»Gut, dann verstehen wir uns.« Germers Gesicht nahm einen bedrohlichen Ausdruck an, der nun vollkommen zu dem fiesen Funkeln seiner Augen passte. Seine aufgesetzte Freundlichkeit war wie weggeblasen. »Dieses Mal werden Sie keinen Aufruhr auf der *Queen Anne* verursachen, Mrs. Arrington. Sie werden keine Skandale heraufbeschwören, kriminelle Machenschaften aufdecken oder den Ruf des Unternehmens in den Schmutz ziehen. Dafür werde ich sorgen. Während der letzten Reisen haben Sie mich ausgetrickst. Aber nun bin ich Ihnen überlegen. Ich bin sozusagen in der Überzahl.«

Er lallte ein wenig, wahrscheinlich eine Wirkung des Schnapses. Mary war ziemlich sicher, dass es nicht das erste Gläschen gewesen war, dass er sich heute genehmigt hatte.

»Ich habe meine Truppen. Wir werden Sie im Auge

behalten und, wenn es sein muss, in Ihre Schranken weisen. Es wird keinen Unfrieden an Bord geben, nicht dieses Mal. Das verspreche ich Ihnen.« Er lehnte sich Mary über den Schreibtisch hinweg zu, sodass seine Enzianfahne zusammen mit einem Schwall Moschus zu ihr herüberstob. »Überlegen Sie sich also gut, ob es Ihnen das Risiko wert ist, sich mit mir anzulegen.«

Mary betrachtete ihn nachdenklich. Sie war weit davon entfernt, von seinem großspurigen Gehabe eingeschüchtert zu sein. Aber sie fand es doch beunruhigend, wie weit er sich offenbar in seine Abneigung ihr gegenüber hineingesteigert zu haben schien. Seit sie zum ersten Mal aneinandergeraten waren, war es ihm immer wichtiger gewesen, den Ruf des Unternehmens zu schützen und sich dem Schiffseigner anzudienern, als Mörder und andere Kriminelle dingfest zu machen. Aber inzwischen schien er vor nichts mehr zurückzuschrecken, um diese Bemühungen durchzusetzen. Dass er dafür nun seinen persönlichen Sicherheitstrupp besaß, über den er nach Gutdünken verfügen konnte, machte die Sache noch schlimmer. Er war noch immer ein Maulheld, der viel Angriffsfläche für Spott bot. Gleichzeitig aber war er nun ein mächtiger Gegner geworden, den es ernst zu nehmen galt. Mary hielt es für ratsam, ihn nicht weiter zu reizen, indem sie mit ihm eine Diskussion darüber anfing, was wichtiger war: Die Einkünfte des Unternehmens oder das Wohlergehen der Passagiere. Sie wusste ja, wo seine Prioritäten lagen. Aber sie nahm sich vor, mit George über diese verstörenden Entwicklungen zu sprechen. Vielleicht fiel ihnen gemeinsam etwas ein, um Germers Einfluss wieder einzuschränken. Hier und jetzt konnte sie in dieser Hinsicht nichts erreichen. Sie konnte nur noch einen letzten, wenn auch höchstwahrscheinlich aussichtslosen Versuch unternehmen, an Germers Vernunft zu appellieren. Falls davon in seinem angetrunkenen Zustand überhaupt noch etwas übrig war.

»Aber wie können Sie so sicher sein, dass es sich um Halluzinationen handelt? Natürlich, Dorothy Beckett ist nicht mehr die Jüngste und ein wenig verwirrt. Aber …«

Germer ließ sich wieder in seinen Sessel zurücksinken und winkte ungeduldig ab. Seine kleine Rede schien ihn erschöpft zu haben, so befriedigend es für ihn auch gewesen sein mochte, Mary seine Macht auf dem Schiff in schillernden Worten dargelegt zu haben.

»Kein Aber, Mrs. Arrington. Sie sagen es doch selbst: Die Frau hat nicht mehr alle Kerzen im Kronleuchter. Vollkommen senil. Auf meinem … auf diesem Schiff gibt es keine Monster. Sie hat sich das eingebildet.«

»Ich hoffe, dass Sie recht haben«, sagte Mary und stand auf. »Sollte doch jemand zu Schaden kommen, weil Sie nichts unternommen haben, sei es Dorothy Beckett oder jemand sonst, werden Sie dafür verantwortlich sein. Dann müssen Sie sich fragen, ob das Geld, das Sie in Ihre Wachmannschaften gesteckt haben, nicht zum Fenster herausgeworfen war, da der beste Sicherheitstrupp nun einmal nur so viel taugt wie sein Kommandeur.«

»Wie auch immer, Mrs. Arrington.« Er wedelte mit der Hand Richtung Tür. »Wenn Sie jetzt so freundlich wären, mich allein zu lassen. Ich habe …«

»Noch wichtige Angelegenheit zu erledigen, ich weiß. Die Flasche da leert sich schließlich nicht von selbst, nicht wahr?« Sie ging zur Tür und öffnete sie. »Prost, Dr. Germer. Trinken Sie darauf, dass nicht doch ein Unheil geschieht.«

Mit diesen Worten verließ sie das Büro. Sie war nicht enttäuscht über den Verlauf und den Ausgang, den ihr Gespräch mit Germer genommen hatte. Es hatte im Großen und Ganzen ihren Erwartungen entsprochen. Vor allem, da sie zugeben musste, wie verlockend es war, Dorothys Monstergeschichte als Spinnerei abzutun. Klar, dass Germer sich direkt darauf versteift hatte. Sie selbst aber würde nicht der Versuchung erliegen, ungesehen die einfachste Erklärung zu akzeptieren. Zwar glaubte auch sie nach wie vor nicht daran, dass Dorothy tatsächlich einem Monster, einem Dämon oder sonst einem übernatürlichen Wesen begegnet war. Aber es gab etwas auf diesem Schiff, das sie in große Angst versetzt hatte.

Und Mary war entschlossen, herauszufinden, was es war.

18

»Hier war es?«, fragte Mary ungläubig. »Hier haben Sie Dorothy gefunden?«

Antonio nickte. Sie befanden sich in den tiefsten Tiefen des Schiffes, in die Mary in Begleitung des Maschinisten vorgedrungen war, auf einem Gang, der gerade so viel Platz bot, dass zwei Menschen nebeneinander stehen konnten. Sie hatten etliche dieser Gänge durchquert, waren mehrfach abgebogen, mal links, mal rechts, auf einem Weg wie durch ein Labyrinth, in dem sich Mary ohne Antonio niemals zurechtgefunden hätte.

Genau dies war der Grund für ihren Unglauben.

»Sich hier zu verlaufen ist leicht. Gerade, wenn man, wie Dorothy, einfach blindlings durch die Gegend wandert, ohne darauf zu achten, welche Richtung man einschlägt. Aber«, sie schaute sich um, »wie hat sie es überhaupt hierher geschafft?«

Ebenso, wie es unmöglich gewesen wäre, sich ohne Antonio hier zurechtzufinden, wäre es Mary unmöglich gewesen, ohne ihn nach hier unten zu gelangen. Abgesehen von Gruppen bei organisierten Touren war Passagieren der Zugang zu diesem Bereich, wie etwa auch zu den Lagerräumen unter Deck, streng untersagt. Warnschilder an den entsprechenden Türen – ›Crew only!‹ – taten dieses Verbot unmissverständlich kund, und alle Angestellten des Schiffes, Offiziere, Stewards, Bell Boys und insbesondere auch Bogdanovichs Leute, achteten tunlichst darauf, dass dieses Verbot eingehalten wurde.

Auch Antonio war nicht befugt, jemanden hierherzubringen. Zum Glück aber kannte er allerlei Schleichwege, über die es den beiden durch schwere Stahltüren, über die schmalen Gänge und enge metallene Treppen gelungen war, an allen Aufpassern vorbei hierherzugelangen.

»Ich meine«, fuhr Mary fort, »es ist doch schwer vorstellbar, dass eine alte Dame, wenn auch lebhaft und körperlich noch recht fit, alleine und auf einer Irrwanderung den Maschinenraum und die umliegenden Korridore erreicht, ohne dass sie jemand aufhält, ja, ohne dass sie auch nur jemand bemerkt.«

Antonio, der wie immer mit Worten geizte, zuckte die Schultern. Oben, in der Grand Lobby, hatte er fehl am Platz gewirkt mir seinen bloßen Armen und seinem ölbefleckten Overall. Das hier unten aber war sein Reich, eine eigene Welt, die nichts mit der Pracht und dem Prunk zu tun hatte, mit denen die über ihr liegenden Decks ausgestattet waren. Hier gab es keine kostbaren Teppiche, nur den harten Metallboden, keine Holzvertäfelungen, nur Rohre und Leitungen, die sich an den Wänden entlangzogen, und keine goldenen Leuchter, sondern nur das Licht von Neonlampen.

Auf dem Weg hierher, zu der abgelegenen Stelle in dieser Unterwelt, hatten sie den Maschinenraum durchquert, der sich über mehrere Etagen erstreckte. Außer den vier Dieselmotoren, die die *Queen Anne* mit Energie versorgten, enthielt er zahlreiche weitere für den Betrieb notwendige Geräte: riesige Tanks, Pumpen, Zylinder und Kompressoren – Ungetüme aus Stahl, durch dicke Kabelstränge miteinander verbunden. Die Luft war angefüllt mit dem Rumoren der Maschinen und dem Geruch von Treibstoff und Schmierfett. Viele von Antonios Kollegen, die wie er Overalls trugen, hatten sich ein

Tuch um den Kopf gebunden, damit der Schweiß ihnen nicht in die Augen lief. Zwischen Warntafeln und kompliziert aussehenden Messanzeigen arbeiteten sie an den Maschinen, bedienten Hebel, Knöpfe und Räder, um all diese ineinandergreifenden, miteinander wirkenden Teile des Schiffsantriebs am Laufen zu halten. Obwohl Mary in ihrem Kleid absolut nicht in diese Umgebung passte, hatte sich niemand an ihrer Anwesenheit gestört. Dass sie mit Antonio da war, schien den anderen zu genügen, um sie dort nicht nur zu dulden, sondern noch dazu freundlich mit ihr umzugehen. Sie hatten ihre Grüße erwidert, und Mary hatte sich bei einigen von ihnen nach Dorothy erkundigt. Aber keiner von ihnen hatte sie gesehen, und auch sonst war ihnen nichts Außergewöhnliches aufgefallen.

Das Brummen der Maschinen war auch jetzt noch zu hören, wenn auch leiser und nicht mehr begleitet von der schweißtreibenden Hitze. Ansonsten war es um die beiden herum still. Mary blickte sich um.

»Wohin führen all diese Gänge?«

»Einige zu den Laderäumen«, antwortete Antonio, nun gezwungen, den Mund aufzumachen. »Andere zu Versorgungsbereichen. Außerdem gibt es hier unten noch Werkstätten, in denen beispielsweise Möbel, Teppiche und sonstige Einrichtungsstücke hergestellt oder wieder instandgesetzt werden. Die sind ja ständig in Gebrauch, werden abgenutzt oder beschädigt. Viele Arbeiter sind rund um die Uhr damit beschäftigt, damit da oben«, er deutete aufwärts, »immer alles tipptopp aussieht.«

Mary musste daran denken, wie über ihnen gerade Männer, Frauen und Kinder durch die Grand Lobby schlenderten, in den Restaurants oder Cafés saßen, sich in den Fitnessräumen verausgabten oder sich im Wellnessbereich verwöhnen ließen, in den Pools planschten, im Liegestuhl lagen oder andere der an Bord vorhandenen Annehmlichkeiten genossen, ohne auch nur einen Gedanken an diese unterirdische Welt und das darin vor sich gehende Treiben zu verschwenden, das all dies überhaupt erst möglich machte.

»Gibt es viele Zugänge, durch die man herkommen kann?«

Antonio nickte.

»Vom Deck unmittelbar über uns gibt es einige, so verteilt, dass man von überall schnell hier hinabsteigen kann. Außerdem gibt es eine Reihe von Lastenaufzügen, um Material von und zu den Werkstätten zu transportieren.«

»Ich verstehe.«

Mary betrachtete den Boden und die Wände in der Hoffnung, dort irgendeinen Anhaltspunkt zu finden.

»Wo genau sind Sie auf Dorothy gestoßen, Antonio?«

Der Maschinist wies auf eine dreistufige Treppe, die zu einem Durchgang und dahinter in einen anderen Teil des Untergeschosses führte.

»Sie hat dort auf der untersten Stufe gesessen, schlaff und zusammengesunken. Im ersten Moment hab ich gedacht, dass sie tot ist, weil sie sich gar nicht bewegt hat und ihre Augen geschlossen waren. Erst aus der Nähe hab ich gesehen, dass sie geatmet und die Lippen bewegt hat. Ich bin in die Hocke gegangen und habe sie leicht berührt. Da hat sie die Augen aufgeschlagen und hat geschrien. Aber ich konnte sie beruhigen und hab sie dann nach oben gebracht.«

Mary trat an die Treppe, um sie genauer zu untersuchen.

»Was suchen Sie denn, Mrs. Arrington?«

»Ich weiß es selber nicht, Antonio. Irgendetwas, irgendeinen Hinweis, der uns verrät, was genau sich hier abgespielt hat.«

Antonio spähte ebenfalls auf den Boden.

»Ich gebe zu, ich habe mich nicht genauer umgesehen. Ich habe mich nur um Mrs. Beckett gekümmert. Aber wenn es hier was gäbe, wäre es mir bestimmt aufgefallen.«

»Möglich. Andererseits ist der Gang nicht besonders gut beleuchtet. Und wie Sie sagten, Sie waren mit Dorothy beschäftigt. Es ist somit denkbar, dass Ihrer Aufmerksamkeit etwas entgangen ist, das …«

Sie verstummte, als ihre eigene Aufmerksamkeit auf etwas gezogen wurde, das hier ganz offensichtlich nicht hingehörte.

»Antonio, sehen Sie das?«

Der Maschinist beugte sich vor und starrte auf die Stelle, auf die sie zeigte.

»Nein. Was denn?«

Beinahe wäre es Mary selber entgangen, und sie konnte Antonio keinen Vorwurf machen, dass er es nicht entdeckt hatte – und es auch jetzt nicht auf Anhieb sah. Auch Mary hatte ihren Blick zwei oder dreimal darüber hinweggehen lassen, ohne der kleinen grünen Spitze gewahr zu werden, die unter der Treppe hervorragte. Allzu leicht konnte man sie für einen Schatten, einen Kratzer oder einen Fleck auf dem Boden halten. Mary bückte sich, fasste die Spitze mit zwei Fingern und hob den Gegenstand auf. Antonio stellte sich neben sie und betrachtete die lange grüne, leicht geschwungene Feder, die Mary in der Hand hielt.

»Dieses Ding stammt unmöglich aus einer der Werkstätten«, sagte Antonio.

»Da gebe ich Ihnen recht.« Mary schwenkte die Feder. »Damit haben wir unseren Beweis.«

»Den Beweis wofür, Mrs. Arrington?«

»Den Beweis dafür, dass Dorothy die Wahrheit gesagt hat.« Sie blickte Antonio ernst an. »Was immer sie hier unten in Angst und Schrecken versetzt hat – eine Einbildung war es nicht.«

19

Mitten in der Nacht schlich Mary über die leeren Korridore des Schiffes. In den verschiedenen Bars, wusste sie, mixten die Bartender selbst zu dieser späten Stunde noch immer tropische Cocktails, zapften Bier, entkorken Wein- und Champagnerflaschen für jene Gäste, die den Beginn der Kreuzfahrt bis in die Morgenstunden begießen wollten. Im Nachtclub wirbelten die Feierfreudigen im Lichtspiel bunter Scheinwerfer zu den Klängen beliebter Partyhits umeinander. Manche, die einen ruhigeren Ausklang dieses ersten Reisetages bevorzugten, standen vielleicht an Deck, an die Reling gelehnt, und blickten auf das grauschwarze Wellengewühl des Meeres unter einem funkelnden Sternenhimmel, der sich nirgendwo so prachtvoll darbot wie über dem Ozean.

Aber die meisten Passagiere hatten sich in ihre Kabinen zurückgezogen. Die Grand Lobby, in die Mary nach ihrem Aufbruch aus der Trafalgar Suite mit dem Aufzug hinabgefahren war, hatte verwaist vor ihr gelegen, der Flügel unter der Treppe, von dem aus vom Morgen bis zum Abend seichte Klänge durch die Halle geschwebt waren, hatte geschwiegen, die Geschäfte auf der Galerie waren geschlossen gewesen. Niemand hatte sich hier aufgehalten außer einem einzelnen Steward hinter einem der Rezeptionstresen. Das Personal, das sich tagsüber in großer Zahl um die Bedürfnisse der Gäste kümmerte und die reibungslosen Abläufe an Bord gewährleistete, bestand nun, zur Nachtschicht, nur noch aus wenigen Offizieren, die das Schiff von der Brücke aus auf Kurs hielten, und einigen Stewards wie diesem, falls jemand im Laufe der Nacht ein Problem melden oder einen Wunsch äußern wollte. Er hatte aufgesehen, als Mary vorübergekommen war, und sie mit einem Kopfnicken begrüßt, als wagte er nicht, die Nachtstille mit einem Wort zu unterbrechen. Falls er sich darüber gewundert hatte, dass sie zu dieser Zeit noch unterwegs war – noch dazu mit einer Flasche Champagner – ließ er es nicht erkennen. Mary hatte seinen stummen Gruß erwidert und ihren Weg fortgesetzt.

Seitdem war sie niemandem mehr begegnet. Es war unglaublich, wenn man bedachte, wie viele tausend Menschen die *Queen Anne* derzeit beherbergte – aber es fiel Mary leicht, sich vorzustellen, sie befinde sich auf einem Geisterschiff. Sie musste an alte Gruselfilme denken, und beinahe erwartete sie, dass ihr im nächsten Augenblick ein Ungeheuer in den Weg springen würde. Es war ein kindischer Gedanke, und sie wusste, er war den Erlebnissen des Tages geschuldet, die nun, von der nächtlichen Stille befördert, ihre Fantasie anfachten. Dennoch ließ er sie schaudern. Sie fasste die Flasche fester, Mr. Bayles Geschenk, das sie nun, sollte es nötig sein, zu ihrer Verteidigung einsetzen würde. Hier und jetzt schien es auf einmal gar nicht mehr unwahrscheinlich, dass ein Monster auf der *Queen Anne* sein Unwesen trieb.

Mary schüttelte die absurde Idee ab. Wenn sie das Rätsel um das vermeintliche Monster lösen wollte, musste sie einen klaren Kopf bewahren, mit Vernunft und kühler Überlegung vorgehen, und durfte ihrer Vorstellungskraft nicht erlauben, mit ihr durchzugehen. Dieser Entschluss aber wurde sogleich auf die Probe gestellt. Vom Ende des Korridors, auf dem sie sich gerade befand, hörte sie ein Geräusch, und einen Moment später erschien dort eine Gestalt. Es war kein Monster. Aber dafür jemand anderes, dem zu begegnen Mary nicht verlockender fand.

Hauptmann Bogdanovich, gefolgt von einem seiner Männer, bog um die Ecke und kam geradewegs auf sie zu. Germer mochte die Geschichte mit dem Monster für ein Hirngespinst halten. Aber offenbar hatte er seine Leute angewiesen, besonders wachsam zu sein und zu jeder Zeit auf Patrouille zu gehen. Bogdanovich hatte den Kopf über die Schulter gewandt, um seinem Untergebenen etwas mitzuteilen. Daher bemerkte er Mary nicht sofort. Mary nutzte das schmale Zeitfenster, das sich ihr dadurch bot, um in einen Seitengang zu flüchten. Vor Stewards oder Offizieren wäre sie nicht in Deckung gegangen. Sie hätten sie, wie jener in der Lobby, lediglich begrüßt, ohne sich danach zu erkundigen, was sie mitten in der Nacht hier trieb, und ohne sich etwas dabei zu denken. Schließlich stand es jedem Passagier frei, nach Lust und Laune herumzuspazieren. Die Sicherheitsleute aber wären ihr nicht mit solcher zurückhaltenden Höflichkeit begegnet, hätten sie nicht ohne Weiteres ziehen lassen.

Mary fürchtete sich nicht vor einem Zusammentreffen mit Bogdanovich. Aber sie hatte auch nicht die geringste Lust, sich mit ihm herumzustreiten. Und noch weniger stand ihr der Sinn danach, sich von ihm ausfragen zu lassen. So weit kam es noch, dass sie sich vor einem Wichtigtuer wie ihm rechtfertigte und ihn in ihre persönlichen Angelegenheiten einweihte. Allerdings hätte allein die Tatsache, dass er sie hier um diese Zeit antraf, für Komplikationen gesorgt. Bogdanovich hätte Germer davon berichtet, und dieser hätte sofort einen Zusammenhang zu Dorothys Monster hergestellt und angeordnet, Mary von nun an noch strenger zu überwachen. Es hätte ihre Nachforschungen enorm erschwert. Abgesehen davon hätten die Sicherheitsleute, wenn sie schon nichts aus ihr herauskriegen konnten, möglicherweise darauf bestanden, sie zu dem Ziel ihres kleinen heimlichen Ausflugs zu begleiten, vorgeblich vielleicht, damit ihr nichts passierte, in Wahrheit aber natürlich, um Germer darüber informieren zu können, was dieses Ziel war. Und diese Information in Germers Händen hätte für Scherereien gesorgt, die Mary um jeden Preis vermeiden wollte.

Aber wie es schien, würde sich eine Begegnung nicht vermeiden lassen. Mary presste sich gegen die Wand und hielt den Atem an. Vorsichtig lehnte sie sich vor und spähte um die Ecke. Bogdanovich und sein Handlanger waren nicht mehr weit entfernt — und ihre rauen Stimmen und die Schritte ihrer schweren Stiefel kamen näher und näher. Mary hätte den Seitengang hinabeilen können. Aber sie hätte ihn nicht schnell genug durchqueren und abbiegen können, um den Blicken der beiden zu entgehen. Wie es aussah, blieb ihr nichts übrig, als aus ihrem Versteck zu kommen und ihnen gegenüberzutreten. Sie wappnete sich, entschlossen, sie kurz und knapp abzuspeisen, alle aufdringlichen Angebote, ihr Geleitschutz zu geben, rigoros abzulehnen und, falls sie ihr folgen sollten — was sicherlich der Fall sein würde —, irgendwelche Umwege einzuschlagen in der Hoffnung, sie abzuschütteln. Sollte es ihr nicht gelingen, würde sie notgedrungen mit dem Champagner in ihre Kabine zurückkehren müssen. Mary seufzte bei dem Gedanken, ein albernes Katz-und-Maus-Spiel mit ihnen veranstalten zu müssen. Der Tag hatte für ihren Geschmack schon Aufregung genug gebracht. Aber offensichtlich blieb ihr nichts anderes übrig.

Sie wollte den Seitengang gerade verlassen.

Da aber kam ihr ein glücklicher Zufall zu Hilfe.

Auf dem Gang öffnete sich eine Kabinentür.

»Hey, Sie da«, hörte Mary Bogdanovich rufen. »Keine Bewegung. Wer sind Sie, und was haben Sie vor?«

Sie lugte um die Ecke. Ein junger Mann war hinter den Sicherheitsmännern aus seiner Kabine gekommen und wollte gerade den Gang hinablaufen, als Bogdanovich ihm befohlen hatte, stehen zu bleiben. Mary meinte, ihn schon gesehen zu haben. Er hatte rötliche Haare und Sommersprossen. Ohne die kleine Flagge, die er vorher in der Hand gehalten hatte, dauerte es allerdings einen Moment, bis Mary ihn als den Leiter der Besichtigungsgruppe erkannte.

»Wie bitte?«, fragte er, sichtlich verwirrt, schon nach kaum zwei Schritten auf dem Gang so grob ins Verhör genommen zu werden. »Mein Name ist Jasper Willems. Ich leite eine Reisegruppe an Bord.«

Er hatte einen Akzent, den Mary nicht recht einordnen konnte. Bogdanovich ging es wohl genauso.

»Jasper Willems? Komischer Name. Wo kommt der her? Holland oder so?«

»Ich bin Belgier«, sagte Willems. »Ich stamme aus Gent.«

»Soso, Herr Willems aus Gent«, sagte der Hauptmann, als hätte sich der Verdacht, den er vorsorglich gegen Willems gefasst hatte, durch diese Aussage bestätigt. »Dann lassen Sie mal hören, was Sie hier treiben und wo Sie hinwollen.«

Willems lief rot an.

»Gar nichts treibe ich. Also, jedenfalls nichts Besonderes. Ich wollte nur …«

»Wollten nur was, hm?«

Bogdanovich sah aus, als sei er kurz davor, ihn am Kragen zu packen.

»Raus damit!«

Willems schien zu überlegen, in seine Kabine zu flüchten. Aber die beiden waren zu dicht an ihm dran und hätten ihn bei jedem Fluchtversuch sicher gepackt und festgehalten.

»Ich wollte nur nachsehen, wer hier draußen unterwegs war.« Es klang nach einer lahmen Ausrede, und er merkte es selbst. »Hören Sie, ich hatte nichts Schlimmes vor, auf keinen Fall irgendetwas Verbotenes.«

Bogdanovich stürzte sich sofort auf diese vermeintliche Blöße.

»Verbotenes? Wieso Verbotenes? Wie kommen Sie denn darauf, dass wir das glauben würden? Gut, jemand, der sich mitten in der Nacht aus seiner Kabine schleicht und keine eindeutige Antwort auf die Frage hat, wo er hin will — da könnte man tatsächlich darauf kommen, dass er etwas Verbotenes im Sinn hat.«

»Aber ich habe mich ja gar nicht rausgeschlichen«, stammelte der junge Mann. »Es war nur … ich hatte bloß …«

Aber je stärker er versuchte, die passenden Worte zu finden, desto tiefer verstrickte er sich in seine Nervosität, die sich langsam, aber sicher zu sichtlicher Angst steigerte. Mary überlegte, ihm zu Hilfe zu kommen, ihn gegen die bedrohlichen Grobiane zu unterstützen. Zwar hatte er tatsächlich keine überzeugende Antwort, keine Erklärung dafür geliefert, wohin er wollte, und tatsächlich konnte man das verdächtig finden. Auch Mary kam nicht umhin, sich zu fragen, wohin er um diese Zeit unterwegs war. Aber das war gar nicht der Punkt. Schließlich war auch sie noch durch die Korridore geschlichen. Und er brauchte den beiden nichts zu erklären. Er war ihnen nichts schuldig. Er hatte nichts getan, gegen keinerlei Verbot verstoßen, und er war nicht verpflichtet, ihnen Auskunft über das zu geben, was er vorhatte. Mary war drauf und dran, vorzutreten und ihm beizustehen, auch wenn das bedeutete, sich ein weiteres Mal mit Bogdanovich anzulegen.

Da aber schlug das Verhalten des jungen Reiseführers mit einem Mal um. War er vorher noch nervös, ja furchtsam gewesen, gelang es ihm jetzt, durch einen schieren Kraftakt seines Willens, schien es, seine Angst in einen trotzigen Ärger umzuwandeln. Er richtete sich stramm auf und sah Bogdanovich direkt in die Augen. Es war, als hätte er eingesehen, dass pure Verteidigung ihn nur immer weiter in Bedrängnis brachte. Wollte er die Situation in den Griff kriegen, musste er selber in die Offensive gehen.

»Es geht Sie wohl kaum etwas an, was ich vorhabe.«

Bogdanovich schien geradezu froh darüber, bei ihm auf Widerstand zu stoßen. Mary sah seinen breiten Rücken, während er sich vor dem Reiseleiter aufbaute und die Hände in die Hüften stemmte.

»Das geht uns sehr wohl etwas an. Wir sind für die Sicherheit und das Wohlergehen der Passagiere verantwortlich. Wir können es nicht dulden, dass hier einfach jemand herumstreunt und dann noch nicht einmal eine Erklärung dafür hat, warum er zu nachtschlafender Zeit seine Kabine verlässt.«

Willems schnaubte spöttisch. Mary war beeindruckt, wie tapfer er nun dagegenhielt, obwohl er allein und den zwei Hünen körperlich eindeutig unterlegen war.

»Wenn Sie für das Wohlergehen der Passagiere sorgen sollen, schließt das ja wohl mein Wohlergehen mit ein, nehme ich an.«

»Im Grunde ja«, sagte Bogdanovich. »Aber weil Sie …«

Doch der junge Mann würgte ihn ab.

»Na also. Vielleicht interessiert es Sie dann, dass Sie gerade alles andere tun, als Ihre Pflicht zu erfüllen, und absolut nicht zu meinem Wohlergehen beitragen. Schließlich bin ich Passagier, und als solcher habe ich das Recht, zu jeder Zeit, auch zu nachtschlafender, meine Kabine zu verlassen, wann immer mir der Sinn danach steht. Oder wollen Sie das leugnen?«

»Nun ja, also ... im Grunde nicht ...«

Mary musste sich das Lachen verkneifen. Natürlich war es alles andere als lustig, dass die Sicherheitsleute nachts auf Streife gingen und über jeden herfielen, der ihnen in die Finger kam. Aber die Art und Weise, wie Willems, der in einer körperlichen Auseinandersetzung niemals eine Chance gegen sie gehabt hätte, sich gegen sie behauptete, war einfach köstlich. Bogdanovich mochte über Muskeln verfügen und eine einschüchternde Erscheinung abgeben. Schlagfertigkeit war nicht seine Stärke – zumindest nicht die verbale Sorte.

»Im Grunde«, äffte der Reiseleiter ihn nach. »Haben Sie kein Recht, sich hier aufzuplustern und sich wichtig zu machen. Im Grunde sind Sie nur ein kleiner Handlanger des Schiffseigners, der hiermit wieder einmal beweist, dass er nicht ein einziges Fitzelchen Anstand besitzt.«

Mary wäre gerne noch ein wenig geblieben, um sich dieses Spektakel anzusehen. Vor allem hätte sie gerne gewusst, was genau Willems gegen den Schiffseigner hatte. Allerdings riskierte sie durch einen längeren Aufenthalt, selber entdeckt zu werden. Es war besser, die unverhoffte Gelegenheit zu nutzen und sich davonzustehlen, solange die Sicherheitsleute ihr den Rücken zuwandten. Sie verließ ihr Versteck, eilte auf leisen Sohlen über den Korridor zurück, über den sie gekommen war und schlug einen anderen Weg ein, der sie um die Sicherheitsleute herumführte. Zum Glück kannte sie sich von ihren vorherigen Reisen so gut auf dem Schiff aus, dass sie einen weiten Bogen um sie schlagen konnte.

Sie war sicher, dass noch weitere Teams unterwegs waren, um ›für Sicherheit zu sorgen‹. Aber keines von ihnen begegnete ihr. Ohne weitere Zwischenfälle erreichte sie ihr Ziel. Sie schaute sich noch einmal um. Als sie niemanden entdecken konnte, klopfte sie gegen die Kabinentür, vor der sie stand: dreimal kurz, zweimal lang, das vereinbarte Geheimsignal. Sie war erwartet worden. Sofort tat sich die Tür auf, und Mary schlüpfte ins Innere.

20

»Hat niemand etwas mitbekommen?«

George steckte den Kopf durch den Türspalt und blickte nach rechts und links den Korridor hinab.

»Niemand hat dich gesehen?«

»Niemand«, sagte Mary. »Es war allerdings knapp. Bogdanovich und einer seiner Spießgesellen hätten mich fast erwischt.«

George schloss die Tür und wandte sich zu ihr um. Er trug bequeme Cordhosen und einen schlichten wollenen Pullover. Seine Füße steckten in Pantoffeln. Auf der Brücke strahlte er in seiner stramm sitzenden Kapitänsuniform Autorität und Befehlsgewalt aus. Hier, in seiner Kabine, wusste Mary, hatte er es gerne gemütlich. Er wirkte entsprechend entspannt, vor allem jetzt, da Mary ihm mitgeteilt hatte, dass niemand sie verfolgt oder mitbekommen hatte, dass sie hier war.

»Das hätte uns gerade noch gefehlt«, sagte er. »Die Typen sind schlimmer als eine Horde wildgewordener Klabautermänner.«

Er machte Anstalten, seine Arme nach ihr auszustrecken, zögerte jedoch und ließ sie schlaff wieder herabfallen. Dies war ihre erste Begegnung, seit sie sich in Hongkong getrennt hatten. Nachdem sie dort im Streit auseinandergegangen waren, hatten sie noch keine Gelegenheit gehabt, sich auszusprechen. George spürte, dass noch immer Spannungen zwischen ihnen bestanden, und wusste offenbar nicht, wie er mit ihr umgehen sollte. Er war ein versierter Seemann, der sein Schiff in jeder

Lage im Griff hatte. Doch Konflikte mit der Frau zu lösen, die ihm nahestand, überforderte ihn.

»Also, hör mal, Mary …« Er räusperte sich umständlich. »Wegen dieser Sache heute. Ich wollte dir nur sagen … Es ist nämlich so, dass …«

Ursprünglich hatte Mary vorgehabt, es ihm nicht allzu leicht zu machen. Sie war niemand, der sich in Wut hineinsteigerte oder ihren Ärger lange mit sich herumtrug. Sie wollte ihn nicht unnötig leiden lassen. Aber ein wenig Mühe, fand sie, konnte er sich schon geben, um seine kümmerliche Vorstellung auf dem *Cat Street Market* wiedergutzumachen. Jetzt jedoch brachte sie es nicht über sich, länger zuzusehen, wie er sich wand. Seine Zerknirschung erregte ihr Mitleid – und sein Gestammel machte er ihr unmöglich, eine strenge Miene beizubehalten. Es war einfach zu komisch, wie er betreten vor ihr stand und um Worte rang.

»Ich würde dir nur allzu gern weiter zuhören, liebster George«, sagte sie mit einem Lachen. »Aber ich fürchte, dann würde der Morgen anbrechen, ohne dass du über den ersten Satz hinausgekommen bist. Ich schlage daher vor, wir einigen uns darauf, die ganze Sache zu vergessen und«, sie stellte die Champagnerflasche auf den Tisch, »widmen uns angenehmeren Dingen.«

Im ersten Moment wirkte George gekränkt, da sie seine unbeholfenen Entschuldigungsversuche nicht ernst nahm. Aber dann lächelte auch er, erleichtert und froh, als sie an ihn herantrat, ihre Arme um ihn schlang und ihn an sich zog.

»Schließlich dauert diese Kreuzfahrt nur ein paar Tage«, sagte sie. »Danach werden wir uns wieder eine gute Weile nicht sehen.«

Sie küsste ihn, und er erwiderte ihren Kuss. Es tat ihr gut, ihm nahe zu sein, ihn in ihren Armen zu halten und sich von ihm halten zu lassen. Sie löste ihre Lippen von seinen und legte ihren Kopf an seine Schulter. Ja, es würde eine kurze Reise sein und da sie zwar für sie selbst, nicht aber für George eine Urlaubsfahrt darstellte und er gezwungen war, den größten Teil jedes Tages mit seinen Pflichten als Kommandeur zu verbringen, würden sie wenig Zeit füreinander haben. Mary wusste schon jetzt, dass sie traurig sein würde, wenn sie ihr Ziel erreichten, wenn es für sie hieß, von Bord zu gehen und nach England zurückzukehren, während George mit der *Queen Anne* bald ein weiteres Mal in See stechen würde.

Es belastete sie nicht, allein zu sein. Sie brauchte keinen Mann, der ihr Gesellschaft leistete. Sie hatte daheim einen großen Freundeskreis, und schließlich gab es in ihrem Herrenhaus auch noch Greta, ihre Haushaltshilfe, die verlässlich für Unterhaltung sorgte. Es würde ihr nicht langweilig werden. Nach dem Tod ihres Mannes Maxwell hatte sich das Haus ungeheuer leer angefühlt, so leer und einsam, dass Mary in Erwägung gezogen hatte, es zu verkaufen. Es bedrückte sie, sich an die schönen Jahre zu erinnern, die sie mit Maxwell dort verbracht hatte, und doch waren es genau jene Erinnerungen, die mit dem Haus verknüpft waren, die Mary dort hielten. Sie hatte gelernt, sich zu erinnern, ohne darüber in Kummer zu geraten, und war inzwischen froh über ihren Entschluss, das Anwesen zu behalten. Sie fühlte sich nach wie vor wohl dort, zu Hause.

Jetzt, wo sie mit George zusammen war, es wieder jemanden in ihrem Leben gab, dem sie sich nah und vertraut fühlte, erwischte sie sich immer wieder bei dem Gedanken, wie schön es wäre, ihn in ihrem Haus bei sich zu haben. Aber obwohl er selber Schotte war, stolz auf seine Abstammung und seiner Heimat verbunden, hatte sich sein Besuch bei ihr bisher schlichtweg nicht einrichten lassen. Aufgrund ihrer so unterschiedlichen Lebenssituationen war es höchst unwahrscheinlich, dass er dort in näherer Zukunft eine Weile mit ihr verbringen würde. Irgendwann würden sie es vielleicht bewerkstelligen. Bis dahin war alles, was sie hatten, die Zeit auf diesem Schiff.

»Dann lass uns jede Sekunde nutzen«, sagte George, und Mary nickte. Vielleicht war ihre Lage als Paar nicht optimal. Aber eben daher war es so wichtig, aus den Momenten, die sie zusammen hatten, das Beste zu machen, ohne sich, wenn auch nur in Gedanken, über die Schwierigkeiten zu beklagen, die mit dieser Lage einhergingen.

»Gern«, sagte sie.

George trat an den Tisch, auf den er bereits eine Kerze gestellt und angezündet hatte. Obwohl sie diese Seite von ihm bereits kennengelernt hatte, war Mary doch immer wieder überrascht von der romantischen Ader, die der mitunter grummelige Seebär in sich trug. Er holte zwei Gläser aus einem Schrank und entkorkte mit einem Ploppen den Champagner.

»Mir ist zu Ohren gekommen«, sagte er, während er ihnen einschenkte, »dass Bogdanovich nicht der Einzige ist, mit dem du dich derzeit anlegst. Wie es heißt, hast du auch Germer schon einen Besuch abgestattet. Bei eurer gegenseitigen Abneigung hätte ich erwartet, dass ihr einen großen Bogen umeinander macht. Aber ihr könnt wohl nicht voneinander lassen.«

»Keine Sorge, George. Du hast keinen Grund, eifersüchtig zu sein. Schwitzige, übergewichtige Egomanen mit Dauer-Schnapsfahne und üblem Körpergeruch sind absolut nicht mein Typ.«

»Davon war ich auch nicht ausgegangen. Ich hatte

nicht gedacht, dass ihr auf der Krankenstation gemütlich zusammengesessen und Kaffee getrunken habt.«

Mary schüttelte den Kopf und nahm das Glas entgegen, das George ihr reichte. In der golden schimmernden Flüssigkeit perlten zahllose kleine Bläschen an die Oberfläche.

»Germer ist der Letzte, von dem ich mir einen Kaffee servieren lassen würde. Der bringt es fertig und rührt mir Zyankali hinein. Ich will nicht die nächste Tote auf deinem Schiff werden. Übrigens finde ich es immer wieder eindrucksvoll, wie gut du als Kapitän über die Vorgänge an Bord und die Unternehmungen deiner Passagiere auf dem Laufenden bist.«

»Nur über die Unternehmungen bestimmter Passagiere.«

Er lächelte und stieß mit ihr an. Der Champagner, der auf Marys Zunge prickelte, war wirklich hervorragend. George bevorzugte zwar Rum. Aber auch er gab nach dem ersten Schluck ein anerkennendes Schmatzen von sich.

»Damit du nicht auf falsche Ideen kommst«, sagte er. »Ich habe nicht wie Germer jemanden auf dich angesetzt, der überprüft, was du treibst, und mir darüber Bericht erstattet. Es ist einfach so, dass der Grund, der dich auf die Krankenstation geführt hat, auf dem Schiff einiges Aufsehen erregt, und so etwas wird mir natürlich von meinen Leuten zugetragen. Nicht nur Aufsehen übrigens, sondern auch allerhand Spekulationen.«

»Das kann ich mir denken. Es kommt schließlich nicht auf jeder Kreuzfahrt vor, dass ein Monster alte Damen erschreckt.«

Mary und George setzten sich auf das Sofa. Während sie ihren Blick durch die Kabine wandern ließ, erinnerte Mary sich an das erste Mal, als sie hier mit George

MacNeill zusammengesessen hatte. Damals hatten sie Rum getrunken (sie beide hatten einen starken Drink gebraucht, nachdem sie in der Grand Lobby einen Toten gefunden hatten), und wenn Mary auch da schon gemeint hatte, eine gewisse Anziehungskraft zwischen ihnen zu spüren, hätte sie doch niemals damit gerechnet, dass sie bald ein Liebespaar und in der Kapitänskabine in trauter Zweisamkeit beisammen sein würden.

»Das ist offenbar unter den Passagieren Gesprächsthema Nummer eins«, sagte George. »Wobei viele der Meinung zu sein scheinen, mit der alten Dame sei die Fantasie durchgegangen. Andere denken, es handele sich um einen Teil des bordeigenen Unterhaltungsprogramms, eine einstudierte Vorführung, um unsere Gäste zu belustigen. Das ist natürlich vollkommener Unsinn. Aber wir lassen die Leute vorerst in diesem Glauben. Besser, sie halten es für ein Spiel, als dass sie in Panik geraten. Wie siehst du die Sache?«

Mary trank von ihrem Champagner. Eigentlich hätte sie während ihrer gemeinsamen Zeit gern über angenehmere Dinge gesprochen. Aber es war ein Thema, um das sie nicht herumkamen.

»Ich bin noch nicht sicher, wie ich all das sehen soll. Eines aber ist klar. Mit Fantasie hatte das nichts zu tun.«

Sie stellte ihr Glas beiseite, griff in ihre Handtasche neben dem Sofa und zog die grüne Feder hervor, die sie mitgebracht hatte. Sie war ziemlich sicher gewesen, dass George ihr glauben würde, wenn sie sagte, dass Dorothy sich das Monster nicht bloß eingebildet hatte. Die Zeiten, wo er solchen Behauptungen und ihrem kriminologischen Gespür skeptisch, ja ablehnend gegenübergestanden hatte, waren lange vorbei. Schließlich hatte sie mehrfach bewiesen, wie stark ausgeprägt dieses Gespür war. Aber es konnte nicht schaden, möglichen Nachfragen oder Einwänden direkt etwas entgegensetzen zu können.

George nahm die Feder, drehte sie zwischen den Fingern und betrachtete sie.

»Die stammt von diesem Monster?«

»Genau. Sie lag dort, wo Dorothy gefunden wurde. Was nun das Spiel angeht, das manche hierin vermuten, kann ich nur sagen: Falls es für den- oder diejenige, die als Monster verkleidet hier unterwegs ist, tatsächlich ein Spiel ist, dann ist es ein ziemlich geschmackloses. Dorothy ist zwar nichts passiert. Das vermeintliche Monster hat sie nicht körperlich angegriffen. Aber sie hat einen Schock erlitten, und es hätte auch schlimmer ausgehen können. Vielleicht wird es schlimmer ausgehen, wenn das Monster das nächste Mal in Erscheinung tritt.«

George runzelte die Stirn, während er die Feder betrachtete.

»Du glaubst, es wird wiederkommen?«

»Wenn sich jemand die Mühe macht, sich derart zu kostümieren, müssen wir davon ausgehen, dass etwas dahintersteckt, und zwar mehr als nur ein fehlgeleiteter Sinn für Humor. Ich bin fest entschlossen …«

»… herauszufinden, was es damit auf sich hat«, brachte er ihren Satz zu Ende. »Daran habe ich keine Sekunde gezweifelt.«

Er sah sie ernst an. Sorge trat in sein wettergegerbtes Gesicht mit dem dichten Vollbart.

»Ich weiß, ich kann dich nicht davon abhalten, Nachforschungen anzustellen, und ich würde es auch gar nicht wollen. Aber ich bitte dich, Mary: Sei vorsichtig. Germer wird alles tun, um dich aufzuhalten. Mit Bogdanovich ist nicht zu spaßen, und auch wenn die alte Dame ihr Zusammentreffen mit diesem Monster, oder was immer es ist, mehr oder weniger unbeschadet überstanden hat — die Sache könnte gefährlich werden.« Er reichte ihr die Feder zurück. »Ich werde dir helfen, so gut ich kann. Aber ich könnte damit meinen Job riskieren, und ich kann nicht auf dich aufpassen. Ich meine, ich weiß natürlich, dass du niemanden brauchst, der auf dich aufpasst und dass du sehr gut allein zurechtkommst und ...« Er druckste herum, während er nach dem passenden Ausdruck suchte. »Alles, was ich sagen will, ist ... Versprich mir, dass du nicht leichtsinnig vorgehst.«

Mary schmiegte sich an ihn. Sie lächelte. Beziehungen, der Umgang mit einer Frau, mochte nicht zu George MacNeills herausragenden Eigenschaften gehören. Entschuldigungen auszusprechen fiel ihm genauso schwer, wie auszudrücken, wie viel sie ihm bedeutete. Aber wenn er es auch nicht recht in Worte zu fassen vermochte — sein Blick sprach es deutlicher aus, als sie es in einem ihrer Romane hätte zu Papier bringen können.

»Versprochen, George. Ich gebe acht.«

Ein weiteres Mal küssten sie einander, schlangen ihre Arme umeinander, und dieses Mal dauerte der Kuss an. Er war so innig, voller Zärtlichkeit und doch auch Leidenschaft, dass Mary darüber alle Gedanken an grobschlächtige Sicherheitsleute vergaß, an chinesische Hohepriester und ihre Jünger, Geschäftsfrauen in pinken Kostümen, unausstehliche Schiffsärzte, Drachenstatuen, Dämonen und Monster.

Mit dem Rest der Welt, der nun weit von ihr und George entfernt schien, vergaß Mary auch die Feder, die sie noch immer in der Hand hielt. Ihre Finger öffneten sich, um sich kurz darauf in Georges Haar zu graben. Sachte, in weichen Drehungen, segelte die Feder zu Boden, bis sie grün schillernd im Kerzenschein auf dem Teppich vor dem Sofa liegenblieb.

21

»Mary! Mary, wach auf!«

Mühsam schlug Mary die Augen auf und blickte schlaftrunken um sich. Im ersten Moment kam es ihr vor, als sei das Schiff in heftigen Seegang geraten, der sie im Bett hin und her warf. Aber dann stellte sie fest, dass es George war, der neben dem Bett stand, sie an den Schultern gefasst hatte und sie schüttelte. Er tat es zwar nicht gerade unsanft. Trotzdem war dies nicht die Art, auf die Mary gern von ihrem Partner geweckt werden wollte.

»Weißt du, George«, sie schob seine Hände von sich und setzte sich auf, »wenn man eine romantische Nacht mit einer Dame verbracht hat, gibt es verschiedene Möglichkeiten, den nächsten Morgen zu beginnen: kuscheln, Gespräche, Frühstück im Bett. Die Dame seines Herzens zu rütteln, bis sie seekrank wird, gehört im Allgemeinen nicht zu den beliebtesten Herangehensweisen.«

»Es tut mir leid, Mary. Ich wollte dich nicht aus dem Schlaf reißen. Aber du musst leider ganz dringend aufstehen.«

Jetzt erst sah Mary, dass er zwar eines der weißen Hemden trug, die zu seiner Uniform gehörten, es jedoch schief geknöpft hatte. Und zu diesem Hemd trug er nichts weiter als Socken und eine weiße Boxershorts mit blauen Segelschiffen.

»Was ist denn los, George? Ist irgendetwas geschehen?«

»Pscht«, machte er und legte ihr den Finger auf die

Lippen. Er setzte sich auf die Bettkante und fing an, sich seine Uniformhose über die Beine zu ziehen. »Nicht so laut. Es ist nicht wirklich etwas geschehen, jedenfalls nichts Schlimmes. Es ist nur so, dass …«

Ein ungeduldiges Pochen an der Kabinentür unterbrach ihn, gefolgt von einer Stimme.

»Hallo, Herr Kapitän!«

Mary erkannte die Stimme des jungen Mannes, den sie in der Nacht zuvor, auf ihrem Weg zu George, auf dem Gang im Streit mit den Sicherheitsleuten gesehen hatte.

»Hier ist Jasper Willems. Wir haben eine Verabredung.«

»Einen kleinen Moment noch«, rief George und schnallte sich seinen Gürtel um. »Ich bin sofort da.«

Er sah Mary an. Auf seinem Gesicht zeigten sich hektische Flecken.

»Es ist diese verfluchte Reisegruppe mit ihrem Besichtigungswahn. Der Leiter ist so eifrig, der will den Leuten das komplette Schiff zeigen – einschließlich der Kapitänskabine. Ich hatte ganz vergessen, dass ich zugestimmt habe, sie heute Morgen hier reinzulassen.«

»Kannst du sie nicht einfach wegschicken?«

»Das geht nicht. Dieser Mensch ist ungeheuer hartnäckig. Er wird keine Ruhe geben, bis ich ihnen aufmache. Und ich muss ja auch bald zwangsläufig die Tür öffnen, weil ich rauf auf die Brücke muss. Ich kann mich nicht hier drin verschanzen, bis sie von selbst wieder abziehen.«

»In Ordnung«, sagte Mary. Sie schlug die Decke zurück und stand auf. »In dem Fall sollte ich mir wohl auch etwas überziehen.«

Sie war zwar nicht gerade aufreizend gekleidet, im Grunde sogar anständiger als George. Im Gegensatz zu ihm hatte sie untenrum immerhin mehr an als ihre Unterwäsche. Sie trug ein weites, bequemes Nachthemd, das sie aus ihrer Suite hierher mitgebracht hatte. Aber es schien ihr dennoch nicht der passende Aufzug, um einem Haufen fremder Leute gegenüberzutreten. Abgesehen davon stand auf deren Programm ja der Besuch der Kapitänskabine und nicht die Besichtigung britischer Kriminalschriftstellerinnen im Nachtgewand. Sie wollte gerade nach ihrem Kleid greifen, das sie über einen Stuhl gehängt hatte, aber George, der gerade eilig die Champagnerflasche und die beiden Gläser weggeräumt hatte, fasste sie am Arm.

»Dafür ist keine Zeit«, flüsterte er. »Schnell, versteck dich im Wandschrank.«

Bevor sie protestieren konnte, hatte er bereits die Schranktür geöffnet und sie ins Innere zwischen seine Uniformjacken, Hemden und Hosen geschoben, die auf Bügeln an der Kleiderstange hingen.

»Mach keinen Laut«, sagte er, knallte die Tür zu und schloss sie ab.

»George«, rief Mary. »Das kann doch wohl nicht dein Ernst sein. Nachdem du mich in Hongkong in eine dunkle Gasse gezerrt hast, verfrachtest du mich jetzt in deinen noch dunkleren Kleiderschrank? Deine Qualitäten als Gastgeber lassen wirklich zu wünschen übrig, und wenn …«

George öffnete die Schranktür.

»Gott sei Dank bist du zur Vernunft gekommen«, sagte Mary. »Für einen Moment dachte ich wirklich, du würdest mich wie ein Wäschestück zwischen deinen Socken und Boxershorts aufbewahren.«

Sie wollte den Schrank verlassen. Aber George drückte ihr nur ohne ein Wort ihr Kleid, ihre Schuhe und ihre

Handtasche in die Arme, bevor er die Tür sogleich wieder schloss und sie sich ein weiteres Mal gefangen fand.

»Ich bin schon da«, hörte sie George rufen. Kurz darauf erklang das Klacken, mit dem er die Klinke der Kabinentür herunterdrückte und sie aufzog. »Entschuldigung, dass ich Sie habe warten lassen. Bitte kommen Sie herein.«

In ihrem engen, dunklen Versteck hörte Mary die Schritte und Stimmen mehrerer Leute, bestimmt eines Dutzends, die in die Kabine drängten. Sie ärgerte sich. Über George, aber auch darüber, dass sie sich, schon wieder, von ihm hatte überrumpeln lassen. Gut, sie war noch nicht ganz wach gewesen, nicht imstande, sich schnell genug auf die Lage einzustellen. Aber sie fand dennoch, sie hätte sich ihm widersetzen und den Besuchern selbstbewusst entgegentreten sollen. Ja, es hätte Gerede gegeben. Aber das war eben der Preis dafür, wenn man zu seiner Beziehung, zu seinen Gefühlen stand – wofür George offenbar nach wie vor nicht bereit war.

Jetzt aber war der Zeitpunkt verpasst, und sie war gezwungen, im Inneren des Schrankes auszuharren, bis die Besichtigung vorbei war. In der Kabine des Kapitäns von einer Gruppe schaulustiger Touristen erwischt zu werden, mochte ein wenig peinlich sein. Weitaus peinlicher aber wäre es gewesen, während der Besichtigung besagter Touristen wie ein Springteufel aus dem Schrank zu hüpfen. Oder gegen die abgeschlossene Tür zu hämmern. Dafür ließ sich nun wirklich keine glaubwürdige Erklärung finden, und selbst wenn, wäre es schwierig, sie selbstbewusst vorzutragen. Vor allem, wenn man im Nachthemd war. Bei dem Versuch, sich auf diesem schmalen Raum, der kaum Bewegungsfreiheit bot, anzuziehen, hätte sie nur Rumoren und Gepolter verursacht und dadurch unerwünschte Aufmerksamkeit erregt. So verlockend es auch war, George in die Bredouille zu bringen und ihn erläutern zu lassen, warum er weibliche Passagiere der Luxusklasse in seinen Schrank sperrte – Mary wollte ungern Teil eines solchen Spektakels sein.

»Nun, also«, drang Georges Stimme gedämpft durch die Schranktür zu ihr. »Hier wohne ich. Sehen Sie sich gerne ganz in Ruhe um. Aber seien Sie so nett, nichts zu berühren.«

Vor allem nicht den Kleiderschrank, ergänzte Mary im Stillen.

Sie hörte, wie die Besucher in der Kabine hin und her gingen, miteinander sprachen, einander auf Besonderheiten aufmerksam machten, staunende Laute von sich gaben. Garantiert hatten die meisten von ihnen ihre Handys gezückt, um die Besichtigung in Fotos oder Videos festzuhalten und später ihren Familien und Freunden daheim dieses besondere Erlebnis auf dem Bildschirm präsentieren zu können. Vielleicht, dachte Mary, war es doch nicht ganz so schlecht, die Zeit, bis sie abzogen, unsichtbar im Schrank zu verbringen. Sie wäre nur ungern ein Motiv auf einem der Handyfotos gewesen und hätte ebenso ungern eine Rolle in einem der Videos gespielt. Vor allem, wenn sie darauf jemand erkannt hätte. Eine Liebschaft zwischen dem Kapitän des Kreuzfahrtschiffes und der bekannten Schriftstellerin hätte ihr garantiert einen unliebsamen Auftritt im Internet verschafft.

»Sehr eindrucksvoll, Kapitän MacNeill«, sagte Jasper Willems. »Vielen Dank, dass Sie uns die Chance geben, einmal zu sehen, wie eine Kapitänsunterkunft eingerichtet ist. Seekarten, ein Globus, ...«

Damen im Schrank, dachte Mary.

»Toll! Die Reise lässt sich wirklich hervorragend an.«

»Freut mich, dass es Ihnen gefällt«, sagte George. »Das Wichtigste ist für mich, dass die Menschen sich auf meinem Schiff wohlfühlen.«

Mary fand es nicht gerade schmeichelhaft, dass ausgerechnet sie offenbar von dieser Fürsorge ausgeschlossen war.

»Wie sollte man das nicht?«, erklang die Stimme einer Frau. »Die Restaurants, das hervorragende Personal, die Shows. Es ist ja wirklich für alles gesorgt, was man sich nur wünschen könnte. Und jetzt haben Sie auch noch diese tolle Monsterjagd an Bord organisiert. Wirklich großartig, wie viel Mühe Sie und das übrige Personal sich geben, um Ihre Passagiere zu unterhalten.«

»Ja, natürlich …« George druckste herum. Mary konnte ihn sich bildlich vorstellen, wie er mit einem nervösen Lächeln die Hände rang. »Wir dachten, wir probieren mal etwas Neues aus.«

»Was bekommt man denn, wenn man das Monster fängt?«, fragte die Frau und gab ihren nächsten Worten einen verführerischen Klang. »Ein Kerzenschein-Dinner mit dem Kapitän?«

Mary musste sich ein bitteres Lachen verkneifen. Ein solches Dinner wäre der Dame sicher nicht so verlockend erschienen, wenn sie gewusst hätte, wie George mit dem weiblichen Besuch in seiner Kabine verfuhr, sobald der romantische Teil vorüber war – ab in den Schrank und Tür zu.

»Nun ja«, stammelte George, und Mary freute sich, dass er in Verlegenheit geriet. Das geschah ihm recht. »Das steht noch nicht fest. Wir werden uns selbstverständlich etwas ganz Besonderes einfallen lassen für den- oder diejenige, die das Monster zu fassen kriegt. Aber ob ich selbst … also ein solches Abendessen wäre immerhin …«

Da aber ertönte eine weitere Stimme und half George aus seiner Erklärungsnot.

»Habt ihr gehört? Das Monster ist ein weiteres Mal gesichtet worden. Ein Bekannter von mir hat es mir gerade per SMS mitgeteilt.«

»Oh, wie spannend«, rief die Frau. »Da müssen wir sofort hin. Mit etwas Glück erwische ich das Biest — dann, mein lieber Herr Kapitän, sehen wir uns schon bald wieder. Zünden Sie schon einmal die Kerzen an.«

»Alle herhören«, rief der Reiseleiter. »Die Monsterjagd geht in die nächste Runde. Ich weiß, wie viele von euch daran begeistert teilnehmen. Wir unterbrechen also unsere Führung und suchen gemeinsam den Ort der jüngsten Sichtung auf. Alle einverstanden?«

Allgemeine Zustimmung erklang. Kurz darauf hörte Mary das Trampeln der Schritte und die aufgeregten Gespräche, mit denen die Gruppe aus der Kabine zog. Ein leises Klicken teilte ihr mit, dass George die Tür geschlossen hatte. Nun herrschte Stille um sie.

Kurz darauf öffnete George den Schrank.

»Es tut mir fürchterlich leid, Mary. Das war unglaublich dumm von mir. Ich bin in Panik geraten.«

Mary stieg aus dem Schrank. Ohne auf Georges Entschuldigungsversuche einzugehen, zog sie sich an. Dass sie nichts erwiderte, schien ihn noch hilfloser zu machen.

»Ich werde es wiedergutmachen, Mary. Das verspreche ich. Mary? Hörst du mir zu?«

Mary aber gönnte ihm nicht einmal einen Blick, während sie die Kabine durchquerte und die Hand auf den Türgriff legte.

George eilte ihr nach, wagte jedoch nicht, sie zu berühren. Er beschränkte sich darauf, sie flehentlich anzublicken.

»Wo willst du denn hin? Können wir nicht darüber reden?«

Endlich blickte Mary ihn an.

»Entschuldige, George. Aber ich habe nicht das geringste Bedürfnis, auch nur eine Minute länger in deiner Kabine zu bleiben. Was, wenn noch einmal jemand klopft? Verstaust du mich dann in einer Kommodenschublade? Ich muss dir wohl dankbar sein, dass du mich nicht in den Kühlschrank gesteckt hast. Von meiner Seite aus gibt es gerade ohnehin nichts zu bereden. Es ist an dir, dir gut zu überlegen, ob es Sinn macht, eine Beziehung zu führen, bei der man seinen Partner im Wandschrank versteckt.«

Sie öffnete die Tür.

»Wo willst du denn jetzt hin?«, fragte er.

»Ich werde meine wiedergewonnene Bewegungsfreiheit genießen, George, und damit etwas tun, das weitaus sinnvoller ist, als mich hier über dich zu ärgern. Ich habe ein Monster zu jagen.«

22

So schnell sie konnte, rannte Mary den Korridor hinab. Zum Glück war die Gruppe nicht allzu weit voraus. Mary musste nur um zwei Ecken biegen, um sie einzuholen und sich unter die aufgeregt plaudernden Männer und Frauen zu mischen, die wahrhaftig das Monsterfieber gepackt zu haben schien. Eifrig tauschten sie sich darüber aus.

»Wer hat es gesichtet?«

»Was hat es gemacht?«

»Wohin ist es verschwunden?«

Dass niemand diese Fragen beantworten konnte, steigerte die allgemeine Aufregung nur umso mehr. Einige schienen sich nur mit Mühe zurückhalten zu können, nicht alle anderen zur Seite zu drängen und loszurennen, nur um bessere Chancen zu haben, das vermeintliche Monster zu Gesicht und im besten Fall vor die Handykamera zu kriegen. Andere Passagiere, an denen sie vorüberkamen, wunderten sich sichtlich über die Parade, die so eilig die Gänge durchquerte. Manche fragten, was denn los sei, wohin sie denn wollten, und nicht wenige schlossen sich ihnen an, als sie erfuhren, dass sie dem Monster auf der Spur waren, von dem offenbar längst jeder an Bord gehört hatte. Auch einige Sicherheitsleute stießen hinzu. Vorne, an der Spitze dieses sonderbaren Zuges, marschierte Jasper Willems, der wieder seine Flagge hochreckte, um für alle gut sichtbar zu sein.

Mary empfand nichts von der freudigen Erregung, die in der Menge herrschte. Sie wusste, dass es sich nicht um ein Spiel handelte. Was sie spürte, war Neugier, einen gewissen Verdruss, dass diese Leute über etwas lachten und scherzten, das einer netten alten Dame, Dorothy Beckett, solche Angst eingejagt hatte, und Entschlossenheit, die Wahrheit ans Licht zu bringen. Es dauerte jedoch nicht lange, bis sich ein weiteres Gefühl bei ihr einstellte: Verwunderung. Sie hatte erwartet, das Monster sei in einem abgelegenen Teil des Schiffes gesehen worden, vielleicht erneut unter Deck wie beim ersten Mal. Doch merkte sie bald, dass ihr Weg sie an einen ganz anderen Ort führte – und es gefiel ihr ganz und gar nicht.

23

Unter fröhlichem Geplauder zogen die Monsterjäger über den Korridor von Deck 10. Mary, die sich nach wie vor in den hinteren Reihen befand, sah, wie der Reiseleiter sein Fähnchen hob und die kleine Menschenmenge somit zum Stehen brachte. Und zwar direkt vor der Piccadilly Suite. Mary wühlte sich nach vorne durch. Eine schlimme Ahnung hatte sie gefasst. Schließlich wusste sie genau, wer in dieser Suite wohnte. Sie wusste, dass Mrs. Gao, mit ihrer Art, kein Blatt vor den Mund zu nehmen und Leute ruppig anzugehen, dazu neigte, sich Feinde zu machen. Ihr schwante Übles.

Und ihre Befürchtungen wurden bestätigt, als sie sich unter Einsatz ihrer Ellenbogen bis zur Spitze der Gruppe vorgearbeitet hatte. Die Tür der Piccadilly Suite war aufgebrochen und aus den Angeln gerissen, sodass sie schief im Türrahmen hing. Doch obwohl die Tür offen stand, konnte Mary nicht entdecken, was dahinter vor sich ging. Der Durchgang war von Bogdanovich und einer Frau in der schwarzen Uniform der Sicherheitskräfte verstellt. Die beiden gaben sich die größte Mühe, niemanden in die Suite schauen zu lassen. Die Sicherheitsleute, die mit der Menge gekommen waren, nahmen rechts und links von der Tür Aufstellung. Mit grimmigen Mienen blickten sie auf die Ansammlung, die den Flur vor der Suite in Beschlag genommen hatte, und versuchte, Einlass oder zumindest Einblick in die Piccadilly Suite zu erhalten.

»Halt!«, befahl Bogdanovich und stieß einen Mann

zurück, der sich zu weit vorgewagt hatte, um zwischen den Sicherheitsleuten hindurchzuspähen. »Was glauben Sie, was Sie hier treiben? Sie alle haben auf diesem Deck nichts verloren und vor dieser Suite schon mal gar nicht.«

»Wir sind wegen des Monsters gekommen«, erwiderte Jasper Willems. »Haben Sie es gesehen? Wissen Sie, wo es ist?«

Aber Bogdanovich schien nicht willens, ihnen bei ihrer Suche mit Rat und Tat zur Seite zu stehen.

»Monster?«, fragte er verächtlich. »Hier gibt es kein Monster.«

»Aber es ist hier gesichtet worden. Wir haben die Berichte erhalten.«

»Genau«, sagte ein Mann neben ihm. Er war mager, trug eine große viereckige Brille und einen Schnurrbart. Mary erkannte seine Stimme. Es war jener, der in Georges Kabine die Sichtung verkündet hatte. Er schien noch aufgeregter als alle anderen, geradezu versessen darauf, das Monster zu finden. »Wir wissen hundertprozentig, dass es hier war. Also erzählen Sie uns keine Märchen.«

Er machte den Fehler, Bogdanovich mit dem Zeigefinger auf die Brust zu tippen. Der Hauptmann versetzte ihm einen Stoß, sodass er zurücktaumelte und gefallen wäre, hätten Jasper Willems und Mary ihn nicht aufgefangen.

»Lassen Sie uns mit diesem Kinderkram zufrieden«, grollte Bogdanovich. Offenbar hatte er noch schlechtere Laune als sonst. Der Grund dafür, dachte Mary, musste sich hinter ihm in der Suite befinden. »Machen Sie gefälligst, dass Sie wegkommen.«

Willems jedoch rührte sich ebenso wenig von der Stelle wie der magere Mann und die anderen Mitglieder seiner Gruppe. Eingeschüchtert von den Sicherheitsleuten wagten sie nicht, vorzustoßen und mit Gewalt in die Suite einzudringen. Doch waren sie entschlossen, ihren Platz zu behaupten. Auch Mary hatte nicht vor, ohne Weiteres aufzugeben. Ob es mit dem Monster zu tun hatte oder nicht: Irgendetwas war hier vorgefallen. Irgendetwas Bedeutsames.

»Verzeihen Sie, verehrter Herr Hauptmann«, sagte sie und stellte sich ihm entgegen. »Auch auf die Gefahr hin, mich Handgreiflichkeiten ihrerseits auszuliefern, möchte ich Sie darauf hinweisen, dass ich eine Suite auf diesem Deck bewohne. Somit habe ich wohl ein Recht, zu erfahren, was genau sich hier abspielt.«

»Sie haben das Recht, mir nicht mehr auf die Nerven zu gehen und sich mit diesem Haufen von Spinnern zu verziehen, zum Beispiel in Ihre Suite. Die ist ja gleich nebenan.«

Der magere Mann mit der Brille hatte sich während dieses Austauschs neben Willems gehalten. Er hatte kein Wort gesagt, Bogdanovich nur wütend angesehen. Aber er schien nicht mehr bereit, länger auszuharren und zu hoffen, dass der Hauptmann sich erweichen ließ, wofür er ja nicht den geringsten Hinweis lieferte. Mit einem Mal, bevor Willems oder Mary ihn daran hindern konnten, stürzte der magere Mann mit einem zornigen Aufschrei nach vorn in dem Bemühen, Bogdanovich beiseitezurammen und die Barriere, die er und seine Kollegin vor der Tür bildeten, zu durchbrechen.

Es gelang ihm nicht. Bogdanovich mit seiner Größe und Kraft war zu robust, als dass ihn der Aufprall des Leichtgewichts umgeworfen oder auch nur nennenswert nach hinten geschubst hätte. Auch seine Kollegin, wenn auch weniger muskulös, fiel nicht etwa um oder stolperte rückwärts. Wenn der magere Mann nicht den Überraschungseffekt auf seiner Seite gehabt hätte, wäre er wahrscheinlich ohne jede Wirkung von ihnen abgeprallt, als wäre er gegen eine Mauer gerannt. Aber da die beiden nicht auf seinen Angriff vorbereitet gewesen waren, schaffte er es immerhin, zwischen ihnen eine Lücke zu reißen. Er kam nicht durch diese Lücke durch, auch wenn er sich wie ein Wiesel hindurchzuschieben versuchte. Bogdanovich, kurz verdutzt, hatte sich schnell wieder erholt und fasste ihn mit einem wütenden Grunzen am Kragen. Auch seine Kollegin fand rasch wieder festen Stand und griff zu. Doch war die Lücke breit genug, dass Mary in die Piccadilly Suite spähen konnte. Sie hatte nur wenige Sekunden und konnte nicht genau erkennen, was darin vor sich ging.

Doch was sie in dieser kurzen Zeit zu sehen bekam, erschreckte sie zutiefst.

24

Was Mary bestürzte, war nicht das halbe Dutzend Leute, einige davon Angehörige der Sicherheitstruppen, das in einem Halbkreis vor der Sitzgruppe des Wohnbereichs stand; auch nicht die Tatsache, dass unter ihnen Dr. Germer war und sie alle sehr aufgeregt zu sein schienen. Das Erschreckende war das, worum sie diesen Halbkreis bildeten: In der Mitte der Suite, umgeben von all ihren kostbaren antiken Möbeln und Kunstgegenständen, lag Mrs. Gao. Sie regte sich nicht. Ihre Augen waren offen und blickten leer an die Decke. Ihr pinkes Kostüm hob sich grell von dem hellen Teppich ab. Aber neben ihrem Kopf, um ihr schwarzes Haar, breitete sich ein weitaus dunklerer Fleck, den Mary eindeutig als Blut erkannte. Doch auch ohne dieses Blut hätte Mary nicht daran gezweifelt, dass sie tot war. Auf dem Sofa entdeckte sie Ms. Lindqvist, die Concierge. Aber sie hatte kaum noch Ähnlichkeit mit jener kühlen Person, als die Mary sie bisher erlebt hatte. Von ihrem beherrschten Verhalten war nichts mehr übrig. Sie saß in sich zusammengesunken. Zitternd am ganzen Leib, in Tränen aufgelöst und mit Schrecken in den Augen starrte sie auf die Frau auf dem Boden. Und noch etwas fiel Mary auf. Der Platz auf der Kommode, auf der Mrs. Gao so stolz ihre liebste Antiquität zur Schau gestellt hatte, war leer.

Die Drachenstatue war verschwunden.

Mary nahm all das auf einen Schlag wahr, in den wenigen kurzen Augenblicken, bevor Bogdanovich und seine Kollegin wieder vor ihr zusammenrückten, die Lücke schlossen und Mary wiederum nichts anderes als die schwarzen Uniformen der Sicherheitsleute vor sich hatte. Sie hätte einiges dafür gegeben, in die Suite zu gelangen, um Näheres über das erschütternde Ereignis herauszufinden, das sich ganz offenbar darin zugetragen hatte. Aber sie wusste, dass es ihr nicht gelingen würde. Bogdanovich war vorher schon abweisend gewesen. Jetzt, nach dem Durchbruchsversuch des mageren Mannes, war er stinksauer. Sein Gesicht war hochrot. Er stieß schnaubend die Luft aus. Der magere Mann, den er noch immer am Schlawittchen gepackt hielt wie einen Hundewelpen, zappelte und strampelte im Griff seiner riesigen Hand.

»Lassen Sie mich los!«, schrie er. »Das ist Gewaltanwendung.«

»Ich kann auch noch ganz anders«, erwiderte der Hauptmann und schüttelte ihn. »Dann lernst du vielleicht, Befehlen zu gehorchen.«

»Und Sie, Mr. Bogdanovich«, schaltete sich Mary ein, »sollten lernen, sich zu mäßigen.«

Was sie in der Suite gesehen hatte, hatte sie stark aufgewühlt. Alles in ihr drängte danach, herauszufinden, was darin vorgegangen war. Aber das hieß nicht, dass sie tatenlos zusehen würde, wie Bogdanovich unschuldige Passagiere malträtierte.

»Auch wenn Sie meinen, sich alles erlauben zu können: Das hier ist kein Kriegs- oder Krisengebiet, kein Straßenkampf, keine Kneipenschlägerei oder sonst eine der Situationen, in denen Sie vermutlich den größten Teil Ihrer Zeit verbringen und die Ihnen den letzten Rest guter Manieren abgewöhnt haben. Dass Sie nicht zu Höflichkeit imstande sind, ist uns allen klar. Aber zumindest auf Brutalität sollten Sie verzichten.«

»Genau«, rief Jasper Willems. »Das ist unerhört.«

Auch andere, die das Handgemenge verfolgt hatten, fingen an, zu rufen und nach vorne zu drängen, um ihren Gefährten zu befreien, den Bogdanovich trotz Marys Ansprache nicht freigegeben hatte. Nicht nur schien er sich aus Prinzip zu weigern, sich ihren Anordnungen zu fügen. Er schien Gefallen daran zu finden, dass die Stimmung überzukochen drohte. Er schien geradezu begierig darauf, endlich Gelegenheit zu haben, seine Truppen zum Einsatz zu bringen, selbst wenn das bedeutete, dass sie gegen gewöhnliche Bordgäste vorgehen würden, die sich nichts hatten zuschulden kommen lassen. Auf ein Zeichen von ihm kamen weitere Sicherheitsleute hinzu und bauten sich um ihren Anführer auf. Einige ballten die Fäuste. Es fehlte nicht viel, dachte Mary, und es wäre auf dem Korridor zu einem Aufstand gekommen. Sie überlegte, was sie tun könnte, um die Lage zu entschärfen.

Da aber nahm ihr jemand anders diese Aufgabe ab.

25

Die Wand aus Sicherheitsleuten teilte sich, und Dr. Germer trat aus der Suite vor die Menge. Weder die Tote noch der Krawall auf dem Gang schienen ihn besonders mitgenommen zu haben. Es wunderte Mary nicht. Für Feingefühl und Empfindlichkeit war er schließlich nicht bekannt. Er schnitt eine angewiderte Grimasse, als er Mary direkt vor der Tür gewahr wurde, und seine Schweinsäuglein schienen zu sagen: Natürlich, es war ja klar, dass Sie in der Sache mit drinstecken. Sogleich aber setzte er sein übliches süßliches Lächeln auf, während er über die Versammlung blickte und mit der Hand wedelte, um die Leute zum Schweigen zu bringen. Zu Marys Verwunderung funktionierte es.

»Na,na,na«, sagte Germer, als Ruhe eingekehrt war. »Was veranstalten Sie denn hier für einen Trubel, Herrschaften? Mr. Bogdanovich, lassen Sie den armen Kerl los. Ich denke nicht, dass wir von ihm viel zu befürchten haben.«

Bogdanovich gehorchte und warf Jasper Willems den mageren Mann wie einen leeren Sack entgegen. Der Mann stolperte gegen den Reiseleiter, hielt sich jedoch auf den Beinen. Mit gekränkter Miene richtete er sein Hemd, das bei der Auseinandersetzung völlig zerknittert worden war. Viel mehr jedoch hatte sie nicht an ihm bewirkt. Seinen Kampfgeist hatte sie jedenfalls nicht gebrochen.

»Sie können uns nichts vormachen«, rief er, sofort

wieder in seinem Element. »Wir wollen auf der Stelle wissen, was in dieser Suite passiert ist.«

Germer hielt sein Lächeln intakt.

»In dieser Suite? Nun ja, ein kleiner Zwischenfall. Nichts von Bedeutung und in jedem Fall nichts, das Sie beschäftigen müsste.«

»Ein kleiner Zwischenfall?«, fragte Mary, entschlossen, Germer unter Druck zu setzen. Sie wusste genau, dass er alles tun würde, um das Verbrechen zu vertuschen, bei dem es sich nur um einen Raubmord handeln konnte. Selbst wenn er seine Sicherheitsleute damit beauftragen sollte, es aufzuklären – was ihrer Meinung nach keinesfalls sicher war –, öffentlich machen würde er es sicher nicht. Wenn es nach ihm ginge, würde nie jemand davon erfahren. Aber genau darauf hatten die übrigen Menschen an Bord ein Recht. Mary wollte Germer unter keinen Umständen damit durchkommen lassen. Wenn sie ihn dazu bringen konnte, vor all diesen Leuten einzugestehen, was wirklich passiert war, würde er keine andere Wahl haben, als offizielle Ermittlungen einzuleiten.

»Was für ein kleiner Zwischenfall soll das denn gewesen sein, bei dem die Tür aufgebrochen wurde?«

Germer warf ihr einen hasserfüllten Blick zu. Doch er lächelte weiter.

»Nun ja, was diese Tür angeht … Das ist ein vollkommen nebensächlicher Schaden, der …«

Mary wollte sofort weiter nachbohren, Germer weiter aus der Reserve locken. Da aber mischte sich der magere Mann ein.

»Hören Sie doch auf, sich rausreden zu wollen. Wir wissen längst Bescheid.«

Germers Lächeln sackte zusammen.

»Was meinen Sie, Sie wissen Bescheid?«

»Ja«, rief der Mann. Erst freute sich Mary darüber, in ihm einen Verbündeten gegen Germer zu haben, der nicht davor zurückschreckte, dem Schiffsarzt die Pistole auf die Brust zu setzen. Aber als er fortfuhr, erkannte sie, dass sie sich darin geirrt hatte. »Wir wissen genau, dass das Monster hier war. Sparen Sie sich also Ihre Ausflüchte.«

Germer wirkte für einen Moment verdutzt. Damit, dass nun die Sprache auf das Monster kam, hatte er offensichtlich nicht gerechnet. Doch er wusste diese Wendung geschickt für seine Zwecke auszunutzen. So wenig Mary ihn auch leiden konnte und so wenig sie auch sonst von ihm hielt, eins musste sie ihm lassen: Mit seiner bäuerlichen Schlauheit verstand er es, sich aus Zwickmühlen herauszuwinden.

»Sie haben recht, guter Mann.« Er setzte das Gesicht eines Menschen auf, der sich in Anbetracht der erdrückenden Beweislast notgedrungen geschlagen geben muss. »Sie haben mich bei einer kleinen Schwindelei ertappt. Ich kann es nicht länger abstreiten.« Er seufzte. »Das Monster war hier.«

»Ha!«, rief der Mann, und auch in der Menge stießen einige triumphierende Schreie aus und rückten näher, um auf keinen Fall auch nur die kleinste Einzelheit über die neueste Monstersichtung zu versäumen. »Wusste ich es doch! Erzählen Sie uns alles!«

»Nun, ja … also das Monster …«

Mary merkte, dass Germer bemüht war, sich irgendeine Lügengeschichte aus den Fingern zu saugen. Auf seine Zuhörer hingegen wirkte es offenbar, als wollte er sie lediglich auf die Folter spannen. »Das Monster ist in diese Suite eingedrungen, um die Bewohnerin heimzusuchen. Es hat sie angefallen und ihr einen gehörigen Schrecken eingejagt.« Mary rümpfte die Nase über diese lächerliche Darbietung. Aber die anderen hingen an Germers Lippen, was er sichtlich genoss. »Zum Glück ist weiter nichts geschehen. Es hat noch ein bisschen Radau gemacht, getobt, geschrien und gefaucht, wie das Monster nun einmal so tun. Dann ist es verschwunden — niemand weiß, wohin.«

»Ja«, rief der magere Mann aufgeregt aus. »Das deckt sich mit den Berichten der Zeugen, die die Nachricht verbreitet haben. Sie schrieben, das Monster sei auf diesem Flur gesichtet worden, aber niemandem sei es gelungen, es zu fassen oder zu verfolgen.« Er wandte sich an Germer. »Wir wissen, dass es sich hierbei um eine Attraktion für die Gäste an Bord handelt.« Einige Umstehende nickten energisch. »Also reden Sie nicht lange um den heißen Brei herum, sondern verraten Sie uns endlich die Regeln — und was es zu gewinnen gibt.«

Germer schien überrascht davon, dass die Leute vor ihm offensichtlich die Monsterjagd als spielerischen Zeitvertreib betrieben. Diese Tatsache hatte ihn offenbar noch nicht erreicht, obwohl er sich von seinen Sicherheitsleuten über alle Vorgänge an Bord auf dem Laufenden halten lassen wollte. Aber wiederum war er fähig, blitzschnell zu schalten und sich den veränderten Gegebenheiten anzupassen.

»Ja, also die Regeln«, sagte er mit diesem selbstgefälligen Lächeln, das ausdrückte, dass er alles unter Kontrolle hatte. Es drohte, Mary in den Wahnsinn zu treiben. »Die Regeln sind im Grunde ganz einfach …«

Mary konnte sich nicht länger zurückhalten.

»Was für ein hanebüchener Unsinn. Schwafeln Sie nicht von irgendwelchen Regeln, Germer. Sagen Sie uns endlich die Wahrheit über das, was hier wirklich vorgefallen ist. Ein Verbrechen, und zwar eines, das dem Opfer weitaus schlimmeres Leid zugefügt hat als bloß einen

Schrecken. Ich habe doch gesehen, dass dort in der Suite …«

»Ruhe!«, unterbrach sie jemand. »Wir wollen die Regeln hören.«

Mary wandte sich an die Menge.

»Hören Sie, meine Damen und Herren …«

Germer, dem die Sache nun doch zu heiß wurde und der Mary auf keinen Fall ausreden lassen wollte, beeilte sich, sie zu unterbrechen, und zwar möglichst lautstark.

»Die Regeln sind folgende: Es geht darum, das Monster zu sichten und sämtliche Sichtungen unverzüglich dem Sicherheitspersonal zu melden.«

Mary wollte protestieren. Doch sie sah ein, dass sie keine Chance hatte, bei den Leuten Gehör zu finden, geschweige denn, an ihre Vernunft zu appellieren. Sie konnte nur hoffen, später, wenn dieser Unsinn vorbei war, einen neuen Versuch zu unternehmen, den Passagieren ihre Schnapsideen auszureden.

»Für diese Meldungen«, fuhr Germer fort, »erhalten diejenigen, die sie als Allererste übermitteln, Gutscheine für die bordeigenen Bars und Restaurants.«

Beifall brandete auf. Mary konnte es nicht fassen. Da stand dieser aufgeblasene Wichtigtuer seelenruhig vor einer Suite, in der jemand gestorben, in der allem Anschein nach ein Mord begangen worden war, und hatte nicht die geringsten Hemmungen, das Blaue vom Himmel herunter zu lügen. Aber natürlich durfte sie darüber nicht erstaunt sein. Es entsprach genau dem Verhalten, das sie bereits von Germer kannte.

»Aber der Hauptpreis«, fuhr der Schiffsarzt fort, »gebührt natürlich demjenigen, dem es gelingt, das Monster zu schnappen. Dem glücklichen Gewinner winkt eine einwöchige Gratis-Kreuzfahrt auf diesem wundervollen Schiff.«

Mehr Applaus und aufgeregtes Geplapper erhoben sich in der Menge. Die Einzigen, die keine Zustimmung oder Begeisterung ausdrückten, waren die Sicherheitsleute. Ihre Gesichter waren reglos, wie versteinert – mit Ausnahme von Bogdanovich. Zu Marys Verwunderung drückte es Unmut aus, obwohl der Hauptmann seinem Oberkommandanten Germer doch bis dahin in jeder Hinsicht hörig gewesen zu sein schien. Nun aber beugte sich Bogdanovich, der Germer um mindestens einen Kopf überragte, zu ihm hinunter.

»Halten Sie das für eine gute Idee, Herr Doktor?«, raunte er ihm zu. Da er leise sprach, konnte niemand über dem Rufen und Klatschen seine Worte verstehen. Nur Mary, die direkt vor ihnen stand, gelang es, sie aufzuschnappen. »Ich meine, die Leute so auf diese Monsteridee heißzumachen. Die werden uns nur in die Quere kommen.«

»Ich halte es für eine hervorragende Idee«, gab Germer zurück. Er merkte, dass Mary das Gespräch belauschte. Aber es schien ihm recht zu sein, eine Möglichkeit, sie zu verhöhnen. »Auf diese Weise halten wir diese Idioten nicht nur im Ungewissen – und noch dazu beschäftigt. Wir bringen sie auch dazu, uns die Arbeit abzunehmen und uns bei der Suche nach dem Täter zu helfen. Wir spannen sie dazu ein, uns über alle verdächtigen Aktivitäten an Bord sofort Bericht zu erstatten. Wenn der Mör…«, er unterbrach sich mit einem Seitenblick auf Mary. »Wenn derjenige, den wir suchen, tatsächlich eine Monstermaske trug, wird er sie vielleicht noch mal aufsetzen.« Er wies mit einer Kopfbewegung auf die Menge. »Und wir haben unsere eigene Armee von aufmerksamen Spitzeln, die uns darüber informieren werden.«

Bogdanovichs Miene erhellte sich.

»Ich verstehe. Ein brillanter Schachzug.«

»Dafür bin ich bekannt«, erwiderte Germer und lächelte Mary an. »Für brillante Schachzüge. Jetzt sorgen Sie dafür, Bogdanovich, dass die Leute sich verziehen. Wir haben hier schließlich noch wichtige Arbeit zu verrichten.«

»Jawohl, Herr Kommandant«, sagte Bogdanovich, dessen Respekt vor Germer und dessen strategischem Geschick in himmlische Höhen gestiegen zu sein schien. Gemeinsam mit seinen Leuten machte er sich daran, die Menge auseinanderzutreiben, die sich nun, vermeintlich über alles ins Bild gesetzt, ohne Widerrede zerstreute. Auch Mary ging. Sie wusste, dass sie hier nichts mehr würde ausrichten können. Wenn sie herausfinden wollte, was in der Piccadilly Suite passiert, welches grausame Schicksal Mrs. Gao widerfahren war, musste sie einen anderen Weg finden.

26

»Was soll das heißen, du kannst da nichts tun, George?« Mary war außer sich. Am liebsten hätte sie George am Kragen gepackt, ihn geschüttelt, ihn angeschrien, dass er sich aus seiner steifen Kapitänshaltung reißen und verdammt noch mal etwas unternehmen sollte. Es war frustrierend, dass sie stattdessen gezwungen war, Fassung zu wahren – und den Schein. Es war schwer, sich aufzuregen, wenn man nicht schreien durfte, sondern seine Vorwürfe mit gedämpfter Stimme vorbringen und dabei auch ansonsten beherrscht wirken musste. Vor allem, wenn diese Vorwürfe einen so ernsten Hintergrund hatten.

»Wir reden hier von einem Kapitalverbrechen. Germer hat sich verplappert und vor mir das Wort Mörder fallen lassen. Es gibt somit nicht den geringsten Zweifel daran, dass Mrs. Gao in ihrer Suite umgebracht worden ist. Und du erzählst mir, du könntest da nichts unternehmen? Du, der Kapitän dieses Schiffes?«

George blickte nervös um sich. Offenbar war ihm Marys Stimme noch immer nicht leise genug. Sie hatten sich in eine Ecke zurückgezogen. Aber das hieß noch lange nicht, dass sie hier Privatsphäre gehabt hätten. So etwas gab es auf der Brücke nicht, wo die Offiziere ununterbrochen an den Navigationsinstrumenten den Kurs des Schiffes und die Funktionstüchtigkeit des Antriebs prüften, sich über die Wetterbedingungen auf dem Laufenden hielten und, wann immer nötig, Korrekturen an den Einstellungen vornahmen. Es war wirklich nicht der optimale Ort für ein heikles Gespräch wie dieses.

Mary wäre es lieber gewesen, irgendwo vollkommen ungestört mit George zu reden. Doch wäre es schon an sich enorm schwierig für ihn gewesen, zwischendurch für ein Gespräch unter vier Augen seinen Posten zu verlassen. Absolut unmöglich war es für ihn, eben mal mit einer Passagierin zu verschwinden. Das hätte unvermeidlich zu allerlei Gerüchten darüber geführt, zu welchem Zweck genau sie sich davongemacht hatten. Marys Besuch allein konnte ihn schon in Erklärungsnöte bringen, weshalb er wenig Begeisterung dafür an den Tag legte, dass sie ihn hier während seiner Arbeitszeit aufgesucht hatte. Auf der anderen Seite schien er dankbar dafür, dass ihre Anwesenheit auf der Brücke Mary dazu zwang, sich in ihrer Empörung zurückzuhalten.

»Ja«, sagte er. »Ich bin der Kapitän. Ich habe das Kommando hier auf der Brücke. Aber was diesen Fall angeht, hält Germer mich genauso im Dunkeln wie dich und alle Übrigen. Ich habe ihn zur Rede gestellt, gleich nachdem ich erfahren hatte, dass ein Verbrechen geschehen ist. Er hat mich einfach abblitzen lassen. Das falle nicht in meinen Zuständigkeitsbereich, meinte er. Ich solle mich darauf konzentrieren, das Schiff zu steuern.« Er ballte die Fäuste. »Gott, ich sage dir, ich war kurz darauf, ihm an die Kehle zu gehen. Aber er hatte natürlich seinen Gorilla bei sich, diesen Bogdanovich, der genauso unausstehlich ist wie Germer. Die beiden passen wirklich perfekt zueinander. Was sollte ich tun?« Er zuckte hilflos die Schultern. »Es blieb mir nichts anderes übrig, als mich geschlagen zu geben. Schließlich steht mein Job ohnehin auf der Kippe, und ich liebe, was ich tue. Ich fürchte, ich kann nichts weiter machen.«

Es ist bitter, dachte Mary. George MacNeill war ein

gestandener Seemann, ein erfahrener Kommandant, ein ausgezeichneter Kapitän, der es mehr als verdient hatte, diese Uniform mit den goldenen Abzeichen zu tragen. Doch all seine über viele Jahre erworbenen Kenntnisse und Fähigkeiten, der Respekt seiner Offiziere und die Hochachtung der Passagiere, die prächtige Uniform und die Kapitänsmütze nützten ihm jetzt gar nichts. Ein aufgeblasener Schiffsarzt, der sich nur allzu gern zum willigen Handlanger der Unternehmungsführung machte, hatte ihn ins Abseits manövriert. So sehr es Mary auch erzürnte: Es brachte nichts, George deswegen Vorhaltungen zu machen. Er hatte seine Fehler und Marotten. Aber in dieser Situation waren ihm tatsächlich die Hände gebunden.

»Das Ganze ist eine Katastrophe«, sagte sie. »Wir haben einen Mörder an Bord, was schon schlimm genug ist. Wir wissen ja nicht einmal, was genau passiert ist, können den Tatort nicht untersuchen, keine Zeugen vernehmen. Germer reißt die Ermittlungen vollkommen an sich, was, seien wir ehrlich, die Wahrscheinlichkeit einer Aufklärung und Täterergreifung nicht unbedingt erhöht. Seine Grobiane können Leute einschüchtern und sich wichtig machen. Aber Mordfälle löst man so nicht.« Sie schüttelte den Kopf über diese skandalösen Entwicklungen. »Es kommt sogar noch schlimmer: Germer nutzt diese ganze Monstergeschichte, um die Passagiere abzulenken und sie als Spitzel einzusetzen. Die Leute fallen voll darauf herein. Das nimmt jetzt schon bedenkliche Züge an.«

Diese bedenklichen Züge hatte Mary auf dem Weg zur Brücke erlebt. Die meisten Leute an Bord schienen sich zwar nicht um das angebliche Monster zu kümmern. Wenn sie überhaupt etwas von der ganze Sache mitbekommen hatten, waren sie nicht gewillt, sich davon in ihren Urlaubsbeschäftigungen beeinträchtigen zu lassen: Sie sonnten sich in den Liegestühlen in der Nachmittagssonne, planschten in einem der Pools, spielten Minigolf auf dem überdachten Platz auf dem Außendeck oder nahmen an sonst einer der zahlreichen angebotenen Aktivitäten teil. Jene von ihnen, die Mary im Vorüberkommen sah, schienen so in diesen Freizeitangeboten aufzugehen, dass wohl kein Monster der Welt sie davon abgebracht hätte.

Aber eine Reihe von Passagieren, namentlich jene um Jasper Willems und noch einige mehr, schienen gar nichts anderes mehr im Kopf zu haben. Nicht nur schienen sie begierig darauf zu warten, dass das vermeintliche Monster sich ein weiteres Mal blicken ließ. Sie beratschlagten auch darüber, wie man es zu fassen kriegen, es vielleicht anlocken könnte, und gingen aktiv auf die Suche nach ihm. Dabei wanderten sie überall herum, schauten in alle Ecken und steckten die Köpfe durch sämtliche Türen, ohne darauf Rücksicht zu nehmen, dass sich andere, immerhin noch der überwiegende Teil der Gäste an Bord, an ihnen stören könnte. Zum Beispiel wenn sie ihre Entdeckungsrunden durch die Restaurants drehten oder mit gezückten Handys über den Minigolfplatz latschten, ohne darauf zu achten, wo sie hintraten, immer bereit, ein Foto zu machen, sollte das Monster ihnen vor die Linse kommen.

Dies war aber nicht das einzig Bedenkliche, was Mary beobachtet hatte. Meister Wang schien außer Jonathan nun weitere Anhänger gefunden zu haben, die sich um ihn scharten. Sie hatten einen Teil des Außendecks in Beschlag genommen und ihn zu so etwas wie einem Audienzbereich erklärt. In einem Korbsessel thronend, mit einem kühlen Getränk, das einer seiner neu gewonnenen Jünger in Reichweite hielt, nahm der selbsternannte Weise und Gelehrte dort Bittsteller in Empfang. Eine Handvoll von ihnen stand Schlange um die Ehre, sich ihm nähern zu dürfen. Jonathan wachte darüber, dass jeder wartete, bis er an der Reihe war und Meister Wang ihn mit einer gnädigen Geste zu sich beorderte.

Was anschließend vor sich ging, konnte Mary nicht genau bestimmen. Aber ihrem Eindruck nach erbaten die Leute von ihm die Durchführung eines seiner Rituale, bei denen sie sich bei obskuren Gesängen einräuchern ließen, oder erstanden kleine Beutel, die wahrscheinlich seine angeblich Dämonen vertreibenden Kräutermischungen enthielten. Offenbar glaubten sie seinen Geschichten um Monster und böse Geister. In jedem Fall ließ er sich dafür üppig entlohnen, wenn er auch selbst darüber erhaben war, Geld entgegenzunehmen und diese profane Tätigkeit Jonathan überließ. Falls Mary vorher noch den leisesten Zweifel daran gehabt hatte, dass er ein raffgieriger Scharlatan war, lieferte er ihr hiermit den unumstößlichen Beweis.

Es war ihr schleierhaft, wie die Leute auf seine Märchen hereinfallen und ihn dafür auch noch bezahlen konnten. Zwar lagen sie richtig damit, das alles nicht für ein Spiel, einen harmlosen Zeitvertreib zu halten. Die Sache war ernst, verdammt ernst. Allerdings auf ganz andere Weise, als sie ahnten. Wenn das vermeintliche Monster entschied, dass einer von ihnen sein nächstes Opfer sein sollte, würden Kräutermischungen, Bannsprüche und eintönige Gesänge, egal, wie teuer erkauft, ihnen gar nichts nutzen.

»Wir müssen herausfinden, was in der Piccadilly Suite geschehen ist, wer Mrs. Gao ermordet hat, wer hinter diesen Monstererscheinungen steckt, was er damit bezweckt und wie das alles zusammenhängt. Nur so können wir den Verbrecher zur Strecke bringen und die

Ordnung an Bord aufrechterhalten, bevor alles in Chaos versinkt.«

»Das sind ganz schön große Pläne«, gab George zu bedenken. »Alles andere als einfach umzusetzen.«

Er blickte sich um. Das Thema war ihm sichtlich unangenehm. Zudem schien sich mit jeder weiteren Sekunde, die sie hier zusammenstanden, mehr Aufmerksamkeit auf sie zu richten, die ihm ebenfalls Unbehagen einflößte. Mary hatte wenig Mitleid mit ihm. Wenn er den Mut aufbrächte, ihre Beziehung offen einzugestehen, würden die Offiziere auf der Brücke sicher nicht so neugierig zu ihnen herüberschielen und Gespräche wie dieses wären weitaus leichter gewesen.

Aber das Letzte, was Mary gerade wollte, war, sich mit ihren Beziehungsproblemen zu befassen. Zum einen war sie noch immer sauer auf George, da er sie mir nichts dir nichts in seinen Kleiderschrank verfrachtet hatte. Zum anderen war sie gerade mit Wichtigerem beschäftigt. Diese Dinge würden warten müssen.

»Du kannst nicht in die Suite, um dort nach Spuren zu suchen. Wo willst du also ansetzen?«

»Bei Ms. Lindqvist.«

»Der Concierge?«

»Genau. Ich habe sie in der Piccadilly Suite gesehen. Sie wirkte ziemlich mitgenommen. Sicher weiß sie Genaueres darüber, was sich abgespielt hat. Ich muss mit ihr reden.«

»Ich fürchte, das wird sich enorm schwierig gestalten«, sagte George. »Germer hütet sie wie seinen Augapfel. Es ist zwar nicht so, als hätte er sie von allen abgeschottet, sie etwa in eine Kabine gesperrt …«

»Oder in einen Kleiderschrank.«

Diese Spitze konnte Mary sich trotz der ernsten Lage nicht verkneifen. George verzog getroffen das Gesicht, und obwohl es Mary fernlag, fühlte sie doch eine gewisse Genugtuung darüber, dass dieser kleine Tiefschlag gesessen hatte.

»Was ich sagen wollte«, fuhr George fort, »Germer kann sie nicht einfach irgendwo unter Verschluss halten. Ihre Arbeit ist zu wichtig. Ms. Lindqvist ist zu erfahren und zu gut darin, als dass man ihren Job einfach jemand anderem übertragen könnte. Germer hat keine Wahl, als sie weiterhin ihren Pflichten nachgehen zu lassen.«

Mary war froh, dass zu hören.

»Gut. Dann sollte es mir doch ein Leichtes sein, sie zu finden und mich mit ihr zu unterhalten. Wo ist das Problem?«

»Das Problem ist, dass sie keinen Schritt ohne Aufsicht tut. Germer hat zwei von seinen Sicherheitsleuten dazu abgestellt, die Concierge auf Schritt und Tritt zu begleiten. Sie halten sich beständig in ihrer Nähe, passen auf, mit wem sie spricht und worum es in diesen Gesprächen geht. Wenn sie in ihrer Kabine ist, halten die beiden davor Wache. Wenn sie isst, sitzen sie am Nebentisch.«

»Ich verstehe, was du meinst. Sie würden mich gar nicht erst an sie herankommen lassen.«

»Selbst wenn dir das gelänge, würden sie das Gespräch unterbrechen, sobald du versuchst, es auf die Vorgänge in der Piccadilly Suite zu lenken. Gegen diese Übermacht ist nicht anzukommen. Es tut mir sehr leid, Mary.«

George streckte intuitiv die Hand aus, um Mary tröstlich am Arm zu fassen. Im letzten Moment zog er sie hastig wieder zurück. Entweder war ihm eingefallen, dass Mary und er sich nach ihrem letzten Streit noch nicht wieder versöhnt hatten. Oder er dachte daran, dass eine solche Berührung, wenn auch im Grunde harmlos, von den anderen auf der Brücke als intim gewertet werden konnte. Vielleicht war es auch eine Mischung aus beidem.

»Mag sein, dass du recht hast, George. Dieser Übermacht ist nicht beizukommen. Jedenfalls nicht in einer offenen Konfrontation.« Sie wandte sich zum Gehen. »Aber wenn wir es cleyer anstellen, finden wir vielleicht einen Weg, Germers Wachhunde auszutricksen.«

27

»Was wollen Sie, Ms. Kaczmarek? Sollten Sie nicht bei Ihrer Arbeit im Restaurant sein? Es ist schließlich bald Zeit fürs Abendessen.«

Ms. Lindqvist sah sie mit kritischer Miene an, alles andere als angetan davon, dass Sandra sie auf dem Korridor abgefangen hatte. Es war die Miene, die Sandra von ihr gewohnt war – und der gleiche tadelnde Tonfall, in dem die Concierge mit ihr sprach, seit sie festgestellt hatte, dass die junge polnische Frau in ihrem Job als Reinigungskraft zwar fähig, allerdings nicht willens war, den hohen Anforderungen zu genügen, die Ms. Lindqvist an das Personal stellte, das unter ihrer Aufsicht auf der *Queen Anne* tätig war. Aber gerade weil Sandra diese Miene und diesen Tonfall so gewohnt war, wunderte sie sich darüber. Mrs. Arrington hatte ihr erzählt, Ms. Lindqvist hätte in der Piccadilly Suite überaus angeschlagen gewirkt, geradezu aufgelöst. Allein das war Sandra zweifelhaft vorgekommen. Sie hatte noch nie erlebt, dass Ms. Lindqvist, die ›Eiskönigin‹, wie sie von ihren Untergebenen genannt wurde, auch nur für einen Augenblick die Beherrschung verloren hatte. Selbst im Zorn, in den Sandra sie regelmäßig getrieben hatte, war sie kühl und kontrolliert gewesen. Dass sie nun, wie Mrs. Arrington behauptete, in der Suite sogar geweint haben sollte, hatte Sandra nicht eine Sekunde geglaubt. Ihrer Meinung nach war die Concierge zum Weinen ebenso wenig imstande wie zu heiterem Lachen oder anderen freudigen Äußerungen. Wenn sie doch einmal betrübt sein sollte, würden höchstens ein paar Eiswürfel aus ihren Augen kullern. Ihr Auftreten bestätigte Sandra in der Ansicht, dass Mrs. Arrington sich dieses Mal geirrt hatte: Ms. Lindqvist war so frostig wie immer, ihre undurchdringliche Selbstbeherrschung war intakt wie ihre makellose Uniform und der perfekte Sitz ihrer blonden Frisur.

»Meine Schicht beginnt erst in einer halben Stunde«, sagte Sandra. Ihr eigener Tonfall war trotzig, und auch das entsprach dem üblichen Umgang, den die beiden Frauen miteinander pflegten. Sandra hatte zwar einen Auftrag zu erfüllen. Es war ein wichtiger Auftrag, und sie war entschlossen, ihn zu Mrs. Arringtons Zufriedenheit auszuführen. Aber sie konnte sich nicht verkneifen, Ms. Lindqvists vorwurfsvolle Bemerkung zu kontern. Es war geradezu ein Reflex.

»Soweit ich weiß, habe ich bis dahin das Recht, mich frei auf dem Schiff zu bewegen. Mei Li hat netterweise darauf verzichtet, mich an die Spüle zu ketten. Es ist wirklich eine nette Abwechslung, mal eine Chefin zu haben, von der man nicht auf Schritt und Tritt kontrolliert wird und die nicht ständig was zu meckern hat.«

Sie wusste, dass sie auf dünnem Eis spazierte. Zwar war Mei Li derzeit offiziell Sandras Vorgesetzte. Aber die Concierge konnte immer noch über sie verfügen. Wenn sie entschied, dass Sandra mit ihren Frechheiten zu weit ging, könnte sie sie ohne Weiteres auf einen weitaus unangenehmeren Posten versetzen. Aber Sandra war einfach zu stolz, um sich von irgendjemandem von oben herab behandeln zu lassen. Die Concierge schien allerdings nicht in Stimmung für einen Streit oder eine Diskussion zu sein.

»Dann genießen Sie es, solange es dauert«, sagte sie, und ihre blauen Augen schimmerten kalt. »Ich halte es nicht für unwahrscheinlich, dass Mei Lis Entgegenkommen ein Ende findet, wenn Sie ihre Geduld und Gutmütigkeit ebenso strapazieren, wie Sie es mit meiner immer getan haben. Und wie Sie es übrigens auch gerade wieder tun. Wenn Sie mir also endlich verraten würden, was Sie von mir wollen. Ich habe noch ungeheuer viel zu erledigen.«

»Ja, nun, also ...«

Dieser Teil fiel Sandra weitaus schwerer, als Ms. Lindqvist Kontra zu geben. Schließlich verlangte er von ihr, in die Rolle der Bittstellerin zu schlüpfen, und das behagte ihr ganz und gar nicht. Sie hatte Mrs. Arrington darauf hingewiesen, dass es ihr bestimmt nicht gelingen würde, diesen Part überzeugend rüberzubringen, und sie gebeten, eine Alternative zu finden. Aber es hatte nicht vieler Erklärungen bedurft, bis Sandra begriffen hatte: Es gab keine Alternativen. Alles hing allein von ihr ab. Sie war entschlossen, ihr Bestes zu geben, für Mrs. Arrington, und um diesen neuen Fall zu lösen, in den sie verwickelt waren: den Tod von Mrs. Gao.

Sie schielte zu den beiden Sicherheitsleuten in ihren schwarzen Uniformen hinüber. Sie waren der Concierge im Abstand einiger weniger Meter über den Gang gefolgt, als Sandra ihr entgegengekommen war. Dass Sandra sich Ms. Lindqvist genähert und sie angesprochen hatte, hatte sie offensichtlich in Alarmbereitschaft versetzt. Zwar erlaubten sie die Unterhaltung. Doch ließen sie die beiden nicht aus den Augen und waren noch etwas näher gerückt, damit sie auf keinen Fall auch nur ein einziges Wort versäumten. Ihre Haltung und ihre grimmigen Gesichter machten deutlich, dass sie nicht zögern würden, einzuschreiten, das Gespräch zu unterbinden und Sandra, wenn nötig, in Gewahrsam zu nehmen, sollte es ihr einfallen, ein aus Sicht der Wachmannschaft unerwünschtes Thema anzuschneiden.

»Mei Li ist eine tolle Chefin«, fuhr Sandra fort, »und eine fantastische Köchin, und ich arbeite wirklich nicht ungern in der Küche.«

»Kommen Sie auf den Punkt.« Die Concierge tappte mit dem Fuß auf den Boden. »Sie haben mich doch sicher nicht aufgesucht, um sich bei mir für diese Versetzung zu bedanken.«

»Das nicht. Im Gegenteil wollte ich Sie fragen, verehrte Frau Lindqvist, ob es nicht eventuell möglich wäre, dass ich wieder in den Reinigungsdienst aufgenommen werde. Ich weiß, wir hatten unsere Schwierigkeiten miteinander, und ich habe mich Ihnen gegenüber manchmal auf eine Weise verhalten, die ... Aber es ist so, dass ... Also sehen Sie ...«

Ms. Lindqvist wirkte leicht irritiert, Sandra herumdrucksen zu sehen, für sie eine absolute Neuheit. Aber es lag keine Ironie in Sandras Stimme, keine Frechheit in ihrem Gesicht. Sie schien es aufrichtig zu meinen. In Ms. Lindqvists kühle Züge trat, neben dem Anflug von Verwirrung, eine gewisse Befriedigung. Zum ersten Mal nach all dieser Zeit, die sie einander kannten, begegnete Sandra ihr nicht nur mit dem Respekt, den eine Angestellte ihrer Vorgesetzten schuldete, sondern sogar mit einer gewissen Unterwürfigkeit. Diese unerwartete Wendung mäßigte ihre Ungeduld und machte sie empfänglicher für das, was Sandra vorzubringen hatte.

»Was soll ich sehen, Ms. Kaczmarek?«

Sandra schüttelte den Kopf und wies auf die Wachleute.

»Es fällt mir wirklich schwer, vor diesen Typen da mit Ihnen darüber zu reden, vor allem, wenn die uns die ganze Zeit so feindselig anstarren. Ich bin sowieso nicht gut in solchen Dingen, Entschuldigungen und so. Wäre es nicht möglich, dass Sie kurz unter vier Augen mit mir sprechen?« Sie blickte über den Korridor und zeigte auf die Tür einer Abstellkammer. »Vielleicht da drin, wo wir ungestört sind?«

Ms. Lindqvist runzelte die Stirn. Offenbar behagte es ihr nicht, sich mit einer ihrer Angestellten zu einer Unterredung in eine Abstellkammer zurückzuziehen. Vor allem, wenn es sich um eine Angestellte handelte, die sie bis dahin immer als recht widerspenstig erlebt hatte — und deren plötzlicher Gesinnungswandel ihr verdächtig vorkommen musste. Aber Sandra hatte einen ihrer Schwachpunkt getroffen: ihren professionellen Anspruch, der mit einem geradezu zwanghaften Streben nach Perfektion einherging. Sie war immer stolz darauf gewesen, ihr Personal vollkommen im Griff zu haben. Sandra war die eine, die sie nie in den Griff bekommen hatte. Jetzt hatte sie die Gelegenheit, diesen Missstand zu beheben, und sie wollte sich diese Gelegenheit um nichts in der Welt entgehen lassen.

Sie wandte sich an die Sicherheitsleute.

»Ich habe mit meiner Angestellten zu sprechen, und zwar ohne Zuhörer.«

In ihrem Tonfall klang eine unüberhörbare Verachtung mit. Es war verständlich, dachte Sandra. Einer starken Persönlichkeit wie Ms. Lindqvist konnte es nicht gefallen, auf Schritt und Tritt von zwei Babysittern begleitet zu werden, vor allem, wenn es sich um derart grobschlächtige Babysitter handelte. Einer der beiden wollte protestieren. Aber sie ließ ihn gar nicht zu Wort kommen.

»Sie brauchen sich keine Sorgen zu machen. Ms. Kaczmarek und ich stehen nicht in einem so vertrauensvollen Verhältnis, dass ich ihr gegenüber die Verschwiegenheitsverpflichtung brechen würde, die ich Dr. Germer gegenüber eingegangen bin. Es handelt sich hier um rein berufliche Belange. Es wird auch nicht lange dauern.«

Die beiden Wachhunde wirkten nicht begeistert von der Idee. Schließlich hatten sie von Germer und Bogdanovich strengste Order erhalten, immer dicht an der Concierge dranzubleiben. Aber ihr frostiger Ton und ihr Blick, dessen Temperatur mindestens 20 Grad unter dem Gefrierpunkt lag, verfehlten auch in diesem Fall ihre Wirkung nicht und erstickten jeden Widerspruch im Keim. Die Concierge wartete auch gar nicht erst ab, ob die beiden ihre Zustimmung geben würden. Zielstrebig marschierte sie, Sandra im Schlepptau, auf die Abstellkammer zu und öffnete die Tür.

Die beiden Frauen traten ein. Sandra schaute zurück. Die Sicherheitsleute hatten sich mit missmutigen Gesichtern im Korridor aufgestellt wie die britische Palastwache und machten deutlich, dass sie fest entschlossen waren, sich keinen Zentimeter von der Stelle zu rühren, bis Ms. Lindqvist wieder in ihre Sicht- und Hörweite zurückgekehrt war. Sandra konnte sich gerade noch verkneifen, ihnen die Zunge rauszustrecken. Zum Glück waren sie nicht die Hellsten, kamen nicht auf den Gedanken, die Abstellkammer einer Prüfung zu unterziehen. Eilig, bevor sie einen Blick auf das Innere erhaschen konnten, schloss Sandra die Tür. Schließlich durften sie auf keinen Fall erfahren, was hier drinnen vor sich ging.

28

»Also, Sandra. Nun heraus damit! Was wollten Sie …«

Just in jenem Moment, in dem Sandra die Tür zugezogen und den Lichtschalter betätigt hatte, verstummte Ms. Lindqvist mitten im Satz. Was die Lampe beleuchtete, gehörte eindeutig nicht zu dem, was die Concierge in der Abstellkammer erwartet hatte.

»Mrs. Arrington?«, fragte sie. »Was machen Sie denn hier?«

Sie wandte sich zu Sandra um, die sich vor die Tür gestellt hatte. Zum einen wollte sie, falls nötig, Ms. Lindqvist daran hindern, die Kammer zu verlassen, bevor das Gespräch mit Mrs. Arrington beendet war. Zum anderen wollte sie den Sicherheitsleuten direkt den Blick verstellen können, sollte es ihnen einfallen, ihre dicken Köpfe zur Tür reinzustecken.

»Sandra, was wird hier gespielt?«

»Bitte entschuldigen Sie die Verwirrung, Ms. Lindqvist«, sagte Mary. Sie konnte der Concierge nicht verdenken, dass sie nicht damit gerechnet hatte, hier zwischen Besen und Reinigungsmitteln auf eine britische Schriftstellerin zu treffen. »Aber da Dr. Germer angeordnet hat, sie streng bewachen zu lassen, war es der einzige Weg für mich, Ihnen zu begegnen.«

Ein Zucken lief durch die beherrschte Miene der Concierge. Sie war weit davon entfernt, Marys Entschuldigung mir nichts dir nichts anzunehmen. Am liebsten hätte sie ihr wahrscheinlich mitgeteilt, wie wenig Wert sie auf derartige unvorhergesehene und alles andere als übliche Begegnungen legte. Da sie jedoch darauf geschult war, Passagieren gegenüber niemals Unmut zu zeigen, ließ sie ihren Ärger an der einzigen anderen Person aus, die gerade dafür zur Verfügung stand.

»Was soll das, Ms. Kaczmarek? War das gerade nur eine Show da draußen? Ihre ganze Reumütigkeit? Haben Sie mich angeschwindelt, mir etwas vorgemacht, nur um mich dazu zu bringen, mit Ihnen zu kommen? Das ist unerhört. Ich werde Ihnen das auf keinen Fall durchgehen lassen, das können Sie mir glauben, ich …«

Sandra schwankte. Ein Teil von ihr hätte gerne dagegengehalten, der Concierge mitgeteilt, wie egal es ihr war, dass sie es für unerhört hielt, sie ihr gar nichts durchgehen zu lassen brauchte, weil Sandra, ganz gleich, wie die Bestrafung aussehen würde, niemals vor ihr einknicken und die willige Bedienstete sein würde, zu der Ms. Lindqvist sie gerne geformt hätte. Ein anderer Teil wusste, dass diese Rüge berechtigt war. Sandra mochte ihre Macken haben, bei der Arbeit gelegentlich schluderig sein und rotzfreche Antworten geben. Aber sie durfte behaupten, immer ehrlich zu sein (manchmal vielleicht gar zu ehrlich). Jemandem direkt und dreist ins Gesicht zu lügen, ging ihr gegen den Strich. Selbst wenn dieser Jemand ihre unliebsame Vorgesetzte war und es einem höheren Zweck diente.

Sie wusste nicht, wie sie mit diesen Vorwürfen umgehen sollte und sie war erleichtert, dass sie im Augenblick nicht gezwungen war, sich für einen dieser Teile zu entscheiden, die in ihr im Widerstreit lagen.

»Bitte senken Sie Ihre Stimme, Ms. Lindqvist«, sagte Mary. »Wir können es uns nicht erlauben, Ihre Bewacher mithören zu lassen. Ja, wir haben Sie getäuscht, und Sie haben jedes Recht, gekränkt und sauer zu sein. Aber dies ist nicht der Zeitpunkt für Auseinandersetzungen.

Wir haben Wichtiges zu besprechen, und wir haben dafür wenig Zeit. Es wird sicher nur wenige Minuten dauern, bis die Wachleute prüfen werden, warum sich Ihre vermeintliche Unterhaltung mit Sandra so sehr in die Länge zieht. Falls Sie nicht längst dabei sind, Bogdanovich zu verständigen, der Ihnen möglicherweise den Befehl geben wird, auf der Stelle einzuschreiten. Das kann jeden Augenblick geschehen. Wir dürfen also nicht eine Sekunde mit sinnlosen Streitereien verlieren.«

Ms. Lindqvist kam Marys Bitte zwar nach, doch sie hatte sich bei deren Ansprache mehr und mehr in einen menschlichen Eiszapfen verwandelt. Bei ihrem vorherigen Gespräch mit Mary auf dem Korridor von Deck 10 hatte sie es schon alles andere als gutgeheißen, dass die Passagierin der Luxusklasse eine Bekanntschaft mit einer Reinigungs- und Küchenkraft eingegangen war. Dass die beiden nun gemeinsam Leute unter Vorspiegelungen falscher Tatsachen in Abstellkammern lockten und möglicherweise für weitere zweifelhafte Unternehmungen dieser Art unter einer Decke steckten, ließ Mary in ihrer Achtung spürbar sinken.

»Was ist denn so wichtig, Mrs. Arrington, dass Sie auf List und Tücke zurückgreifen müssen, um mit mir zu sprechen?«

»Die Vorfälle in Mrs. Gaos Suite. Die Vorfälle, Ms. Lindqvist, deren Zeugin Sie waren.«

Die Wirkung ihrer Worte war erstaunlich. An Ms. Lindqvist ging eine Wandlung vor sich, die Sandra niemals für möglich gehalten hätte. Auch Mary wäre sie unglaublich vorgekommen, hätte sie die Concierge nicht völlig aufgelöst in der Piccadilly Suite gesehen. Die bloße Erwähnung von Mrs. Gao genügte, um Ms. Lindqvists eiskalte Fassade zum Schmelzen zu bringen. Hätte eben noch jeder Schneemann in ihrer Nähe vor Kälte gezittert, lief nun durch ihren Körper ein heftiges Beben, das ihre Schultern schüttelte. Ihr Kinn zuckte. Der kühle Blick ihrer blauen Augen brach. Tränen stürzten aus ihnen hervor und flossen über ihre Wangen.

»Oh Gott«, stieß sie hervor. »Es war furchtbar, einfach furchtbar. Immer, wenn ich die Augen schließe, sehe ich es vor mir … Ich kann das nicht mehr, ich ertrage es nicht …«

Fassungslos starrte Sandra auf diese Frau, von der sie vorher angenommen hatte, sie sei, wie ein Roboter, zu keinerlei menschlicher Regung imstande. Jetzt aber gab sie ein heftiges Schluchzen von sich, schlug sich die Hände vor das Gesicht und schien kurz davor, unter dem Kummer und der Verzweiflung, die sie überkamen, zusammenzubrechen.

Sandra erkannte, dass die Concierge ihre kühle Beherrschung die ganze Zeit über mühsam aufrechterhalten hatte. Jetzt, wo diese andere, völlig unvermutete Seite an ihr zum Vorschein trat, eine verletzliche Seite, fragte Sandra sich, ob ihre Härte und Kälte nicht immer schon eine Art Schutz gewesen waren. Ja, sie hatten ihre Probleme miteinander gehabt und würden sicherlich niemals beste Freundinnen werden. Aber Sandra konnte nicht anders, als mit Ms. Lindqvist Mitleid zu empfinden. Diese stolze Frau hatte immer Wert darauf gelegt, alles unter Kontrolle zu haben – oder zumindest diesen Eindruck zu erwecken. Was sie erlebt hatte, musste schrecklich gewesen sein, wenn es sie derart belastete, dass sie sich sogar vor ihr, ihrer Untergebenen, eine solche Blöße gab.

»Ich verstehe«, sagte Mary. »Solche Erlebnisse nehmen jeden mit. Es hilft manchmal, alles einfach rauszulassen.«

Im Gegensatz zu Sandra, die ein wenig hilflos auf

ihre weinende Chefin blickte, trat Mary an die Concierge heran und legte ihr tröstend ihre Hände auf die Schultern. Sandra dachte, dass Ms. Lindqvist sich daraufhin vielleicht wieder zusammenreißen würde. Es musste doch unter ihrer Würde sein, sich von einer Passagierin trösten zu lassen, noch dazu in Gegenwart einer Angestellten. Aber erneut wurde sie überrascht. Auf Marys Berührung hin stieß Ms. Lindqvist ein geradezu kindliches Wimmern aus. Sie schlang ihre Arme um Mary und presste sich schutzsuchend an sie wie ein kleines Mädchen. Mary strich ihr über das Haar.

»Ist schon gut«, sagte Mary. »Wir sind bei Ihnen. Wir sind da, um Ihnen zu helfen, Ms. Lindqvist.«

»Mathilda«, würgte die Concierge zwischen zwei Schluchzern hervor. »Nennen Sie mich Mathilda.«

Sie klammerte sich weiter an Mary fest, dankbar, jemanden zu haben, der für sie da war, bei dem sie Trost und Unterstützung finden konnte. Es ist natürlich, dachte Mary. Germer hatte ihr sicher weder das eine noch das andere geboten, und wie sie Ms. Lindqvist einschätzte, hatte sie unter dem Bordpersonal wenig enge Freunde, die ihr in Zeiten von Sorgen und Nöten zur Seite standen. Das ging damit einher, dass sie immer darauf bedacht war, eine gewisse Kühle auszustrahlen, unnahbar zu wirken. Wenn sie niemanden an sich heranließ, konnte auch niemand für sie da sein.

»Mathilda, ich weiß, dass ist schwer für Sie. Aber es ist enorm wichtig, dass Sie uns sagen, was genau in der Piccadilly Suite geschehen ist.«

Mathilda Lindqvist löste sich von Mary und schniefte. Sandra reichte ihr ein Taschentuch, das sie dankbar annahm, um sich die Tränen zu trocknen. Sie atmete tief durch, sammelte sich. Dann nickte sie.

»Natürlich, Mrs. Arrington. Germer«, sie sprach den

Namen mit der gleichen Verachtung aus wie Mary und Sandra, »hat mich zwar gewarnt. Er sagte, dass Sie versuchen würden, mich auszuhorchen und dass ich Ihnen auf keinen Fall etwas verraten solle. Aber ich glaube nicht einen Moment, dass er und seine stumpfsinnigen Handlager wie dieser Dummkopf Bogdanovich willens, geschweige denn imstande sind, denjenigen dingfest zu machen, der …« Sie gab sich einen Ruck. »… der Mrs. Gao auf brutale Weise umgebracht hat.«

Mary hielt sich zurück, direkt nachzubohren, und gab auch Sandra ein Zeichen, sich zurückzuhalten. Auf keinen Fall durften sie Mathilda nun unter Druck setzen. Wie sich herausstellte, war es auch gar nicht nötig. Mary und Sandra merkten ihr die Erleichterung darüber an, endlich diese Last loswerden zu dürfen, die sie mit sich trug. Endlich rauszulassen, was sie aufgrund von Germers Anordnung und ihrer ununterbrochenen Bewachung durch die Sicherheitsleute niemandem hatte erzählen können.

Gebannt lauschten die beiden dem Bericht der Concierge.

29

»Ich war auf Deck 10 gekommen«, sagte Ms. Lindqvist, »weil Mrs. Gao mich verständigt hatte. Ich wusste nicht, was sie von mir wollte. Aber sie hatte ja schon direkt nach ihrem Eintreffen extravagante Wünsche, und das setzte sich fort. Ich bin aus dem Aufzug gestiegen und den Korridor entlanggegangen. Es war niemand zu sehen.«

Ms. Lindqvists Augen wurden glasig und blickten an Mary vorbei. Ihre Erzählung schien sie unmittelbar zurück in ihre Erinnerung zu versetzen, zurück auf den Korridor von Deck 10.

»Ich hatte die Tür fast erreicht. Schon aus einigen Metern Entfernung ist mir aufgefallen, dass etwas nicht stimmte. Die Tür war offen, wenn auch nur einen Spaltbreit. Ich fand das schon ungewöhnlich. Als ich dann endlich bei der Suite ankam, habe ich gesehen, dass sie aufgebrochen worden war und schief in den Angeln hing. Erst mal habe ich nach Mrs. Gao gerufen. Jetzt komme ich mir deswegen dumm vor. Aber ich hab tatsächlich angeklopft. Obwohl offensichtlich etwas faul war, wäre es mir niemals eingefallen, ohne Ankündigung und Erlaubnis die Suite einer Passagierin zu betreten. Ich habe auch kurz überlegt, die Sicherheitsleute zu verständigen. Denn wenn tatsächlich ein Einbruch stattgefunden hatte, wäre es natürlich gut gewesen, sie davon in Kenntnis zu setzen. Aber ich wollte doch erst prüfen, ob Mrs. Gao in ihrer Suite war und ob es ihr gut ging. Also habe ich die Hand nach der Tür ausgestreckt und ...«

Sie stockte, als scheue sie davor zurück, weiterzusprechen, sich ein weiteres Mal in diese Situation zu begeben, sie in ihren Gedanken Revue passieren zu lassen.

»Es ist okay, Mathilda«, sagte Mary. »Sie sind in Sicherheit. Es kann Ihnen nichts passieren.«

Mathilda Lindqvist sah sie dankbar an. Ein Schaudern durchfuhr sie. Doch dann sprach sie weiter.

»Ich wollte die Tür aufschieben. Aber ich kam nicht dazu. Kaum hatte ich sie berührt, wurde sie auch schon von der anderen Seite her aufgerissen. Etwas Gräßliches sprang mir entgegen, etwas Abscheuliches, Furchterregendes.«

Ihr ganzer Körper spannte sich wie zur Flucht. Ihr Gesicht wurde blass, und Angst nahm ihre Züge ein.

»Das Monster«, flüsterte sie kaum hörbar und mit bebenden Lippen. »Es war das Monster. Seine Augen glühten wild, seine Zähne waren in einer gierigen Grimasse gefletscht. Und es stieß ein bösartiges, kampflustiges Fauchen aus. Ich weiß, dass es kein richtiges Monster war, dass es keine richtigen Monster gibt. Aber in diesem Moment wusste ich es auf einmal nicht mehr, wenn Sie verstehen, was ich meine. In diesem Moment war mir, als wären all die Ungeheuer in Märchen und Schauergeschichten, die ich als kleines Mädchen in Schweden gehört habe, wirklich geworden.«

Mary und Sandra hielten den Atem an. Sie vergaßen, dass sie sich in einer Abstellkammer befanden und dass draußen die Sicherheitsleute Wache hielten und jederzeit hereinplatzen konnten. Sie vergaßen es, so wie Mathilda Lindqvist, deren Bericht sie fasziniert lauschten, vergessen hatte, dass es keine Monster gab.

»Beinahe war ich überrascht«, fuhr die Concierge

fort, »als es sich nicht auf mich gestürzt hat, sondern mich mit einem Grollen beiseitestieß und an mir vorbeirannte. Ich muss geschrien haben, aber ich bin mir nicht sicher. Der Stoß war so heftig, dass ich rücklings auf den Boden gefallen bin. Ich konnte gerade noch erkennen, dass das Monster etwas umklammert hielt. Es war diese Statue aus Mrs. Gaos Suite. Die, auf die sie besonders stolz war: der Drache aus Jade. Dann war das Monster auch schon an mir vorbei und kurz darauf verschwunden.«

»Ich weiß, es ging alles sehr schnell«, sagte Mary. »Aber ist Ihnen an dem Monster irgendetwas aufgefallen?«

»Es hatte grüne Federn, das weiß ich noch. Abgesehen davon weiß ich nicht … doch!« Mathilda nickte. »Da war etwas. Ein Geruch, der hinter dem Monster in der Luft hing, ein irgendwie exotischer Duft, richtig benebelnd.«

Mary fühlte einen Erregungsschub wie einen Stromschlag durch ihren Körper peitschen. Exotischen, benebelnden Duft hatte auch sie bereits an Bord einatmen müssen, und zwar in Form von Rauch. Gut möglich, dachte sie, dass Mathilda ihr gerade einen entscheidenden Hinweis geliefert hatte. Er deckte sich mit ihren bisherigen Kenntnissen. Schließlich erinnerte sie sich nur allzu gut daran, dass Meister Wang, der diesen Gestank in der Grand Lobby verbreitet hatte, mehrmals mit Mrs. Gao aneinandergeraten war. Diese Streits bildeten nicht unbedingt ein hinreichendes Motiv für einen Mord. Wenn man jedoch berücksichtigte, welch starkes Interesse er an der Drachenstatue gezeigt hatte und dass er alles dafür tat, den allgemeinen Glauben an den Dämon in Monstergestalt zu stärken, entstand das ziemlich deutliche Bild eines Hauptverdächtigen.

»Was ist dann passiert?«, fragte Sandra, leise, als befände Mathilda Lindqvist sich in einer tiefen Trance, aus der Sandra sie auf keinen Fall wecken durfte. »Was haben Sie gemacht?«

»Ich habe mich aufgerappelt«, antwortete die Concierge. »Und dem Monster hinterhergeschaut. Aber es war weg, wie vom Erdboden verschluckt. Und dann fiel mir wieder Mrs. Gao ein. Ich musste unbedingt überprüfen, ob mit ihr alles in Ordnung war. Also bin ich vorsichtig durch die offene Tür gegangen – und dann hab ich sie gesehen.«

Mary und Sandra war es, als wären sie zusammen mit Mathilda auf Deck 10, als würden sie genau in diesem Moment mit ihr die Piccadilly Suite betreten: sehen, was sie sah, hören, was sie hörte, empfinden, was sie empfand.

»Mrs. Gao lag auf dem Boden. Ihr Gesicht war makellos geschminkt, wie ich sie kennengelernt habe. Ihr pinker Lidschatten, der Lippenstift … Aber als ich in ihre Augen geschaut hab … Ihre Augen waren aufgerissen, als wollte sie mir mit ihrem Blick, diesem starren, leeren Blick, mitteilen, was ihr Mund nicht mehr sagen konnte. Da war kein Leben mehr in den Augen. Und unter ihrem Kopf ist Blut hervorgequollen. Eine Lache, die größer und größer wurde, tränkte ihre Haare. Neben ihr auf dem Teppich hab ich dann die Brechstange gesehen. Sie war aus Eisen, und auch an ihr klebte Blut. Es war überall.«

Mathilda Lindqvists Stimme war tonlos. Ihre Lippen bewegten sich wie von selbst, als könne sie nicht anders, als zu erzählen, was sie erlebt hatte. Gleichzeitig schien sie sich immer weiter davor zurückzuziehen, tiefer und tiefer in sich selbst hinein, wo sie vor diesen Schrecken sicher zu sein hoffte.

»Es war schrecklich, einfach schrecklich. Ich hatte noch nie zuvor ein Mordopfer gesehen. Ich hab mich nicht getraut, näher an sie heranzugehen, um zum Beispiel ihren Puls zu fühlen oder zu schauen, ob sie noch atmet. Aber es war auch nicht nötig. Ich wusste, dass sie tot war, umgebracht, erschlagen und liegengelassen in ihrem eigenen Blut. So viel Blut …«

»War sonst noch irgendjemand da«, fragte Mary, zum einen aus Neugier, zum anderen, um Mathilda daran zu hindern, weiter und weiter von ihnen abzudriften, bis sie vielleicht nicht mehr für sie zu erreichen war. Sie wusste, dass Menschen, die derart traumatische Erfahrungen gemacht hatten, sich manchmal in diesen Erfahrungen, in den Erinnerungen an sie verlieren konnten.

Sie war froh, als der Blick der Concierge sich auf sie richtete. Er wurde ein wenig klarer und zeigte, dass sie zurück in die Wirklichkeit fand. Mathilda schüttelte den Kopf.

»Es war niemand da außer ihr. Nur die Tote und ich. Mir wurde schwindelig. Ich bin rückwärts getaumelt und musste mich auf das Sofa setzen, weil mir schwarz vor Augen wurde. Es hat eine ganze Weile gedauert, bis ich mich so weit von dem Schock erholt hatte, dass ich imstande war, die Sicherheitskräfte zu verständigen. Bogdanovich und seine Leute kamen. Und kurz darauf auch Dr. Germer. Ich wollte nichts anderes als weg von diesem furchtbaren Ort. Aber sie haben mich nicht gelassen. Ich musste dort bleiben, während Mrs. Gao die ganze Zeit über direkt vor mir lag. Sie hatten nicht einmal den Anstand, sie zuzudecken. Ich konnte nicht anders, als sie anzustarren und …«

Wiederum strömten Tränen ihre Wangen hinab. Voller Panik blickte sie Mary an, griff ihren Arm und klammerte sich daran fest.

»Keine Angst, Mathilda.« Mary legte ihr eine Hand auf die Schulter. »Ihnen wird nichts geschehen. Wir werden herausfinden, was und vor allem wer hinter all dem steckt.«

»Bitte tun Sie das.« Sie blickte von Mary zu Sandra. Dass Sandra ihre Untergebene war, noch dazu eine widerspenstige Untergebene, schien ihr vollkommen entfallen zu sein. »Bitte fassen Sie dieses Ungetüm!«

»Das werden wir«, sagte Sandra. Aus ihrem Tonfall sprach starke Anteilnahme. Diese Anteilnahme war ernst gemeint, und sie wollte Ms. Lindqvist Verletzlichkeit nicht ausnutzen. Aber sie konnte die Chance, die sich ihr gerade bot, auch nicht einfach ungenutzt vorübergehen lassen. »Wissen Sie, was uns enorm dabei helfen würde? Wenn Sie mich aus der Restaurantküche herausholen würden. Wenn ich mich frei auf dem Schiff bewegen könnte, wäre ich Mrs. Arrington auf jeden Fall eine größere Hilfe. Zudem bekäme ich als Reinigungskraft meine Schlüsselkarte zurück, mit der ich in die Kabinen der Passagiere gelangen kann. Es könnte nützlich sein, sich in der einen oder anderen genauer umzusehen. Was meinen Sie?«

Bei diesem Thema, das sie an ihren Job und ihre damit verbundenen Pflichten erinnerte, erholte sich Ms. Lindqvist. Sie kehrte nicht zu ihrer vorherigen Kühle zurück. Aber sie hörte auf zu weinen, ließ Mary los und räusperte sich, als sei ihr die Schwäche, die sie vor den beiden gezeigt hatte, nun plötzlich doch peinlich.

»Nun, also, Sandra. Was das angeht, kann ich Ihnen ohne Zögern mitteilen, dass …«

Aber bevor sie den Satz beenden konnte, ertönte ein ohrenbetäubendes Hämmern, als jemand mit aller Kraft gewaltige Fäuste gegen die Tür der Abstellkammer schmetterte.

»Sofort aufmachen«, erklang Bogdanovichs drohende Stimme. Ms. Lindqvist fuhr zusammen. Sandra verzog angewidert das Gesicht.

»Dieser Stumpfklotz«, seufzte sie. »Der hat uns gerade noch gefehlt.«

Auch Mary war alles andere als begeistert von dieser Störung. Doch war sie davon nicht überrascht. Das Gespräch der drei hatte viel zu lange gedauert, als dass die Wachleute auf dem Korridor einfach tatenlos abgewartet hätten, bis Ms. Lindqvist und Sandra wieder auftauchten. Natürlich hatten sie ihren Hauptmann verständigt, und wenn dieser auch nicht gerade eine Intelligenzbestie war, hatte er doch geahnt, dass etwas im Busch war. Beziehungsweise in der Abstellkammer.

Wieder hämmerte er gegen die Tür, jeder Schlag wie der Stoß eines Rammbocks, unter dem das Holz zu splittern und zu bersten drohte.

»Kommen Sie auf der Stelle raus, und zwar alle. Zwingen Sie uns nicht, die Tür einzuschlagen.«

Mary nahm eine Flasche Fleckentferner aus einem der Regale.

Sandra sah sie ratlos an.

»Was machen wir denn jetzt, Mrs. Arrington? Und was zum Geier wollen Sie mit dem Putzzeug?«

»Es gibt nur eins, was wir jetzt machen können.« Mary fasste den Türgriff. »Mit unserem Versteckspiel aufhören und uns unseren Gegnern direkt gegenüberstellen.«

Mit diesen Worten und bevor Sandra noch etwas einwenden konnte, öffnete sie die Tür und trat auf den Korridor.

30

»Ha!«, rief Bogdanovich und streckte Mary seinen Finger entgegen. »Erwischt!«

Stramm aufgerichtet und mit vorgereckter Brust hatte er sich vor der Abstellkammer aufgebaut, zusammen mit einem halben Dutzend seiner Leute. Offenbar war er der Meinung, Verstärkung zu brauchen, um mit einer Concierge am Rande des Nervenzusammenbruchs, einer jungen Küchenkraft und einer Schriftstellerin jenseits der 60 fertig zu werden. Auch wenn er sich alle Mühe gab, die drei auf möglichst unerfreuliche Weise auf dem Korridor willkommen zu heißen, ließ sich Mary von diesem unerwünschten Empfangskomitee nicht aus der Ruhe bringen.

»Ganz recht, verehrter Herr Hauptmann. Sie haben mich erwischt.« Sie schwenkte den Fleckentferner. »Und zwar dabei, wie ich mich mit Reinigungsmitteln eindecke. Das ist allerdings noch lange kein Grund, mir Ihren klobigen Finger unter die Nase zu halten.«

Bogdanovich starrte grimmig auf sie nieder, zog jedoch immerhin seinen Finger ein.

»Sie wollen mir also erzählen, dass Sie dieses Spielchen veranstaltet und meine Leute ausgetrickst haben, um mit Ms. Lindqvist zu sprechen, nur damit sie Ihnen einen Tipp in Sachen Sauberkeit gibt? Das glauben Sie doch wohl selber nicht.«

»Und ob ich das glaube. Ich habe einen schlimmen Rotweinfleck auf meinem Teppich. Sie wissen, wie es mit solchen hartnäckigen Flecken ist. Die sind ungeheuer schwer zu entfernen. Das Einzige, was noch schwerer rausgeht, ist Blut. Vielleicht«, sie drückte ihm den Fleckenentferner in die Hand, »sollten Sie sich auch eine Flasche mitnehmen.«

Bogdanovichs Miene wurde noch grimmiger, während er auf die Plastikflasche mit dem Sprühaufsatz starrte.

»Sie wissen, dass wir uns in einer Art gesetzfreien Zone bewegen, Mrs. Arrington. Nicht wahr?«

Mary wusste es. Schließlich unterstand die *Queen Anne* nicht den Gesetzen jenes Landes, in dessen Gewässern sie unterwegs war, sondern allein denen des Staates, unter dessen Flagge sie fuhr. Mit dem Segen des Schiffseigners und der Rückendeckung durch Germer konnte Bogdanovich schalten und walten, wie er wollte.

»Ich könnte Sie mitnehmen. Ich könnte Sie auf der Stelle einsperren. Dann können Sie den Rest Ihrer Kreuzfahrt ohne jeglichen Umgang mit anderen unter Bewachung in einer Kabine verbringen, und zwar in einer, die weitaus weniger komfortabel ist als Ihre Suite.«

Obwohl es keine leere Drohung war, lenkte Mary nicht ein. Vielleicht wäre es taktisch klüger gewesen. Aber zum einen wusste Bogdanovich nun ohnehin schon, dass sie Nachforschungen über den Mordfall anstellte, zum anderen ging es hier ums Prinzip. Gerade weil der Hauptmann sich allmächtig fühlte, musste ihm jemand die Stirn bieten.

»Das wäre Freiheitsberaubung, falls Ihnen das nicht klar ist. Vielleicht ist das hier ein rechtsfreier Raum. Aber das bedeutet noch lange nicht, dass Sie mit solchen Manövern durchkommen. Sie müssten nicht nur mich, sondern auch Ms. Lindqvist und Sandra in Gewahrsam nehmen. Das würde herauskommen. Sie erfreuen sich unter den Passagieren an Bord ohnehin nicht gerade enormer

Beliebtheit. Wenn alle erfahren, dass sie willkürlich Leute einsperren, hätten sie einen handfesten Skandal an Bord. Das würde Germer und dem Eigentümer überhaupt nicht gefallen.«

Bogdanovich stieß ein Grollen aus. Aber da seine Einschüchterungsbemühungen nicht zogen, gab er sich notgedrungen geschlagen – zumindest vorübergehend. Doch war er deswegen noch lange nicht bereit, die drei Frauen einfach ziehen zu lassen. Stattdessen richtete er seine Aggressionen, da er damit bei Mary nicht weiter kam, auf Ms. Lindqvist.

»Sie! Sie hatten klare Anweisungen. Dr. Germer hat Ihnen verboten, mit irgendjemandem auch nur ein einziges Wort über diesen Vorfall zu wechseln.«

Aber Marys Beispiel schien die Concierge angespornt zu haben. Während sie der Auseinandersetzung zugehört hatte, hatte sie ihre Selbstbeherrschung wiedergefunden. Ihr Make-up war wegen der Tränen ein wenig zerlaufen, und ihre Haare saßen nicht so tadellos wie sonst. Aber in ihre Augen war die eisige Kühle zurückgekehrt, die ihre Untergebenen an ihr fürchteten, und mit der sie nun Bogdanovich anblickte, als wollte sie ihn zu einem Eisblock gefrieren lassen.

»Ich bin die Concierge auf diesem Schiff. Ohne mich läuft hier gar nichts. Ich unterstehe weder Dr. Germer noch Ihnen. Wenn Sie mich einsperren wollen, nur zu. Dann können Sie ja sehen, wie Sie ohne mich klarkommen. Vielleicht wollen Sie ja«, sie wies auf Bogdanovichs Leute, »einige Ihrer Schergen zur Gästebetreuung abstellen. Das wäre sicher ein Spektakel. Ich bin sicher, dass Sie weitreichende Erfahrungen im Kampf besitzen, mit ihren Söldnertrupps vielleicht in Krisengebieten im Einsatz waren oder im Auftrag von Diktatoren gewaltsam Proteste niedergeschlagen haben. Glauben Sie mir: Das wird Ihnen nichts nutzen, wenn es darum geht, einem betagten Passagier zu helfen, dem beispielsweise sein Gebiss kaputtgegangen ist, die Betreuung und Pflege von preisgekrönten Schoßhündchen zu übernehmen oder eine seltene Algensorte aufzutreiben, aus der sich jemand eine Gesichtsmaske herstellen lassen möchte. Wie sieht es aus, Herr Hauptmann? Möchten Sie sich daran versuchen?«

Mary hatte Mühe, sich das Lachen zu verkneifen. Die Vorstellung, wie die schwarz gekleideten, in Sachen Höflichkeit und Dienstfertigkeit nicht gerade vorbildlichen Sicherheitsleute die nicht immer einfachen Gäste an Bord betreuten und sich mit ihren mitunter absonderlichen Wünschen herumschlugen, hatte in ihren Augen ein unglaublich komisches Potenzial.

Bogdanovich fand sie weniger amüsant. Er merkte, dass er noch immer den Fleckentferner hielt, der seiner Autorität nicht gerade förderlich war. Mit einem Schnauben gab er ihn einem seiner Leute.

»Halten Sie einfach von nun an den Mund, Ms. Lindqvist. Das ist meine letzte Warnung. Sie halten sich für unersetzlich. Aber wenn Sie noch einmal meine oder Dr. Germers Befehle missachten, werden wir herausfinden, wie unersetzlich Sie tatsächlich sind. Was Sie angeht«, er wandte sich an Sandra, der er bisher keine Beachtung geschenkt hatte. »Ich habe zwar keine Ahnung, wer Sie sind, und es ist mir auch egal. Aber Sie täten gut daran, sich nicht weiterhin von Mrs. Arrington für ihre kleinen Spielchen einspannen zu lassen, ganz gleich, was sie Ihnen dafür bezahlt.«

Sandra wollte etwas erwidern. Sie wirkte geradezu begierig darauf, zu beweisen, dass sie Bogdanovich mindestens so gut Paroli bieten konnte wie Mary und Ms. Lindqvist. Obwohl Mary keinen Zweifel daran hatte –

schließlich war sie mit Sandras Schlagfertigkeit vertraut und hatte sie oft genug am eigenen Leib erfahren –, machte sie ihrer jungen Freundin ein Zeichen, sich zurückzuhalten. Gegen eine Passagierin der Luxusklasse und gegen die Concierge konnte der Hauptmann nicht ohne Weiteres vorgehen. Sandra, eine einfache Angestellte, in arge Schwierigkeiten zu bringen, wäre ihm hingegen ein Leichtes. Außerdem war es besser, wenn er über Sandras Rolle als Marys Verbündete im Unklaren blieb und glaubte, Mary habe sie bestochen und für ihre Zwecke ausgenutzt.

Sandra rümpfte die Nase, fügte sich aber Marys Geste und ihrem warnenden Blick.

Bogdanovich nickte, zufrieden und, so schien es, ein wenig erleichtert, dass zumindest eine der drei Frauen ihm keine Widerworte gab.

»Was Sie angeht, Mrs. Arrington«, sagte er. »Glauben Sie nur nicht, meine Geduld sei grenzenlos. Ich bin noch lange nicht fertig mit Ihnen. Dieser Zwischenfall wird Folgen haben.«

»Davon gehe ich aus, verehrter Herr Hauptmann. Folgen für alle Beteiligten, Sie eingeschlossen.«

Bogdanovich würdigte sie keiner weiteren Erwiderung. Er wies zwei seiner Leute an, auf Ms. Lindqvist aufzupassen. Er wählte andere als jene, die zuvor an dieser Aufgabe gescheitert waren. Dann marschierte er, gefolgt von seinen Truppen, den Korridor hinab.

Mary, Sandra und Ms. Lindqvist sahen ihm nach.

»Sie haben sich gut geschlagen, Mrs. Arrington«, sagte Sandra leise, sodass die Wachhunde sie nicht verstehen konnten. »Aber das könnte noch heikel werden. Mit dem Typen ist nicht gut Kirschen essen.«

»Mag sein, Sandra. Aber ich habe auch nicht vor, mit ihm Kirschen oder sonst etwas zu essen. Wir werden vorsichtig sein und unsere Ermittlungen unauffällig vorantreiben. Aber auf keinen Fall werden wir uns von ihm davon abhalten lassen, die Wahrheit ans Licht zu bringen.«

»Natürlich nicht. Und ich werde tun, was ich kann, um Ihnen zu helfen. Was das angeht …« Sandra wandte sich an die Concierge. »Ms. Lindqvist. Wie steht es mit dem, was wir besprochen haben? Meinen alten Posten …«

Die Concierge musterte sie. In der Abstellkammer war sie den beiden gegenüber richtiggehend aufgetaut. Wenn Sandra und Mary jedoch damit gerechnet hatten, dass sie Sandra auch weiterhin mit einer gewissen Wärme begegnen würde, mussten sie jetzt eine herbe Enttäuschung hinnehmen. Mathilda Lindqvist war nicht nur vor Bogdanovich, sondern offenkundig auf Dauer zu jenem Verhalten zurückgekehrt, dem sie ihren Spitznamen verdankte. Die *Eiskönigin* war wieder da.

»So leid es mir tut«, sagte sie, und ihr Tonfall verriet, dass es ihr nicht im Geringsten leidtat, »so bin ich doch nicht gewillt, Ihnen diesen Gefallen zu erweisen. Wie Sie wissen, trage ich eine große Verantwortung für die reibungslosen Abläufe an Bord und für das Wohlergehen und die optimale Versorgung unserer Passagiere. Auf keinen Fall werde ich wegen eines kleinen Schrecks meine Personalführung schleifen lassen.«

Sowohl Mary als auch Sandra hatten den Eindruck, dass diese Erklärung und die Betonung ihrer wichtigen Rolle weniger ihnen, als vielmehr Bogdanovichs Leuten galt, die auf jedes Wort von ihr achtgaben. Es war verständlich. Was Ms. Lindqvist vor Germers Willkür schützte, war ihre makellose Arbeitsweise. Sie konnte sich keine Fehler erlauben. Dennoch setzte Sandra dazu an, empört aufzubegehren. Die Concierge aber ließ sie gar nicht zu Wort kommen.

»Ich habe Sie aus triftigen Gründen versetzt. Trotz der derzeitigen Umstände bestehen diese Gründe nach wie vor. Ich fürchte, wenn ich nun einfach nachgeben würde, wäre die Lehre vergeblich, die ich Ihnen zu erteilen versuche. Zudem haben Sie mir ja gerade erst von Neuem bewiesen, dass Sie mein Vertrauen bedauerlicherweise nicht verdienen. Immerhin haben Sie mich dreist angelogen. Nein, Sandra, vorerst bleiben Sie in der Küche. Beweisen Sie mir, dass Sie eine verantwortungsbewusste Angestellte sind. Dann können wir gern noch einmal über alles reden.«

Sie nickte Mary zu.

»Wenn Sie mich dann entschuldigen würden, Mrs. Arrington. Ich habe noch ungeheuer viel zu erledigen.«

Sie drehte sich um und schritt, dicht gefolgt von ihrer unerwünschten Leibwache, den Gang hinab. Von dem emotionalen Zusammenbruch, dem sie vor wenigen Minuten nahe gewesen war, war nichts mehr zu erkennen. Sie schien vollkommen wieder zu ihrem alten Selbst zurückgefunden zu haben.

»Unglaublich«, sagte Sandra, während sie und Mary ihr nachblickten. »Da denkt man für einen Moment, sie sei ein wirkliches menschliches Wesen, mit echten Gefühlen und einem Herz an der Stelle, wo man vorher nur einen Mechanismus mit Zahnrädern vermutet hat. Aber sie ist eben doch ein Roboter, und nicht einmal ein Monster und ein Mord können Sie lange in einen Menschen verwandeln.«

»Jeder braucht seine Schutzmechanismen«, sagte Mary. »Die von Mathilda Lindqvist bestehen nun einmal darin, sich von allem abzuschotten, sich keine Blöße zu geben und immer möglichst unnahbar zu sein. Abgesehen davon, dass sie sich Germer gegenüber nicht angreifbar machen will.«

Sie legte der jungen Frau eine Hand auf die Schulter. »Keine Sorge, Sandra. Sie kann Sie nicht ewig in der Küche lassen. Wir finden schon einen Weg, Sie da rauszuholen. Und vor allem einen Weg, Sie in die Ermittlungen einzubinden. Denn ohne Sie würde sich für mich alles noch schwieriger gestalten, als es ohnehin schon ist. Ich kann nicht auf Sie verzichten.«

»Fürs Erste werden Sie das aber leider müssen.« Sandra warf seufzend einen Blick auf die Uhr. »Gleich geht im Restaurant der große Abendansturm los. Ich muss in die Küche zurück, wieder stundenlang in der Hitze Gemüse schneiden und Geschirr spülen. Und ich muss mich sputen, sonst verscherze ich es mir auch noch mit Mei Li. Es reicht, wenn eine meiner Chefinnen mich für unzuverlässig hält. Machen Sie es gut, Mrs. Arrington. Sagen Sie mir sofort Bescheid, wenn Sie etwas Neues herausfinden.«

»Das mache ich, Sandra, versprochen.«

Während Sandra zu ihrer Schicht eilte, machte Mary sich auf den Weg zu ihrer Suite. Sie hatte Hunger. Aber ihr war nicht danach, in einem der bordeigenen Restaurants zu essen. Stattdessen beschloss sie, sich etwas auf Ihre Suite bringen zu lassen. Es war so viel passiert an diesem Tag, und Mary brauchte Ruhe, um all das zu verarbeiten. Als sie Deck 10 erreichte, erkannte sie, dass auch Germer in der Zwischenzeit nicht untätig gewesen war. Die Tür zur Piccadilly Suite war bereits ersetzt worden. Natürlich. Der Schiffsarzt musste um jeden Preis verhindern, dass jemand auch nur einen flüchtigen Blick hineinwarf, und die Tatsache, dass Mary gleich nebenan wohnte, hatte sicher dazu beigetragen, dass er den Schaden unverzüglich hatte beheben lassen. Von außen sah man nicht, was hinter dieser Tür vor sich gegangen war. Mary aber jagte ihr bloßer Anblick einen Schauer über den Rücken. Bogdanovich mochte ein unangenehmer, ja gefährlicher Zeitgenosse sein, den sie auf keinen Fall unterschätzen durfte. Allerdings erinnerte sie die Tür der Piccadilly Suite daran, dass es eine Person an Bord gab, die noch weitaus gefährlicher war.

31

Am nächsten Morgen lag die *Queen Anne* vor Anker. Das Schiff hatte Vietnam erreicht, und die Passagiere strömten zum Landausflug nach Ho-Chi-Minh-Stadt. Auch Mary ging von Bord. Noch immer war ein Mörder unterwegs, kein wirkliches Monster zwar, aber ein Monster in Menschengestalt. Die Gedanken daran hatten Mary in der vergangenen Nacht lange wach gehalten. Gedanken daran, wie sie den Verbrecher enttarnen und zur Strecke bringen konnte. Aber besonders weit war sie in diesen Überlegungen nicht gekommen. Es war ihr nach wie vor ein Rätsel, warum das Monster erst Dorothy Beckett unter Deck angegriffen und später Mrs. Gao getötet hatte. Was hatten diese beiden, eine alte Dame aus England und eine Geschäftsfrau aus Singapur, miteinander zu tun? Bestand eine Verbindung zwischen ihnen, von der Mary noch nichts ahnte? Oder war Dorothys Begegnung mit Monster ein reiner Zufall gewesen? Es schien kaum denkbar. Je größer Marys Ratlosigkeit in dieser Hinsicht geworden war, desto größer war auch ihre Entschlossenheit geworden, es herauszufinden.

Es gab einige Punkte, an denen sie ansetzen konnte. Der wichtigste bestand darin, mehr über die Drachenstatue zu erfahren. Um sie war es dem Mörder bei seiner schrecklichen Tat offenbar gegangen. Um sie schien sich alles zu drehen. Mary hatte sich bereits im Internet über die Statue informiert. Sie hatte sich daran erinnert, dass Mrs. Gao sie in Hong Kong bei einer Versteigerung des Auktionshauses *Christie*'s erstanden hatte. Über die Website des Unternehmens hatte Mary Fotos der Jadefigur gefunden, die als *Drache von Fujian* bezeichnet wurde und Schätzungen zufolge aus dem 13./14. Jahrhundert, der Yuan-Dynastie, stammte. Natürlich gab die Seite nicht preis, wer sie gekauft und wie viel Mrs. Gao dafür bezahlt hatte. Doch verriet sie das Startgebot, eine Summe im sechsstelligen Bereich. Mary war zwar selber nicht arm. Ihre Bücher brachten ihr ein mehr als respektables Einkommen. Aber dazu, sich derart kostspielige Dekorationsgegenstände in ihr Herrenhaus zu stellen, reichte es nicht. Mrs. Gao musste Millionen schwer gewesen sein, um sich so etwas leisten zu können. Vor allem, da der *Drache von Fujian* vielleicht das prachtvollste, jedoch bei Weitem nicht das wertvollste Stück war, dass sie auf der Auktion ersteigert hatte. Andere, ein Gemälde etwa oder eine nicht mehr als handgroße Reiterstatuette, waren zu deutlich höheren Preisen unter den Hammer gekommen.

Das führte Mary zu weiteren Fragen. Wenn es stimmte, was Ms. Lindqvist berichtet hatte – warum hatte das Monster nach dem Mord lediglich die Drachenstatue mitgenommen? Warum hatte es jene Gegenstände zurückgelassen, die bei einem Weiterverkauf etwa auf dem Schwarzmarkt nicht nur mehr Gewinn eingebracht hätten, sondern auch weitaus leichter zu transportieren – und damit zu verstecken – wären als die unhandliche Statue? Es schien Mary unwahrscheinlich, dass hier ein unkundiger Dieb am Werk gewesen war, der aufs Geratewohl stahl, seine Beute danach auswählte, wie wertvoll sie aussah, und der jemanden tötete für etwas, von dem er nicht einmal wusste, ob es sich lohnen würde. Schließlich hätte es sich bei dem Drachen ja auch um eine billige Kopie handeln können. Ein Laie hätte den Unterschied nicht bemerkt. Aber es müsste schon ein ziemlich dummer und leichtfertiger Dieb sein, der für so eine Statue einen Mord auf sich nahm, ohne zu wissen, dass es sich für ihn lohnen würde. Nein, dachte Mary, das hier war eine zielgerichtete Tat. Der Mörder wusste, was er wollte. Was bedeutete, dass es ihm nicht allein um Geld gegangen war. Die Statue musste noch einen weiteren Wert für ihn besitzen.

Aber welcher das sein mochte, hatte Mary bei ihrer Recherche nicht ergründen können. Die *Christie*'s-Website verriet ihr, dass sich der *Drache von Fujian* über Jahrzehnte im Besitz verschiedener Sammler befunden hatte. Die Namen jener Sammler teilte sie nicht mit. Genau jene aber waren es, die Mary brauchte. Sie musste mehr über die Statue selbst und mehr über den Weg herauskriegen, den sie genommen hatte, bevor sie in Mrs. Gaos Besitz gelangt war. Sie hatte bereits eine Idee, wie sie sich diese Informationen verschaffen konnte. Oder besser: Wer ihr diese Informationen verschaffen konnte. Allerdings würde sie ihre Neugier in dieser Hinsicht noch eine Weile im Zaum halten müssen.

Sie beschloss, aus dieser kleinen Zwangspause das Beste zu machen. Immerhin befand sie sich, auch wenn es sich bei all diesen sich überschlagenden Ereignissen leicht vergessen ließ, auf einer Urlaubsreise. So wichtig es auch war, den Mörder zu schnappen: Sie wollte nicht ihre gesamte Kreuzfahrt damit verbringen. Auf Minigolf, Karaoke und andere der Unternehmungen, mit denen das Unterhaltungsprogramm an Bord lockte, konnte sie gut verzichten. Auf die Landgänge jedoch nicht, boten sie doch die einzigartige Möglichkeit, neue Länder und Kulturen kennenzulernen. Dies machte für Mary einen ganz besonderen Reiz aus. Sie würde den Mörder nicht vergessen.

Aber Ho-Chi-Minh-Stadt wollte sie sich auf keinen

Fall entgehen lassen. Und für eine Weile den Kopf frei zu kriegen würde ihr vielleicht zu neuen Erkenntnissen in Bezug auf den Mord verhelfen.

32

»Vorsicht, passen Sie auf!«

Ehe Mary wusste, wie ihr geschah, hatte sie einen Stoß erhalten, der sie zur Seite taumeln ließ. Es fehlte nicht viel, und sie wäre auf die Straße gestolpert. Was fatal geendet hätte. Sie befand sich am *Ben Than Markt*, einer riesigen Halle mit einem hellgelben turmförmigen Eingangsportal. Vor dem Markt rasten Autos und vor allem Motorroller mit teilweise irrwitziger Geschwindigkeit um einen großen Kreisverkehr, in den sieben umliegende Straßen mündeten. Während die Autos mehr oder weniger ihre Spur hielten, flitzten die Roller, die die Straßen der Stadt zu Tausenden beherrschten, mit Hochgeschwindigkeit kreuz und quer und durch die kleinsten Lücken. Mary hatte sich schon vorher gewundert, dass es nicht alle zwei Minuten krachte.

Im letzten Moment fand sie ihr Gleichgewicht wieder. Ein Roller flitzte so dicht an ihr vorbei, dass die Kleidung des Fahrers sie berührte. Mary atmete auf. Ihr war nichts geschehen. Das Einzige, was unter die Räder geraten war, war ihre gute Laune. Bisher hatte Ho-Chi-Minh-Stadt ihr ziemlich gut gefallen. Das ehemalige Saigon nördlich des Mekong-Deltas war eine lebendige, aufregende Metropole. Früher selber Hauptstadt, stellte sie neben der heutigen Hauptstadt Hanoi das wichtigste Wirtschafts-, Industrie- und Handelszentrum Vietnams dar. Im Namen der Stadt, benannt nach einem Revolutionär und kommunistischen Politiker, klang die wechselvolle Geschichte des Landes durch: Französische Kolonie, japanische Besatzung im zweiten Weltkrieg, Kampf um Unabhängigkeit in den Indochinakriegen, Teilung in Nord- und Süd, Vietnamkrieg, Wiedervereinigung als sozialistische Republik. Der französische Einfluss prägte das Stadtbild in Form europäischer Architektur. So war, wie Mary in ihrem Reiseführer gelesen hatte, etwa die Stahlkonstruktion der Hauptpost von Gustave Eiffel, dem Schöpfer des Eiffel-Turms, entworfen worden. Und wie in Paris gab es auch hier eine Kathedrale Notre Dame, die ihrem Pariser Vorbild an Pracht in nichts nachstand. Doch Mary kam auch an einer Vielzahl Pagoden und Tempeln vorbei, von denen sie die *Quan Âm-* und die *Thien-Hau-Pagode* besonders beeindruckten.

Auf der Flaniermeile *Dong Khoi,* an der sich Bars, Restaurants und Boutiquen aneinanderreihten, musste sie an Mrs. Gao denken. Sicher hätte die reiche Geschäftsfrau hier den einen oder anderen Laden leergekauft. Nun hatte sie nichts mehr von all ihrem Geld und ihren Errungenschaften. Sie hatte einen falschen Kauf getätigt, einen, der ihr zum Verhängnis geworden war.

Und nun wäre Mary ihr Landgang fast zum Verhängnis geworden. Sie wandte sich um — und war fassungslos, als sie erkannte, wer ihr diesen Stoß versetzt hatte.

33

»Was — Sie?«

Mary hatte damit gerechnet, dass ein anderer Passant oder Tourist sie zur Seite gerempelt hatte. Sie hatte nicht erwartet, sich umzudrehen und in ein bekanntes Gesicht zu blicken. Schon gar nicht in dieses.

Hinter ihr stand Jonathan Rudd, der grüngewandete Jünger von Meister Wang, sein leidenschaftlichster Anhänger. Er machte eine besorgte Miene. Wenn Mary aber glaubte, seine Sorge gelte ihr, hatte sie sich geschnitten. Er sah sie nicht einmal an, sondern hielt den Blick auf den Boden gerichtet. Wie Georges Handgreiflichkeiten in Hongkong hatten auch seine nicht darauf abgezielt, Mary vor Schaden zu bewahren. Weitaus mehr schien ihm das Wohlergehen eines dicken rotschwarzen Käfers am Herzen zu liegen, der auf dem Asphalt herumkrabbelte und auf den Mary beinahe draufgetreten war.

Jonathan ging in die Hocke, um das Tier genauer zu betrachten. Neben ihm lagen zwei Plastiktüten, die er wohl hatte fallen lassen, um zur Rettung des Käfers zumindest eine Hand freizuhaben. Eine weitere Tüte nämlich, eine größere, hatte er nicht abgestellt. Im Gegenteil krampfte er seine Hand so fest um ihre Trageschlaufe, als fürchte er, jemand könne sie ihm wegreißen. Offenbar war er gerade in der Markthalle gewesen, um seinen Meister mit Nachschub für seine Rituale zu versorgen. Aus den kleineren Tüten ragten Kräuterbünde. Die andere, die er festhielt, schien einen oder mehrere sperrige Gegenstände zu enthalten. Worum genau es sich handelte, konnte Mary nicht erkennen, und auch das aufgedruckte Logo verriet es ihr nicht: ein Vogel mit gespreizten Flügeln, der einen Feuerstoß aus seinem Schnabel spie.

Was Jonathan eingekauft hatte, spielte für Mary jedoch ohnehin gerade keine Rolle. Sie hatte noch genug damit zu tun, den Schrecken zu verarbeiten, den er ihr eingejagt hatte – und diesen Schrecken in Wut umzuwandeln. Bei aller Liebe für die Natur und Insekten: Sie fand es reichlich übertrieben, dass Jonathan offensichtlich bereit war, ihr Leben zu opfern, um das eines Käfers zu retten.

Dementsprechend fiel ihre Reaktion aus.

»Sind Sie noch bei Trost?«, rief sie und marschierte auf Jonathan zu. »Sie hätten mich umbringen können. Und das wegen eines verfluchten Käfers.«

Jonathan blickte zu ihr auf. Sein Gesicht war unbewegt, zeigte keine Spur von Reue. Man hätte meinen können, dass Marys Tod ihm nicht das Geringste ausgemacht hätte.

»Käfer sind Getreue der Dämonen«, erklärte er. »Ihre Verbündeten, ihre Augen und Ohren in unserer Welt. Einen von ihnen zu zertreten bringt Unglück und Leid. Sie sollten mir dankbar sein.«

Mary stemmte die Arme in die Seiten.

»Wissen Sie, was auch Unglück und Leid bringt? Überfahren zu werden. Oder jemanden umzubringen. Nun soll ich Ihnen auch noch dankbar dafür sein, dass Sie mich fast auf die Straße gestoßen haben? Wegen Ihres dämlichen Dämonenfimmels? Was kommt als Nächstes? Dass ich Sie für diesen unschätzbaren Dienst bezahlen soll, so wie sich Ihr verehrter Herr und Meister für seine zweifelhaften Dienste bezahlen lässt?«

Jonathan hob behutsam den Käfer auf und setzte ihn

unter einen Tamarindenbaum. Die Tüte mit dem Vogel-Logo hielt er dicht bei sich. Erst, nachdem er das Insekt in Sicherheit gebracht hatte, widmete er wieder Mary seine Aufmerksamkeit. Noch immer in Rage wies sie auf Jonathans Kräuter auf dem Pflaster.

»Das Geschäft scheint sich ja zu lohnen. Was wird denn nachher abgefackelt? Kräuter der Provence?«

Unmut zeigte sich in Jonathans Zügen, als er sich bückte und seine Tüten aufhob.

»Lästern Sie, so viel Sie wollen. Das ist nur Ausdruck Ihres beschränkten Fassungsvermögens. Sie verstehen nichts von dieser hohen Kunst.«

Mary stieß ein spöttisches Schnauben aus.

»Der hohen Kunst, Leuten das Geld aus der Tasche zu ziehen, indem man ihnen das Hirn mit Gewürzrauch vernebelt, bis ihnen schwindelig wird und sie nicht mehr klar denken können? Da haben Sie recht. Davon verstehe ich nichts. Warum erklären Sie es mir nicht, Jonathan, hm?« Sie machte einen Schritt auf ihn zu und deutete auf die Tüte, die er so fest umklammerte, als hinge sein Leben davon ab. »Was haben Sie denn da drin? Weitere Utensilien für Meister Wangs Beschwörungen?«

Jonathan wich zurück, zog die Tüte hinter seinen Rücken und presste sie an sich, um sicherzugehen, dass Mary nicht hineinsehen konnte.

»Das geht Sie überhaupt nichts an.«

Mary blieb stehen.

»Kommen Sie schon, Jonathan. Mir brauchen Sie nichts vorzumachen. Der Dämon, der in einer Drachenstatue ruht und, wenn ihm der Sinn danach steht, die Gestalt eines grüngefiederten Monsters mit Hörnern und Stoßzähnen annimmt – das kaufe ich Ihnen sowieso nicht ab. Also, warum sagen Sie mir nicht einfach offen und ehrlich, dass das, was Sie und Ihr Meister da treiben, nichts weiter als Humbug ist?«

Jonathan ging es sichtlich gegen den Strich, dass Mary fortfuhr, sich über seinen Meister und dessen Lehren lustig zu machen. Er schien zu bereuen, sie nicht fester geschubst zu haben, um sicherzugehen, dass ein Roller oder Auto sie erfasste.

»Sie kleingeistige Ungläubige!«, rief er. »Was erdreisten Sie sich, Meister Wang zu verurteilen? Sie kennen ihn nicht. Sie wissen nicht, was für ein guter Mensch er ist, besser als ich, besser als Sie, besser als alle anderen. Bevor ich ihn traf, war ich am Ende. Ich war DJ in Boston, hab bis in die Morgenstunden gefeiert, zu viel getrunken, Drogen genommen und bin jede Nacht mit einer anderen Frau ins Bett gegangen. Mein Leben war eine einzige Aneinanderreihung von Katern und Filmrissen. Und ich war todunglücklich. Aber ich hatte nicht die Kraft, mein Leben umzudrehen.«

Selbst wenn Mary gewollt hätte, hätte sie ihn nicht bremsen können. Jonathan hatte sich in Fahrt geredet.

»Es hätte böse mit mir enden können, wenn ich nicht eines Tages in Chinatown Meister Wang über den Weg gelaufen wäre. Er hat sofort erkannt, wie schlimm es um mich stand. Er hat mich bei sich aufgenommen und sich um mich gekümmert. Nach und nach habe ich gelernt, den Drogen zu entsagen, dem Alkohol, mich zu lösen von meinem schädlichen Lebensstil. Ich wurde Meister Wangs Schüler und habe mich bemüht, alles zu lernen, was er mir beibringen konnte. Ich werde ihm ewig dankbar sein, werde ihm nie vergessen, was er für mich getan hat.«

Jetzt erst schien ihm aufzugehen, mit wem er redete und dass es ihm nicht gelingen würde, Mary von Meister Wangs Güte und Großherzigkeit zu überzeugen. Er lachte verächtlich.

»Aber Sie werden das nie verstehen. Sie halten Meister Wang für einen Scharlatan. Tun Sie das ruhig. Doch Sie werden dafür bezahlen, das kann ich Ihnen versprechen, Mrs. Arrington. Der Dämon wird Sie holen und ins ewige Feuer zerren, wo Sie hingehören.«

Nach diesem Schlusswort drehte er sich um und zog von dannen, so eilig, dass seine Tüten schlenkerten und ihm gegen die Beine stießen. Mary blickte ihm nach. Vielleicht stimmte es, was er über Meister Wang und seine Rettung erzählte. Aber das reichte nicht, um ihn in Marys Achtung zu heben. Ja, vielleicht hatte Meister Wang eine gutmütige Seite, strebte danach, anderen zu helfen. Doch vielleicht hatte er in Jonathan auch nur einen verwirrten jungen Mann gesehen, der empfänglich für seinen Einfluss war und den er mit seinen Einflüsterungen, Versprechungen und angeblichen Lehren unter seine Kontrolle bringen konnte. Nach dem, was Mary bisher miterlebt hatte, schien ihr dies weitaus wahrscheinlicher. Die Streits mit Mrs. Gao, der Versuch, die Statue in seine Gewalt zu bringen, all das nicht lange bevor Mrs. Gao umgebracht und der *Drache von Fujian* gestohlen worden war. Dazu der Kräutergeruch. Mary wusste noch nicht, wie sie es beweisen sollte. Aber sie hatte keinen Zweifel, dass Meister Wang in diese Taten verwickelt war. Und wenn er hinter all dem steckte, drängte sich die Schlussfolgerung auf, dass auch sein Lieblingsjünger daran beteiligt war.

Eingenommen von diesen Überlegungen setzte Mary ihren Weg fort. Allerdings nicht, um die weiteren Sehenswürdigkeiten von Ho-Chi-Minh-Stadt zu bestaunen.

Die Begegnung mit Jonathan Rudd hatte ihrem Landgang ein neues Ziel gegeben.

34

Da war es! Es hatte eine gute Weile gedauert. Der *Ben Thanh Markt* war riesig. Wie Mary gelesen hatte, befanden sich hier auf einer Fläche von dreizehntausend Quadratmetern tausendfünfhundert Stände. Darunter einen einzigen, ganz bestimmten zu finden, denjenigen mit dem Vogel-Logo, war kein leichtes Unterfangen. Vor allem, weil sich um Mary zighunderte weitere Besucher durch die Gänge schoben, viele Einheimische, aber auch eine große Zahl von Touristen. Sie versperrten Mary den Blick, sodass es ihr schwerfiel, im Gewühl jeden Stand näher zu betrachten. Das Angebot reichte von Kleidung und Lebensmitteln über Elektrowaren bis hin zu Souvenirs, nicht viel anders, als es in Hongkong auf dem *Cat Street Market* gewesen war. Gewürzhändler, bei denen Jonathan seine Kräuter hatte erstehen können, hatte Mary schon früh einige erspäht. Aber sie war bei keinem von ihnen stehengeblieben. Es wäre aufschlussreich gewesen, zu erfahren, welche Pflanzen Meister Wang bei seinen Ritualen verfeuerte. Weitaus erstrebenswerter aber schien es Mary, herauszufinden, was in der großen Tüte gewesen war, die Jonathan bei sich gehabt hatte – und die er so vehement vor Marys Blicken geschützt hatte. Der Tüte mit dem Feuer speienden Vogel, den sie nun, nach anstrengender Suche im dichten Gewühl, endlich vor sich sah.

Das Schild, auf dem sie ihn entdeckt hatte, hing über einem kleinen Stand in einer der hintersten Ecken des Marktes. Die Händlerin war eine alte vietnamesische

Frau mit grauen Haaren. Mit einem leichten Lächeln saß sie neben ihren Waren auf einem Stuhl, als würde sie von all den Menschen, die an ihr vorüberzogen, nicht das Geringste mitbekommen. Ihre faltigen Hände hatte sie im Schoß zusammengelegt. Sie schenkte Mary keine Beachtung, als sie die Auslagen betrachtete. Mary erschloss sich sofort, warum Jonathan Rudd von allen Ständen ausgerechnet diesen aufgesucht hatte. Zum Verkauf standen hier Schmuckstücke, die allesamt einen obskuren Charakter besaßen, Ketten mit Anhängern in Form merkwürdiger, okkult wirkender Symbole, Armbänder in Form von Schlangen, die sich umeinander wanden, Ringe mit dämonischen Fratzen. Auch kleine Statuen standen zum Verkauf, Statuen von Tieren, etwa Tigern, die gerade zum Sprung ansetzten, von Wölfen oder Fantasieungeheuern, kunstvoll aus Holz oder Stein gearbeitet. In einem Regal befanden sich Bücher, aber auch Kleidungsstücke wie etwa Hüte oder Handschuhe, ebenfalls mit vermeintlichen Zauberzeichen bestickt. Ein Regalfach war leer. Es fand sich kein Hinweis darauf, womit es einmal gefüllt gewesen war. Neben dem Regal stand ein schwerer rot lackierter Schrank, der mit goldenen Verzierungen versehen war. An einer gespannten Leine hingen an Kleiderhaken bunte Umhänge jener Art, wie Meister Wang sie trug. Aber Mary glaubte nicht, dass Jonathan hier für ihn ein neues Outfit erstanden hatte. Schließlich hätte es keinen Grund gegeben, ein solches vor Mary zu verbergen. Was aber konnte er sonst hier gekauft haben? Was hatte er unbedingt geheimhalten wollen?

»Entschuldigen Sie bitte«, wandte Mary sich an die alte Verkäuferin. »Ich hätte ein Frage. Heute war ein junger Mann bei Ihnen, ein Amerikaner, schmal, blass und mit schwarzen Haaren.«

Die alte Frau blickte zu Mary auf. Sie fuhr fort, zu lächeln, sagte jedoch kein Wort und gab auch sonst in keiner Weise zu erkennen, dass sie verstanden hatte.

»Wenn es nicht zu viel verlangt ist, wüsste ich gerne, was er bei Ihnen gekauft hat.«

Die alte Frau schüttelte den Kopf. Doch war Mary nicht klar, was sie dadurch mitteilen wollte: dass sie ihre Frage nicht beantworten würde oder dass sie die Frage nicht verstanden hatte. Schließlich konnte Mary nicht einfach davon ausgehen, dass sie Englisch sprach.

»Waren es irgendwelche Schmuckstücke?«, unternahm sie einen weiteren Versuch. Aber das Ergebnis war das Gleiche: Lächeln und Kopfschütteln.

»Was lag denn auf diesem Regalbrett?«

Kopfschütteln und Lächeln.

Mary überlegte, ob sie irgendeinen der vorüberkommenden Vietnamesen darum bitten sollte, für sie zu dolmetschen. Aber irgendetwas sagte ihr, dass die mangelnde Auskunftsbereitschaft der alten Verkäuferin nicht auf fehlende Fremdsprachenkenntnisse zurückzuführen war und auch jemand mit flüssigem Vietnamesisch keine anderen Antworten von ihr erhalten hätte als sie.

»Und in diesem Schrank dort?«, fragte Mary, trotz der Sturheit der Alten noch nicht bereit, aufzugeben. Sie trat auf den Schrank zu. »Was haben Sie da drin? Weitere Waren?«

Endlich zeigte die Verkäuferin eine andere Reaktion. Aber es war nicht unbedingt eine wünschenswerte. Ihr Lächeln verschwand. Anstatt aber wiederum den Kopf zu schütteln, nahm sie die Hände aus dem Schoß und schnippte mit den Fingern. Es war ein leises Geräusch, kaum hörbar im Geplauder der Marktbesucher. Aber es genügte. Ein grimmig dreinschauender Typ, von dem Mary sich nicht erklären konnte, wo er so schnell hergekommen war, stellte sich zwischen sie und den Schrank. Er war zwar nicht groß und eher drahtig als muskulös. Doch die Spannung, unter der sein Körper stand, vermittelte den Eindruck eines Mannes, der sich zur Wehr zu setzen oder gegebenenfalls anzugreifen wusste. Mit seiner düsteren Visage hätte er bei Bogdanovichs Truppen anheuern können. Er sah allerdings nicht aus, als sei er auf der Suche nach einem Job. Er schien schon einen zu haben, und offenbar bestand er darin, neugierige Touristinnen in die Flucht zu schlagen. Jedenfalls schien er entschlossen, alles zu tun, um Mary von dem Schrank fernzuhalten.

Die alte Frau faltete wieder die Hände. Ihr Lächeln kehrte zurück, während sie vor sich in Nichts zu blicken schien, als wäre Mary nicht da und nie da gewesen.

Mary wusste: Es war aussichtslos, auf ihrem Wunsch zu bestehen. Die Frau sprach nicht mit ihr, und auch der grimmige Typ machte nicht den Eindruck, als sei er für eine Unterhaltung zu haben. Selbst wenn, dachte Mary, würde sie ihn wohl kaum dazu bewegen, sie einen Blick in den Schrank werfen zu lassen. Und sie konnte ihn schlecht dazu zwingen. So sehr es sie auch wurmte: Ihr blieb nichts anderes übrig, als sich geschlagen zu geben und das Feld zu räumen.

»Vielen Dank für Ihren freundlichen Service«, sagte sie zu der Verkäuferin. »Ich werde Sie aber vermutlich nicht weiterempfehlen.«

Die Verkäuferin lächelte ins Nichts. Der grimmige Typ tat weiterhin, was er am Besten konnte: grimmig gucken.

Mary wandte sich von ihnen ab, um sich durch die vollen Gänge zurück zum Ausgang zu kämpfen und den Markt zu verlassen. Als sie einen letzten Blick auf die Auslagen des Standes warf, fiel ihr jedoch etwas ins

Auge. Zwischen den übrigen Figuren, den Tieren und Ungeheuern, stand eine kleine grünliche Statue. Mary beugte sich vor, um sie genauer zu betrachten. Es gab keinen Zweifel, was sie vor sich hatte: eine Miniaturversion des *Drachen von Fujian*. Mary dachte nicht im Traum daran, sie zu kaufen, der schweigsamen Händlerin und ihrem Schergen für ihre Unhöflichkeit auch noch Geld in den Rachen zu werfen. Doch fachte die Statue ihre ohnehin schon brennende Neugier weiter an.

Sie musste unbedingt herausfinden, was Jonathan Rudd hier gekauft hatte.

35

»Wie schön, Sie zu sehen, verehrte Mrs. Arrington. Was verschafft mir die hohe Ehre, zu dieser frühen Stunde nicht nur mit Ihnen sprechen, sondern noch dazu in ihr Antlitz blicken zu dürfen? Oder, um es anders auszudrücken: Wer ist tot?«

Das war nicht die Begrüßung, mit der Mary gerechnet hatte. Sie kam ihr gar nicht gelegen. Sie war ohnehin nicht begeistert davon gewesen, Mr. Bayle in ihre Ermittlungen einzubeziehen und sich dadurch den Vorwürfen auszusetzen, die er ihr auch dieses Mal garantiert nicht ersparen würde. Dass sie Kreuzfahrten unternahm, konnte er schon nicht nachvollziehen. Dass sie dazu immer wieder denselben *Todeskutter* auswählte und auf diesen Kreuzfahrten noch dazu Mörder jagte, stieß bei ihm auf noch weniger Verständnis. Aber sie hatte keinen anderen Weg gesehen, als sich an ihn zu wenden. Schließlich war ihr langjähriger Lektor und Freund nicht nur eine wandelnde Enzyklopädie und kannte sich neben seinem beruflichen Fachgebiet Literatur auch in Geschichte, Malerei und Musik bestens aus. Er verfügte zudem über weitreichende Beziehungen in so ziemlich allen Bereichen der Gesellschaft. Garantiert befanden sich in seinem Bekanntenkreis Kunst- und Antiquitätenkenner. Er war ihre beste Chance, ihre Neugier in Bezug auf die Statue zu befriedigen.

Allerdings hatte sie vorgehabt, ihn über die Hintergründe dieser Neugier im Ungewissen zu lassen, Mr. Bayle den Todesfall an Bord zu verschweigen. Sie hatte ihm lediglich ein Foto des Jadedrachen zukommen lassen und ihn mit irgendeiner Ausrede darum bitten wollen, etwas darüber in Erfahrung zu bringen. Dadurch, hatte sie gehofft, würde sie sich seine Maßregelung dafür ersparen, dass sie erneut in die Aufklärung eines Kapitalverbrechens verstrickt war. Wie es aussah, war ihre Strategie von vornherein fehlgeschlagen. Doch es gelang Mary, ihre Überraschung zu verbergen. Sie trank von ihrem Tee und lächelte mit gespielter Verwunderung in die Kamera ihres Laptops, als wisse sie gar nicht, wovon die Rede war.

»Aber mein lieber Mr. Bayle. Natürlich teile ich Ihre Freude über dieses Gespräch. Ihre Gesellschaft bereitet mir immer großes Vergnügen, sei es in Person oder, wie in diesem Fall, über einen Video-Chat. Umso mehr muss ich über Ihre eigenartige Frage staunen. Wie kommen Sie denn auf den abwegigen Gedanken, jemand sei gestorben?«

Mr. Bayle machte eine sauertöpfische Miene, beleidigt, dass sie versuchte, ihn für dumm zu verkaufen, obwohl er ihr den Grund für ihren Anruf unverblümt auf den Kopf zugesagt hatte. Auch er hatte eine Tasse Tee vor sich. Earl Grey, wie Mary wusste, mit einem Spritzer Zitrone, wie er ihn immer trank. Milch im Tee hielt er für eine Barbarei. Während Mary jedoch auf dem Sofa in ihrer Suite ihren Nachmittagstee einnahm, um sich nach ihrem Ausflug und ihren Erlebnissen in Ho-Chi-Minh-Stadt zu stärken, saß Mr. Bayle beim Frühstück. Dass sie ihn zu dieser frühen Stunde – in London war es sechs Uhr – erreichen konnte, lag daran, dass er nicht nur die Gewohnheit hatte, mitunter bis spät nachts über Manuskripten zu brüten, sondern seine durch Schlaf notgedrungen unterbrochene Tätigkeit nach dem Aufwachen so bald wie möglich in seinem Arbeitszimmer wieder aufzunehmen pflegte. Dass er noch nicht lange auf den Beinen war, sah man ihm nicht an. Sein schwarzer Scheitel über den graumelierten Schläfen saß so perfekt wie sein grünbraun-karierter Tweedanzug mit den Lederflicken an den Ellenbogen. Gegen Marys Vermutung, er schlafe darin, sprach lediglich die Tatsache, dass sich nicht eine einzige Falte im Stoff fand.

»Das ist ganz einfach, meine hochgeschätzte Mrs. Arrington: Zwar sind Sie von uns beiden diejenige, die Kriminalromane schreibt. Aber über ein gewisses detektivisches Gespür verfüge auch ich. Wer weiß, vielleicht haben Sie auf mich abgefärbt. Oder es liegt daran, dass ich mich von Berufs wegen so intensiv mit ihren Werken beschäftige und dadurch selber eine Art Stuart Smith geworden bin.«

»Ich verstehe«, sagte Mary. Sie hätte damit rechnen sollen, dass Mr. Bayle ihr das Unschuldslamm nicht abkaufen würde. Nach all den Jahren, die sie bereits zusammenarbeiteten, kannte er sie einfach zu gut, als dass sie imstande gewesen wäre, ihm etwas vorzumachen. Aber es machte ihr Spaß, dieses Spielchen mit ihm noch ein wenig weiterzutreiben. »Wären Sie denn so freundlich, mich darüber aufzuklären, welche Hinweise Sie in Ihrer neu gefundenen Rolle als Ermittler zu dem Schluss geführt haben, ein Todesfall stehe hinter meinem Bedürfnis, den Austausch mit Ihnen zu suchen?«

Anstatt sofort zu antworten, lehnte Mr. Bayle sich behaglich in dem drehbaren Ledersessel zurück, in dem er vor seinem wuchtigen Schreibtisch saß. Seine beleidigte Miene wandelte sich zu einem feinen überlegenen Lächeln. Mary hatte nicht nur in über einem Dutzend Romane ihren Helden Stuart Smith immer wieder erfolgreich Verbrechen aufklären lassen. Dadurch, dass sie auch selbst einige Schurken überführt hatte, hatte sie bewiesen, dass sie nicht nur auf dem Papier imstande war, mit Mördern, Dieben und Betrügern fertig zu werden und ihre Geheimnisse offenzulegen. Mr. Bayle schien sich überaus wohl damit zu fühlen, dass von ihnen beiden nun ausnahmsweise einmal er es war, der Mary mit scharfsinnigen Schlussfolgerungen in Erstaunen versetzen konnte.

»Aber selbstverständlich, meine geschätzte Mrs. Arrington. Es wird mir ein Vergnügen sein, Ihnen meine Gedankengänge zu erläutern. Fangen wir mit der schlichten Tatsache an, dass Sie mich kontaktieren. Natürlich könnte es schiere Höflichkeit sein, die Sie dazu verleitet und Ihnen gebietet, sich für die Nachricht zu bedanken, die ich Ihnen zusammen mit einer kleinen Aufmerksamkeit habe zukommen lassen.«

»Selbstverständlich haben Sie in diesem Punkt recht: Ich rufe Sie an, um mich ganz herzlich für den vorzüglichen Champagner zu bedanken. Jeder Schluck war wie ein exquisiter Vers in einem meisterhaften Sonett eines begnadeten Dichters.«

»Die Flasche ist schon leer?«, fragte Mr. Bayle ungläubig. Diese Information tilgte sogar das überlegene Lächeln aus seinem Gesicht.

»Bis auf den letzten Tropfen.«

»Sie haben ganz allein in derart kurzer Zeit eine ganze Flasche Champagner getrunken? Das kenne ich ja gar nicht von Ihnen. Sie sind doch sonst immer sehr zurückhaltend, was alkoholische Genüsse angeht.«

Mary biss sich auf die Zunge, um sich nicht zu verplappern – und Mr. Bayle weiteres Material für seinen Tadel und Spott zu liefern. Da er es schon als verwerflich erachtete, dass sie regelmäßig mit der *Queen Anne* unterwegs war, würde er sie wahrscheinlich als reif für die Irrenanstalt erklären, wenn sie ihm gestand, dass sie mit dem Kapitän angebandelt hatte.

»Ganz genau«, sagte sie. »Ich ganz allein. Er war einfach so unglaublich köstlich.«

Mr. Bayle schüttelte den Kopf.

»Meine Güte. Diese Kreuzfahrten sind offenbar schlimmer, als ich dachte, wenn sie selbst eine kultivierte Person wie Sie zu dermaßen exzessivem Alkoholkonsum treiben. Ich hätte besser daran getan, Ihnen eine Packung Kamillentee und Tabletten gegen die Kopfschmerzen zu schicken, die Ihre durchzechten Nächte Ihnen einbringen werden. Zumindest hoffe ich, dass es Nächte sind und Sie sich den Gepflogenheiten auf diesem Narrenschiff noch nicht derart stark angepasst haben, dass Sie schon vom frühen Morgen an rauschhaften Lastern frönen. Auch ich bin, wie Sie wissen, durchaus ein Freund eines gepflegten Whiskys. Aber was ich da höre … Seien Sie ehrlich, meine verehrte Mrs. Arrington: Ist das wirklich nur Tee in Ihrer Tasse?«

»Ist es, mein lieber Mr. Bayle. Machen Sie sich keine Sorgen. Nichts liegt mir ferner, als mich in einem Baströckchen, mit einem Cocktail samt buntem Schirmchen, einer riesigen Sonnenbrille und einem Strohhut zu den Klängen der neuesten Partyhits in eine Polonaise um den Swimming-Pool einzureihen. Aber wir sind vom Thema abgekommen. Sie wollten mir verraten, warum mich einzig ein Todesfall dazu bewegen könnte, mich mit Ihnen in Verbindung zu setzen.«

Die Vorstellung einer feuchtfröhlichen Polonaise schien Mr. Bayle einen Schauer über den Rücken zu jagen.

»Richtig. Sehen Sie, geschätzte Mrs. Arrington: Trotz Ihrer nicht von der Hand zu weisenden Höflichkeit und guten Manieren glaube ich nicht, dass das Bedürfnis, mir für den Champagner zu danken, Sie derart gedrängt hat, dass Sie mich unbedingt sprechen mussten. Auch glaube ich nicht, dass Sie mir schildern wollten, wie großartig Ihre Reise verläuft. Schließlich wissen Sie, wie wenig ich von derartigen Unternehmungen halte.«

»Ich bin mir darüber im Klaren. In der Ihnen eigenen Offenheit haben Sie daraus niemals einen Hehl gemacht.«

»Wenn wir dann noch berücksichtigen, dass Sie mich zu dieser zumindest für mich frühen Stunde kontaktieren, können wir davon ausgehen, dass es sich um eine dringliche Angelegenheit handelt. Sie wissen zwar, dass ich um diese Zeit erreichbar bin. Doch ebenso wissen Sie, dass ich bei meiner Arbeit ungern gestört werde – selbst von Ihnen – und ich zwanglose Unterhaltungen ohne geschäftlichen oder anderweitig ernsten Hintergrund auf den Nachmittag lege. Aber so lange konnten oder wollten Sie offenkundig nicht warten. Zu guter Letzt wollen wir berücksichtigen, dass die vorherigen Unterhaltungen, die Sie mit mir von dieser schwimmenden Badewanne aus geführt haben, sich stets um Verbrechen drehten – und zwar allesamt um Morde. Daher liegt der Schluss nahe, dass es sich auch in diesem Fall um einen solchen handelt. Die Sachlage ist somit klar. Streiten Sie es also nicht länger ab, meine liebe Mrs. Arrington. Geben Sie es einfach zu: Sie haben es schon wieder getan.«

»Habe was getan, mein lieber Mr. Bayle?«

Mr. Bayle seufzte.

»Sich in eine Mordermittlung verwickeln lassen.«

Nun konnte Mary nicht mehr anders, als aufzulachen.

»In Ordnung. In Anbetracht der von Ihnen mit so viel Scharfsinn gezogenen Schlüsse, der erdrückenden Beweislage und Ihrer stichhaltigen Darlegung bleibt mir nichts anderes übrig, als mich in diesem Punkt schuldig zu bekennen.« Sie wurde wieder ernst. »Jemand wurde ermordet. Mrs Gao, eine Geschäftsfrau aus Singapur. Sie wurde in ihrer Kabine mit einer Brechstange erschlagen.«

Sie verschwieg wohlweislich, dass es sich nicht um eine einfache Kabine, sondern um die Piccadilly Suite handelte. Sie brauchte Mr. Bayle nicht auf die Nase zu binden, dass der Mord in unmittelbarer Nähe ihrer eigenen Unterkunft begangen worden war. Es hätte ihn nur unnötig beunruhigt.

»Das ist … schrecklich«, sagte Mr. Bayle. »Aber ich sehe nicht recht, was das mit mir zu tun hat. Was genau erwarten Sie von mir?«

»Sie müssen etwas über den Drachen herausfinden.«

Mr. Bayle sah sie an, als hätte sie den Verstand verloren.

»Über den Drachen? Wovon reden Sie? Wie kommt da bitte schön ein Drache ins Spiel?«

Mary sah ein, dass Mr. Bayle zusätzliche Informationen brauchte, um zumindest ansatzweise zu begreifen, was auf der *Queen Anne* vor sich ging.

»Der Mörder hat sich als Monster verkleidet. Er hat eine alte Dame angegriffen und einen Drachen gestohlen, den vorher ein angeblicher chinesischer Hohepriester an sich bringen wollte, was mich zu der Vermutung führt, dass …«

Aber ihre Bemühungen, ihrem Lektor die Lage verständlich zu machen, drohten schon im Ansatz zu scheitern. Die Miene, mit der Mr. Bayle ihr zuhörte, war mit jedem Wort ratloser geworden. Um sich nicht noch weiter in seiner Verwirrung zu verlieren, blieb ihm nichts anderes übrig, als Mary zu unterbrechen.

»Verzeihen Sie, Mrs. Arrington. Wir wissen beide, dass es mir weitaus lieber wäre, die Todesfälle, mit denen Sie sich auseinandersetzen, würden allein auf dem Papier stattfinden. Aber wir wissen auch, dass jeder Versuch meinerseits, Sie von Ihrem Vorhaben abzubringen, den Täter zu fassen, aussichtslos wäre. Ich werde daher, wie auch zuvor, gerne tun, was ich kann, um Ihnen zu helfen. Aber am frühen Morgen, nicht lange nach dem Aufstehen, mit Morden, Monstern, Drachen und Hohepriestern konfrontiert zu werden, schlägt mir auf den Magen. Also warum erzählen Sie mir nicht alles ganz in Ruhe und von Anfang an?«

Das tat Mary. Sie erzählte ihm von Mrs. Gao und ihren Antiquitäten, von Meister Wang und seinen Anhängern, von Dorothy Beckett, der Monsterjagd, die die Besichtigungsgruppe um Jasper Willems veranstaltete, von Bogdanovich und seinen Truppen, ihrem Gespräch mit der Concierge in der Abstellkammer und ihrer Begegnung mit Jonathan Rudd in Ho-Chi-Minh-Stadt. Ursprünglich hatte sie zwar nicht vorgehabt, ihm all das mitzuteilen. Nun aber war sie froh darum, es – für ihn, aber auch für sich selbst – noch einmal klar und deutlich der Reihe nach zu erzählen.

»Unglaublich«, sagte Mr. Bayle, als sie geendet hatte. War er auch normalerweise stets beherrscht und in seiner britischen Steifheit nicht zu erschüttern – Marys Bericht konnte ihn nicht kaltlassen. »Offenbar habe ich mich geirrt, was diese Kreuzfahrten angeht.«

Mary wunderte sich über dieses Eingeständnis.

»Haben Sie?«

»Absolut. Es ist alles noch furchtbarer, als ich ahnte. Trinkgelage und Pool-Polonaisen sind an sich schon angsteinflößend genug. Aber wenn nun auch noch als Monster verkleidete Mörder dort umgehen … Da lobe ich mir die Wanderungen durch die schottischen Highlands, die ich selbst während meiner Ferien unternehme. Da begegnet man weder Monstern noch Drachen oder anderen wenig liebenswerten Kreaturen. Nur der gelegentlichen Schafherde in der herrlichen Idylle der Berge, der See- und Moorlandschaften.«

»Ich bin über Ihre Zuneigung zu schottischen Blackface-Schafen im Bilde«, sagte Mary. »Und wenn all das hier vorbei ist, unternehme ich gerne mit Ihnen eine Wanderung. Vorher aber würde ich Sie bitten, jenen Spürsinn, den Sie zu Beginn unseres Gespräches an den Tag legten, einzusetzen, um mir bei diesem Mordfall zu helfen.«

Obwohl ein solches Unterfangen in Mr. Bayles Tagesplanung bisher nicht vorgesehen gewesen war – und im Allgemeinen nicht zu seinen liebsten Beschäftigungen gehörte – schien er von Marys Kompliment doch ein wenig geschmeichelt.

»Ich soll herausfinden, was es mit diesem Drachen auf sich hat.«

»Ganz genau, mein lieber Mr. Bayle. Der *Drache von Fujian.* Er ist der Schlüssel zu allem.«

Sie schickte ihm ein Foto per Mail.

»In Ordnung«, sagte der Lektor, nachdem er es eine Weile studiert hatte. »Drachen und andere Ungeheuer fallen zwar nicht gerade in mein Fachgebiet. Aber ich werde sehen, was ich in Erfahrung bringen kann.«

36

»Das wäre immerhin ein Fortschritt«, sagte Sandra, »wenn Ihr Mr. Bayle etwas über den Drachen herauskriegen könnte. Es wird Zeit, dass etwas passiert. Ich habe von Kollegen gehört, dass das Monster in den letzten paar Stunden mehrmals gesichtet worden ist, jedes Mal an einem anderen Ort auf dem Schiff. Immer nur kurz, und niemand ist zu Schaden gekommen. Aber dass es nun öfter in Erscheinung tritt, am helllichten Tag plötzlich irgendwo auftaucht, Leuten einen Schrecken einjagt und spurlos wieder verschwindet – wenn Sie mich fragen, Mrs. Arrington, ist das kein gutes Zeichen.«

»Da gebe ich Ihnen vollkommen recht, Sandra. Wir müssen herausfinden, was hinter alldem steckt. Die Informationen, die Mr. Bayle uns hoffentlich liefert, werden uns sicher weiterhelfen. Aber wir können bis dahin nicht einfach nur abwarten. Wir müssen etwas unternehmen.«

Mary aß die letzte mit Hummer gefüllte Teigtasche in Zitronengras-Limetten-Marinade. So sehr sie Tee und seine stärkende Wirkung auch schätzte: Von ihm allein wurde sie nicht satt. Daher hatte sie sich nach ihrem Gespräch mit Mr. Bayle zu einem späten Mittagessen ins *Red Lotus*-Restaurant begeben. Dort, hoffte sie, würde sie nicht nur ihren Hunger stillen und Mei Lis vielgerühmte Kochkünste kennenlernen, sondern bestenfalls auch noch ein paar Worte mit Sandra wechseln. All diese Hoffnungen hatten sich erfüllt. Mei Lis Kreationen waren ein Hochgenuss, und da um diese Zeit nicht übermäßig viel zu tun war, hatte Sandra es geschafft, während ihrer Küchenschicht eine kurze Pause einzulegen und Mary an ihrem Tisch im Gästebereich einen kurzen Besuch abzustatten.

Jener Abschnitt des Food Courts, der das *Red Lotus* beherbergte, war natürlich im chinesischen Stil gestaltet. Von der Decke hingen rote Papierlampions. Die Wände waren mit Gemälden von Tempeln behängt, deren Eingänge von steinernen Löwen bewacht wurden. Die Tische und Stühle waren aus Bambus gefertigt. Nur zwei weitere Tische waren besetzt. Die meisten Passagiere, die am Nachmittag der Hunger plagte, griffen auf Kaffee und Kuchen zurück oder ließen sich Tee und kleine Sandwiches mit Gurke oder Eiersalat servieren. Mary war froh, nicht allzu viele Leute um sich zu haben. Es half ihr, klarer zu denken, zudem gab es somit keine unerwünschten Zuhörer.

»Aber was sollen wir unternehmen?«, fragte Sandra. Ihr Gesicht glänzte noch von der Anstrengung in der heißen Küche. Unter ihrer Kochhaube hingen wirr einige Strähnen ihres Haares hervor. »Ms. Lindqvist könnte uns wahrscheinlich nichts weiter verraten, selbst wenn es uns gelänge, noch einmal mit ihr zu reden. Germer hält die Piccadilly Suite unter Verschluss und …« Sie blickte sich um, und obwohl sie schon leise gesprochen hatte, senkte sie ihre Stimme noch ein wenig mehr. »Gott weiß, was er mit der Leiche von Mrs. Gao gemacht hat. Ich gebe Ihnen recht, dass Meister Wang und seine Spinner höchstverdächtig sind. Aber wie sollen wir an die rankommen?«

»Das habe ich mich auch schon gefragt«, erwiderte Mary und trank einen Schluck von dem vorzüglichen Pinot Noir, den sie zu ihrem Essen bestellt hatte. »Sie veranstalten zwar ihre Rituale für alle, die bereit sind, dafür zu bezahlen. Und selbstverständlich empfängt Meister Wang bei seinen Audienzen alle, die seinen Rat erkaufen wollen. Aber Jonathan Rudd wacht mit Argusaugen darüber, wer mit seinem Meister Umgang pflegt. Die beiden und ihre neuen Anhänger würden niemals vor jemandem, der nicht fest dazugehört, über ihre geheimen Machenschaften plaudern. Ich bin sicher, dass Sie, Sandra, es schaffen könnten, ihr Vertrauen zu gewinnen. Aber bedauerlicherweise nimmt ihr Küchenjob Sie zu stark in Anspruch, als dass Sie Zeit hätten, nebenbei auch noch eine sektenartige Gemeinschaft zu infiltrieren. Und meine Bekanntschaft mit Meister Wang und meine wenig angenehmen Begegnungen mit Jonathan lassen nicht vermuten, dass Sie mich mit offenen Armen in ihrer Gruppe willkommen heißen würden.«

»Mich da einzuschleusen wäre natürlich enorm hilfreich.« Sandra runzelte die Stirn. »Allerdings muss ich gestehen, dass ich ganz gut darauf verzichten kann, mich die ganze Zeit von diesem Kräuterqualm einräuchern zu lassen. Aber was können wir sonst tun? Weil Ms. Lindqvist sich blöderweise geweigert hat, mir meinen Reinigungsjob wiederzugeben, habe ich keine Möglichkeit, in die Kabinen dieser Sektenfreaks zu kommen. Schon gar nicht, ohne Verdacht zu erregen.« Sie seufzte und zuckte die Schulter. »Ich bin ratlos, Mrs. Arrington. Was sollen wir tun?«

Mary lehnte sich in ihrem Stuhl zurück.

»Natürlich wäre es hervorragend, zu erfahren, wie es in Meister Wangs Kabine aussieht. Aber heimlich in sie einzudringen, wäre ein aussichtsloses Unterfangen. Zum einen gibt Jonathan acht. Aber auch Bogdanovich und seine Leute sind allgegenwärtig.«

»Nicht nur allgegenwärtig. Sie werden auch immer unverschämter.«

»Was meinen Sie, Sandra? Ist noch etwas vorgefallen?«

»Mit Bogdanovich fällt offenbar ununterbrochen irgendetwas vor. Er und seine Gorillas beschränken sich inzwischen nicht mehr nur darauf, grimmig in der Gegend rumzustehen, Passagiere herumzukommandieren oder willkürliche Taschenkontrollen durchzuführen. Sie sind dazu übergegangen, Strafgebühren zu erheben.«

»Strafgebühren wofür?«

»Für alles Mögliche. Müll, der nicht weggeworfen wurde, ein Liegestuhl, den jemand mit einem Handtuch reserviert hat, solche Sachen.«

»Und die Leute nehmen das einfach so hin?«

»Na ja, ganz doof sind die Sicherheitsfritzen nicht, auch wenn sie so aussehen. Die gängeln nur die Passagiere der unteren Kategorien, die sich von ihnen einschüchtern lassen. Die gar nicht darauf kommen, sich zu beschweren. Selbst wenn, würde der Schiffseigner da wohl nicht viel drauf geben. Die meiste Kohle bringen schließlich die Schickimickis rein. Denen gegenüber verhält sich Bogdanovich richtiggehend kriecherisch, salutiert, wenn er ihnen begegnet und schleimt sich bei ihnen ein.«

Mary ließ nachdenklich den Wein in ihrem Glas kreisen.

»Zu den Schickimickis gehöre ich zwar auch. Aber hoch im Kurs stehe ich bei unserem verehrten Hauptmann nicht, und auch Sie hat er nach unserem Gespräch mit Ms. Lindqvist auf dem Kieker. Nein, wenn die Sicherheitsleute uns in Meister Wangs Kabine erwischen, stecken wir in riesigen Schwierigkeiten. Germer hätte uns in der Hand. Diesen Gefallen dürfen wir ihm nicht tun. Aber ich hätte eine andere Idee, wie Sie wesentlich zu unseren Nachforschungen beitragen könnten.«

Sandras Gesicht leuchtete auf. Dieses Leuchten kannte Mary schon von ihren anderen Reisen. Es tauchte immer dann auf, wenn Tatendrang und Aufregung ihre junge Freundin packten.

»Ich brauche dringend etwas zu tun. Wenn ich bloß ununterbrochen Gemüse schnippele und Teller spüle, während sie ohne mich ermitteln, drehe ich irgendwann durch. Also raus damit, Mrs. Arrington: Welche Aufgabe haben Sie für mich?«

»Nun ja. Es gibt da ja noch eine andere Gruppe auf dem Schiff, der Sie sich anschließen könnten.«

»Lassen Sie mich raten: Sie meinen diese Tourgruppe, die von Jasper Willems geleitet wird?«

»Ganz genau. Sie scheinen ihre Suche nach dem Monster bestens organisiert zu haben und alle Informationen, die sie erhalten, untereinander sofort auszutauschen. Als Mitglied ihrer Gruppe hätten Sie Zugang zu diesen Informationen, und wir wären immer auf dem Laufenden darüber, wo das Monster sich blicken lässt. Mir scheint das derzeit unsere beste Option zu sein.«

Das Leuchten in Sandras Gesicht ließ ein wenig nach. Offensichtlich hatte sie sich eine abenteuerlichere Unternehmung versprochen. Dennoch machte sie keine Einwände.

»In Ordnung. Das sollte ich problemlos hinkriegen. Wer weiß – vielleicht kriege ich ja noch was anderes raus. So richtig koscher ist mir dieser Willems ehrlich gesagt nicht. Ich meine, unser Monster taucht immer blitzschnell und unerwartet auf und verschwindet wieder. Dahinter muss jemand stecken, der sich bestens auf dem Schiff auskennt. Das trifft auf Jasper Willems eindeutig zu.«

»Guter Punkt, Sandra«, sagte Mary. »Auch wenn Meister Wang und seine Jünger unsere Hauptverdächtigen sind, dürfen wir andere Möglichkeiten nicht ausschließen. Ich gebe Ihnen recht, was diesen Willems angeht. Ich habe ihn mitten in der Nacht aus seiner Kabine schleichen sehen. Vielleicht hat er ein Geheimnis — und vielleicht gelingt es Ihnen, dahinterzukommen. Vielleicht ...«

Sie brach ab, als Mei Li aus der Küche kam und an ihren Tisch trat. So nett sie auch war: Es schien Mary nicht ratsam, ihre Ermittlungspläne vor ihr zu besprechen.

»Wie hat es Ihnen geschmeckt, Mrs. Arrington?«, fragte Mei Li. »War alles zu Ihrer Zufriedenheit?«

Mary war sicher, dass Mei Li ganz genau wusste, wie gelungen dieses Mahl gewesen war. Aber sie wirkte nicht, als sei sie nur gekommen, um sich mit Komplimenten überschütten zu lassen. Ihr Lächeln ließ erkennen, dass Sie sich ehrlich freute, Mary zu sehen, und zwar nicht nur als jemanden, der bei ihr gegessen hatte.

»Es war absolut fantastisch, Mei Li. Vielen Dank. Auch dafür, dass Sie Sandra erlaubt haben, Ihre Pause mit mir zu verbringen.«

»Gern geschehen. Was immer ich tun kann, damit Sie sich bei uns wohlfühlen. Haben Sie noch einen Wunsch? Möchten Sie vielleicht einen Nachtisch?«

Mary lachte und hielt sich den Bauch.

»Oh nein, vielen Dank. Ich bin sicher, er wäre so köstlich wie all ihre anderen Kreationen. Aber ich fürchte, ich könnte nicht einen einzigen weiteren Bissen essen.« Sie legte den Kopf schief. Die Gegenwart der chinesischen Köchin brachte sie auf eine Idee. »Aber sagen Sie, Mei Li — dürfte ich Sie etwas fragen, das nicht mit kulinarischen Belangen zu tun hat?«

Mei Li wirkte ein wenig irritiert, wenn ihr Lächeln auch nicht nachließ. Sie warf einen Blick in Richtung Küche, um sicherzugehen, dass dort alles auch ohne sie ohne Probleme lief. Da keine Flammen aus der Schwingtür brachen, wandte sie sich wieder Mary zu.

»Aber natürlich, Mrs. Arrington. Worum geht es?«

Sandra blickte Mary ebenso neugierig an wie Mei Li. Auch sie war gespannt darauf, was die Schriftstellerin von ihrer derzeitigen Chefin wohl wollte.

»Ich weiß, dass ist nicht Ihr Fachgebiet. Aber da Sie Chinesin sind – kennen Sie sich zufällig in der Mythologie Ihres Heimatlandes aus?«

Ihrem Gesicht nach konnte Mei Li diese Frage zwar nicht recht einordnen. Doch als gute Gastgeberin durch und durch wollte sie Mary auch in dieser Hinsicht zufriedenstellen.

»Nur ein wenig, Mrs. Arrington. Mein Vater interessierte sich für dieses Thema. Er war Lehrer in Zhengzhou, wo ich aufgewachsen bin. Sagen und Legenden waren ein Hobby von ihm. Worum genau geht es denn?«

Mary war froh, jemanden gefunden zu haben, der ihr in dieser Hinsicht helfen konnte. Es schien ihr unerlässlich, um in ihren Nachforschungen voranzukommen. Und der selbsternannte Experte Meister Wang war verständlicherweise der Letzte, den sie um Hilfe bitten wollte.

»Sie haben doch gewiss von diesem angeblichen Monster gehört, das an Bord sein Unwesen treibt.«

Mei Li nickte.

»Das habe ich. Allerdings weiß ich nichts Genaueres. Ich stehe ja fast den ganzen Tag in der Küche und bekomme nicht so viel von dem mit, was auf dem Schiff passiert. Wenn ich das richtig verstanden habe, handelt es sich um irgendein Spiel für die Passagiere?«

Mary wusste, dass sie darauf achtgeben musste, was sie sagte. Sie war nach wie vor nicht damit einverstanden, dass Germer den Mord an Mrs. Gao vertuschte. Aber ihn jetzt öffentlich zu machen, schien ihr auch keine gute Idee.

»Zumindest für manche ein Spiel«, sagte sie deshalb ausweichend. »Worauf ich hinauswollte: Manche behaupten, es handele sich bei diesem Monster um den Dämon Xiaogui. Kommt Ihnen dieser Name bekannt vor?«

»Oh ja«, sagte Mei Li. »Der Name ist mir sogar sehr bekannt.«

»Tatsächlich?«, platzte es aus Sandra heraus. Mary konnte es ihr nicht verübeln. Auch sie hatte Mühe, ihre Aufregung zu verbergen. Aber es gelang ihr, eine ruhige, wenn auch aufmerksame Miene beizubehalten.

»Mein Vater«, fuhr Mei Li fort, »hat mir die Geschichten über ihn erzählt, als ich ein kleines Mädchen war. Sehen Sie, den Lehren zufolge ist es so: Jeder Mensch trägt in sich zwei Seelen. Die Yin-Seele Po und die Yang-Seele Hun. Nach dem Tod trennen sie sich. Po bleibt im Grab zurück. Hun steigt zum Himmel auf und wird dort zu einem Ahnen. Aber unter bestimmten Umständen gelingt es den Seelen nicht, sich voneinander zu trennen.«

»Welche Umstände sind das?«, fragte Mary.

»Zum Beispiel, wenn die Nachkommen sich nicht angemessen um die Opfergaben für den Toten kümmern. Oder wenn jemand eines gewaltsamen Todes stirbt. Das verärgert die Dämonen, und sie lassen ihre Wut an den Lebenden aus. Xiaogui ist einer der schlimmsten. Er schreckt vor nichts zurück, um Menschen Angst einzujagen, sie zu quälen oder ihnen anderweitig Schaden zuzufügen. Als Kind hatte ich ungeheure Angst vor ihm. Ich hatte Angst, dass er nachts in mein Zimmer kommen und mich entführen oder mir etwas anderes antun könnte. Das Einzige, was mich beruhigte, waren die Schutzmaßnahmen, mit denen mein Vater sich zum Glück ebenso auskannte.«

Sandra verzog das Gesicht. »Schutzmaßnahmen, wie Sie Meister Wang durchführt? Singsang, bei dem der Dämon sofort die Flucht ergreift, oder Kräuter, von deren Gestank ihm übel wird.«

»Nein«, Mei Li lachte. »Solchen Hokuspokus hat mein Vater nie veranstaltet. Aber es beruhigte mich, von ihm die Schwächen chinesischer Dämonen zu erfahren. Sie können beispielsweise nicht die Knie krümmen, aus dem einfachen Grund, dass sie keine haben. Deshalb können sie keine Treppen oder erhöhte Schwellen überwinden. Solche Schwellen gibt es daher vor chinesischen Tempeln, sogenannte Geisterschwellen, die alle bösen Wesen draußen halten sollen. Außerdem können Dämonen nicht um Ecken gehen. Brücken, die zu Tempeln oder anderen heiligen Stätten führen, sind in China oft im Zick-Zack gebaut. So kann kein Dämon sie überqueren. Manchmal, wenn ich als Kind nicht einschlafen konnte, weil ich dachte, das Xiaogui es auf mich abgesehen hatte, baute mein Vater vor meinem Zimmer eine Geisterschwelle. Das nahm mir meine Angst.«

»Ich verstehe«, sagte Mary. »Das ist überaus aufschlussreich, Mei Li. Wenn Sie mir noch eine weitere Frage gestatten: Haben Sie auch schon einmal vom *Drachen von Fujian* gehört?«

Mei Li überlegte.

»Ich bin nicht sicher. Wenn ich mich nicht irre, handelt es sich um irgendeinen Kunstschatz, der in einem uralten Grab gefunden wurde. Aber Näheres weiß ich darüber leider nicht. Wenn mein Vater auch ein Faible für Geister und Dämonen hatte – mit so etwas kannte auch er sich nicht aus.«

»Das macht nichts. Sie haben uns auch so schon sehr geholfen.«

Mei Li blickte ein weiteres Mal über die Schulter. Offenbar fühlte sie sich unwohl damit, allzu lange aus ihrer Küche fort zu sein und nicht mitzubekommen, was dort vor sich ging.

»Entschuldigen Sie, Mrs. Arrington. Aber ich denke, ich muss dann auch so langsam wieder zurück.«

»Aber natürlich, Mei Li. Ich wollte Sie nicht aufhalten. Vielen Dank noch einmal für das großartige Essen und die Auskünfte.«

»Gern geschehen.« Die Köchin machte Sandra ein Zeichen. »Komm bitte auch gleich wieder nach hinten, Sandra. Wir haben unsere Pause sowieso schon ein wenig zu lange hingezogen.«

»Ich komme sofort, Mei Li. Ich verabschiede mich nur noch schnell von Mrs. Arrington.«

»In Ordnung.«

Sandra wartete, bis Mei Li außer Hörweite war.

»Und?«, fragte sie dann. »Was fangen wir mit diesen Dämonen-Infos an?«

»Ich fürchte, fürs Erste nicht allzu viel, Sandra. Was Mei Li uns erzählt hat, war zwar alles sehr interessant. Und natürlich wäre es fantastisch, wenn wir dieses Monster mit einer Geisterschwelle oder einer Zick-zack-Brücke aufhalten könnten. Aber der Dämon, mit dem wir es zu tun haben, scheint weitaus beweglicher zu sein und mit Treppen und Ecken keine Probleme zu haben.«

»Wir werden schon einen Weg finden, ihn zur Strecke zu bringen. Ich werde jedenfalls gleich nach meiner Schicht zusehen, dass ich mich der Tourgruppe anschließe. Was werden Sie jetzt tun?«

Mary schob ihren Stuhl zurück und stand auf.

»Ich werde meine eigene kleine Besichtigungstour

unternehmen. Es gibt einen Ort auf diesem Schiff, den ich mir gern einmal genauer ansehen würde.«

37

Der *Prince Charles' Club* befand sich am Heck des Schiffes, erstreckte sich über zwei Etagen, die durch eine Treppe miteinander verbunden waren, und nahm somit die hinteren Teile der Decks 2 und 3 ein. Später, nach Einbruch der Nacht, würden sich die in modernem Design gestalteten Tische und Stühle in den Sitzbereichen mit Passagieren füllen, die hier bei Cocktails und Champagner bis in die frühen Morgenstunden plaudern, lachen und feiern würden. Zur Party-Musik würden sie unter der glitzernden, rotierenden Disco-Kugel, die über der Tanzfläche von der Decke hing, umeinanderwirbeln. DJs oder die bordeigenen Bands würden ihnen mit schmetternden Rhythmen einheizen. Über die Bildschirme, die in eine der Wände eingelassen waren, würden Musik-Videos flimmern. Die Barkeeper in den drei Bars würden mit ihren Flaschen und Shakern hantieren und dafür sorgen, dass keiner der Gäste lange auf dem Trockenen saß. Wenn in anderen Teilen des Schiffes die Leute bereits in ihren Kabinen lagen, wenn draußen der Mond über dem schwarzen Wellengewühl des Ozeans schimmern würde, würde hier die Nacht zum Tag werden.

Noch aber war es nicht so weit. Jetzt, am Nachmittag, schwiegen die Lautsprecher. Die Scheinwerfer waren dunkel. Stattdessen beleuchteten Deckenlampen den Club. Die Disco-Kugel hielt still. Die Stühle und Barhocker waren allesamt unbesetzt, die Tanzfläche verlassen.

Außer Mary war niemand hier.

Sie war keine regelmäßige Besucherin solcher Etablissements, weder auf dem Land noch auf dem Meer. Zumindest war sie das nicht mehr. Früher, in ihrer Jugend, hatte auch sie die eine oder andere Nacht durchgetanzt. Aber das war lange her, und Mary konnte sich nicht einmal erinnern, wann sie das letzte Mal in einem Nightclub gewesen war. Sie hatte nicht mehr das Bedürfnis, sich bis zum Umfallen auf der Tanzfläche zu verausgaben. Es war etwas anderes als Musik und Cocktails, was sie hergeführt hatte.

Der *Prince Charles' Club* war der Ort, an dem Andy Beckett bemerkt hatte, dass seine Mutter verschwunden war. Mary wusste, das hatte nicht unbedingt etwas zu bedeuten. Schließlich war Dorothy dem Monster nicht hier, sondern im Unterdeck, in der Nähe des Maschinenraums begegnet. Aber es stellte sich nach wie vor die Frage, wie sie allein dorthin gelangt war. Schließlich bestand die Möglichkeit, dass das Monster den gleichen Weg genommen hatte, um nach unten zu kommen. Und wenn es diesen Weg einmal genutzt hatte, war es denkbar, dass es ihn weiterhin nutzte. Wenn Mary herausfinden konnte, wie das Monster sich über das Schiff bewegte, wie es ihm gelang, in einem Bereich und nicht lange danach in einem anderen aufzutauchen und schnell von dort wieder zu verschwinden, wäre sie in ihren Nachforschungen einen gewaltigen Schritt weiter.

Sie schaute sich um, schritt über die Tanzfläche, untersuchte die Sitzbereiche und blickte hinter die Theken der Bars. Etwas Auffälliges entdeckte sie jedoch nicht, keine Luken, Klappen oder anderen verborgenen Zugänge. Da aber fiel ihr etwas ein. Antonio hatte ihr erzählt, dass es im Unterdeck Werkstätten gab, die zur Instandhaltung etwa des Mobiliars genutzt wurden. Der Transport besagten Mobiliars erfolgte über Lastenaufzüge. Sicher musste auch von hier aus immer wieder einiges an Material nach unten transportiert werden und Material von unten hier herauf, beispielsweise Getränke zur Bestückung der Bars. Es musste einen Aufzug geben. Wenn dem so war, beantwortete das zwar nicht die Frage, warum Dorothy ihn betreten haben sollte. Aber es erklärte immerhin, wie sie nach unten gelangt war, ohne auf den Gängen von Mitgliedern der Besatzung entdeckt zu werden.

Mary ging die Wände ab, schaute in jede Ecke, schlug den Vorhang der kleinen Bühne an der Tanzfläche zurück, auf dem die Bands ihre Instrumente aufbauten – und hier wurde sie fündig. Hinter einigen Kisten und Kästen mit technischem Gerät stieß sie auf eine schmale metallene Tür mit der Aufschrift ›Lastenaufzug – Nur für Personal‹. Mary drückte den Knopf, um den Aufzug zu rufen, mit ihm die Fahrt nach unten anzutreten und zu sehen, wo Dorothy angekommen war. Aber nichts tat sich. Der Knopf, der hätte aufleuchten sollen, blieb dunkel. Jetzt sah Mary das Schlüsselloch, das unter ihm eingelassen war. Ohne den entsprechenden Schlüssel ließ sich der Aufzug nicht verwenden. Wie also konnte Dorothy in diesen Aufzug gekommen sein? Mary fiel keine Antwort auf diese Frage ein.

Und sie kam nicht dazu, näher über sie nachzudenken.

Denn plötzlich erloschen sämtliche Deckenlampen auf einen Schlag. Vollkommene Dunkelheit umschloss Mary. Sie wandte sich um, streckte tastend die Hände aus und stieß sich das Knie an einer der Kisten. Mit kleinen, vorsichtigen Schritten fand sie den Weg zurück auf die Bühne und von dort auf die Tanzfläche. In einiger Entfernung sah sie das Schimmern des Spalts in der Ausgangstür. Alles andere, die Tische und Stühle, die

Bars und die Disco-Kugel, waren nur als schwache Schemen gerade noch erkennbar.

»Hallo?«, rief Mary. »Ist da jemand?«

Niemand antwortete. Aber irgendetwas sagte Mary, dass es sich hierbei nicht um einen Stromausfall handelte. Sie bekam eine Gänsehaut, wenn sie daran dachte, wer oder was möglicherweise in dieser Dunkelheit auf sie lauerte, sich vielleicht gerade an sie heranschlich. Sie bemühte sich, ihrer Stimme einen entschlossenen Tonfall zu geben, der nichts von dem Unbehagen, ja der Angst verriet, die sie eingenommen hatte.

»Wer auch immer Sie sind, seien Sie doch so freundlich und schalten Sie das Licht wieder an.«

Zwar erhielt sie auch dieses Mal keine Antwort. Doch wurde ihre Bitte erfüllt – wenn auch nicht so, wie sie es sich vorgestellt hatte.

38

Mit einem Mal flammten die Scheinwerfer auf und schleuderten grünes, blaues, gelbes und rotes Licht durch den Raum. Die Diskokugel über Mary begann zu leuchten, sich zu drehen und ihr Glitzern über die Tanzfläche und die Wände zu streuen. Aus den Lautsprechern drang hämmernd und dröhnend düstere Heavy-Metal-Musik. Mary riss sich die Hände über die Ohren.

»Was soll das?«, rief sie. »Machen Sie das gefälligst aus!«

Aber ihre Stimme kam nicht an gegen die laute Musik. Und selbst, wenn es anders gewesen wäre: Mary konnte noch immer niemanden entdecken, konnte nicht ergründen, wer beschlossen hatte, hier am helllichten Tag – der zumindest draußen noch herrschte – eine Party zu veranstalten, an der Mary auf keinen Fall teilnehmen wollte. Der Raum wirkte unheimlich, geradezu gespenstisch, das bunte Licht und das glitzernde Wirbeln über den leeren Tischen und Stühlen, den Barthekten, hinter denen niemand stand, und der Tanzfläche, auf der sich niemand befand außer Mary selbst. Die ohrenbetäubende Musik und das farbenfrohe Flackern machten Mary benommen. Sie wollte gerade die Tanzfläche verlassen, um zum Ausgang zu hasten.

Da aber kam jemand auf sie zu. Eine Gestalt in langem, dunklem Umhang. Ohne dass Mary bestimmen konnte, woher sie so plötzlich aufgetaucht war, stürzte die Gestalt mit weiten Schritten durch das hektische Licht. Aber nicht, um dem Tumult ein Ende zu setzen, der Marys Augen und Ohren plagte. Auch nicht, um sie zu einem Tanz aufzufordern. Je näher sie kam, desto besser konnte Mary ihr Gesicht erkennen, über die das Farbenspiel der Scheinwerfer und das Glitzern der Disco-Kugel lief. Aber es war kein Gesicht, zumindest kein menschliches. Es war eine wütende, verzerrte Fratze. Eine dämonische Fratze. In den rot funkelnden Augen brannte Tobsucht. In dem weit aufgerissenen Maul blitzten spitze Reißzähne. Lange Hörner ragten von dem Schädel auf, der mit wildem, zotteligem Haar und Federn bedeckt war.

Es war das Monster.

Bevor Mary es verhindern konnte, hatte sie einen Schrei ausgestoßen. Sie war für gewöhnlich nicht leicht aus der Fassung zu bringen. Aber sich, verwirrt von Lärm und Licht, unvermittelt Auge in Auge dem Monster gegenüberzusehen, war selbst für ihre starken Nerven zu fiel.

Sie hatte das Monster gesucht. Nun hatte wiederum das Monster sie gefunden.

Es war nur noch wenige Schritte von ihr entfernt. Ein heiseres Brüllen drang aus seinem Maul, während es seine Klauen nach ihr ausstreckte.

»Sie haben sich mit Mächten angelegt, von denen sie nichts verstehen«, rief es mit grollender Stimme. »Jetzt werden Sie dafür bezahlen.«

Mary stolperte ein paar Schritte rückwärts, verlor das Gleichgewicht, fiel auf der Tanzfläche zu Boden. Das Monster stand über ihr, blickte drohend auf sie hinab.

»Ihr Ende ist gekommen!«

Die abscheuliche Grimasse, die mordlustigen Augen, die erhobenen Klauen, bereit, sie zu packen, sie in Stücke zu reißen – für einen Augenblick raste der Gedanke durch Marys Kopf, dass das Monster echt war, dass hier nicht einfach nur jemand mit einer Maske vor ihr stand, sondern ein wahrhaftiger Dämon dem Höllenfeuer entstiegen war, um sie zu holen.

Mary stieß den Gedanken von sich. Das war ein Mensch in einem Kostüm, weiter nichts. Ein gefährlicher Mensch, ja, der nicht davor zurückscheute, anderen Leid zuzufügen, nicht einmal davor, ihnen das Leben zu nehmen. Aber bei aller Skrupellosigkeit und Brutalität, die er mit einem Monster gemein haben mochte, fehlte ihm doch eine der Eigenschaften, über die ein Dämon verfügte: Er hatte keine übernatürlichen Kräfte. Er war genauso angreifbar, genauso verletzlich wie jeder andere auch.

Und Mary hatte vor, diese Schwäche zu nutzen.

Mit aller Kraft riss sie ein Bein hoch. Der Treffer saß. Das Monster stieß einen Schmerzenslaut aus und krümmte sich zusammen, wodurch es eindeutig bewies, dass es sich um einen Menschen handelte. Oder dass der furchtbare Xiaogui nicht nur vor Meister Wangs Kräutermischungen Reißaus nahm, sondern ihm auch mit einem beherzten Tritt in seine dämonischen Weichteile beizukommen war.

Das Monster, noch immer vorgebeugt, ächzte und stöhnte. Mary rappelte sich auf. Für einen kurzen Augenblick war sie unschlüssig, ob sie ein weiteres Mal zutreten sollte, um das Monster endgültig außer Gefecht zu setzen, oder ob es nicht besser wäre, die Flucht zu ergreifen und aus dem Nachtclub zu rennen, bevor es sich erholt hatte. Mit ihrem ersten Tritt hatte sie es überrumpelt. Aber wenn Mary den Überraschungseffekt nicht mehr auf ihrer Seite hatte, war es keine gute Idee, sich auf einen Kampf mit diesem Gegner einzulassen, der vielleicht kein Monster, ihr aber dennoch körperlich überlegen war.

Aber ihr Gegner nahm ihr die Entscheidung ab. Offenbar war er nicht gewillt, weitere Schädigungen seiner Kronjuwelen zu riskieren. Mit einem Brüllen hastete er an Mary vorbei, stürzte sich in das Wirrwarr aus buntem Licht und dröhnender Musik und verschwand so schnell, wie er aufgetaucht war. Mary blieb auf der Tanzfläche stehen, einerseits erleichtert, diese Auseinandersetzung überlebt zu haben, andererseits enttäuscht, dass das Monster entkommen war. Ein paar Sekunden noch kreiste das Scheinwerferlicht um sie.

Dann war der Spuk vorbei.

39

So plötzlich, wie sie eingesetzt hatte, verstummte die Musik. Die Disco-Kugel hörte auf, sich zu drehen. Die Scheinwerfer gingen aus, die Deckenleuchten wieder an. Mary blickte sich um. Von dem Monster war keine Spur zu entdecken, nicht einmal eine Feder. Jetzt, wo es wieder ruhig um sie war, das bunte Licht und das Glitzern sie nicht mehr verwirrten, kam Mary nicht umhin, sich zu fragen, ob ihre Begegnung mit dem vermeintlichen Dämon tatsächlich stattgefunden oder sie sich das alles bloß eingebildet hatte. Aber die Gänsehaut, die sie noch immer hatte, und ein leichtes Zittern ihrer Hände machten ihr klar, dass es wirklich passiert war.

»Sind Sie nicht ein bisschen zu alt für so was?«

Mary wandte sich um.

Vor ihr stand Hauptmann Bogdanovich. Seine Miene war grimmig wie immer. Doch schaffte er es, sie mit einem spöttischen Tonfall zu kombinieren. Mary hatte ihn nicht hereinkommen hören. Er war beinahe so plötzlich erschienen wie das Monster. Mit seinem geübten Blick für Schwächen erkannte er sofort, dass irgendetwas Mary mitgenommen hatte. Sie gab sich Mühe, ihre Verstörung, die noch immer anhielt, vor ihm zu verbergen.

»Zu alt wofür?«

»In einem Nachtclub zu Musik, die nicht unbedingt seniorengerecht ist, das Tanzbein zu schwingen? Es gibt doch an Bord auch einen Tanztee für Rentner. Da sind Sie bestimmt besser aufgehoben. Schließlich wollen wir doch nicht, dass sie bei einer allzu hastigen Bewegung fallen und sich die Hüfte brechen, nicht wahr?«

Mary beschloss, ihm zu verschweigen, was für einen irrsinnigen Tanz sie hier gerade tatsächlich aufgeführt hatte. Und so sehr er ihr auch zuwider war – gerade hatte sie nichts gegen seine Gegenwart. Nicht, weil er sie vor dem Monster beschützen würde. Was seine Aufgabe anging, auf der *Queen Anne* für Sicherheit zu sorgen, hatten Bogdanovich und seine Leute sich schließlich bisher nicht gerade mit Ruhm bekleckert. Aber ein Wortgefecht mit diesem Wichtigtuer half Mary, den verstörenden Zwischenfall zu verarbeiten, der ihr noch immer in den Knochen saß.

»Vielen Dank, geschätzter Herr Hauptmann. Ich weiß Ihre Sorge um mein gesundheitliches Wohlergehen zu schätzen. Was nun die Tanzkünste angeht, sind Sie mir sicherlich überlegen. Ich gehe davon aus, dass Sie hierhergekommen sind, um mit ihren Leuten einen Tanz einzustudieren, den Sie auf dem Ball am letzten Abend unserer Kreuzfahrt aufführen werden. Von Ihren Leistungen her machen Sie jedenfalls ganz eindeutig eher den Eindruck eines Unterhaltungs- als eines Sicherheitstrupps. Oder ist es Ihnen in der Zwischenzeit gelungen, das Monster zu fassen, die Statue zu finden, den Mord an Mrs. Gao aufzuklären?«

Das Lächeln verschwand aus Bogdanovichs Gesicht.

»Wir sind dicht dran.«

Aber sein Tonfall strafte die Worte Lügen. Mary wäre auch sehr überrascht gewesen, wenn er ihr mitgeteilt hätte, dass der Fall gelöst war. Dass sie das Monster nicht gefasst hatten, wusste sie. Schließlich war sie ihm gerade erst begegnet. Was die Drachenstatue und den Mord anging, so traute sie nach wie vor weder Bogdanovich noch irgendjemandem aus seinem Team von

Holzköpfen genügend Verstand und Ermittlungsgeschick zu, um hinter das Rätsel um Mrs. Gaos Tod zu kommen.

»Davon bin ich fest überzeugt, mein lieber Herr Bogdanovich. Aber nur für den Fall, dass Sie Ihrer Aufgabe nicht gerecht werden sollten, empfehle ich Ihnen, eine hübsche Choreografie einzuüben, mit der sie die Leute auf der Feier in Entzücken versetzen können. Damit könnten Sie den ganzen Ärger gutmachen, den Sie bei den Passagieren mit Ihren ständigen Gängeleien und ›Bußgeldern‹ ausgelöst haben, und Ihr Aufenthalt auf diesem Schiff wäre zumindest zu irgendetwas nutze gewesen.«

Die Wendung, die diese Unterhaltung genommen hatte, passte Bogdanovich offenbar überhaupt nicht.

»Treiben Sie es nicht zu weit, Mrs. Arrington. Ich habe durchaus Sinn für Humor …«

»Tatsächlich? Das ist mir noch gar nicht aufgefallen.«

»… Aber auch meine Geduld hat irgendwann ein Ende. Und ich bin sowieso aus einem anderen Grund hier.« Er drehte sich um und machte Mary ein Zeichen, ihm zu folgen.

»Kommen Sie mit. Dr. Germer will mit Ihnen reden.«

40

»Gott sei Dank sind Sie da.«

Germer erhob sich aus seinem Sessel und breitete die Arme aus, als wollte er Mary mit einer innigen Umarmung willkommen heißen.

»Sie glauben gar nicht, wie froh ich bin, Sie zu sehen, Mrs. Arrington.«

Mary stutzte. Sie hatte mit einer Begrüßung voller Beleidigungen und spöttischen Bemerkungen gerechnet — und sich innerlich darauf vorbereitet, Germer Kontra zu geben. Dies nun entsprach ganz und gar nicht der Art, auf die er für gewöhnlich mit ihr umging. Doch sie fing sich schnell wieder.

»Das Vergnügen ist wie immer ganz auf Ihrer Seite, verehrter Herr Doktor.«

Sie schloss die Tür des Büros hinter sich und sah Germer forschend an. Es mochte wünschenswert sein, dass sie einander ausnahmsweise einmal nicht an die Gurgel gingen. Doch Mary war weit davon entfernt, sich über diese ›angenehme Überraschung‹ zu freuen. Im Gegenteil. Germers Sympathie ihr gegenüber war doch ein wenig zu plötzlich aufgeflammt, als dass Mary ihm diesen Sinneswandel abgekauft hätte. Seine überschwängliche Freundlichkeit war ihr nicht geheuer und erhöhte die Skepsis, die sie ihm gegenüber sowieso unterhielt. Ihrer Erfahrung nach war seine Freude über diese Begegnung ebenso wenig echt wie das Lächeln in seinem speckigen, schweißglänzenden Gesicht. Er musste irgendeinen Hintergedanken haben. Das verhieß nichts Gutes, und Mary war entschlossen, auf der Hut zu sein, bis sie herausgefunden hatte, worum es sich bei diesem Hintergedanken handelte.

»Ah, schlagfertig wie immer. Das ist die Mrs. Arrington, die wir alle so schätzen.«

Im Gegensatz zu ihrem letzten Besuch trug er heute seinen weißen Arztkittel. Mary erwartete, dass er sich wie zuvor in seinen Sessel fläzen würde. Aber er blieb stehen, lehnte sich lediglich mit seinem breiten Hintern gegen seinen Schreibtisch. Wahrscheinlich sollte auch das als Zeichen seiner Höflichkeit und seiner guten Manieren gelten, von denen Mary bisher nicht gedacht hatte, dass er sie besaß (auch jetzt glaubte sie keine Sekunde daran). Dass er sich nicht setzte, war ihr recht. Sie konnte gut darauf verzichten, dass er ihr ein weiteres Mal seine käsigen Füße in den Gesundheitslatschen entgegenstreckte.

»Was halten Sie davon, zur Sache zu kommen?«, sagte Mary und wich zurück, sodass sie möglichst großen Abstand zu Germers aufdringlichem Moschusmuff halten konnte, den er ununterbrochen verströmte. »Ich nehme an, dass Sie mich nicht einbestellt haben, um mir zweifelhafte Komplimente zu machen.«

»Aber, aber, meine liebe Mrs. Arrington.« Germer machte ein gekränktes Gesicht. »Wieso denn zweifelhaft? Ich gebe zu, wir beide hatten unsere Differenzen. Aber das bedeutet doch nicht, dass ich Sie nicht respektiere. Es trifft den Onkel Doktor tief, wenn Sie so etwas sagen.«

Mary seufzte. Beinahe bereute sie es jetzt schon, gekommen zu sein. Sie hätte es sogar vorgezogen, ein weiteres Mal dem Monster zu begegnen, statt miterleben zu müssen, wie der widerwärtige österreichische Schiffsarzt in Selbstmitleid schwelgte.

»Ich bin sicher, Ihr Ego ist stark genug, um darüber hinwegzukommen«, sagte sie. »Notfalls mit der Hilfe von Enzianschnaps, Ihrer bevorzugten Medizin zur Selbstbehandlung. Bis dahin schlage ich vor, dass Sie mir und sich dieses Süßholzraspeln ersparen und zur Sache kommen.«

Germer hob beschwichtigend die Hände wie jemand, der es nur gut meinte, dessen Bemühungen jedoch auf Unverständnis stoßen.

»Sehen Sie, es ist so, Mrs. Arrington: Ich habe ein schwerwiegendes Problem, und Sie sind die Einzige, die mir in dieser vertrackten Lage helfen kann.«

Da haben wir es, dachte Mary.

Jetzt würde sich zeigen, was es mit dieser Schmierenkomödie und Germers schlecht geheuchelter Liebenswürdigkeit auf sich hatte.

»Sonderbar«, erwiderte sie. »Ich hätte gedacht, kein Problem könnte so gewaltig sein, den allmächtigen *Principal Medical Officer* und seine unbesiegbaren Sicherheitstruppen zu überfordern. Wobei ich das kleine Problem eines unaufgeklärten Mordes und Diebstahls einer wertvollen Statue einmal außen vor lassen will. Was kann es sein, dass Ihnen derart zu schaffen macht, dass Sie sich sogar dazu herablassen müssen, mich um Beistand zu ersuchen?«

Germer seufzte. Er trat an die Tür, die von seinem Büro zum Untersuchungszimmer führte.

»Ganz einfach, Mrs. Arrington.«

Germer drückte die Klinke herunter und zog die Tür auf.

»Das hier.«

41

»Lydia! Wie schön, dass du da bist.«

Dorothy Beckett saß im Untersuchungszimmer auf der Patientenliege. Sie winkte Mary zu. Im Großen und Ganzen schien sie wohlauf zu sein. Allerdings entging Mary nicht, dass ihr rechtes Handgelenk mit einem Verband umwickelt war. Außerdem hatte sie aus unerfindlichen Gründen ihre Schuhe ausgezogen.

»Hallo, Dorothy. Ich freue mich, dich zu sehen.«

»Komm herein, mach es dir bequem.« Sie wackelte mit den Zehen. »Marvin wollte gerade mit der Pediküre beginnen.«

Germer schien drauf und dran, die Tür wieder zuzuschlagen.

»Blöde Schabracke«, grummelte er. »Die ganze Zeit streckt sie mir ihre ollen Mauken entgegen. Sie hat sich in den Kopf gesetzt, ich sei ihr Fußpfleger aus dem Altenheim. Wahrscheinlich wegen meines Kittels.«

»Nehmen Sie es ihr nicht übel. Mich überzeugen Sie als Arzt auch nicht. Es handelt sich also um eine naheliegende Verwechslung.«

Zudem um eine, die ihm recht geschah. Schließlich hatte er ihr seine eigenen ›ollen Mauken‹ über den Schreibtisch entgegengestreckt, wenn er auch zum Glück seine Schuhe dabei anbehalten hatte. Jetzt hatte sie also die Erklärung für Germers Freundlichkeit. Er war geübt darin, Leute mit verächtlichen Bemerkungen zu überschütten, sich vor ihnen wichtig zu machen und sie einzuschüchtern.

Gegen Dorothy mit ihrer heiteren Einfalt kam er jedoch nicht an.

»Trödeln Sie doch nicht herum, Marvin«, rief sie. »Meine Hühneraugen warten sehnlichst auf Ihre wohltuenden Hände. Und an der Ferse müssten Sie ein wenig Hornhaut abfeilen.« Sie zwinkerte Mary zu. »Marvin hat einfach die sanftesten Hände.«

Germer gab sein Bestes, um so zu tun, als sei sie überhaupt nicht da.

»Dieses sonderbare Monster hat sich wohl wieder einmal an sie herangemacht. Irgendwo in der Nähe der Indoor-Golf-Anlage. Keine Ahnung, was sie da wollte. Sie sieht aus, als würde sie sich bei dem Versuch, einen Schläger zu schwingen, die Hüfte ausrenken. Wie auch immer. Das Monster soll sie ein paar Stufen runtergeschubst haben. Ich kann es ihm nicht verdenken. Seit sie hier ist, hatte ich schon mehrfach das Bedürfnis, sie irgendwo runterzuwerfen.«

Mary horchte auf.

»Das Monster hat sie angegriffen?«

So viel, dachte sie, zu Meister Wang und seinen sogenannten Schutzzaubern.

»Behauptet sie jedenfalls«, sagte Germer. »Kann genauso gut sein, dass sie sich alles eingebildet hat. Ich sage nur: Sockenschuss.«

Mary ging über diese Bemerkung hinweg.

»Wann war das?«

Germer zuckte die Schultern.

»Mir kommt es vor, als würde sie hier schon seit Stunden rumhocken.« Er schaute auf seine goldene Armbanduhr, wichtigtuerisch, wie er alles tat. »In Wahrheit sind es erst fünfzehn Minuten. Aber jede Sekunde mit der Alten kommt mir vor wie eine Ewigkeit.«

»Fünfzehn Minuten.«

Mary sprach mehr mit sich selbst als mit Germer. Ihr eigenes Zusammentreffen mit dem Monster lag ungefähr genauso lange zurück.

»Passiert ist ihr nicht viel«, sagte Germer. »Sie hat ein verstauchtes Handgelenk, weiter nichts. Wahrscheinlich ist sie einfach umgefallen. Das passiert solchen alten Schachteln ja manchmal. Sie kennen das sicher.«

Schon bei ihrer ersten Begegnung hatte Dorothy ihm den Respekt verweigert, der ihm seiner Meinung nach für seine Position als Schiffsarzt zustand. Jetzt auch noch von ihr mit einem Fußpfleger verwechselt zu werden, war ein Tiefschlag für sein ansonsten so aufgeplustertes Selbstbewusstsein. Dass er eigentlich nett zu Mary sein wollte, schien er darüber vergessen zu haben.

»Als sie zu mir gebracht wurde, war sie verstört und ängstlich. Sie fürchtete sich, dass das Monster sie hierher verfolgen könnte. Leider hat sie sich ziemlich schnell von ihrem Schreck erholt. Wahrscheinlich hat sie ihn einfach vergessen und kann sich inzwischen überhaupt nicht mehr daran erinnern, dass überhaupt irgendetwas vorgefallen ist. Ihr Gejammer war zwar nervtötend, aber immer noch besser als die blöden Sprüche, die sie jetzt ununterbrochen von sich gibt. Ich habe sie versorgt und ihren Sohn und die Schwiegertochter ausrufen lassen. Aber bisher haben sie sich nicht gemeldet, und ich bin es leid, mich mit ihr herumzuschlagen.«

»Huhu, Marvin!«, rief Dorothy wie aufs Stichwort. »Wo bleiben Sie denn? Meine Zehen haben Sehnsucht nach Ihnen. Und bringen Sie diese tolle Lotion zum Eincremen. Die macht so wundervoll weiche Haut.«

Germer verzog angewidert das Gesicht.

»Sie sind die Einzige, die mir die alte Schrulle vom Hals schaffen kann, Mrs. Arrington. Bitte erlösen Sie mich von ihr.«

»Lydia, warum ist Marvin so sauer? Ist es, weil sein Friseur ihm so schlecht die Haare geschnitten hat? Übrigens haben Sie ganz schön zugenommen, Marvin. Sie müssen wirklich mit der Sahnetorte aufpassen.«

Germer strich beleidigt seine orangene Haartolle zurecht. Sein Versuch, seinen Bauch unter dem Kittel einzuziehen, scheiterte kläglich.

Mary spielte mit dem Gedanken, ihm seine Bitte abzuschlagen und Dorothy bei ihm zu lassen. Ihr gefiel die Vorstellung, dass sie ihn in den Wahnsinn trieb, bis Andy und Catherine Beckett sie abholten. Dorothy schien zu den wenigen zu gehören, denen Germers Anwesenheit nichts ausmachte. Was natürlich auch daran lag, dass sie ihn für jemand anderen hielt. Allerdings entschied Mary sich gegen die Idee, sie weiterhin in der Obhut des Arztes zu lassen. Wenn sie ihm länger auf die Nerven ging, traute Mary ihm zu, ihr eine Spritze zu setzen, um sie ruhigzustellen. Dieser Gefahr wollte Mary die alte Dame nicht aussetzen.

»Es tut mir leid, Dorothy.« Sie trat in den Untersuchungsraum. »Ich fürchte, wir müssen deinen Fußpflegetermin verschieben. Marvin hat selber mit einem schlimmen Fall von Fußpilz zu kämpfen, den er sich durch mangelnde Hygiene zugezogen hat.«

»Oh, auch das noch.« Dorothy stand von der Liege auf und schlüpfte in ihre Schuhe. »Die schreckliche Frisur, das Übergewicht und jetzt auch noch seine Füße. Der Arme. So viel Schlimmes hat ja nun wirklich niemand verdient.«

»Na ja, manche schon«, sagte Mary mit einem Blick auf Germer. Er wollte sein übliches süßliches Lächeln aufsetzen. Aber es wurde eine Grimasse daraus, als hätte er gerade in eine Zitrone gebissen.

»Komm, Dorothy.« Mary reichte ihr den Arm, und

Dorothy hakte sich bei ihr ein. »Suchen wir deinen Sohn und seine Frau.«

Gemeinsam verließen sie die Krankenstation. Germer knallte die Tür hinter ihnen zu und ließ dadurch keinen Zweifel daran, wie froh er war, die beiden los zu sein. Mary führte die alte Dame Richtung Grand Lobby, um am dortigen Rezeptionstresen noch einmal Andy und Catherine Beckett ausrufen zu lassen. Auf dem Gang kam ein Offizier in Uniform vorüber und grüßte höflich. Dorothy pfiff ihm hinterher. Es irritierte ihn sichtlich, was Dorothy großes Vergnügen bereitete. Sie brach in mädchenhaftes Kichern aus.

»Ach, diese Soldaten.« Sie stieß Mary sachte mit dem Ellenbogen an. »Wollen Männer spielen in ihren schneidigen Uniformen. Aber im Inneren sind sie doch alle noch kleine Jungs. Hast du den General gesehen, der hier das Kommando hat? Das ist mal ein Sahneschnittchen.«

Mary musste lachen. George war zwar kein Soldat, geschweige denn General. Aber ihn als kleinen Jungen in Uniform zu beschreiben, kam ihr nicht unpassend vor. Sie überlegte, Dorothy auf ihr jüngstes Zusammentreffen mit dem Monster anzusprechen. Aber sie wollte die alte Dame nicht an das erschütternde Ereignis erinnern und riskieren, dass sie in einen ähnlichen Zustand geriet wie nach dem ersten Mal. Es war besser, Dorothy ihre gute Laune zu lassen. Mary fand sie selber erfrischend.

Aber so sehr sie Dorothys Gesellschaft auch genoss, war sie doch ganz froh, in der Grand Lobby auf Andy und Catherine zu stoßen, die der Durchsage gefolgt waren und sich auf dem Weg zur Krankenstation befanden. Ihr gingen einige Gedanken durch den Kopf, die ihre Aufmerksamkeit verlangten. Andy und Catherine bedankten sich bei ihr, dass sie Dorothy zu ihnen gebracht hatte. Mary verabschiedete sich von den dreien und fuhr mit dem Aufzug auf Deck 10. Sie wollte in ihrer Suite ein wenig Zeit damit verbringen, in Ruhe über alles nachzudenken, vor allem über das Monster, das in der letzten Stunde offenbar besonders aktiv gewesen war.

Aber als sie die Trafalgar Suite erreichte, musste sie feststellen, dass ihr keine Ruhe vergönnt war. Sie hatte richtig gelegen mit ihrer Vermutung, dass Germer mit seiner aufgesetzten Freundlichkeit eigennützige Ziele verfolgte.

Jetzt erkannte sie, dass es dabei nicht allein um Dorothy Beckett gegangen war.

42

»Tja, Mrs. Arrington. So schnell sieht man sich wieder.« Bogdanovich warf das Sofakissen, das er in der Hand gehalten hatte, auf den Boden. Er stand mitten in Marys Suite. Die Tür war sperrangelweit offen, sodass Mary, noch bevor sie eingetreten war, freien Blick auf das Chaos hatte, das Bogdanovich und einige seiner Leute in ihrer Unterkunft veranstalteten. Überall im Salonbereich lagen die Bücher verteilt, die Mary auf diese Reise mitgenommen hatte, aber auch Papiere, Aufzeichnungen über ihre Nachforschungen und persönlichere Unterlagen. Einer von Bogdanovichs Schergen durchwühlte die Schubladen der Kommode. Vor dem Sofa standen, weit geöffnet, Marys Koffer und Taschen. Umherliegende Wäschestücke zeigten, dass sie nicht einmal davor zurückgescheut waren, den Schlafbereich zu durchsuchen.

»Als gute Gastgeberin«, sagte Bogdanovich, »haben Sie doch sicher nichts dagegen, wenn wir uns bei Ihnen wie zu Hause fühlen.«

Für einen Moment war Mary sprachlos. Das Letzte, womit sie gerechnet hatte, war, in ihrer Suite auf eine Horde schwarz gekleideter Unholde zu stoßen. Jetzt ging ihr auf, dass Germer sie nicht nur auf die Krankenstation beordert hatte, um Dorothy loszuwerden. Es war ihm außerdem darum gegangen, Mary von ihrer Suite fernzuhalten, damit Bogdanovich und seine Schergen sich ungehindert darin umsehen konnten.

Sie überwand ihre Überraschung.

»Ich bin wenig erfreut darüber, dass wir uns so

schnell wiedersehen. Noch weitaus weniger erfreut bin ich darüber, wo wir uns wiedersehen. Was bitte machen Sie hier? Noch dazu mit Ihren Gorillas? Hey, Sie da!«, fuhr sie einen von ihnen an, der ihren Laptop aufgeklappt hatte und versuchte, das Passwort zu erraten. »Lassen Sie gefälligst die Finger davon.«

Bogdanovichs Handlanger aber fuhr ungeniert darin fort, auf den Tasten herumzutippen. Mary trat auf den Hauptmann zu. Sie gab sich keine Mühe, ihre Empörung zurückzuhalten.

»Das ist eine bodenlose Frechheit! Wenn Sie nicht auf der Stelle verschwinden, werde ich …«

»Werden Sie was, Mrs. Arrington?«, fragte Bogdanovich. »Den Sicherheitsdienst rufen? Wir sind ja bereits hier — stets zu Ihren Diensten.«

Sie spielte mit dem Gedanken, ihm die gleiche Behandlung zukommen zu lassen, mit der sie im Nachtclub das Monster außer Gefecht gesetzt hatte.

»Sie haben weder das Recht, hier einzudringen, noch dazu, sich an meinen Besitztümern zu vergreifen.«

Bogdanovich setzte sich auf das Sofa und lehnte sich bequem zurück, als sei nicht Mary, sondern er der derzeitige Bewohner der Trafalgar Suite.

»Da liegen Sie falsch, Mrs. Arrington. Und ob ich das Recht dazu habe. Der Schiffseigner und Dr. Germer haben mich ermächtigt, alles zu unternehmen, was uns hilft, das Verbrechen aufzuklären.«

Mary schüttelte den Kopf.

»Wie bitte soll es bei der Aufklärung hilfreich, meine Suite zu verwüsten?«

Bogdanovich streckte gemütlich die Beine aus. Grob und unhöflich war er schon bei ihrer ersten Begegnung gewesen. Aber wie es aussah, hatte jetzt auch noch Germers Flegelhaftigkeit auf ihn abgefärbt.

»Ganz einfach, Mrs. Arrington. Der Mörder muss die Drachenstatue, die er gestohlen hat, schließlich irgendwo verstecken. Daher führen wir Kabinen-Durchsuchungen durch. Wenn wir die Statue finden, haben wir auch unseren Täter. Logisch, oder?«

»Eine brillante Schlussfolgerung«, erwiderte Mary. »So viel Scharfsinn hätte ich Ihnen gar nicht zugetraut.«

Er überhörte ihre sarkastische Bemerkung.

»Meine Trupps arbeiten sich gerade auf den unteren Decks von Tür zu Tür. Aber es wäre doch unfair, wenn wir nur die Passagiere der niedrigen Klassen verdächtigen würden und jene der höheren außen vor ließen, finden Sie nicht?«

Mary fragte sich, ob er wirklich auch andere Bordgäste der oberen Kategorien behelligte. Wie Sandra gemeint hatte, behandelte er sie ansonsten doch wie rohe Eier. Falls seine Leute tatsächlich auch deren Unterkünfte durchsuchten, gingen sie dabei sicherlich weitaus zurückhaltender vor als bei ihr, mit tausend Entschuldigungen und Wiedergutmachungsbeteuerungen. Wahrscheinlicher aber schien Mary, dass diese Durchsuchungen heimlich vonstattengingen, wenn die Bewohner gerade beim Essen oder auf dem Sonnendeck waren. Und Bogdanovichs Handlanger würden tunlichst darauf achten, keine verräterische Unordnung zu hinterlassen und alles wieder an seinen Platz zurückzustellen. Was sie hier abzogen, war bestimmt eine Sonderbehandlung, die der Hauptmann einzig für Mary reserviert hatte. Eine Ehre, auf die sie gerne verzichtet hätte.

»Nein, Mrs. Arrington«, fuhr er fort, »Sie kommen genauso dran wie alle anderen an Bord, einschließlich des Personals. Weil Sie nicht da waren«, er zog eine Karte, ähnlich Marys Bordkarte, aus seiner Tasche und schwenkte sie, »haben wir uns erlaubt, den Generalschlüssel zu verwenden, den Dr. Germer mir ausgehändigt hat, und uns selbst reinzulassen. Sie haben hoffentlich nichts dagegen.«

Aber natürlich wusste er ganz genau, dass sie etwas dagegen hatte, ebenso, wie er ganz genau gewusst hatte, dass sie nicht da sein würde, um ihm den Zugang zu ihren Räumlichkeiten zu verwehren. Was sie selbstverständlich getan hätte. Bogdanovichs Vorgehen war nicht nur dreist. Es machte in ihren Augen auch überhaupt keinen Sinn.

»Das ist doch lächerlich, Mr. Bogdanovich, geradezu absurd, selbst für Ihre Verhältnisse. Sie glauben doch nicht wirklich, ich hätte Mrs. Gao ermordet und die Statue in meiner Suite versteckt. Wenn Sie davon ausgehen, haben Sie wirklich noch weniger Verstand, als ich vermutet hatte.«

Zur Antwort erhielt sie von Bogdanovich nur ein dreistes Grinsen. Mary begriff. Die Sicherheitsleute gingen gar nicht davon aus, hier irgendetwas zu finden. Was sie hier veranstalteten, war nichts als reine Schikane. Ein Racheakt dafür, dass Mary es Bogdanovich und Germer gegenüber an Respekt fehlen ließ — und zudem eine Strafe dafür, dass Mary sich Germers ausdrücklichem Befehl widersetzte und Nachforschungen anstellte, dass sie Bogdanovichs Leute ausgetrickst und sich mit Ms. Lindqvist unterhalten hatte. Es war kein besonders raffinierter Einschüchterungsversuch. Aber er entsprach ziemlich genau dem, was Mary von Germer und Bogdanovich erwartet hatte.

»Schon gut.« Sie winkte ab. »Sparen Sie sich die Antwort. Mir ist klar, was hier vorgeht.«

»Sie sind eine kluge Frau, Mrs. Arrington. Wenn auch leider nicht klug genug, um zu wissen, wann Sie Ihre Neugier im Zaum halten sollten.«

Mary war drauf und dran, Bogdanovich ins Gesicht zu brüllen, was für ein ruchloser Mistkerl er war. Aber die Genugtuung, vor ihm die Beherrschung zu verlieren, wollte sie ihm nicht geben.

»Wenn Sie dann mit Ihrer kleinen Lektion fertig sind, hätten Sie vielleicht endlich die Güte, zu verschwinden. Sie haben bestimmt noch viel zu tun heute. Ihr Ziel ist es ja offensichtlich, jedem hier an Bord diese Reise zu vermiesen.«

»Nicht jedem, Mrs. Arrington. Nur ganz besonderen Personen. Aber wie Sie wünschen – wir gehen. Wir wollen Ihnen schließlich keine Unannehmlichkeiten bereiten.«

Bogdanovich stand auf. Er sah sich um und nickte, sichtlich zufrieden mit dem Unheil, das er und seine Leute angerichtet hatten. Er machte ihnen ein Zeichen zum Aufbruch. Was immer sie gerade in den Händen gehalten hatten, ließen sie einfach achtlos fallen. Ohne Mary nur noch eines Blickes zu würdigen, marschierten sie zur Tür hinaus. Bogdanovich wartete, bis sie draußen waren, bevor er sich ihnen anschloss.

Mit einem gehässigen Lächeln drehte er sich noch einmal zu ihr um. »Ich wünsche Ihnen einen wundervollen Abend.«

»Keine Sorge«, erwiderte Mary. »Wenn Sie weg sind, wird dem nichts mehr im Wege stehen.«

Sie wartete, bis er die Suite verlassen und ein Stück weit den Flur hinabgegangen war. Dann knallte sie die Tür ins Schloss und stieß einen frustrierten Schrei aus. Normalerweise war sie ziemlich belastbar. Aber dieser Tag hatte selbst sie an ihre Grenzen gebracht. Die Auseinandersetzung mit Jonathan Rudd in Ho-Chi-Minh-Stadt, der Kampf mit dem Monster und jetzt das – so viele Zumutungen gingen sogar ihr an die Substanz. Alles, was sie gewollt, was sie sich von dieser Kreuzfahrt erhofft hatte, waren ein paar schöne Urlaubserlebnisse und ein wenig Zweisamkeit mit George. Aber ihre jüngsten Erlebnisse hatten mit Urlaub nicht das Geringste zu tun, und George hatte sie in all den sich überschlagenden Ereignissen den ganzen Tag nicht zu sehen bekommen. Dabei hätte sie ihn heute ganz besonders gebraucht.

In der Hoffnung, vielleicht wenigstens in ihrem E-Mail-Postfach hilfreiche Nachrichten zu finden, tippte sie das Passwort in ihren Laptop ein. Aber auch hier erwartete sie eine Enttäuschung: noch keine Rückmeldung von Mr. Bayle. Mary fühlte ihren Mut sinken. Ihre Ermittlungen waren in eine Sackgasse geraten, und sie wusste nicht, was sie unternehmen sollte, um sie aus dieser Sackgasse hinauszuführen. Ratlos stand sie zwischen den umherliegenden Kissen, Büchern und Papieren. Ihre Gedanken waren so durcheinander wie ihre Suite. Draußen vor der Balkontür war es stockdunkel. Die Nacht war hereingebrochen, und sie kam Mary fürchterlich finster und einsam vor.

Seufzend fing sie an, aufzuräumen. Sie hoffte, dadurch auch in ihren Verstand etwas Ordnung zu bringen. Vielleicht konnte sie sich dann endlich einen Reim auf all das machen, was auf diesem Schiff vor sich ging. Nur wenn sie das herausfand, konnte es ihr gelingen, diesem mörderischen Irrsinn endlich ein Ende zu setzen.

43

»Das ist doch nicht zu glauben«, sagte Mary. Sie saß auf dem Sofa, vorgelehnt, um einen besseren Blick auf die Karte zu haben, die auf dem Tisch vor ihr lag. »So häufig? Ehrlich gesagt kommt mir das unwahrscheinlich vor. Sind Sie ganz sicher, Sandra?«

»Hundertprozentig sicher, Mrs. Arrington. Es gibt keinen Zweifel.«

Sandra saß in dem Sessel, der neben dem Sofa stand. Sie trug eine labberige Jeans und ein rotblaues Sweatshirt, das ihr ebenfalls ein wenig zu weit war. Sie genoss es sichtlich, jetzt, am frühen Vormittag, bequeme Klamotten tragen zu können, bevor sie in einigen Stunden zu ihrer Mittagsschicht in der Küche antreten und wieder in ihre weitaus unbequemere Uniform schlüpfen musste. Sie hatte wenig Lust darauf, sich wieder dem Gemüse und dem schmutzigen Geschirr zu widmen, und auch Mary war nicht begeistert davon, bald wieder auf ihre Mitstreiterin verzichten zu müssen. Sie hatten einander telefonisch auf den neuesten Stand gebracht. Bei diesem Gespräch hatte Sandra berichtet, dass sie Mary aufregende Nachrichten mitzuteilen habe, was sie aber unbedingt persönlich tun müsse. Sie hatten ausgemacht, dass Sandra Mary in ihrer Suite aufsuchen würde. Wenn Mary gewusst hätte, worum es sich handelte, hätte sie Sandra gebeten, noch früher zu kommen. Was Sandra ihr eröffnet hatte, schockierte sie und verlangte, in allen Einzelheiten besprochen zu werden.

»Diese selbsternannten Monsterjäger sind vielleicht

ein bisschen bekloppt«, fuhr Sandra fort. »Wie die auf die ganze Sache abfahren … Aber eins muss man ihnen lassen: Sie haben ihre Suche wirklich ungeheuer gut organisiert, und sie sind super gewissenhaft, wenn es darum geht, Informationen zusammenzutragen und auszutauschen. Deshalb hat auch jeder von uns eine von denen hier.«

Sie tippte auf die Karte. Es handelte sich um einen Plan des Schiffes, in dem sämtliche Decks und alle sich auf ihnen befindlichen Bereiche, aber auch die Korridore und Zugänge akribisch eingezeichnet und beschriftet waren.

»Alles, was Sie hier sehen, Mrs. Arrington, entspricht den Tatsachen. Bis gestern Morgen ist das Monster nur gelegentlich in Erscheinung getreten. Aber in den letzten 24 Stunden haben sich seine ›Auftritte‹ gehäuft.«

»Und zwar drastisch.«

Auf dem Deckplan waren die Sichtungen des Monsters, mit Angabe des Datums und der Uhrzeit, als farbige Kreise markiert. In Grün und Gelb waren dabei die Sichtungen an den ersten beiden Tagen der Kreuzfahrt vermerkt, in Rot jene seit gestern früh. Die Eintragungen bestätigten Sandras Aussage: Die Karte war mit roten Kreisen geradezu übersät.

»Wo hat die Gruppe denn diese Karten her?«

»Jasper Willems hat sie verteilt«, sagte Sandra. »Der Reisegruppenleiter. Der weiß wirklich erstaunlich gut über das Schiff Bescheid, kennt jede Ecke und jeden Winkel. Echt, als wäre er hier aufgewachsen oder so. Der kann gar nicht aufhören, darüber zu reden. Ständig sprudeln irgendwelche Informationen oder Geschichten aus ihm heraus. Wussten Sie zum Beispiel, dass die Queen persönlich das Schiff getauft hat? Oder dass wir über zweihundertfünfzig Sorten Wein an Bord haben, mehr als achtzehntausend Flaschen? Damit verfügt die *Queen Anne* über den weltweit größten Weinkeller an Bord eines Schiffes.«

»Das ist beruhigend«, sagte Mary. »Je nachdem, wie stressig dieser Fall noch wird, werde ich noch darauf zurückgreifen.«

»Diese Pläne hier«, Sandra klopfte mit der flachen Hand auf den Deckplan, »hatte Jasper, glaube ich, sogar dabei. Für die Monsterjagd hat er dann für alle Gruppenmitglieder Kopien gemacht.«

Mary nahm einen Bissen von dem Marmeladentoast, der zusammen mit einer Tasse Tee neben der Karte auf dem Tisch stand. Sie kaute nachdenklich.

»Was halten Sie sonst von ihm?«

Sandra zuckte die Schultern.

»Er war supernett, als ich ihn darauf angesprochen hab, ob ich mich der Gruppe anschließen kann. Einige waren ein bisschen ablehnend, als sei das ein Club oder so, dem niemand Neues mehr beitreten darf. Aber Jasper meinte sofort, ich könnte mitmachen.«

Sie wies auf ihr Handy, das sie auf die Armlehne des Sessels gelegt hatte.

»Er hat mich in die WhatsApp-Gruppe aufgenommen, in der sie ihre Informationen teilen. Ein wenig strange ist er bei aller seiner Freundlichkeit allerdings schon. Ich habe die anderen in der Gruppe ein bisschen ausgehorcht. Offenbar schleicht Jasper regelmäßig nachts durch das Schiff, verrät aber niemandem genau, wohin er geht und was er dabei treibt. Außerdem scheint er einen richtiggehenden Hass auf den Schiffseigner zu haben, äußert sich immer wieder ziemlich abfällig über ihn. Glauben Sie, er steckt in der Sache mit drin?«

Mary wiegte den Kopf.

»Ausschließen können wir es nicht. Bei dem Monster

handelt es sich um jemanden, der sich an Bord gut auskennt, das trifft auf Willems zu. Er verheimlicht, was er bei seinen nächtlichen Ausflügen treibt, und die Tatsache, dass er den Schiffseigner nicht leiden kann – aus welchen Gründen auch immer –, könnte ein Motiv sein.«

»Wie ein Mörder kommt er mir nicht vor.«

»Das trifft leider auf viele Mörder zu, dass sie uns nicht wie Mörder vorkommen. Wir haben doch oft genug die Erfahrung gemacht, dass auch jene Menschen, die ungeheuer nett und offen wirken, oft Düsteres zu verbergen haben.«

»Das stimmt zwar. Aber ich persönlich setze weiterhin auf Meister Wang. Der Typ ist einfach zu schräg. Wir wissen, dass er sich ziemlich stark für die Statue interessiert hat. Auch der Kräutergeruch, den Ms. Lindqvist bei ihrem Zusammenstoß mit dem Monster unmittelbar nach der Tat wahrgenommen hat, weist eindeutig auf ihn hin. Wenn man dann doch dazu nimmt, dass dieser Rudd Sie in Ho-Chi-Minh-Stadt beinahe auf die Straße geschubst hätte …«

»Alles starke Verdachtsmomente. Aber Beweise haben wir nicht. Abgesehen davon kann natürlich auch jemand anders den Wert des Jadedrachen kennen. Zudem ist es möglich, dass der Diebstahl nur ein Ablenkungsmanöver war und es eine Tat aus Hass war. Schließlich war Mrs. Gao alles andere als beliebt.«

Sandra blähte die Backen auf und stieß die Luft in einem langgezogenen Seufzen durch die Lippen.

»Oh Mann. Das ist wirklich alles ganz schön verzwickt. Da schwirrt mir der Kopf.«

Sie zog die Beine unter sich und blickte sich in der Trafalgar Suite um.

»Sieht übrigens spitze hier aus. Ich muss schon zugeben — wer immer das Saubermachen jetzt übernimmt, macht einen großartigen Job.«

Die Suite war wieder in einwandfreiem Zustand. Nichts ließ mehr erkennen, dass Bogdanovich und seine Spießgesellen hier ihr Unwesen getrieben hatten. Alles befand sich wieder an seinem Platz, und sämtliche Oberflächen waren blitzblank poliert.

»Dieses Mal«, sagte Mary, nachdem sie einen Schluck Tee getrunken hatte, »habe ich mich selbst darum gekümmert.«

Sandra verzog verwundert das Gesicht.

»Sie? Wie kommt es, Mrs. Arrington? Verdienen Sie mit Ihren Büchern nicht mehr genug, dass Sie sich die Suite hier ohne Weiteres leisten könnten? Müssen Sie Ihren Aufenthalt hier jetzt abarbeiten? Oh Mann, da sollte man meinen, wer mit dem Kapitän zusammen ist, hätte hier zumindest freie Kost und Logis.«

Mary lachte.

»Weit gefehlt, Sandra. Ich fürchte, ich muss für alles zahlen wie jeder andere auch. Ich führe zwar eine Beziehung mit dem Kapitän. Aber der Schiffseigner hat mich noch immer nicht ins Herz geschlossen. Was Ihre andere Bemerkung angeht: Ich bin durchaus imstande, die entsprechenden Kosten zu tragen. Allerdings«, ihre Miene verdunkelte sich, »hatte ich gestern ungebetenen Besuch von unseren sogenannten Sicherheitsleuten. Sie haben ein Chaos angerichtet, das ich schnellstmöglich wieder bereinigen wollte.«

Sandra schnitt eine angewiderte Grimasse.

»Die schrecken wirklich vor nichts zurück. Aber wenn die hier alles durcheinander gebracht haben, hätten Sie doch Ms. Lindqvist Bescheid geben können. Die hätte sich sofort darum gekümmert und Ihnen wahrscheinlich eine ganze Putzkolonne hergeschickt.«

»Ich wollte das selbst erledigen. Aufräumen hilft mir für gewöhnlich, den Kopf freizukriegen.«

»Und? Hat es zu irgendwelchen Erkenntnissen geführt?«

»Vor allem hat es mir klargemacht, vor wie vielen offenen Fragen wir stehen. Ganz oben steht natürlich die, wer der Mörder ist. Aber daran schließen sich zahlreiche andere an, die wir beide noch gar nicht besprochen haben.« Sie zählte sie an den Fingern auf. »Warum ist das Monster schon vor dem Mord in Erscheinung getreten? Was hat es unten in dem Bereich um den Maschinenraum gemacht, wo Dorothy Beckett ihm begegnet ist? Warum«, sie klopfte mit der flachen Hand auf die Karte, »zeigt es sich jetzt immer wieder?«

»Das ist eine sehr gute Frage. Der Mörder hat doch sein Ziel erreicht: Mrs. Gao ist tot, die Statue ist in seinem Besitz. Warum geht er mit seinen Auftritten das Risiko ein, geschnappt zu werden? Schließlich zieht er enorme Aufmerksamkeit auf sich: Willems und seine Gruppe sind ebenso hinter ihm her wie Bogdanovich und seine Stumpfklötze in Uniform. Die gehen darin richtig auf, nehmen die Jagd zum Anlass, jegliche Rechte der Passagiere für ungültig zu erklären und sich an Bord aufzuführen, als gehöre ihnen das ganze Schiff.«

Mary nickte.

»Das ist ein wichtiger Punkt, Sandra. Bogdanovich profitiert stark vom Auftreten des Monsters. So stark sogar, dass ich geneigt bin, mich zu fragen, ob er es überhaupt fassen will. Solange es auf freiem Fuß ist, haben er und Germer uneingeschränkte Befehlsgewalt.«

»Natürlich«, überlegte Sandra, »hat Jasper auch etwas von dem Monster. Ich meine, für seine Gruppe ist das eine Attraktion. Sie trägt ihm viel Aufmerksamkeit ein, und er scheint das zu genießen. Es gefällt ihm, als

Experte für das Schiff diese Suchaktionen zu leiten.« Sie lehnte den Kopf gegen die Sessellehne und blickte zur Decke hinauf. »Aber all das hilft uns nicht bei unserer Millionen-Frage: Wer ist das Monster, und was hat derjenige vor?«

»Mit der Antwort darauf kann ich nicht dienen – noch nicht.«

Mary biss von ihrem Toast ab.

»Immerhin«, fuhr sie fort, nachdem sie geschluckt und von ihrem Tee getrunken hatte, »drei Erkenntnisse hat mir meine Aufräumaktion allerdings eingebracht.«

Sandra richtete sich in ihrem Sessel auf.

»Und damit rücken Sie erst jetzt raus, Mrs. Arrington? Los, spannen Sie mich nicht noch länger auf die Folter!«

Mary lächelte. Das etwas ungestüme Wesen ihrer Freundin war es, was sie besonders an Sandra mochte.

»Erstens: Wenn ich mich nicht irre, hat das Monster, als es mich im Nachtclub angriff, zum ersten Mal gesprochen.«

»Das ist richtig«, sagte Sandra. »Vorher ist es immer nur stumm aufgetreten oder hat höchstens irgendwelche animalischen Laute wie Brüllen oder Grunzen von sich gegeben.«

»Dadurch, dass es sich in Worten geäußert hat, wissen wir nun, dass es ein Mann ist. Das ließ sich an seiner dunklen Stimme eindeutig erkennen. Es klang nicht danach, als hätte die Person hinter der Maske irgendetwas benutzt, um ihre Stimme tiefer klingen zu lassen.«

Sandra zuckte die Achseln. Sie hatte sich offenbar spektakulärere Erkenntnisse versprochen.

»In Ordnung. Also ein Mann. Damit schrumpft unser Verdächtigenkreis auf nur noch ungefähr 2000 Personen, wenn man Passagiere und Crew zusammenfasst. Sehr übersichtlich. Was weiter?«

»Zweitens: Das Monster kann sich offenbar in vielen Bereichen des Schiffes ungehindert bewegen, beispielsweise unter Deck in der Nähe des Maschinenraums, wo Passagiere keinen Zugang haben. Zu den Kabinen aber hat es keinen Zugang, sonst hätte es keine Brechstange gebraucht, um in die Piccadilly Suite einzudringen.«

»Stimmt«, sagte Sandra. »Bogdanovich hat eine General-Schlüsselkarte, mit der er überall rein kommt. So eine hat das Monster nicht. Es hat keine uneingeschränkte Bewegungsfreiheit. Was uns wieder zu Jasper Willems führt. Als Reiseleiter hat er, um seine Besichtigungen durchführen zu können, eine Sondergenehmigung, um bestimmte Bereiche betreten zu können, in die andere nicht dürfen.«

»Kein Beweis, aber immerhin ein wichtiges Indiz.«

»Auf jeden Fall. Was ist die dritte Erkenntnis?«

Mary wies auf die Karte.

»Die Sichtungen. Es ist ja nicht nur so, dass das Monster sich von einem Tag auf den anderen entschlossen hat, sich immer öfter und an den verschiedensten Orten blicken zu lassen.«

»Was ist denn noch mit ihm?«

»Ich habe Ihnen doch von meiner letzten unangenehmen Begegnung mit Germer auf der Krankenstation erzählt.«

»Die Begegnungen mit Germer sind immer unangenehm«, bemerkte Sandra trocken. »Sie sagten, Dorothy sei da gewesen.«

»Richtig. Wie Germer berichtete, hatte das Monster sie in der Nähe der Indoor-Golf-Anlage angegriffen.«

»Na und?«

Sandra fand die Golf-Anlage auf der Karte. Der entsprechende Teil des Plans war mit mehreren Kreisen versehen.

»Dort ist es ja nicht zum ersten Mal aufgetaucht.«

»Das zwar nicht«, sagte Mary. »Aber es sieht so aus, als seien diese beiden Angriffe, der auf mich im Nachtclub und der auf Dorothy innerhalb einer sehr kurzen Zeitspanne erfolgt. Wir reden von vielleicht fünf Minuten. Die Golf-Anlage befindet sich auf Deck 12. Der Nachtclub hingegen auf Deck 3. Ich habe den Versuch unternommen, möglichst schnell von Deck 3 auf Deck 12 zu gelangen. Aber auch mit der größten Eile habe ich für diesen Weg weitaus länger gebraucht als …«

»Moment mal«, rief Sandra aufgeregt. »Ich weiß, worauf Sie hinaus wollen, Mrs. Arrington. Wenn das Monster einmal auf Deck 12 und danach auf Deck 3 erscheint, und zwar so kurz danach, wie es im Grunde gar nicht möglich ist, kann das eigentlich nur bedeuten …«

Hier aber wurde Sandra unterbrochen. Ihr Handy gab ein ›Pling‹ von sich, mit dem es verkündete, dass eine Nachricht bei ihr eingegangen war. Sandra streckte die Hand nach dem Telefon aus. Aber noch bevor sie es berührte, ertönte ein weiteres ›Pling‹, dann noch eins und noch eins in schneller Folge. Sandra warf Mary einen verwunderten Blick zu, während sie das Handy von der Sessellehne nahm.

»Was ist denn nun auf einmal los?«

Sie strich über den Touchscreen. Erstaunen und Aufregung breiteten sich über ihre Züge, während sie sich durch die Messages scrollte und tippte.

»Was gibt es?«, fragte Mary. »Ist irgendetwas nicht in Ordnung?«

Aber Sandra schien sie gar nicht zu hören, so sehr war sie von den Mitteilungen gepackt, die weiterhin im Sekundentakt bei ihr eingingen.

Mary fasste sie an der Schulter und rüttelte sie sacht.

»Sandra! Ist irgendetwas passiert?«

Endlich hob Sandra ihren Blick von dem Display und schaute Mary mit großen Augen an.

»Das Monster.«

»Jetzt sind Sie es, die mich auf die Folter spannt, Sandra. Was ist mit dem Monster? Ist es ein weiteres Mal gesehen worden?«

Sandra schüttelte den Kopf.

»Nicht nur gesehen, Mrs. Arrington. Das Monster wurde gefasst!«

44

»Machen Sie Platz«, rief Sandra. »Lassen Sie uns durch!«

Die beiden Frauen hatten keine Sekunde gezögert, waren sofort aufgebrochen, als die Nachricht sie erreicht hatte. Sandra vorneweg hatten sie im Eilschritt die Korridore durchquert, gefolgt von verwunderten Blicken, bis sie den Zugang zum Lagerbereich erreicht hatten, der sich im Unterdeck ungefähr in der Mitte des Schiffes befand. Vor einer Tür, die in den Schiffsbauch führte, hatte zwar ein Stewart gestanden. Aber er hatte nur gefragt, ob sie auch zu der Reisegruppe gehörten und spät dran seien. Als Mary dies bejaht hatte, hatte er sie sofort durchgewinkt. Offenbar wusste er noch nicht, was jenseits der Tür vor sich ging. Hastig waren Mary und Sandra die Treppen hinuntergestiegen, die dahinter lagen.

Der Lagerbereich der *Queen Anne* erstreckte sich über ungefähr ein Drittel der Schiffslänge. Hier unten wurde alles aufbewahrt, was auf einer Reise wie dieser nötig war – und das in unvorstellbaren Mengen. Schließlich galt es, über dreitausend Passagiere und eintausend Crewmitglieder zu versorgen. Riesige Kühlräume enthielten nicht nur die Tonnen von Lebensmitteln, die eine solche Anzahl von Menschen in wenigen Tagen verzehrten. Auch Pflanzen wurden hier aufbewahrt, um die Grand Lobby durchgehend mit blühender Pracht ausstatten zu können.

Aber Mary und Sandra achteten nicht auf Nahrungsmittel oder Blumen.

Nachdem sie einige Minuten durch das Gängelabyrinth gehastet waren, waren sie auf die Leute gestoßen, die sich hier an einer Kreuzung mehrerer Korridore versammelt hatten. Rigoros bahnte Sandra Mary und sich eine Schneise durch die Menge, die sich auf dem Gang drängte. Kaum jemand beschwerte sich. Ohne Gegenwehr ließen sie sich von Sandra beiseiteschieben. Sie schienen die beiden Frauen nicht einmal wirklich zu bemerken. Ihre Aufmerksamkeit war auf etwas anderes gerichtet, ihre Blicke von etwas gebannt, das sie alles andere um sie vollkommen vergessen ließ.

Mary und Sandra durchbrachen die vorderste Reihe – und blieben abrupt stehen, im ersten Moment ebenso geschockt wie alle Übrigen.

Es war ein sonderbarer Anblick, der sich ihnen bot.

Vor ihnen auf dem metallenen Boden lag das Monster. Es lag auf dem Rücken, Arme und Beine von sich gestreckt. Sein Kopf war zur Seite gekippt, als starre es sie durch die blutunterlaufenen Augen an, die auf die Maske gemalt waren. Um es herum lagen einige grüne Federn, die es offenbar verloren hatte. Sein ganzer Körper schien schlaff. Es regte sich nicht, gab keinen Laut von sich und ließ auch sonst auf keine Weise erkennen, ob es tot oder lebendig war. Die Leute, allesamt Mitglieder der Besichtigungsgruppe, hielten einen Sicherheitsabstand von ihm, als fürchteten sie sich davor, sich ihm zu nähern. Vielleicht aus Angst, es könnte plötzlich mit einem Schrei aufspringen und sich auf sie stürzen. Mit einem Mal wirkten sie nicht mehr ganz so überzeugt wie zuvor, dass es sich bei der Monsterjagd um ein Spiel handelte.

»Was geht hier vor sich?«, fragte Mary Jasper Willems, der verstört neben ihr stand und sich ebenfalls nicht überwinden konnte, auf das Monster zuzugehen.

»Wir sind hier heruntergekommen, um uns den Lagerbereich anzusehen«, sagte er. »Das ist Teil unseres Rundgangs. Ich war gerade dabei, den Teilnehmern etwas über die Ladungskapazitäten der *Queen Anne* zu erzählen, als wir auf das Monster gestoßen sind. Wir haben es genau so vorgefunden, wie es jetzt dort liegt. Das ist nicht mehr als vielleicht sieben oder acht Minuten her. Seitdem hat es sich nicht bewegt.«

Mary sah ihn tadelnd an.

»Sie sind nicht auf den Gedanken gekommen, nachzusehen, wer sich unter der Maske befindet und ob diese Person verletzt ist? Ob sie überhaupt noch lebt?«

Jasper Willems schüttelte betreten den Kopf.

»Wir waren alle zu geschockt. Erst haben wir uns gefreut, weil wir dachten, wir hätten das Monster geschnappt, hätten das Spiel gewonnen. Aber die Art, wie es dalag …«

»… hatte nichts mehr von einem Spiel an sich, nicht wahr?«, warf Sandra ein. »Da ist euch aufgegangen, dass das alles vielleicht mehr sein könnte als ein spaßiger Zeitvertreib.«

»Es tut mir leid«, wand sich Willems. »Ich wollte nicht …«

»Wir haben jetzt keine Zeit, uns zu streiten«, unterbrach ihn Mary. »Wir müssen herausfinden, was hier vor sich gegangen ist. Wir müssen herausfinden, wer sich unter dieser Maske verbirgt.«

Sie wusste, dass sie es schnell herausfinden mussten. Das Netzwerk der Gruppenmitglieder hatte die Nachricht in Windeseile verbreitet, sodass noch niemand, der nicht dazugehörte, davon erfahren hatte. Noch hatten Bogdanovich und seine Handlanger nichts davon mitbekommen. Aber es würde sicher nicht lange dauern, bis es sich auch bis zu ihnen herumsprach und sie hier auftauchten, um die Kontrolle über die Situation an sich zu reißen.

»Sie haben recht.« Jasper Willems nickte. »Wir können hier nicht einfach herumstehen.«

Er selbst machte allerdings nach wie vor keine Anstalten, etwas zu unternehmen. Obwohl Mary und Sandra ihn angefahren hatten, wirkte er froh, erleichtert, dass jemand da war, der ihm diese Aufgabe – und die Verantwortung – abnahm.

Mary trat vor. Auch in ihr regte sich ein Widerstand, dem Monster nahe zu kommen. Allerdings beruhte dieser Widerstand nicht auf der Sorge, von ihm angegriffen zu werden. Sie glaubte nicht, dass von der Person unter dieser Maske noch eine Gefahr ausging. Sie fürchtete, einen Toten vor sich zu haben und sie scheute davor zurück, diese Vermutung zu überprüfen. Aber es war unumgänglich. Sandra hielt sich neben ihr, und es tat Mary gut, sie bei sich zu haben. Hinter sich spürte sie die Blicke der Leute, die mit angehaltenem Atem zusahen, wie sie neben dem Monster in die Knie ging. Vorsichtig fasste sie den unteren Rand der Maske. Sie zog sie hoch und legte damit das Gesicht frei, das darunter verborgen gewesen war.

45

Jenes Gesicht war bleich, blutarm wie das Gesicht eines Toten. Aber Mary wusste, dass das in diesem Fall nichts bedeuten musste. Jedes Mal, wenn sie dieses schmale Gesicht gesehen hatte, war es bleich gewesen. Das schwarze Haar darüber, zu einem Pottschnitt frisiert, klebte schweißnass in der Stirn. Die Augen waren geschlossen, der Mund leicht geöffnet.

»Jonathan Rudd!«, rief Sandra aus. »Wusste ich's doch, dass einer von Meister Wangs Schergen hinter der Maske steckt. Er war es, der in Mrs. Gaos Suite eingedrungen ist, um den Drachen zu stehlen, den Meister Wang unbedingt haben wollte, er war es, der Mrs. Gao …«

Mary brachte sie mit einem strengen Blick zum Schweigen. Sandra biss sich auf die Zunge. Sie hatte ganz vergessen, dass der Mord an Mrs. Gao nicht öffentlich gemacht worden und sie von Leuten umgeben war, die keine Ahnung davon hatten, was für ein schreckliches Verbrechen begangen worden war. Nun, wo die Maske gefallen war, rückten auch die Besichtigungsteilnehmer näher heran. Diejenigen, die Meister Wangs Jünger erkannten, stießen erstaunte Laute aus. Schließlich hatten sie fest damit gerechnet, unter der Monstermaske ein Mitglied der Crew zu finden, das sich ›zum Spaß‹ von ihnen jagen ließ.

»Es ist jedenfalls nicht gänzlich überraschend, dass es sich um Jonathan handelt«, sagte Mary. »Aber wir sollten keine voreiligen Schlüsse ziehen. Wir haben noch lange nicht alle Fragen beantwortet. Im Gegenteil tut sich angesichts dieser Lage eine ganze Reihe von neuen auf. Angefangen mit jener, was er hier unten wollte und warum er hier auf dem Boden liegt.«

Jasper Willems trat neben sie und beugte sich über Rudd.

»Ist er tot?«

Mary betrachtete den Boden um Rudd. Aber weder dort noch auf seiner Kleidung konnte sie Blut entdecken. Sie betastete Rudds Genick. Es schien nichts gebrochen, und auch sonst fand sie nichts, das auf eine tödliche Verletzung hinwies. Sie fühlte Rudds Puls am Hals.

»Nein, er lebt. Er ist lediglich ohnmächtig.«

»Dann kann er uns vielleicht einige der offenen Fragen beantworten«, sagte Sandra.

»Das wollen wir hoffen«, sagte Mary. »Sofern er dazu imstande ist.«

Sachte rüttelte sie ihn an der Schulter.

»Mr. Rudd? Mr. Rudd, können Sie mich hören?«

Rudd bewegte den Kopf nach rechts und links wie ein Schlafender, der einen schlimmen Traum hat. Seine Augenlider flatterten. Er gab ein Stöhnen von sich. Schließlich schlug er die Augen auf und blickte zu Mary auf. Er schien verwirrt, schien nicht zu wissen, wo er sich befand – und warum es ausgerechnet Mary war, in deren Gesicht er schaute.

»Mrs. Arrington?«, lallte er, als wäre ihm die Zunge schwer geworden und wollte ihm nicht recht gehorchen. »Was wollen … Was haben Sie mit mir gemacht?«

»Ich habe nicht das Geringste mit Ihnen gemacht«, antwortete Mary. »Falls Sie glauben, ich hätte Ihnen eins übergezogen, weil Sie mich in Ho-Chi-Minh-Stadt fast auf die Straße geschubst haben, liegen Sie falsch. Nicht, dass ich keine Lust dazu gehabt hätte. Aber das ist einfach nicht die Art, mit der ich Konflikte bewältige, nicht mal Konflikte mit Leuten, die sich als Monster verkleiden und andere erschrecken.«

»Und nicht nur erschrecken«, fügte Sandra an. »Sie Mistkerl erzählen uns jetzt sofort …«

Aber sie verschluckte auf einen weiteren warnenden Blick Marys hin, was sie gerne noch angefügt hätte.

Jasper ging neben Rudd in die Hocke. Gemeinsam mit Mary half er ihm, sich aufzurichten. Ebenso wie Sandra spürte auch Mary das starke Bedürfnis, Rudd ins Verhör zu nehmen. Aber zum einen war dies schwerlich der richtige Ort, zumal in Gesellschaft so vieler unerwünschter Zuhörer. Zum anderen glaubte sie nicht, dass aus Rudd gerade besonders viel Hilfreiches herauszubekommen war. Sein Blick hatte sich zwar ein wenig geklärt. Aber völlig bei sich schien er noch immer nicht zu sein.

»Wie fühlen Sie sich? Brauchen Sie einen Arzt?«

Rudd hob eine zittrige Hand und betastete seinen Hinterkopf. Er verzog vor Schmerz das Gesicht.

»Nein, ich denke, nicht. Mir dröhnt der Schädel, und mir ist etwas schummerig. Aber es geht schon. Wenn ich mich irgendwo hinlegen könnte. Ich meine, woanders hin als hier …«

Dieser Vorschlag war Mary nur recht.

»Können Sie laufen, Mr. Rudd?«

Rudd nickte.

»Ich denke, schon.«

Sandra schien es zwar zuwider, ihn zu berühren. Doch auch sie griff zu, als Mary und Willems Rudd unter die Arme griffen und ihn auf die Beine zogen. Er wirkte ziemlich wackelig in den Knien und musste sich an Mary und Willems festhalten, um nicht gleich wieder hinzufallen.

Jaspers Gruppenteilnehmer wirkten ein wenig ratlos.

»Ist das jetzt Teil des Spiels?«, rief jemand. Mary erkannte ihn. Es war der magere Mann mit dem Schnurrbart und der viereckigen Brille, der vor Mrs. Gaos Suite versucht hatte, sich zwischen den Wachleuten hindurchzuquetschen. »Wer kriegt jetzt bitte den ersten Preis?«

»Hier kriegt niemand irgendwelche Preise«, antwortete Mary ihm. »Das Spiel ist beendet.«

»Wie — beendet?«, begehrte der magere Mann auf. »Das können Sie doch gar nicht bestimmen. Sie sind kein Mitglied der Besatzung. Der Schiffsarzt …«

Langsam drohte Mary, die Geduld zu verlieren. Sich mit diesem empörten Monsterjäger herumzuschlagen war das Letzte, wonach ihr gerade der Sinn stand.

»Ich fürchte, Dr. Germer hat Sie belogen, als er Ihnen Belohnungen in Aussicht stellte. Ich kann Ihnen nur raten, sich über ihn beim Schiffseigner zu beschweren und die versprochenen Preise von ihm einzufordern. Dadurch können Sie …«

Aber ein weiterer Ruf aus der Menge schnitt ihr das Wort ab.

»Die Sicherheitsleute«, drang es aus einer der hinteren Reihen zu ihr. »Jemand hat sie verständigt. Sie sind auf dem Weg hierher.«

»Verdammt«, stieß Sandra hervor. »Die haben uns gerade noch gefehlt. Mrs. Arrington, wir dürfen nicht zulassen, dass Sie uns mit Rudd erwischen. Die würden ihn sich sofort schnappen.«

»Sie haben recht, Sandra. Wir müssen schnell von hier weg.«

»Die Truppen?«, fragte Rudd, der schwankend zwischen Mary und Willems stand und noch immer nicht recht zu begreifen schien, was um ihn — und mit ihm —

vor sich ging. »Wir sollten auf sie warten ... Sergej ... ich meine, Bogdanovich wird ...«

Er machte sich von Mary und Willems los und stolperte zwei Schritte vorwärts. Doch wäre er frontal gegen die Wand gelaufen, wenn Willems ihn nicht zurückgehalten hätte.

»Glauben Sie mir, Mr. Rudd«, sagte Mary. »Bogdanovich und seine Leute sind die Letzten, mit denen Sie jetzt reden wollen. Nicht, nachdem sie gerade als Monster enttarnt wurden.«

Jonathan Rudd schüttelte den Kopf und murmelte etwas Unverständliches. Aber er hatte nicht die Kraft, sich zur Wehr zu setzen, als Mary und Willems erneut seine Arme fassten.

»Mr. Willems«, fragte Mary, »gibt es einen anderen Weg nach oben?«

Willems machte eine Kopfbewegung zur Seite, durch die er auf einen Nebengang wies.

»Ja. Ich führe Sie hin. Hier entlang.« Er wandte sich noch einmal an seine Gruppe. »Entschuldigen Sie, meine Damen und Herren. Aufgrund dieser unvorhergesehenen Umstände sind wir leider gezwungen, die Besichtigung des Lagerbereiches abzubrechen. Aber ich verspreche Ihnen, dass wir sie nachholen werden.«

»Das ist unerhört«, rief der magere Mann. »Jetzt gibt es nicht mal mehr eine Besichtigung? Auf einen Schlag ist das Spiel vorbei, kein Preis, alle Versprechen gebrochen. Das ist doch wohl das Allerletzte!«

Mary und Willems achteten nicht mehr auf ihn. Sie setzten sich in Bewegung und schleppten Jonathan Rudd in ihrer Mitte mit sich. Sandra hob die Maske auf und folgte ihnen, bereit, zuzupacken, sollte Rudd versuchen, sich loszureißen und den Sicherheitstruppen entgegenzurennen, nach denen er eine spontane Sehnsucht entwickelt zu haben schien. Aber ein Fluchtversuch seinerseits stand nicht zu befürchten. Er hing wie ein schlaffer Sack in ihrem Griff. Aber obwohl er noch immer deutlich angeschlagen war, hatte Mary wenig Mitleid mit ihm. Was immer ihm widerfahren war, er hatte seinen Teil dazu beigetragen. Schließlich musste man mit Konsequenzen rechnen, wenn man als Monster verkleidet auf einem Schiff Unheil stiftete.

»Am besten Sie beschweren sich bei Hauptmann Bogdanovich«, rief sie dem mageren Mann über die Schulter zu. »Sobald er hier eingetroffen ist, wird er Ihnen Rede und Antwort stehen. Er ist einer von Dr. Germers engsten Vertrauten. Sie sollten auf keinen Fall nachlassen, bevor er Sie zufriedengestellt hat.«

»In Ordnung«, sagte der magere Mann. »Das machen wir.«

Einige der Umstehenden nickten entschlossen. Mary war sicher, dass sie Bogdanovich auf dem engen Gang zumindest so lange aufhalten würden, dass sie sich einen hinreichenden Vorsprung verschaffen konnten, um den Lagerbereich zu verlassen und sich an einen Ort zurückzuziehen, an dem sie ein ungestörtes Gespräch führen konnten.

»Los jetzt, Mr. Rudd«, sagte sie und zerrte ihn vorwärts. »Sie haben uns einiges zu erklären.«

46

»Jetzt aber raus mit der Sprache«, rief Sandra. »Geben Sie zu, dass Sie Mrs. Gao ermordet und den Drachen gestohlen haben! Leugnen ist zwecklos.«

»Nein. Nein, das war ich nicht.«

Jonathan Rudd schüttelte heftig den Kopf. Doch verursachte ihm diese Bewegung solche Schmerzen, dass er sofort wieder aufhörte und ein Stöhnen von sich gab. Er lehnte sich gegen die Wand seiner Kabine zurück. Er saß auf seinem Bett und drückte sich den Eisbeutel, den Sandra ihm besorgt hatte, auf die Beule an seinem Schädel. Vor der Kabine waren sie auf Meister Wang gestoßen, der gerade auf der Suche nach seinem Jünger gewesen war. Er war ziemlich überrascht gewesen, als die vier, Rudd in der Mitte, den Gang hinab auf ihn zugekommen waren. Noch überraschter war er gewesen, Rudd in diesem angeschlagenen Zustand zu sehen. Gemeinsam hatten sie ihn ins Innere gebracht.

»Schonen Sie ihn doch ein wenig«, bat er Sandra. »Sie sehen doch, wie schlecht es ihm geht.«

»Sonst noch was?«, fragte Sandra. »Jetzt soll ich auch noch auf skrupellose Mörder und Diebe Rücksicht nehmen?«

»Tun Sie ihm den Gefallen, Sandra«, sagte Mary. »Sonst bekommen wir gar nichts aus ihm heraus.«

Sie und Meister Wang saßen auf Stühlen vor dem Bett. Jasper Willems stand an die Tür gelehnt, um zu verhindern, dass Rudd einen Fluchtversuch unternahm, auch wenn er nach wie vor nicht aussah, als sei er dazu imstande. Sandra tigerte durch die Kabine. Sie war zu aufgeregt, um still zu halten.

»Und Sie, Mr. Rudd«, fuhr Mary fort, »täten wirklich gut daran, uns endlich die Wahrheit zu erzählen.«

»Ja, Jonathan«, sagte der Hohepriester und bedachte ihn mit einem gütigen, dabei gleichzeitig strengen Blick. »Helfen Sie, dieses Missverständnis aufzuklären. Ich bin sicher, um nichts anderes handelt es sich.«

»Tun Sie doch nicht so«, begehrte Sandra auf. Ihre Kampfeslust hatte sich noch immer nicht gelegt. »Missverständnis, dass ich nicht lache! Sie wissen doch ganz genau, was es mit all dem auf sich hat. Schließlich hat Rudd in Ihrem Auftrag gehandelt. Sie wollten den Jadedrachen unbedingt haben. Und Sie hatten ein Riesenproblem mit Mrs. Gao. Daher haben Sie Jonathan losgeschickt, um sie zu töten und die Statue zu stehlen. Also spielen Sie hier nicht den Ahnungslosen!«

Meister Wang starrte sie an. Seine Miene blieb unbewegt, zeigte kein Zeichen von Erstaunen. In seinen Augen jedoch war die Verwirrung erkennbar, in die Sandras Verkündung ihn versetzte.

»Welch empörende Anschuldigungen«, sprach er. »Bei den Geistern sämtlicher Himmel schwöre ich Ihnen, dass ich jener unseligen Dame nicht den geringsten Schaden zugefügt habe. Sie ist tot, sagen Sie? Das wusste ich nicht. Natürlich bin ich nicht vollkommen überrascht. Ich habe sie davor gewarnt, welches Unheil sie überkommen werde, wenn Sie Xiaogui erzürnt. Ich habe Ihr ein schlimmes Schicksal vorhergesagt.«

»Eine Vorhersage«, warf Sandra ein, »die Ihr Handlanger in Windeseile wahr gemacht hat.«

»Ich war es nicht«, rief Jonathan. »Bitte glauben Sie mir. Bis gerade eben wusste ich noch nicht einmal, dass

Mrs. Gao tot ist. Wir haben auch die Drachenstatue nicht.«

»Entschuldigen Sie«, mischte sich Jasper Willems von der Tür aus ein. »Ich komme da nicht mit. Jemand wurde ermordet? Und wenn ich das richtig verstehe, ist dieses Monster, also jemand, der als Monster verkleidet war, der Täter?«

»So ist es«, antwortete Mary. Sie hatte der Auseinandersetzung ruhig zugehört. Die Gemüter um sie herum waren schon erregt genug. Da brauchte sie sich nicht auch noch von dem Aufruhr anstecken zu lassen.

Willems rieb sich die Stirn, als hätte Rudd ihn mit seinen Kopfschmerzen angesteckt.

»Das bedeutet, der Mörder hat sich das Spiel zunutze gemacht, die Monsterjagd?«

Sandra schlug sich vor den Kopf.

»Sind Sie schwer von Begriff? Ein solches Spiel gab es niemals. Das war nur ein Ablenkungsmanöver von Germer und Bogdanovich, damit der Mord nicht rauskommt und Sie und Ihre Gruppe für ihn spionieren. Er hat Sie ausgenutzt.«

»Aber warum ist das Monster dann immer wieder aufgetaucht?«

»Wir werden all diese Fragen klären, Mr. Willems«, sagte Mary. »Und wir werden sofort damit anfangen.«

Sie hob die Maske auf, die neben Rudd auf dem Bett lag. Jetzt, aus der Nähe betrachtet, und ohne monströses Brüllen, wirkte sie alles andere als furchterregend, ein bemaltes Stück Holz, nicht einmal besonders kunstvoll gefertigt.

»Einmal angenommen, wir glaubten Ihnen, Mr. Rudd. Angenommen, Sie wussten wirklich nichts von diesen Verbrechen. Dann ist damit noch lange nicht erklärt, warum Sie als Monster verkleidet auf dem Schiff unterwegs waren.«

Rudd wand sich. Seine Kopfschmerzen schienen mit einem Mal sein geringstes Problem zu sein.

»Ich … Es ist so, dass …«

»Sprich, Jonathan«, gebot ihm Meister Wang. »Was bei allen Geistern hat dich zu diesem sonderbaren Verhalten bewegt?«

Rudd schien den Tränen nahe. Er kämpfte sichtlich darum, die Fassung zu bewahren.

»Ich habe es für Sie getan, Meister«, platzte es schließlich aus ihm heraus. »Allein für Sie.«

»Für mich? Aber wieso?«

Aber Jonathan schwieg. Er starrte nur vor sich auf die Bettdecke.

»Ganz einfach«, sagte Mary, da offenbar für den Moment nichts aus ihm herauszubringen war. »Für Geld. Es gab schließlich genug Passagiere an Bord, die das Monster für echt hielten, die Ihnen, Meister Wang, glaubten, wenn Sie ihnen etwas vom zornigen Dämon erzählten, der hinter ihnen her sei. Diese Passagiere waren nur allzu gerne bereit, für Schutzrituale und Kräutermischungen zu bezahlen. Jonathan wollte dieses lukrative Geschäft noch ein wenig ankurbeln. Deshalb trat er als Monster in Erscheinung. Je mehr Leute dachten, ein Ungeheuer treibe auf dem Schiff sein Unwesen, desto mehr Leute öffneten für Meister Wang ihre Geldbörsen. So ist es doch, Mr. Rudd, nicht wahr? Deshalb haben Sie sich als Monster verkleidet.«

Jonathan Rudd nickte kaum merklich.

»Ja, so ist es. Ich wollte, dass die Menschen an Bord an den Dämon glaubten, an Xiaogui, dass sie sich vor ihm fürchteten.« Er blickte Mary an. »Aber in einem Punkt irren Sie sich. Ich habe es nicht für Geld getan. Ich wollte, dass Meister Wang den Respekt und die Ehrerbietung erfährt, die er verdient.« Er ließ den Eisbeutel los, der von seinem Kopf rutschte und auf das Bett fiel. Er streckte seine Hände nach Meister Wang aus, als wollte er sich an ihm festklammern wie ein Kind an seinem Vater. »Bitte glauben Sie mir, Meister. Ich hatte nur Ihr Bestes im Sinn.«

Jasper Willems runzelte die Stirn.

»Ich hab mitbekommen, wie die Leute zu ihm pilgerten. Sogar ein paar aus meiner Gruppe haben ihn für seine Zauber und Kräutermischungen bezahlt. Aber wollen Sie uns wirklich weismachen, Ihr sogenannter Meister, der dieses ganze Geld kassiert hat, hätte nichts davon gewusst? Das ist doch wohl schwer zu glauben. Es ist viel wahrscheinlicher, dass die beiden diesen Plan zusammen ausgeheckt haben.«

»Nein«, rief Rudd. »Ich schwöre es, er wusste nichts davon. Es war ganz allein mein eigenes Werk. Ich bin sicher, wenn er davon gewusst hätte, hätte er mich daran gehindert. Ich habe mein Bestes getan, es vor ihm geheim zu halten. Bitte, Meister, verzeihen Sie mir diesen Alleingang.«

Meister Wang war in Schweigen gefallen. Nachdenklich strich er sich seinen weißen Bart. Er betrachtete Rudd wie einen Fremden, auf dessen Worte er sich keinen Reim machen konnte.

»Mein armer, verirrter Schüler«, sagte er schließlich. »Du bist vom Weg abgekommen. Warum nur hast du dich dazu hinreißen lassen? Hat der Dämon deine Sinne verwirrt? Du weißt doch, dass es mir niemals um Geld ging und dass mir Verehrung nichts bedeutet. Das Einzige, was für mich zählte, war, die Lebenden mit den Geistern Ihrer Ahnen zu versöhnen, den Zorn der Dämonen zu bändigen.«

»Echt jetzt?«, fragte Sandra. »Ich meine, wenn Sie beide sich das zusammen überlegt hätten, wäre das zwar immer noch eine richtig miese Masche gewesen. Allerdings hätte ich Ihnen zumindest geistige Zurechnungsfähigkeit zugestanden. Aber das ist alles Ihr vollkommener Ernst? Sie sind kein Betrüger, zumindest kein böswilliger? Sie glauben diesen ganzen Geisterquatsch?«

»Ich habe genug in meinem Leben gesehen und gehört, um an das Übersinnliche zu glauben. Für mich gibt es keinen Zweifel, dass neben unserer eine Welt der Geister existiert und manche Seelen bisweilen von der einen Welt in die andere wandern.«

Sandra prustete Luft aus den Backen.

»Wenn Sie mich fragen, ist das totaler Humbug, und dass Sie anderen Kohle dafür abknöpfen, gehört sich nicht.«

»Sehen Sie«, sagte Jonathan Rudd mit bedrückter Stimme. »Das meine ich. Dieser Spott, dieser Hohn. Ich ertrug es nicht länger. Meister Wang hat so viel für mich getan, er hat mein Leben in die richtigen Bahnen gelenkt. Ich wollte mich ihm erkenntlich zeigen. Ich wollte nicht mehr, dass sich irgendjemand über ihn lustig macht. Ganz abgesehen davon, dass ihm vielleicht Geld nichts bedeutet, wir aber ja trotzdem von irgendetwas leben müssen. Deshalb habe ich diese Masken besorgt.«

»Masken?«, fragte Mary. »Mehrere?«

»Genau. Insgesamt vier. Eine habe ich behalten, die anderen habe ich einigen neuen Mitgliedern unseres Ordens gegeben. Ich erzählte ihnen, sie sollten den Dämon damit hervorlocken, damit es Meister Wang gelingen konnte, ihn zu bannen. Ich habe ihnen eingebläut, niemandem davon etwas zu sagen, und weil sie wussten, dass ich Meister Wangs oberster Schüler bin, haben Sie mir gehorcht.«

»Lassen Sie mich raten.« Mary tippte auf die hölzerne Maske in ihrer Hand. »Die haben Sie aus Ho-Chi-Minh-Stadt. Sie waren in der Tüte, deren Inhalt sie mich nicht sehen lassen wollten. Verständlicherweise. Waren Sie in dem verschlossenen Schrank des Marktstandes mit dem Vogel, der Feuer aus seinem Schnabel stieß?«

Rudd schien überrascht, dass Mary den Stand gefunden hatte.

»Nein, die Masken lagen auf dem Regal. Ich habe alle genommen, die noch da waren. Was den Schrank angeht … Es wundert mich nicht, dass die Händlerin Ihnen den Inhalt nicht gezeigt hat. Sie wirken nicht wie eine ihrer typischen Kundinnen. Da drinnen hatte sie verbotene Substanzen, Heilmittel, die eigentlich nicht in den Handel gelangen dürfen, das zu einem Pulver zerstoßene Horn eines Nashorns etwa oder die getrocknete Haut seltener Schlangen. In der traditionellen asiatischen Heilkunst spielen sie eine wichtige Rolle. Mir hat sie das alles gezeigt. Aber davon habe ich nichts gekauft. Nur die Masken.« Er seufzte. »Die Idee kam mir, nachdem das Monster schon zweimal gesichtet worden war, einmal unter Deck mit der alten Frau und dann oben bei der Luxus-Suite. Ich kaufte die Masken, schmückte sie mit grünen Federn, damit sie auf die Beschreibung passten. Nachdem ich auf die *Queen Anne* zurückgekehrt war, beauftragte ich meine Vertrauten sofort damit, sich zu verkleiden und trat auch selber immer wieder als Monster in Erscheinung.«

»Das erklärt«, sagte Sandra, »warum sich die Sichtungen des Monsters seit gestern derart gehäuft haben.«

»Aber noch mal.« Rudd blickte von Mary zu Sandra, zu Willems und Meister Wang, an dem seine Augen hängenblieben. »Wir haben niemanden umgebracht, nichts gestohlen und auch sonst niemandem Schaden zugefügt. Wir haben die Leute lediglich erschreckt.«

»Sie haben Dorothy Beckett, die alte Dame, also nicht die Treppe heruntergeschubst?«

»Nein, so etwas würde ich niemals tun.« Er griff Meister Wang am Arm. »Meister, Sie kennen mich. Ich bin kein gewalttätiger Mensch.«

Meister Wang tätschelte seine Hand.

»Jonathan hat schwere Fehler begangen. Aber in dieser Hinsicht verbürge ich mich für ihn. Sowohl ich als auch meine Anhänger missbilligen Gewalt in jedweder Form.«

Mary fuhr mit dem Finger über die Maske, über die großen Augen, die spitzen Zähne, die geschwungenen Hörner.

»Allerdings schreckten Sie nicht davor zurück, mich im Nachtclub anzugreifen, nicht wahr? Ich gehe doch richtig in der Annahme, dass Sie das waren?«

Jonathan wich Meister Wangs strengem Blick aus.

»Ja, ja, das war ich. Ich wollte verhindern, dass Sie uns auf die Schliche kommen und alles auffliegen lassen. Ich wollte Ihnen Angst einjagen. Von meinem früheren Job als DJ her wusste ich, wie man die Licht- und die Musikanlage bedient. Ich dachte, ich könnte Sie dazu bringen, Ihre Nachforschungen einzustellen.«

Sandra lachte auf.

»Da kennen Sie Mrs. Arrington aber schlecht. Sie lässt sich durch nichts abhalten.«

Mary nickte.

»Jedenfalls nicht durch einen Monsterangriff. So wenig ich auch von dem begeistert bin, was Sie, Mr. Rudd, uns hier erzählt haben, und so wenig es auch für Sie und Ihren Charakter spricht: Immerhin bestätigt es eine Einsicht, die wir beide, Sandra und ich, ebenfalls schon hatten. Nur sind wir noch nicht dazu gekommen, sie im Einzelnen zu besprechen.«

»Welche Einsicht denn?«

»Die Einsicht, die daraus folgt, dass es unmöglich ist, in derart kurzer Zeit die Strecke von Deck 12 auf Deck 3 hinter sich zu bringen, wie es das Monster augenscheinlich tat. Das war nur möglich, weil es mehrere Monster gab. Wobei offenkundig nicht all diese Monster Meister Wangs Anhänger waren. Eins von ihnen, das mordende Monster, gehörte nicht dazu.«

»Aber wer war es sonst?«, fragte Sandra.

»Das werden wir auch noch in Erfahrung bringen.« Mary klopfte mit den Knöcheln auf die Maske. »Die übrigen Exemplare, Mr. Rudd, werden Sie uns selbstverständlich auch aushändigen.«

»Natürlich«, sagte Meister Wang, bevor Rudd antworten konnte. »Ich werde persönlich dafür sorgen, dass Sie sie erhalten. Ich werde Jonathan für seine Taten zur Rechenschaft ziehen. Das Geld, das er uns dadurch eingebracht hat, werden wir zurückzahlen. Jeder weitere, der zu uns kommt und um ein Ritual bittet, wird es umsonst erhalten, ebenso meine Kräutermischungen zur Dämonenabwehr. Das ist das Mindeste, was ich tun kann.«

Sandra verschränkte die Arme vor der Brust.

»Da haben Sie verdammt recht. Das ist das Mindeste nach all dem Ärger und der Verwirrung, die Sie gestiftet haben.«

»Des Weiteren«, sagte Mary, »bleibt noch eine wesentliche Frage offen.«

»Genau«, rief Jasper Willems. »Was ist eigentlich da unten vorgefallen?«

Bei diesen Worten schien Jonathan Rudd seine Beule

wieder einzufallen. Er nahm den Eisbeutel und legte ihn zurück auf seinen Hinterkopf.

»Wir, also ich und die anderen drei aus unserem Orden, haben die Gänge unter Deck benutzt, um uns schnell und möglichst unbemerkt auf dem Schiff zu bewegen. Wir durften uns ja nicht fassen lassen, mussten nach jedem Erscheinen rasch wieder verschwinden. Ich wollte durch den Lagerbereich, um auf der anderen Seite wieder herauszukommen. Aber plötzlich schlug mich von hinten jemand nieder.«

»Konnten Sie jemanden erkennen?«, fragte Mary. »Haben Sie irgendeine Ahnung, wer es gewesen sein könnten?«

»Leider nein«, sagte Rudd. »Es ging alles so furchtbar schnell. Alles, woran ich mich erinnere, ist ein starker exotischer Geruch, den ich wahrnahm. Kurz darauf traf mich der Schlag, ich sah Blitze, dann wurde mir schwarz vor Augen. Als ich wieder zu mir kam, waren Sie da.«

Sandra tappte mit der Schuhspitze auf den Boden.

»Dieser sonderbare exotische Geruch gehört zu unserem Mörder. Den hat Ms. Lindqvist in der Piccadilly Suite gerochen. Das heißt, jetzt gehen die Monster auf diesem Schiff schon aufeinander los. Wie praktisch. Dann müssen wir uns nicht mehr darum kümmern. Was meinen Sie, Mrs. Arrington? Kaufen wir ihm diese Geschichte ab?«

»Nun ja, Sandra. Ich traue Mr. Rudd eine Menge zu. Aber er wird sich wohl kaum selbst niedergeschlagen haben. Es handelte sich bei dem Angreifer um niemanden, der bei der angeblichen Monsterjagd mitmachte, denn der hätte ja darauf bestanden, für seinen Fang den Preis einzuheimsen. Jemand von der Crew hätte die Sicherheitsleute verständigt, damit sie ihn festnehmen. Der Geruch schließlich verweist, wie Sie schon sagen, eindeutig auf den Mörder von Mrs. Gao. Allerdings habe ich keine Ahnung, welchen Grund er gehabt haben könnte, Jonathan niederzuschlagen.«

»Na ja«, sagte Sandra. »Gründe, ihm eins überzuziehen, würden mir eine Menge einfallen.«

Jonathan rückte gegen die Wand, als fürchtete er, Sandra würde diesem Bedürfnis gleich an Ort und Stelle nachgehen.

Mary lächelte über Sandras Temperament. Aber sie wurde gleich wieder ernst.

»Wir sind ein Stück weitergekommen«, erklärte sie. »Aber wir sind immer noch weit von der Lösung entfernt. Und die Lage spitzt sich zu. Ich denke, Sie können von Glück reden, Mr. Rudd, dass Sie Ihre unheimliche Begegnung unter Deck lebend überstanden haben. Sie mögen vielleicht vor Gewalt zurückschrecken. Aber dieses ganz bestimmte Monster tut es eindeutig nicht. Wir müssen ...«

Weiter kam sie nicht. Mit einem gewaltigen Krachen wurde die Tür aufgestoßen.

47

Jasper Willems, der nahe der Tür gestanden hatte, wurde von dem Stoß durch die halbe Kabine befördert. Sandra wirbelte herum. Meister Wang sprang von seinem Stuhl. Jonathan Rudd ließ vor Schreck seinen Eisbeutel fallen. Auch Mary erhob sich, wenn auch ruhiger. Sie war auf dieses gewaltsame Eindringen vorbereitet gewesen, und so zeigte sie keine allzu starke Überraschung, als Hauptmann Bogdanovich mit zweien seiner Leute in die Kabine drängte. Weitere Mitglieder des Sicherheitstrupps, sah sie, hielten sich auf dem Gang bereit, um einzuschreiten, falls es nötig sein sollte.

»Herzlich willkommen, werter Herr Hauptmann«, sagte Mary. »Ich habe Sie schon erwartet. Wie ich sehe, haben Sie sich in der letzten Zeit immerhin ein Mindestmaß an Manieren angeeignet und gelernt, anzuklopfen.« Sie wies auf die sperrangelweit offen stehende Tür. »Wenn Sie es damit auch übertrieben haben. Sie müssen noch lernen, ihre Kräfte im Zaum zu halten.«

Während seine beiden Leute rechts und links von der Tür Aufstellung nahmen, damit niemand entkommen konnte, baute Bogdanovich sich in seiner gesamten stattlichen Größe mitten in der Kabine auf und stemmte die Fäuste in die Hüften. In der ohnehin nicht gerade geräumigen Unterkunft wurde es ungemütlich eng.

»Ersparen Sie mir Ihre Belehrungen, Mrs. Arrington«, stieß er mit vor Wut bebender Stimme hervor. »Dieses Mal sind Sie zu weit gegangen.«

»Zu weit womit, mein lieber Herr Hauptmann? Damit, einem Mann, der sich eine Verletzung am Kopf zugezogen hat, Hilfe zu leisten, ihn hierherzubringen, wo er sich ausruhen kann, und ihm Eis für seine Beule zu besorgen?«

»Spielen Sie nicht die Unschuld vom Lande. Ich bin über alles informiert. Ich weiß genau, was im Lagerbereich vorgefallen ist. Ich wusste ja, dass Sie keine Achtung vor der Obrigkeit haben. Ich dachte, mit unserem kleinen Besuch in Ihrer Suite hätten wir Ihnen eine Lektion erteilt. Aber Sie wollen offenbar nicht lernen. Im Gegenteil werden Sie immer rebellischer. Hier ohne meine Erlaubnis, ja gegen das ausdrückliche Verbot Dr. Germers geheime Verhöre durchzuführen, schlägt dem Fass den Boden aus.«

»Irgendjemand muss es ja tun.« Sandra trat vor. Bogdanovich war wesentlich größer und breiter als sie. Aber sie ließ sich davon nicht einschüchtern. »Ihre sogenannten Sicherheitstruppen sind ein schlechter Witz. Sie haben nicht das Geringste dazu beigetragen, den Mord an Mrs. Gao aufzuklären.«

»Genau«, stimmte Jasper Willems zu, angespornt von Sandras Mut. »Sie haben bloß versucht, alles zu vertuschen. Sie und Germer haben uns zum Narren gehalten, uns glauben lassen, es handele sich um ein Spiel, während ein Mörder frei auf dem Schiff herumlief. Sie haben uns belogen und betrogen und, anstatt für Sicherheit zu sorgen, den Leuten mit Strafen für völlig belanglose Vergehen das Geld aus der Tasche gezogen.«

Bogdanovich schien verdutzt. Von Mary war er Respektlosigkeit gewöhnt. Aber dass nun auch noch Sandra und Willems gegen ihn aufbegehrten, hatte er offenbar nicht erwartet. Er blickte mit einem gewissen Unbehagen auf seine Leute. Es ging ihm sichtlich gegen den Strich, in ihrer Gegenwart von einer Reinigungskraft und einem Reiseleiter runtergeputzt zu werden. Mary nutzte die Gelegenheit, um nachzulegen.

»Und das ist nicht alles, nicht wahr? Jetzt, wo Sie sich endlich hier eingefunden haben, können wir noch ein paar wichtige Belange miteinander klären.«

»Was meinen Sie – endlich hier eingefunden? Wir haben Sie erwischt, sozusagen auf frischer Tat …«

»Nun ja, erwischt. Wenn ich hätte verhindern wollen, dass Sie uns erwischen, hätte ich Mr. Rudd woanders hingebracht. Ich wusste, dass Sie über kurz oder lang hier auftauchen würden, und auch wenn ich auf Ihre Gesellschaft in der Regel keinen großen Wert lege, bin ich froh, dass Sie da sind. Schließlich müssen auch Sie uns Rede und Antwort stehen.«

Bogdanovich schüttelte den Kopf. Er wirkte enttäuscht. Er hatte sich wohl einen stärkeren, einschüchternden Effekt davon versprochen, die Kabine zu stürmen. Dass Mary davon nicht nur nicht beeindruckt war, sondern ihn offenbar erwartet hatte, um ihn in das Gespräch einzubinden, passte offenbar gar nicht in seinen Plan.

»Nein, wir haben Sie erwischt, so war das. Außerdem sehe ich überhaupt nicht ein, Ihnen über irgendetwas Rede und Antwort zu stehen. Ich wüsste auch gar nicht, was das sein sollte.«

Aber statt darauf einzugehen, wandte Mary sich an Jonathan Rudd, der sich auf dem Bett klein gemacht hatte.

»Ich dachte, Sie wollten uns gegenüber ehrlich sein, Mr. Rudd. Dabei gibt es eine nicht unwesentliche Tatsache, die Sie uns verschwiegen haben.«

»Nein«, sagte Rudd. »Ich schwöre Ihnen, ich habe Ihnen alles gesagt, ich habe …«

Meister Wang schnitt ihm gebieterisch das Wort ab.

Offenbar schenkte er Mary inzwischen mehr Glauben als den Beteuerungen seines abtrünnigen Jüngers.

»Keine weiteren Lügen mehr, Jonathan. Reize nicht noch weiter den Zorn der Dämonen, deren Unmut du ohnehin schon auf dich gezogen hast. Bereue, tue Buße und sprich die Wahrheit: Was hast du getan?«

»Hören Sie auf Ihren Meister, Jonathan. Oder, wenn Sie nicht wollen, kann auch der gute Hauptmann diese Frage beantworten. Wie steht es, Mr. Bogdanovich – wollen Sie uns aufklären?«

»Worüber aufklären?««, fragte Bogdanovich trotzig. »Ich weiß überhaupt nicht, wovon Sie reden.«

Mary schüttelte den Kopf über ihn wie über ein Kind, das sie mit der Hand in der Keksdose ertappt hatte und das dennoch abstritt, sich an den Naschereien vergreifen zu wollen.

»Geben Sie es einfach zu, Herr Hauptmann.«

»Was soll ich bitte schön zugeben?«

Mary wies auf Jonathan Rudd.

»Dass Sie beide unter einer Decke stecken.«

Bogdanovich zog seine Lippen zu einem spöttischen Lächeln auseinander, als hätte er noch nie solchen Unsinn gehört. Aber seine Augen lächelten nicht mit. In ihnen stand Sorge, die Mary bewies, dass sie mit Ihrer Vermutung richtig gelegen hatte.

»Jonathan«, rief Meister Wang. »Was soll das heißen?«

Jonathan Rudd sagte nichts, zog sich nur noch weiter gegen die Wand zurück und senkte den Kopf, als hoffe er, dadurch von niemandem mehr bemerkt zu werden.

»Pah«, machte Bogdanovich. Aber er schaute dabei unsicher um sich. »Sie und Ihre blühende Fantasie. Wie kommen Sie denn darauf?«

»Ganz einfach. Zum einen war Mr. Rudd, nachdem

wir ihn unter Deck aufgefunden hatten, ziemlich erpicht darauf, auf Sie zu warten. Das fand ich schon sehr sonderbar. Schließlich gibt es niemanden an Bord, der sich darum reißt, mit Ihnen Zeit zu verbringen. Dazu kam die Tatsache, dass er Ihren Vornamen kannte. Sergej, nicht wahr? Auf Ihrem Namensschild steht er nicht. Woher sollte er ihn kennen, wenn nicht in diesem Zusammenhang? Ich gehe jedenfalls nicht davon aus, dass Sie beide sich bei einer Partie Minigolf angefreundet haben. Nein, Sie wussten genau, was Rudd und seine Verbündeten mit ihren Monstermasken trieben.« Sie hielt Bogdanovich die Maske hin. »Entweder erwischten Sie ihn dabei, oder er kam selbst zu Ihnen. Jedenfalls machte er Ihnen ein Angebot, ein so verlockendes, dass Sie es nicht ausschlagen konnten.«

»Was für ein Angebot?«, fragte Sandra. »Was für eine Abmachung hatten die beiden?«

»Eine, die sich für beide lohnte. Wir wissen, wie schnell die Monster auftauchten und wieder verschwanden. Dass dies Mr. Rudd und seinen Komplizen immer wieder gelang, ohne erwischt zu werden, war ohne Hilfe nicht möglich. Diese Hilfe kam von unseren hochgeschätzten Sicherheitstruppen. Sie sorgten zum einen dafür, dass unsere Maskierten Bereiche betreten konnten, die eigentlich nur dem Personal zugänglich waren. Dadurch standen ihnen eine Menge Schleich- und Fluchtwege zur Verfügung, über die niemand sie verfolgen konnte. Zum anderen, vermute ich, haben die Truppen selbst dafür gesorgt, dass ihre Ergreifung immer wieder verhindert wurde, etwa, indem sie sich Leuten in den Weg gestellt, sie aufgehalten haben, sodass Rudd und die anderen sich in aller Ruhe davonmachen konnten. Wie sieht es aus, Herr Hauptmann? Habe ich das einigermaßen zutreffend beschrieben?«

Bogdanovichs Gesicht hatte sich bei jedem Wort stärker verfinstert. Seine Leute blickten ihn unsicher an und zeigten Mary dadurch, dass sie mit ihrer Theorie voll ins Schwarze getroffen hatte.

»Sie möchten sich nicht dazu äußern? Wie steht es mit Ihnen, Jonathan? Entspricht meine Darstellung den Tatsachen?«

Jonathan nickte, ohne einen der Anwesenden anzublicken.

»Ja«, murmelte er. »Es ist genau, wie Sie sagen. Die Sicherheitsleute haben uns Türen aufgeschlossen und uns allzu Neugierige vom Hals gehalten.«

»Oh, Jonathan«, seufzte Meister Wang. »Wie konntest du nur so tief sinken?«

Ein Schluchzen entrang sich Jonathan Rudd.

»Verzeihen Sie mir, Meister. Ich habe mich verirrt.«

»Was nun die Entlohnung für die Truppen angeht«, sagte Mary, »so bin ich sicher, dass Rudd sie an den Einnahmen beteiligt hat, die er für Meister Wang kassierte. Schließlich wuchsen diese Einnahmen mit jeder neuen Monstersichtung weiter an. Meister Wang steht über so weltlichen Belangen wie Geld. Daher wusste er wahrscheinlich nicht einmal, wie viel Jonathan die Kundschaft bezahlen ließ, und konnte somit nicht bemerken, dass er gewisse Beträge abzweigte. Aber es ging Ihnen nicht nur ums Geld, nicht wahr, Herr Hauptmann? Sie hatten davon, dass Rudd und die anderen an Bord als Monster auftraten noch einen anderen, weitaus wichtigeren Vorteil.«

»Ich weiß!«, rief Sandra. »Er wollte die Situation ausnutzen, um freie Verfügungsgewalt für seine Truppen zu erhalten. Solange ein Monster unterwegs war und den Passagieren Angst einjagte, konnten die Sicherheitsleute schalten und walten, wie sie wollten. Egal, welche Maßnahmen sie ergriffen, wie sie die Passagiere gängelten oder einschüchterten, sie konnten immer darauf verweisen, dass es Teil ihres Auftrags war, das Monster zu fassen. Rudd half ihnen, ihre Macht aufrechtzuerhalten und auszubauen. Bogdanovich hatte niemals vor, das Monster zu fassen. Er hatte niemals vor, den Mord an Mrs. Gao aufzuklären, und er wird es auch niemals tun.«

»Sie schäbiger, machtgieriger Mistkerl!«, rief Jasper und streckte Bogdanovich den Finger entgegen. »Haben Sie denn überhaupt keinen Anstand?«

Bogdanovich starrte ihn nur finster an.

»Der Kapitän«, sagte Mary, »wird höchst interessiert sein, all das zu erfahren. Dr. Germer, Ihr oberster Befehlshaber, steht zwar mit dem Schiffseigner auf freundschaftlichem Fuß. Aber selbst ihm wird es wohl kaum gelingen, Ihr kriminelles Verhalten zu rechtfertigen. Ich denke, wir dürfen davon ausgehen, dass Ihre Tätigkeit an Bord somit ein Ende findet und Ihre Befehlsgewalt aufgehoben wird.«

Bogdanovich antwortete noch immer nicht. Aber Mary konnte sehen, wie es hinter seiner breiten Stirn arbeitete. Sie ging davon aus, dass er nun endlich klein beigeben, sich geschlagen zurückziehen würde. Schließlich war er überführt, vor Zeugen. Es gab keinen Weg mehr für ihn, sich aus der Affäre zu ziehen. Mary war fest davon überzeugt, ihn besiegt zu haben. Wie überrascht aber war sie, als sich über sein Gesicht ein unverschämtes Grinsen breitete.

»Ich muss Sie enttäuschen, Mrs. Arrington«, sagte er. »Aber ich fürchte, da liegen Sie falsch. Es wird Ihnen niemals gelingen, mich ins Abseits zu bugsieren.«

Mary wusste nicht, worauf er hinaus wollte. Aber sein triumphierender Tonfall war ihr nicht geheuer.

»Ja, Sie haben uns überführt. Es ist alles so, wie Sie

sagen. Wir haben mit Rudd gemeinsame Sache gemacht, wir haben dafür kassiert, und ja, wir haben geholfen, Angst auf der *Queen Anne* zu verbreiten, um unseren Einfluss zu erhöhen. Aber diese Information nutzt Ihnen nichts. Was wollen Sie schon damit anfangen? Sie haben schließlich keine Beweise.«

»Ich brauche auch keine Beweise. Ich habe Mr. Rudds Geständnis.«

»Ach ja?« Bogdanovich trat drohend auf sie zu. Auch seine Leute, die eben noch unsicher gewirkt hatten, nahmen wieder stramme Haltung an. »Hat er es irgendwo aufgeschrieben?« Er blickte sich in der Kabine um. »Sieht nicht so aus. Das heißt, Sie haben kein schriftliches Geständnis, und Mr. Rudd, denjenigen, der es Ihnen liefern könnte, haben Sie bedauerlicherweise auch nicht.«

»Was soll das heißen?«, fragte Sandra. »Da sitzt er doch.«

Mary begriff, was Bogdanovich vorhatte. Sie begriff, dass sie voreilig gewesen war. In ihrem Drang, Bogdanovich in seine Schranken zu weisen, hatte sie zu viel preisgegeben. Sie hätte ihr Wissen für sich behalten, auf eine Gelegenheit warten sollen, George alles zu berichten, sodass sie gemeinsam die nötigen Schritte einleiten konnten, um den Hauptmann – und im besten Fall Germer noch gleich mit dazu – seines Kommandos zu entheben. Jetzt aber hatte sie all ihre Trümpfe verfrüht preisgegeben – und ihrem Gegner somit die Chance verschafft, sie auszustechen.

»Aber nicht mehr lange«, sagte der Hauptmann. Er grinste Sandra an. »Sie meinten, ich hätte nie vorgehabt, diesen Mord aufzuklären. Ich habe Neuigkeiten für Sie: Ich habe ihn soeben aufgeklärt.«

Mit einem Schritt trat er an Mary vorbei, packte Jonathan Rudd am Arm und zerrte ihn so heftig vom Bett, dass Rudd aufschrie und seinen Eisbeutel fallen ließ.

»Jonathan Rudd. Ich nehme Sie in Gewahrsam wegen des Mordes an Mrs. Gao. Sie haben das Recht, Ihre Schnauze zu halten, solange ich es Ihnen sage. Sonst war es das mit Ihren Rechten.«

»Aber, ... was?«, stammelte Rudd. »Nein, Sergej, das kannst du doch nicht machen. Ich war das nicht. Ich habe niemanden umgebracht.« Hilfesuchend schaute er von Mary, Sandra und Jasper Willems zu Meister Wang. »Bitte, lassen Sie nicht zu, dass er mich mitnimmt. Ich weiß, ich habe etwas Falsches getan, etwas Schlimmes. Aber ich bin kein Mörder!«

»Was unterstehen Sie sich, Unseliger«, begehrte Meister Wang auf. »Lassen Sie ihn auf der Stelle los!«

»Oder was?«, fragte Bogdanovich. »Kommt das Monster mich sonst holen? Halten Sie sich zurück, Sie Witzfigur, sonst nehme ich Sie gleich auch noch mit.«

Er versetzte Rudd einen Stoß, der ihn durch die Kabine taumeln ließ. Bogdanovichs Leute packten ihn. In Rudds bleichem Gesicht stand Panik. Er versuchte, sich ihrem Griff zu entwinden. Aber sie verdrehten ihm die Arme auf dem Rücken.

»So, Mrs. Arrington.« Bogdanovich blickte siegessicher auf sie nieder. »Dann lassen Sie mal sehen, wie Sie und Ihr Herr Kapitän gegen mich und Dr. Germer vorgehen. Ihre Behauptungen, ich hätte mit Rudd zusammengearbeitet, sind nun vollkommen haltlos. Oder denken Sie, jemand glaubt einem Putzmädchen und einem chinesischen Geisterbeschwörer mehr als mir? Ihr Wort stünde gegen meines. Und wer würde es wagen, meines anzuzweifeln, nachdem ich den Mordfall gelöst und den Verbrecher verhaftet habe? Ich habe den Täter, ich habe Ms. Lindqvist, die ihn auf meine freundliche Bitte hin identifizieren wird und«, er nahm ihr die Monstermaske ab, »ich habe den unwiderlegbaren Beweis für seine Schuld. Sie können mir nichts. Ich bin ein Held, Mrs. Arrington, und Helden lässt man alles durchgehen. Sehen Sie es ein: Dieses Schiff gehört mir!«

Mary erwiderte nichts. Sie musste einsehen, dass sie geschlagen war. Sandra hingegen war nicht bereit, aufzugeben.

»Wir machen Sie fertig, Sie Drecksack«, rief sie. »Warten Sie nur. Ihnen zeigen wir es!«

Aber Bogdanovich gönnte ihr nichts weiter als ein verächtliches Schnauben. Er gab seinen Leuten ein Zeichen. Sie zerrten Rudd nach draußen. Bogdanovich folgte ihnen.

»Auf Wiedersehen, Herrschaften«, sagte er zum Abschied. »Freut mich, wenn ich zu Diensten sein durfte.«

Mit diesen Worten zog er die Tür zu.

»Das gibt es doch nicht!«, rief Sandra und schlug mit der Faust gegen die Tür. »Wir können ihn doch nicht einfach abziehen lassen.«

Mary setzte sich auf das Bett. Sie war noch immer überrumpelt von der plötzlichen Wendung, die diese Begegnung genommen hatte.

»Ich fürchte, das müssen wir. Was sollen wir tun? Uns einen Kampf mit ihnen liefern?«

Jasper Willems ließ sich auf einen der Stühle sinken.

»Glauben Sie denn, dass er damit durchkommt? Ich meine, nach allem, was er und seine Truppen sich geleistet haben?«

»So schwer es mir fällt, das zu sagen«, antwortete Mary. »Aber ich fürchte, es wird genauso sein, wie er es beschrieben hat. Ausnahmsweise wird der Schiffseigner dieses Mal zugeben, dass es einen Mord gab. Weil er gleichzeitig verkünden kann, wie souverän seine Leute diesen Mord aufgeklärt haben. Bogdanovich hat den Falschen verhaftet. Aber er wird imstande sein, es so darzustellen, als sei Rudd tatsächlich der Mörder. Die Folgen werden katastrophal sein. Der Ermittlungserfolg wird ihm zugeschrieben werden, was bedeutet, dass wir ihn niemals wieder los werden. Er und seine Leute belästigen zwar die Passagiere, kassieren Strafzahlungen von ihnen. Aber sie haben sich keinen großen Skandal geleistet, schon gar nicht gegenüber den Passagieren der höheren Kategorien, deren Beschwerden beim Schiffseigner wirklich Gewicht hätten. Wenn es dann auch noch heißt, sie hätten einen gefährlichen Verbrecher gefasst, kann niemand mehr etwas gegen ihre Anwesenheit an Bord und Ihre weitreichende Macht einwenden. Eine Macht, die dadurch noch wachsen wird. Es würde mich nicht wundern, wenn der Schiffseigner sie für sämtliche Fahrten anheuern würde.«

»Oh Gott, bloß nicht«, stöhnte Sandra. »Da würde ich sofort kündigen. Ich würde es nicht aushalten, denen immer wieder zu begegnen. Vor allem, weil Bogdanovich mich inzwischen sicher auch auf dem Kieker hat. Ich müsste mir einen neuen Job suchen. Aber ich will mir keinen neuen Job suchen. Klar, meine Arbeit ist nicht immer rosig, und ich motze öfter mal rum. Aber ich liebe es, mit der *Queen Anne* unterwegs zu sein.«

»Ich auch«, sagte Jasper. »Aber ich sehe es wie Mrs. Arrington. Bogdanovich und Germer werden Rudd unter Druck setzen, ihn zu einem falschen Geständnis zwingen, und selbst, wenn sie es nicht bekommen, haben Sie genug in der Hand, um ihn als Sündenbock an den Pranger zu stellen. Sobald das passiert, sobald sie ihren angeblichen Erfolg verkünden, sind sie unantastbar. Ich bin sicher, sie werden sich beeilen, damit an die

Öffentlichkeit zu gehen. Man wird sie feiern. Dann wird es verdammt schwer, ihre Behauptungen zu widerlegen.

»Mein armer Jonathan«, sagte Meister Wang. »Er ist von meinen Lehren abgewichen. Aber er verdient es nicht, dafür ins Gefängnis zu kommen.«

»Richtig«, pflichtete ihm Sandra bei. »Das dürfen wir nicht zulassen. Genauso wenig, wie wir zulassen dürfen, dass Bogdanovich und seine Gorillas dieses Schiff vollkommen an sich reißen.«

Sie fasste Mary an der Schulter und schüttelte sie sanft.

»Kommen Sie schon, Mrs. Arrington. Sie haben doch immer eine Idee. Lassen Sie sich etwas einfallen. Wir müssen irgendetwas tun.«

Alle drei blickten Mary erwartungsvoll an. Sie spürte, wie sie all ihre Hoffnungen auf sie richteten, ihren Glauben daran, dass sie eine Lösung finden würde. Sie wusste nicht, ob sie diesem Glauben gerecht werden, ihre Hoffnungen erfüllen konnte. Bogdanovichs Überraschungscoup hatte sie hart getroffen, und sie hatte sich noch nicht gänzlich von ihm erholt. Sie hatte keine Ahnung, was sie unternehmen sollte, um das Vertrauen ihrer Mitstreiter in ihre Fähigkeiten zu rechtfertigen und ihnen allen, einschließlich Jonathan Rudd, aus dieser misslichen Lage heraus zu helfen. Aber sie wusste, dass sie es versuchen musste. Das war sie ihnen schuldig, und sich selber auch.

»Es gibt nur eins, das wir tun können«, sagte sie und stand auf. »Wir müssen das Monster finden. Und zwar das echte Monster.«

48

»Wer hätte das gedacht, meine verehrte Mrs. Arrington?«

»Wer hätte was gedacht, mein lieber Mr. Bayle?«

Ein feines Lächeln spielte um den Mund des Lektors. »Dass ich für Sie eines Tages unter die Drachenjäger gehen würde.«

Mr. Bayle lehnte sich in seinem Ledersessel zurück. Das Bild, das er auf Marys Laptop bot, war beinahe das gleiche wie bei ihrer vorherigen Unterhaltung. Der einzige Unterschied bestand darin, dass Mr. Bayle dieses Mal nicht seinen Frühstückstee zu sich nahm, sondern sich ein bescheidenes Mittagessen gönnte, das er, wie viele seiner Mahlzeiten, am Schreibtisch einnahm. Manchmal fragte Mary sich, warum er überhaupt andere Möbel in seinem Haus hatte. Sie selber hatte sich vom Steward ein Glas Rotwein auf ihre Suite bringen lassen. Nach der Aufregung der vergangenen Stunden und dem Ärger mit Bogdanovich war sie der Ansicht gewesen, eine alkoholische Stärkung ihrer Nerven verdient zu haben.

»Dieser Ausdruck scheint mir ein wenig unglücklich gewählt, wenn Sie mir diese Bemerkung erlauben, mein lieber Mr. Bayle. Schließlich habe ich Sie nicht gebeten, sich in eine Ritterrüstung zu kleiden, sich einen eisernen Helm aufzusetzen, sich auf einen weißen Hengst zu schwingen und mit Schwert und Schild bewaffnet den Kampf gegen fauchende, feuerspuckende grüngeschuppte Ungetüme auf sich zu nehmen, die in dunklen Höhlen über gewaltige Goldschätze wachen. Wobei Sie einem solchen Ungetüm nach feiner englischer Art wahrscheinlich im Tweedanzug, mit einer Reiterkappe und einem Polo-Schläger zu Leibe rücken würden, während ihre treuen Beagle an der Leine für Sie die Fährte aufnehmen.«

Mr. Bayle biss in das Sandwich, das vor ihm auf einem Teller lag. Mary brauchte nicht genauer hinzusehen, um zu erkennen, worum es sich bei seinem Imbiss handelte. Mr. Bayle war nicht nur ein Mann strenger Prinzipien, sondern auch unumstößlicher Gewohnheiten – auch in kulinarischer Hinsicht. Ebenso, wie er zu seinem Earl Grey am Nachmittag auf den Genuss von Scones mit Clotted Cream und Schnittchen mit Gurke oder Eiersalat bestand, nahm er um die Mittagszeit unvermeidbar Roastbeef auf Vollkornbrot mit einer dünnen Schicht Remoulade, zwei Blättern Eisbergsalat und einer in Scheiben geschnittenen Tomate zu sich.

»Bei aller Verbundenheit, die mit den Jahren zwischen uns entstanden ist«, sagte er, nachdem er gründlich gekaut und geschluckt hatte, »hätte ich einen solchen Auftrag rundweg abgelegt, selbst wenn er mir von Ihnen erteilt worden wäre. Nachdem ich einmal das zweifelhafte Vergnügen hatte, von unserem Verlagsbesitzer zur Teilnahme an einer Fuchsjagd genötigt zu werden, habe ich beschlossen, dass solche Unterfangen mir nicht liegen. Mein Pferd, kein weißer Hengst, sondern eine bockige, eigensinnige und ungehorsame Mähre, beliebte, mich abzuwerfen, wodurch ich mir eine langwierige und schmerzhafte Prellung des Steißbeins zuzog. Seitdem verzichte ich auf solche Abenteuer. Aber wenn ich mich auch nicht in einen Kampf auf Leben und Tod stürzen musste, kommt die Heldentat, die ich für Sie vollbracht habe, einem solchen doch recht nahe. Wenn ich von einer Jagd spreche, so ist dieser Begriff überaus zutreffend. Es war alles andere als einfach, diesen Drachen zu finden und seine Spur nicht aus den Augen zu verlieren.«

»In diesem Fall«, sagte Mary, »möchte ich Ihnen für Ihre Leistung bereits an dieser Stelle herzlich danken.«

Mary wurde wieder ernst. Es war wohltuend, mit Mr. Bayle zu scherzen. Aber sie durfte nicht außer Acht lassen, worin der Grund für dieses Gespräch bestand. Wirkliche Ruhe, wirkliche Entspannung, wusste sie, würde sie nicht finden, bevor dieser Fall gelöst war. Ihre Ermittlungen kamen nicht von der Stelle, mehr noch: Nach den jüngsten Rückschlägen hatte sich der Druck auf sie erhöht, und sie hatte keine Ahnung, wo sie mit ihren Nachforschungen nun ansetzen sollte. Sie hoffte inständig, dass Mr. Bayle ihr einen Anhaltspunkt liefern konnte.

»War Ihre Jagd denn erfolgreich?«

»Wie man es nimmt, meine liebe Mrs. Arrington. Ich habe den Weg des Drachen so gewissenhaft verfolgt, wie es mir möglich war. Er wurde bei archäologischen Ausgrabungen in Fujian entdeckt. Daher sein Name, der *Drache von Fujian.* Er war Teil einer Grabbeigabe für einen chinesischen Angehörigen des Kaiserhofes aus der Tang-Dynastie. Dessen Familie hat ihn für seine Reise ins Jenseits überaus üppig ausgestattet, mit goldenem, juwelenbesetzten Schmuck, Statuen von Reitern und Soldaten, die ihn begleiten sollten, kostbarer, kunstvoll verzierter Kleidung. Aber das Prunkstück seiner letzten Wohnstätte war zweifelsohne der Jadedrache. Den Fotos zufolge, die ich gesehen habe, handelt es sich dabei wirklich um ein exquisites Stück.«

»Ich kann Ihnen versichern, dass es in natura betrachtet noch weitaus eindrucksvoller ist.«

»Was es verständlich macht, dass ein derart sorgfältig

und aus wertvollem Material hergestelltes Kunstobjekt das Interesse vieler Sammler weckte. Nach seiner Entdeckung wechselte es, zu immer höheren Preisen, alle paar Jahre die Besitzer, denen es allerdings durchgehend wenig Glück gebracht zu haben schien. Manche starben, andere gingen pleite, sodass sie zum Verkauf gezwungen waren. Einige Male wurde der Drache gestohlen. Er gelangte dabei in verschiedene Teile Chinas, nach Beijing und Shanghai, in die Provinzen Guanxi, Sichuan, Anhui und Henan, von wo er zuletzt verschwand. In den Wirren der Kulturrevolution, zwischen 1966 und 1976, als die Kommunisten gegen die sogenannten Klassenfeinde vorgingen, verliert sich seine Spur für viele Jahre. Erst lange Zeit später tauchte er wieder auf. In Hongkong, wo er, auf Wegen, die nicht hundertprozentig legal wirken, in den Besitz eines britischen Diplomaten gelangte. Er ist als der letzte offizielle Eigentümer verzeichnet, bevor ihre Mrs. Gao aus Singapur das Stück erwarb.«

»Ein Diplomat?«, fragte Mary. »Haben Sie seinen Namen in Erfahrung bringen können?«

Mr. Bayle zog eine Grimasse. Allein, dass Mary darauf kam, ihm diese Frage zu stellen, schien ihn zu beleidigen.

»Was denken Sie, meine liebe Mrs. Arrington? Selbstverständlich habe ich seinen Namen in Erfahrung bringen können. Sogar mehr als das. Ich hoffe, es ist Ihnen recht, dass ich mir erlaubt habe, auch Ihren Namen ins Spiel zu bringen. Es schien mir ein hilfreicher Schachzug.«

Mary nickte. Es war nur folgerichtig. Schließlich hatte ihr verstorbener Mann Maxwell selber lange Zeit als Diplomat im Dienst Großbritanniens gestanden, hatte seine Heimat als Botschafter in vielen verschiedenen Ländern vertreten. Sie hatten zusammen unter anderem auf

Jamaica gelebt, in Kolumbien, in Deutschland und Russland. Maxwell hatte hohes Ansehen genossen, sowohl bei britischen als auch bei Politikern anderer Staaten. Mr. Bayle war selbst in den hohen Kreisen eine respektierte Persönlichkeit. Aber Maxwell Arrington und seine Frau Mary zu erwähnen hatte die Bereitschaft, ihm Auskunft zu erteilen, sicherlich erhöht.

»Das war es zweifelsohne«, sagte Mary. »Welche Informationen konnten Sie dadurch erhalten?«

Mr. Bayle biss in sein Roastbeefbrot. Er ließ sich, ganz gleich, welche Belange zur Diskussion standen, generell nicht von seinem Essen abhalten. Gleichzeitig schien es Mary, dass es ihm eine gewisse spitzbübische Freude bereitete, sie ein wenig auf die Folter zu spannen. Mary war zwar begierig darauf, zu erfahren, was er wusste. Aber sie wollte ihn nicht drängen. Schließlich war es alles andere als selbstverständlich, dass er ihr half. Diese Form der Recherche fiel schließlich nicht in seinen Aufgabenbereich als ihr Lektor. Sie fand, dass es ihm zustand, auch ein gewisses Vergnügen aus diesen für ihn berufsfremden Unternehmungen zu ziehen.

»Die Information«, sagte er, nachdem er sie seiner Meinung nach lange genug hingehalten hatte, »dass jener Diplomat, James Vanderbeek, nicht unbedingt ein Vorzeige-Repräsentant unseres stolzen Heimatlandes war. Obwohl Hongkong bereits 1997 von Großbritannien an China zurückgegeben wurde, schien er es noch immer als britische Kolonie zu betrachten und sich selbst als eine Art Generalgouverneur, dem es zustand, rückhalt- und rücksichtslos in allen erdenklichen und zu seiner Verfügung stehenden Genüssen zu schwelgen. Nicht nur ließ er das Botschafteranwesen mit Luxusmöbeln und kostspieligen Kunstgegenständen ausstatten, unter anderem unserem Drachen. Er unterhielt auch weitaus mehr Personal als seine Kollegen im Konsulat, beschäftigte Gärtner, Chauffeure, Wäscherinnen, denen er natürlich nicht mehr als das Nötigste zahlte. Für jeden Handgriff in seinem Haus hatte er Bedienstete. Zudem veranstaltete er regelmäßig wüste Partys, die einem Mann seiner Position nicht anstanden und auf denen er dem Alkohol, vor allem dem Champagner, in einem Ausmaß frönte, für das man sich als anständiger Brite nur schämen kann. Alles in allem ein Schandfleck für unseren internationalen Ruf. Wenn Sie mich jetzt fragen, wie es diesem Menschen gelang, bis zum Botschafter aufzusteigen, lassen Sie mich Ihnen mitteilen, dass, nur weil jemand aus einer Familie mit besten Beziehungen stammt, das noch lange nicht heißt, dass dieser jemand auch die beste Erziehung genossen hat. Nein, wie es scheint, war an diesem Mann wenig Gutes zu finden.«

Mary nippte nachdenklich an ihrem Wein.

»Da Sie in der Vergangenheitsform von ihm sprechen, mein werter Mr. Bayle, darf ich wohl davon ausgehen, dass er nicht mehr unter den Lebenden weilt?«

Mr. Bayle tupfte sich mit einer weißen Leinenserviette ein wenig Remoulade vom Mundwinkel.

»Mit dieser Annahme liegen Sie richtig. Wie so viele vor ihm, die den *Drachen von Fujian* vorübergehend ihr Eigen nannten, widerfuhr auch ihm ein schlimmes Schicksal. Er starb eines gewaltsamen Todes. Eines Nachts, nach einer seiner berüchtigten Partys, fanden ihn seine Haushälterin und sein Butler tot in seinem Salon auf dem Teppich in einer Blutlache vor. Offenbar war er mit einem stumpfen Gegenstand erschlagen worden.«

Mary dachte daran, dass ein solcher, in diesem Fall eine Brechstange, auch Mrs. Gao in ihrer Suite ums Leben gebracht hatte. Sie scheute davor zurück, voreilige Schlüsse zu ziehen. Aber diese Übereinstimmung konnte darauf hindeuten, dass es sich um ein und denselben Täter handelte. Vielleicht hatte er damals, als er den Mord an James Vanderbeek beging, schon einmal den Versuch unternommen, den Drachen an sich zu bringen.

»Wurde der Drache gestohlen?«, fragte sie.

Mr. Bayle schüttelte den Kopf.

»Der Schaukasten, in dem er sich befand, war zwar eingeschlagen. Aber der Drache selbst war noch da. Die Polizei vermutete, dass der Täter die Haushälterin und den Butler kommen hörte und flüchtete, um einer Entdeckung zu entgehen. Aber es scheint eindeutig, dass der Drache das Motiv für den Mord war.«

»Eindeutig, ja. Was ist danach mit dem Drachen passiert?«

»Nicht mehr sehr viel. Der Mord an Vanderbeek liegt noch nicht allzu lange zurück, erst knapp ein Jahr. Wie sich nach seinem Tod herausstellte, hatte er enorme Schulden angehäuft. Nicht verwunderlich für jemanden, der auf derart großem Fuß lebte. Um diese Schulden zu begleichen, arrangierte seine Familie den Verkauf seiner Kunstsammlung. Der Drache gelangte mit vielen anderen Stücken zu *Christie*'s, wo er, wie Sie wissen, von Mrs. Gao ersteigert wurde. Sie lagerte ihre Neuerwerbungen bei einem Antiquitätenhändler, bis ihr Aufenthalt in Hongkong sich dem Ende zuneigte. Sie ließ den Drachen auf die *Queen Anne* bringen, wo der Drache, wie Sie mir berichteten, sie ebenso ins Unglück stürzte wie viele andere zuvor.«

»Das kann man wohl sagen.«

Mary erinnerte sich, dass Mrs. Gao ihr von einem Einbruchsversuch bei dem Antiquitätenhändler erzählt hatte. War dieser Einbruchsversuch ebenfalls das Werk desjenigen gewesen, der den Diplomaten ermordet hatte? Hatte der Mörder Mrs. Gao auf das Schiff verfolgt, um dort endlich das Ziel zu erreichen, das er offenbar schon lange Zeit angestrebt hatte? Alles legte diese Vermutung nahe. Ebenso wie die Vermutung nahe lag, dass er Jonathan Rudd im Lagerbereich niedergeschlagen hatte.

Um wen aber handelte es sich bei dieser Person? Ein Gefühl überkam Mary, das sie bereits gut kannte. Es war das Gefühl, das ihr mitteilte, dass sie im Grunde alle Puzzleteile besaß und nur noch den richtigen Weg finden musste, sie zusammenzusetzen.

»Mrs. Arrington?«, fragte Mr. Bayle aus dem Bildschirm. »Hören Sie mich noch?«

Mary fuhr aus ihren Gedanken auf.

»Wie bitte? Aber sicher, mein lieber Mr. Bayle. Ich bin ganz bei Ihnen.«

Mr. Bayle lachte.

»Sie mögen eine brillante Schriftstellerin sein, Verehrteste, und, wie Sie bereits mehrmals gezeigt haben, auch keine ganz schlechte Ermittlerin. Aber eine gute Lügnerin sind Sie nicht. Oder zumindest nicht mir gegenüber. Ich kenne diesen abwesenden Gesichtsausdruck von Ihnen. Sie müssen nachdenken, habe ich recht? Aber keine Sorge. Ich nehme es Ihnen nicht übel. Im Gegenteil betrachte ich es als das erfreuliche Zeichen, dass ich Ihnen tatsächlich einen hilfreichen Dienst erweisen konnte.«

Mary nickte gedankenverloren.

»Das konnten Sie, Mr. Bayle. Keine Frage.«

»Nun denn. In diesem Fall schlage ich vor, Sie machen sich an die Arbeit und bringen Ihre Nachforschungen zu einem Abschluss. Sie können mir die Einzelheiten dann erzählen, wenn Sie wohlbehalten wieder in England sind. Bitte beachten Sie meine Betonung des Wortes ›wohlbehalten‹. Ich habe mir nicht diese Mühe gegeben, etwas über den Drachen herauszufinden, damit diese Informationen Sie in Gefahr bringen und auch Sie durch diese Statue zu Schaden kommen. Also geben Sie auf sich acht.«

»Das werde ich. Danke, mein lieber Mr. Bayle.«

»Und fangen Sie diesen ruchlosen Mörder, der, soweit wir wissen, mindestens zwei Menschen auf dem Gewissen hat. Auch wenn man meinen könnte, dass der Tod von James Vanderbeek keinen allzu großen Verlust für die Welt darstellt, bin ich allein durch meine Nationalität und aus Prinzip gezwungen, das gewaltsame Verbrechen, dem er zum Opfer fiel, aufs Schärfste zu verdammen. Der Mann war immerhin Brite. Also los, Mrs. Arrington, für Krone und Vaterland: Schreiten Sie zur Tat!«

49

»Sagen Sie die Wahrheit, Mrs. Arrington: Sie wissen, wer der Mörder ist, nicht wahr?«

»Drücken wir es so aus, Sandra: Ich habe einen sehr starken Verdacht.«

»Wusste ich es doch! Ich kenne diesen Gesichtsausdruck an Ihnen. Also dann — raus mit der Sprache.«

Mary lächelte. Sandra war so ungestüm wie immer. Sie konnte es ihr nicht verübeln. Nachdem sie so intensiv nach dem Täter gefahndet hatten, stand die Aufklärung nun endlich kurz bevor. Auch sie selbst fühlte die Erregung, die Sandra überkommen hatte. Aber sie hielt sie im Zaum.

»Ich fürchte, dazu ist es noch zu früh. Wie gesagt, ich habe einen starken Verdacht. Wir haben eine Vielzahl von Indizien, die alle auf ein und dieselbe Person hinweisen. Aber das sind eben nur Indizien. Beweise haben wir nicht.«

Sandra ließ sich trotzig gegen die Rückenlehne des Sessels zurückfallen und verschränkte die Arme vor der Brust.

»Sie und Ihre Geheimniskrämerei. Welche Indizien denn? Verraten Sie das wenigstens, oder ist es dafür auch noch zu früh?«

»Nur so viel, Sandra: Sie kennen diese Indizien alle. Sie müssen Sie nur miteinander kombinieren. Dann kommen Sie zu dem gleichen Ergebnis, zu dem ich im Laufe der letzten Stunden gekommen bin.«

Seit ihrem Gespräch mit Mr. Bayle hatte sie nichts anderes getan, als sich Notizen zu machen, alle bisherigen Erkenntnisse noch einmal zusammenzufassen, zu versuchen, sie zueinander in Beziehung zu setzen. Nach und nach war dabei ein Bild entstanden, in dem Mary die Lösung des Rätsels erkannt zu haben glaubte. Aber wenn auch alles in eine Richtung wies, hundertprozentig sicher konnte sie nicht sein. Sie wollte nicht den Fehler machen, Informationen preiszugeben (nicht einmal Sandra gegenüber), bevor sie hundertprozentige Sicherheit hatte. Das Risiko, dadurch ihren Plan zu gefährden, war ihr einfach zu groß. Den Plan, den sie gefasst hatte, den Täter zu schnappen und sich dadurch die nötigen Beweise zu verschaffen, um ihn zweifelsfrei zu überführen.

»Sollte es Ihnen nicht gelingen, Sandra, fürchte ich, müssen Sie mir einfach vertrauen.«

»Keine Sorge, Mary«, sagte George, der neben ihr auf dem Sofa saß. »Wir alle vertrauen dir vollkommen.«

Er blickte in die Runde. Außer ihm und Sandra hatten sich auf Marys Bitte hin Antonio, Jasper Willems und Meister Wang in der Trafalgar Suite eingefunden. Der Maschinist, wie immer wortkarg, antwortete mit einem ausdrucksstarken Nicken.

»Absolut«, sagte Willems. »Sagen Sie uns einfach, was wir zu tun haben.«

»Was immer in meiner Macht steht«, sagte Meister Wang. »Ich, meine Jünger und alle guten Geister sind auf Ihrer Seite.«

Sandra runzelte die Stirn. Sie war nicht angetan davon, dass Mary Meister Wang in den Kreis ihrer Mitstreiter berufen hatte. Auch wenn er selber von seinen Lehren überzeugt war, von der Wirkung seiner Beschwörungsformeln und seiner Kräuterrituale, war er in ihren Augen immer noch ein Betrüger, der Leichtgläubigen mit nutzlosem Hokuspokus das Geld aus der Tasche zog. Dass er genauso leichtgläubig war wie sie, machte es in Sandras Augen nicht besser. Sie hatte Mary gegenüber ihre Bedenken deutlich gemacht, überdeutlich, wie es ihre Art war. Mary hatte ihr darin recht gegeben, dass Meister Wangs Vorgehen nicht gutzuheißen war, selbst wenn er keine bösen Absichten verfolgte. Aber Meister Wang hatte sie eindringlich um eine Chance gebeten, den Schaden, den Rudd angerichtet hatte, gutzumachen, und sie wollte ihm diese Chance nicht verwehren. Abgesehen davon, hatte sie Sandra erklärt, konnte er ihnen durchaus nützlich sein.

»In Ordnung.«

Mary fühlte ein warmes Wohlgefühl in sich aufsteigen. Es tat ihr gut, diese Menschen auf ihrer Seite zu wissen, Menschen, von denen sie zwei bis vor Kurzem noch nicht einmal gekannt hatte, und die nun bereit waren, ihren Anordnungen bereitwillig zu folgen. Der Wille, den Verbrecher zu fassen, hatte sie zusammengeführt und mit dieser kleinen ›Streitmacht‹ war Mary zuversichtlich, dass es ihnen gelingen konnte.

»Aber bevor ich ausführe, was ich vorhabe, muss ich Ihnen, Mr. Jasper, noch eine Frage stellen.«

Der Reiseleiter ruckte ein wenig unbehaglich auf seinem Stuhl herum.

»Mir? Sicher, Mrs. Arrington. Schießen Sie los.«

»Zwischenzeitlich habe ich vermutet, Sie könnten in diese Vorfälle verstrickt sein.«

Jasper sprang auf.

»Was? Ich?«

»Aufgrund meiner jüngsten Erkenntnisse glaube ich das jedoch nicht mehr. Beruhigen Sie sich also, und nehmen Sie wieder Platz.«

Willems folgte ihrer Bitte.

»Okay. Wenn Sie wirklich von meiner Unschuld überzeugt sind.«

»Bin ich. Allerdings ist da eine Sache, auf die ich mir noch keinen Reim machen konnte. Verzeihen Sie, wenn diese Frage Ihre Privatsphäre verletzt, aber … Warum schleichen Sie des nachts immer wieder auf dem Schiff herum? Seien Sie versichert, dass ich dahinter keine üblen Machenschaften vermute. Sonst würde ich Sie nicht so geradeheraus danach fragen. Aber es beschäftigt mich.«

Jasper Willems lachte erleichtert auf.

»Ach Gott, wenn es nur das ist, Mrs. Arrington. Ja, das ist so eine Angewohnheit von mir. Sehen Sie, ich liebe dieses Schiff. Seit ich in meiner Jugend zusammen mit meinen Eltern meine erste Kreuzfahrt auf der *Queen Anne* unternahm, hat mich die Faszination für sie gepackt. Ich lernte alles über sie, alle technischen Daten und Fakten, ihre Geschichte, ihren Aufbau.«

In seiner Euphorie hatte er etwas von einem kleinen Jungen.

»Nachts, wenn alle schlafen … Es ist ein bisschen albern …« Er lief rot an und senkte seinen Blick. »Sie werden mich auslachen. Aber ich stelle mir dann vor, ich sei der Kapitän und die *Queen Anne* mein Schiff und ich machte einen Inspektionsrundgang.«

»Aber wenn Sie das Schiff so lieben«, warf Sandra ein. »Warum haben Sie sich dann immer wieder abfällig über den Schiffseigner geäußert?«

Jasper Willems sah sie an, als sei die Frage, wenn nicht absurd, so doch wenigstens sonderbar.

»Das Schiff und sein Besitzer sind ja wohl kaum ein und dasselbe, oder? Ich weiß, dass viele der wenig wünschenswerten Zustände hier an Bord, gerade was das Bemühen angeht, Verbrechen zu vertuschen, auf ihn zurückzuführen sind, auf ihn und diesen unsympathischen Germer. Es ist mir klar, dass Sie, Herr Kapitän, daran keinerlei Schuld tragen und daran in keiner Weise beteiligt sind.«

»Da haben Sie zwar recht, Mr. Willems«, antwortete George. »Aber ich muss zugeben, dass Mary in dieser Hinsicht auch erst mal eine gewisse Überzeugungsarbeit leisten musste. Was Ihre Begeisterung für das Schiff angeht, so finde ich Sie phänomenal. Solange ich die Ehre habe, hier das Kommando zu führen, sind Sie mir jederzeit willkommen.«

»Danke, Herr Kapitän«, sagte Willems. »Das bedeutet mir viel. Mein Traum war immer, als festangestellter Reiseleiter den Passagieren die Pracht des Schiffes nahezubringen, und nicht nur als außenstehender Freiberufler, der sich immer wieder neu um die entsprechenden Genehmigungen bemühen muss. Das ist der andere, persönlichere Grund, warum ich gegen den Schiffseigner einen Groll hege.« Er seufzte. »Ich habe unzählige Bewerbungen an das Unternehmen geschrieben. Aber sie wurden allesamt abgeschmettert. Das habe ich nicht so gut weggesteckt.« Seine Miene hellte sich auf. »Aber wenn ich auch nicht Teil der Besatzung bin, freue ich mich umso mehr, Ihnen bei der Ergreifung des Mörders zu helfen und einen Beitrag zum Wohle der Passagiere und der Crew leisten zu können.«

»Vielen Dank für diese Aufklärung«, sagte Mary. »Ich denke, wir sind alle froh, Sie dabei zu haben. Einen unschätzbar wertvollen Beitrag zum Gelingen meines Planes haben Sie bereits geleistet.«

»Habe ich?«, fragte Willems freudig überrascht. »Welchen denn?«

»Diesen hier.«

Mary wies auf den Deckplan des Schiffes, den sie auf dem Couchtisch ausgebreitet hatte.

»Ihre Idee, sämtliche Sichtungen des Monsters – oder besser gesagt, der diversen Monster – zu dokumentieren, hat mir enorm dabei geholfen, herauszufinden, wo unser Täter den *Drachen von Fujian* versteckt hat.«

Bei dieser Verkündung entfuhr allen ein gemeinsames Raunen.

»Wie bitte?«, rief Sandra.

»Ist das dein Ernst?« George sprach zwar ruhiger. Aber auch seiner Stimme war die Erregung anzuhören. »Du weißt, wo sich die gestohlene Statue befindet?«

»Ja. Zumindest bin ich mir ziemlich sicher, das Versteck zu kennen.«

»Wo ist sie?«, fragte Sandra, lehnte sich in ihrem Sessel vor und spähte auf die Karte, als hoffe sie, Mary hätte das Versteck des Drachen darauf eingezeichnet. Zu ihrer Enttäuschung war das nicht der Fall. »Oder behalten Sie das auch für sich?«

»Nein, Sandra. Das verrate ich Ihnen gerne.«

Sie strich die Karte glatt. Alle hielten den Atem an, gespannt auf das, was nun folgen würde.

»Sehen Sie, so unausstehlich Bogdanovich und seine Leute auch sein mögen. Sie haben uns einen Gefallen erwiesen.«

»Einen Gefallen?«, fragte George. »Da bin ich aber mal gespannt, zu hören, was für ein Gefallen das gewesen sein soll?«

»Ganz einfach«, sagte Mary. »Bei ihren Kabinendurchsuchungen, die sie überall an Bord durchgeführt haben – zu meinem Leidwesen auch bei mir –, haben Sie die Statue nicht finden können. Das kann nun zum einen bedeuten, dass sie besonders raffiniert versteckt war. Aber die Kabinen bieten nicht besonders viele Möglichkeiten, etwas zu verbergen, schon gar nicht einen Gegenstand dieser Größe. Und wenn sie bei den anderen so gründlich vorgegangen sind wie hier bei mir, wären sie mit Sicherheit darauf gestoßen. Das führt uns zu einer wichtigen Schlussfolgerung.«

»Ich hab's«, rief Sandra. »Der Drache war nie in einer der Kabinen. Der Täter wusste, dass die Sicherheitsleute kommen würden. Wenn sie den Drachen bei ihm fänden, wäre er sofort überführt. Er musste ihn also an einem anderen Ort unterbringen.«

»So ist es, Sandra. Und ich denke, ich weiß, um welchen Ort es sich dabei handelt. Unser Monster selbst hat es uns verraten, als es Jonathan Rudd niederschlug.«

»Sie meinen«, sagte Meister Wang, »der Dämon selbst, also ich meine, der Mörder, hat uns den Weg zum Drachen gewiesen? Welch glückliche Fügung des Himmels! Die Götter sind auf unserer Seite.«

»Los, Mary«, sagte George. »Sag es uns endlich. Wo ist der Drache versteckt?«

Mary nahm einen Kugelschreiber. Alle rückten näher, um besser sehen zu können, als sie mit der Spitze auf die verschiedenfarbigen Eintragungen auf dem Deckplan wies.

»Unsere Monster haben keine Muster. Sie sind, scheinbar willkürlich, so ziemlich überall an Bord bereits gesehen worden. Öfter an Orten, wo sich viele Passagiere aufhielten, da Jonathan Rudd und seine Komplizen sich dadurch besonders starken Zuwachs für Meister Wangs Kundenstamm versprachen.«

Der Hohepriester kniff bei der Erwähnung Rudds bitter seine Lippen zusammen.

»Aber auch in fast allen übrigen Bereichen des Schiffes wurde das Monster gesichtet, in vielen Fällen mehrmals.«

Sie ließ den Kugelschreiber über dem Deckplan kreisen.

»Aber wenn wir diese Karte genauer betrachten, fällt auf, dass es einen Bereich gibt, in dem es nie gesehen worden ist — zumindest nicht bis heute.«

»Stimmt«, sagte Jasper und zeigte mit dem Finger auf die entsprechende Stelle, auf der sich, im Gegensatz zu den anderen Teilen der Karte, nur eine einzige farbige Markierung gab. »Im Lagerbereich gab es keine Sichtungen.«

»Genau«, sagte Mary. »Diesen Bereich hatten Rudd und die anderen zuvor nicht betreten. Wozu auch? Dort gibt es keine Passagiere, die sie erschrecken konnten. Auch dieses Mal wollte Rudd ihn lediglich nutzen, um einer Entdeckung oder Ergreifung zu entgehen.«

»Und wurde prompt dabei angegriffen«, sagte Sandra.

»Wohl kaum ein Zufall«, fügte George MacNeill an, und auch Antonio stimmte zu, wenn auch wiederum nur mit einem Nicken.

»Der Gedanke kam mir auch«, sagte Mary. »Es muss der Mörder gewesen sein, der ihn angriff. In allen anderen Schiffsbereichen hat er sich nicht darum geschert, dass die Monster dort auftauchten. Im Gegenteil kam es ihm wahrscheinlich gelegen, lenkten sie doch schließlich von ihm ab, zogen die Aufmerksamkeit auf sich. Dort unten aber, im Lagerbereich, durfte er sie nicht dulden.«

»Weil dort der Drache versteckt ist«, sagte Sandra. »Es macht Sinn.«

»Das tut es«, pflichtete Mary bei. »Zudem deckt es sich auch ansonsten mit meiner Theorie. Natürlich ist es immer noch möglich, dass wir falschliegen. Aber ich denke, die Wahrscheinlichkeit, dass der Drache irgendwo dort aufbewahrt wird, unauffindbar für alle, die seinen genauen Standort nicht kennen, ist relativ hoch.«

»Schön und gut«, sagte George. »Aber damit stellen sich immer noch zwei grundlegende Fragen. Die erste lautet: Wie finden wir den Drachen? Denn leider gehören wir ja zu eben jenen, die mit seinem genauen Standort nicht vertraut sind. Und die zweite Frage: Wie können wir unser Wissen um das Versteck nutzen, um den Mörder zu stellen?«

»Da kommt Mr. Jasper ins Spiel.«

»Was kann ich tun, Mrs. Arrington?«

»Ich möchte, dass Sie über Ihre Gruppe verbreiten lassen, dass die Monsterjagd noch nicht beendet ist. Verkünden Sie, sodass alle auf dem Schiff es mitbekommen, dass Sie für morgen eine groß angelegte Suchaktion planen, gleich nach Tagesanbruch, und dass diese Suchaktion dort beginnen wird, wo das Monster zum letzten Mal gesichtet worden ist – im Lagerbereich.«

»Ich verstehe, Mrs. Arrington«, sagte Willems. »Auf diese Weise wollen Sie den Mörder aus der Reserve locken. Sie hoffen, dass er sich dadurch gezwungen sehen wird, den Drachen fortzuschaffen, ihn woanders zu verstecken, weil er Sorge haben muss, dass wir ihn sonst finden.«

»So ist es, Mr. Willems. Wenn alles läuft, wie ich es mir erhoffe, wird der Mörder selbst uns zu seinem Diebesgut führen. Er ist die einzige Person an Bord, die das Versteck kennt. Wenn wir ihn mit dem Drachen erwischen, ist er überführt und hat keine Möglichkeit mehr, sich herauszureden.«

»Klingt gut«, sagte George. »Immer vorausgesetzt, du liegst mit deinen Annahmen richtig, und dein Plan funktioniert.«

»Natürlich«, sagte Mary. »Eine Garantie, dass es gelingt, haben wir natürlich nicht. Wenn jemand einen Vorschlag hat, was wir ansonsten tun, wie wir unsere Chancen erhöhen könnten, bin ich selbstverständlich dafür offen.«

Antonio schüttelte den Kopf. Willems zuckte die Schultern. MacNeill blickte auf seine rauen, kräftigen Hände, hatte jedoch offenbar auch nichts anzubieten. Sandra schob grüblerisch die Unterlippe vor.

Einzig Meister Wang ergriff das Wort.

»Ich könnte zu Xiaogui Kontakt aufnehmen«, schlug er vor. »Der Zorn des Dämons beruht gewiss auf dem frevelhaften Umgang, der mit ihm getrieben wird. Jonathan wurde von ihm dafür bestraft, dass er sich für ihn ausgegeben hat. Der Mörder – immer vorausgesetzt, Mrs. Gao wurde nicht von Xiaogui selbst ums Leben gebracht – wird ebenfalls seinen Unmut auf sich gezogen haben. Wenn es mir gelingt, mit Xiaogui einen Pakt zu schließen, ihm vielleicht ein Opfer zu bringen, dass …«

»Du meine Güte«, unterbrach ihn Sandra. »Hören Sie doch endlich mal mit diesem Geister- und Dämonen-Schwachsinn auf. Das Einzige, was Sie heraufbeschwören, ist *mein* Unmut. Und glauben Sie mir, den wollen Sie nicht auf sich ziehen. Mit Ihrem Zauberspuk haben Sie und Ihre komischen Anhänger schon genug Schaden angerichtet, finden Sie nicht?«

Meister Wang senkte den Kopf und schwieg betreten.

»Die Idee ist gar nicht so schlecht«, sagte Mary.

Sandra fuhr verdutzt auf, und auch die anderen blickten sie überrascht an.

»Bitte was?«, fragte Sandra. »Ich höre wohl nicht recht. Erzählen Sie mir nicht, Mrs. Arrington, dass Sie jetzt auch an Dämonen glauben und Meister Wangs skurriler Sekte beitreten wollen.«

Mary lächelte und legte ihr beruhigend die Hand auf den Arm.

»Keine Bange, Sandra. So weit bin ich noch nicht. Aber ich muss gestehen, dass Meister Wangs Angebot einen gewissen Reiz hat. Die ganze Zeit sind wir dem Monster hintergerannt und haben uns von ihm zum Narren halten lassen. Vielleicht wird es Zeit, dass wir es einmal für unsere eigenen Zwecke einspannen.«

50

In der folgenden Nacht lief mit eiligen Schritten eine Gestalt durch die Gänge des Lagerbereichs. Niemand außer ihr war zu sehen, niemand zu hören. Nichts außer ihren Schritten auf dem metallenen Boden war im Bauch des Schiffes zu vernehmen. Das Personal, das hier tagsüber waltete, hatte sich bereits zu Bett begeben. Das Licht war zu einem schwachen Schimmer gedämpft. Die Gestalt kannte ihren Weg. Zielstrebig folgte sie einem Korridor, bog ab, hastete weiter voran, vorbei an den Kühlräumen, in denen Fleisch, Gemüse und Milchprodukte aufbewahrt wurden. Sie trug keine Maske. Sie brauchte sie nicht mehr und hatte nicht vor, sie ein weiteres Mal anzulegen. Das Monster, als das sie sich verkleidet hatte, hatte seinen Zweck erfüllt. Sollten die anderen sich kostümieren und fauchend und brüllend Aufruhr verursachen. Es war ihr nur recht, sorgte für Verwirrung, lenkte von ihr ab. Sie war längst an ihr Ziel gelangt. Niemand konnte sie mehr aufhalten.

Sie erreichte eine Tür und warf einen Blick über die Schulter. Aber hinter ihr lag nichts als der leere Gang. Die Gestalt nutzte eine Schlüsselkarte, um die schwere Tür zu öffnen, drückte die Klinke hinunter und zog sie auf.

Hinter der Tür befand sich das Trockenlager. Regale, die bis unter die Decke reichten, waren mit riesigen Gläsern, Packungen, Flaschen und Kartons gefüllt, die Nudeln, Reis und Couscous enthielten, Hülsenfrüchte wie Linsen und Erbsen, Marmelade, Mayonnaise, Soßen und

Salatdressing, Salz, Pfeffer und weitere Gewürze, dazu Tee und Kaffee in gigantischen Mengen. Die Gestalt bewegte sich durch die Regalreihen bis zum hinteren Ende des weiten Raumes. An der Wand standen Fässer, waren Kisten aufgetürmt und Säcke gestapelt. Angestrengt wuchtete die Gestalt einige Säcke beiseite. Sie beugte sich über den nun ein wenig geschrumpften Stapel, warf die leeren Säcke zur Seite, die dahinter lagen und ertastete, was darunter verborgen gewesen war. Ein Lächeln breitete sich über ihr Gesicht, als sie den kühlen Stein fühlte, die so kunstvoll geschnitzte Jade. Sie griff mit beiden Händen zu und hob den *Drachen von Fujian* mit einem Ächzen aus seinem Versteck.

Sie gönnte sich einen Moment, ihn zu betrachten, sein Gewicht zu spüren, mit den Fingern über seine wunderbare Form zu fahren, über sein aufgerissenes Maul mit den spitzen Zähnen, den gezackten Rücken, seinen geschwungenen Schweif. Welch ein Meisterwerk! Sie hatte noch nicht viel Zeit damit verbringen können, es zu bewundern. Das Risiko, dabei erwischt zu werden, war zu groß gewesen. Welches Hochgefühl es gewesen war, ihn von der Kommode zu heben und mitzunehmen. Diese unausstehliche reiche Frau hatte ihn gar nicht zu schätzen gewusst. Die Gestalt konnte noch immer nicht fassen, dass sie ihn endlich ihr eigen nennen durfte, nach all den Jahren, all der Mühe, die sie auf sich genommen, all den Gefahren, denen sie sich ausgesetzt hatte. Zwei Menschen waren gestorben, aber sie fühlte weder Reue noch Schuld. Die beiden hatten es verdient. Sie hatten kein Anrecht auf den Drachen gehabt. Die Gestalt nickte zu sich selbst. Sie hatte getan, was nötig war, und sie würde es wieder tun, würde wieder töten, um ihren Schatz zu beschützen. Sie war entschlossen, ihn niemals wieder herzugeben. Niemand würde ihn finden, niemand würde ihn ihr wegnehmen, weder die dämlichen Sicherheitstruppen noch die neugierigen Schnüffler der Reisegruppe noch diese nervtötende englische Schriftstellerin. Der *Drache von Fujian* gehörte ihr. Ihr allein.

Die Gestalt hob einen der leeren Säcke auf und hüllte den Drachen darin ein. Sie fand ihre Maske, die bei dem Drachen versteckt gewesen war, und verbarg auch sie unter dem Sack. Selbst wenn sie jemand mit diesem Paket sah, würde niemand sie darauf ansprechen, niemand ihr unangenehme Fragen stellen. Sie würde keinen ungewohnten Anblick bieten, und niemand würde vermuten, was sich unter dem groben braunen Stoff befand. Den Drachen in beiden Armen, wandte sie sich um. Die übrigen Säcke ließ sie auf dem Boden liegen. Es machte nichts. Dieses Versteck würde sie nicht noch einmal verwenden. Die Sicherheitsleute hatten ihre Kabine bereits durchsucht und – natürlich – nichts gefunden. Es war unwahrscheinlich, dass sie einen weiteren Versuch unternehmen würden. Sie konnte den Drachen mit in ihre Unterkunft nehmen, ihn nah bei sich haben. Die Reise war bald vorbei. Übermorgen würde das Schiff in Singapur anlegen. Dann würde sie ihn von Bord schaffen, würde mit ihm verschwinden, und niemand würde jemals erfahren, was mit ihm geschehen war. Niemand außer ihr würde ihn jemals wieder zu Gesicht bekommen. Sie musste es nur noch schaffen, unbemerkt in ihre Kabine zurückzukehren. Und sie hatte keinen Zweifel, dass es ihr gelingen würde.

Sie huschte, ihre Last eng an sich gedrückt, zurück durch die Regalreihen, verließ das Lager und schob die Tür hinter sich zu. Sie wollte zum Aufgang eilen, der sie in die oberen Bereiche des Schiffes zurückbringen würde.

Aber sie stutzte.

Der Gang, der sich lang vor ihr erstreckte, war nicht mehr, wie er noch vor wenigen Minuten gewesen war. Ein dünner grauer Nebel waberte durch den Korridor, füllte ihn mit einem Geruch von Kräutern, der die Sinne verwirrte, den Geist zu betäuben schien. Die Gestalt blickte sich um. Aber es war nicht zu erkennen, woher der sonderbare Nebel kam.

Sie setzte sich wieder in Bewegung, aber zögerlich nun, vorsichtig. Was immer hier mit einem Mal vor sich ging – es war ihr nicht geheuer. Vor ihr lag der erste Quergang, in den sie einbiegen musste, um aus dem Lagerbereich zu gelangen. Er war nicht mehr weit. Der Nebel floss um sie herum, hüllte sie ein, schien sich zu verdichten, ihr die Sicht zu erschweren. Die Gestalt bemühte sich, flach zu atmen, möglichst wenig von ihm in sich aufzunehmen. Sie hatte den Quergang beinahe erreicht. Da aber erklang ein Geräusch. Etwas wie ein tiefes, melodisches Summen. Sie blieb stehen, erstarrte, lauschte angestrengt. Zunächst hörte sie nichts, meinte schon, sich geirrt zu haben. Da aber erklang es wieder, lauter nun. Der dunkle Gesang mehrerer Stimmen, der durch den Nebel driftete. Die Gestalt presste den Drachen fester an sich. Sie spürte, wie sich eine Gänsehaut über ihren Körper breitete. Das alles gefiel ihr ganz und gar nicht. Aber sie konnte nicht zurück, konnte sich nicht im Lager verstecken, sich einschließen und hoffen, dass es vorbei ging. Sie musste weiter, musste hier weg, und zwar so schnell wie möglich.

Sie ging weiter, durchquerte den Nebel, begleitet von dem ominösen Singsang. Ihre Schritte wurden eiliger. Alles drängte sie danach, wieder nach oben zu kommen, die Sicherheit ihrer Kabine zu erreichen und die Tür hinter sich zu verriegeln. Der Quergang war direkt vor ihr. Danach war es nur noch ein kurzes Stück bis zur Treppe, über die sie das höher gelegene Deck erreichen würde. Sie blickte hinter sich. Aber niemand war zu sehen. Sie bog in den Quergang ein.

Und fuhr mit einem Aufschrei zurück. Mit einem gewaltigen Brüllen und hocherhobenen Klauen sprang das Monster auf sie zu. Mit roten, vor Wut glühenden Augen starrte es sie an. Es griff nach ihr, wollte sie packen. Beinahe hätte die Gestalt den Drachen fallen gelassen. Panik wallte in ihr auf. Sie sagte sich, dass es nicht echt war, dass es das Monster nicht gab. Das Gerede über den wütenden Dämon, der Rache nahm an jenen, die an ihm Frevel begingen, war bloß Lug und Trug, nichts als Gewäsch. Aber es nutzte nichts. Die Angst hatte ihren Verstand, ihre Vernunft außer Kraft gesetzt, und sie dachte nur noch daran, sich in Sicherheit zu bringen, bevor das Monster sie zu fassen bekam.

Sie drehte sich um, rannte, den Gang zurück, aus dem sie gekommen war. Das Monster kam ihr nach, fauchend, schreiend, mit polternden Schritten. Sie hörte es hinter sich, hörte, wie es näher kam, meinte schon, seinen Atem im Nacken zu spüren. Sie stolperte, wäre beinahe gefallen, dem Monster ausgeliefert gewesen. Sie fing sich im letzten Moment, blieb auf den Beinen. Im Laufen wandte sie den Kopf. Das Monster war nicht mehr da, war nicht mehr hinter ihr. Es verwirrte sie. Aber sie rannte weiter, so schnell sie konnte, stürzte in den nächsten Gang – und dem Monster in die Arme.

Es schien auf sie gewartet zu haben. Mit einem weiteren bestialischen Brüllen nahm es sie in Empfang. Sie stieß einen Schrei aus, einen Schrei der Überraschung, aber auch der Verzweiflung. Sie wirbelte herum, rannte zurück, wusste jedoch nicht, wohin. Die Nebelschwaden verwirrten sie, der Geruch machte sie benommen, der anhaltende, sich hebende und senkende Singsang nahm ihr die Orientierung. War das Monster hinter ihr? Nein, es war wieder fort, die Gänge um sie leer, aber nur scheinbar leer, das Monster war hier, irgendwo, überall. Von ihm verfolgt zu werden war schrecklich. Aber nicht zu wissen, wo es sich befand, war beinahe noch schlimmer. Die Anspannung, das Warten darauf, dass es plötzlich wieder vor ihr erscheinen, auf sie zustürmen würde … Die Gestalt blieb stehen. Es war sinnlos, weiter zu laufen. Es gab kein Entkommen. Sie wusste, sie würde es nicht bis zum Ausgang schaffen. Das Monster würde es nicht erlauben. Sie gehörte ihm. Sie war verloren.

Den Drachen noch immer im Arm lehnte sie sich mit dem Rücken an die Wand, schloss die Augen für einen Moment, wisperte ein Stoßgebet, flehte alle Götter, die ihr zuhörten, um Hilfe an, um Rettung. Aber sie wusste nicht, ob es überhaupt einen Gott gab, der ihr zuhörte, ob ihr Flehen zu ihm dringen konnte. Wahrscheinlich nicht. Das hier war das Reich des Monsters. Ihr Gesicht war schweißnass, von der Anstrengung des Rennens, mehr noch aber von der Panik, die sie umschlungen hielt. Sie zitterte am ganzen Körper. Die Statue kam ihr auf einmal ungeheuer schwer vor, so schwer, dass sie glaubte, sie nicht länger tragen zu können. Aber sie konnte sie nicht aufgeben, sie nicht zurücklassen. Wenn sie dem Monster zum Opfer fallen würde, dann wenigstens mit ihrem Schatz in den Händen. An der Wand entlang rutschte sie zu Boden, spürte das kühle Metall unter sich. Sie krümmte sich, machte sich klein. Sie hielt die Augen noch immer geschlossen, als hoffte sie, dadurch einer Entdeckung zu entgehen. Am liebsten hätte sie sie nie wieder aufgemacht. Die Augen zu öffnen hätte bedeutet, dem Monster ins Gesicht zu sehen, und sie wusste nicht, ob es ihr noch einmal gelungen wäre, ohne den Verstand zu verlieren.

Durch den Singsang hörte sie Schritte nahen. Keine eiligen Schritte, sondern ruhige, gemessene Schritte, die sich ihr ohne Hast näherten. Auch wenn sie nichts lieber wollte: Sie konnte die Augen nicht länger zusammenpressen. Sie musste hinsehen, etwas zwang sie. Widerwillig öffnete sie die Augen. Der Nebel vor ihr war dicht, schien undurchdringlich. Der Gesang schwoll an, wurde lauter und lauter, sodass er die sich nahenden Schritte beinahe übertönte. Dann teilten sich vor ihr die Schwaden, und aus dem Nebel trat das Monster. Es brüllte nicht, schrie nicht, hatte die Klauen nicht erhoben. Es wusste genau, dass sie ihm ausgeliefert war, dass sie keine Kraft mehr hatte, zu fliehen oder gar zu kämpfen. Es blieb vor ihr stehen. Die Gestalt auf dem Boden machte sich bereit, ihr Schicksal zu erleiden, den Tod zu finden durch die Hand des Monsters.

Das Monster aber machte noch immer keine Anstalten, über sie herzufallen. Es schien zu warten, und einen Moment später wurde auch klar, worauf. Weitere Schemen – einer von rechts, einer von links – lösten sich aus dem Nebel. Zwei weitere Monster stellten sich dem ersten zur Seite, nahmen es in ihre Mitte. Alle drei starrten mit riesigen, rachedurstigen Augen auf sie nieder.

»Unselige!«, rief das Monster in der Mitte. »Du hast die Ahnen beleidigt, die Dämonen erzürnt.«

»Nein, bitte …«, stammelte sie. Tränen liefen ihr die Wangen hinab, während sie in Todesangst den Kopf schüttelte. »Erbarmen. Bitte tut mir nichts. Ich tue alles, was ihr verlangt, nur tötet mich nicht.«

Aber in den Fratzen der Monster zeigte sich keine Gnade, keine Milde, nur rasender Zorn. Während die beiden, die es flankierten, weiterhin keinen Laut von sich gaben, nur ihre stumme Wut auf sie richteten, hob das Monster in der Mitte erneut mit donnernder Stimme zu sprechen an.

»James Vanderbeek, der Diplomat, und Mrs. Gao, die Geschäftsfrau – was ist mit ihnen? Haben sie auch um ihr Leben gefleht? Fand ihr Flehen Gehör?«

Das Monster hob seine Klauen, fasste seine Maske und nahm sie ab.

»Wie sieht es aus, Mei Li?«, fragte Mary. »Hatten *Sie* Erbarmen mit Ihren Opfern?«

51

»Mrs. Arrington. Sie?«

Die Köchin schien nicht fassen zu können, wen sie vor sich hatte, wer unter der Monstermaske zum Vorschein gekommen war. Ihre Überraschung steigerte sich noch, als die beiden anderen Monster ihre Masken abnahmen und sie erkannte, dass es sich dabei um Sandra und Antonio handelte.

»Und Sie, Sandra? Aber wie, ...«

»Ja, Mei Li«, sagte Sandra. »Ich bin nicht nur grandios im Zwiebelschneiden. Ich gebe auch ein ziemlich lebensechtes Monster ab, nicht wahr?« Sie schwenkte ihre Maske. »Ich muss gestehen, Mrs. Arrington, ich hatte meine Zweifel, als sie uns ihren Plan dargelegt haben. Ich dachte, es könnte reichen, Mei Li heimlich zu verfolgen und sie dann im Lager mit der Drachenstatue zu stellen. Aber jetzt verstehe ich.«

Mary nickte.

»Mei Li kennt alle Schleichwege hier unten. Es war nötig, ihr Angst einzujagen, sie zu verwirren, um dadurch sicherzugehen, dass sie nicht durch unser Netz schlüpfte. Es ist uns besser gelungen, als ich erwartet hatte. Aber wir hatten schließlich auch tatkräftige Unterstützung.«

Auf dieses Stichwort traten Meister Wang und einige seiner Anhänger hinzu. Auch Jasper Willems, George MacNeill und zwei seiner Offiziere kamen aus einem Lagerraum, in dem sie sich verborgen gehalten hatten. Die Jünger hatten ihren Gesang eingestellt, der Nebel, den

Meister Wang durch die Gänge getrieben hatte, zog nach und nach durch die Lüftungsanlagen ab. Der Spuk war vorbei. Aber Mei Li sah nicht erleichtert aus. Beinahe schien es, als wäre ihr eine Begegnung mit dem Monster nun doch lieber gewesen als die Gegenwart all dieser Leute, die sich in einem Halbkreis um sie versammelten.

Ihren Mienen nach waren nicht alle so guter Laune wie Sandra. Meister Wang und seine Anhänger blickten voller Verachtung und Abscheu auf sie hinab, George MacNeill mit der Strenge eines Richters, kurz davor, ein harsches Urteil zu sprechen, Mary mit bekümmertem Ernst. Dass sie die Mörderin gefasst hatten, verschaffte ihr zwar eine ungeheure Erleichterung. Doch sie empfand keinen Triumph. Und selbst wenn, wäre sie weit davon entfernt gewesen, ihn hier zur Schau zu stellen. Zwei Menschen waren gestorben, einer davon an Bord dieses Schiffes. Zudem war die Mörderin eine junge Frau, mit der sie gesprochen, freundliche Worte gewechselt hatte und die ihr sympathisch gewesen war. Es bedrückte und verstörte sie.

Mei Li saß noch immer vor ihnen wie ein Häufchen Elend. Sie hatte nichts von der wichtigtuerischen Art an sich, mit der manche Verbrecher, wie Mary wusste und es selber schon erlebt hatte, sich nach ihrer Überführung mit ihren Taten brüsteten. Gleichzeitig aber machte sie keine Ausflüchte, versuchte nicht, sich rauszureden, alles als ein furchtbares Missverständnis darzustellen. Sie wusste, dass es nichts gab, das ihr aus dieser Lage heraushelfen konnte.

»Wann wussten Sie es, Mrs. Arrington?«, fragte sie nur.

»Viel später, als ich es hätte wissen sollen. Schließlich haben Sie selbst uns einige deutliche Hinweise geliefert. Allerdings war ich leider bis vor Kurzem nicht imstande, sie zusammenzusetzen und die entsprechenden Schlüsse daraus zu ziehen.«

»Welche Hinweise waren das denn nun, Mrs. Arrington?«, fragte Sandra. »Darüber zerbreche ich mir schon die ganze Zeit den Kopf.«

»Kleinere, die jedoch, zusammengenommen, recht aussagekräftig sind. Da die Tür zu Mrs. Gaos Suite aufgebrochen war, wussten wir, dass die Person, die wir suchten, nicht über einen Generalschlüssel verfügte. Da Jonathan Rudd hier im Lagerbereich niedergeschlagen wurde, weist jedoch darauf hin, dass diese Person zumindest zu diesem Areal, das dem Personal vorbehalten ist, Zugang hat. Als Köchin und Restaurantchefin war Mei Li des Öfteren hier unten, was niemandem sonderbar vorkam.«

Mei Li nickte.

»Natürlich nicht. Ich komme regelmäßig hierher, um zu schauen, was wir an Lebensmitteln für die Küche brauchen, und zu prüfen, wie es um unsere Bestände steht. Ich dachte, hier wäre das perfekte Versteck für den Drachen. Das Risiko, ihn in meiner Kabine aufzubewahren, war mir viel zu groß. Hier war er sicher, und ich konnte immer wieder nachsehen, ob er noch da war, ohne dass irgendwer darauf gekommen wäre, was ich hier unten tu. Auch meine Maske versteckte ich hier. Außer Köchen und Küchenangestellten kommt niemand vom Personal in den Lagerbereich, und Passagiere schon gar nicht.«

»Außerdem«, fügte Jasper Willems an, »kam es Ihnen sehr gelegen, dass Jonathan Rudd und seine Verbündeten durch ihre Auftritte als Monster die Aufmerksamkeit meiner Gruppe auf ganz andere Bereiche des Schiffes gezogen haben. Als Rudd allerdings hier aufgetaucht ist, haben Sie es mit der Angst zu tun bekommen.«

»Ich war hier, weil ich ein paar Gewürze in der Küche auffüllen wollte, als ich ihn entdeckt habe. Ich hab einen ungeheuren Schreck gekriegt. Auf keinen Fall sollte er hier unten für Aufmerksamkeit sorgen. Niemandem sollte einfallen, sich hier genauer umzusehen. Ich hab mich an ihn herangeschlichen und ihn mit einer großen Gewürzdose auf den Kopf geschlagen.«

Meister Wang sah sie mit bitterem Vorwurf an.

»Welch unerhörte Brutalität, welch heimtückischer Mordanschlag.«

Mei Li schüttelte den Kopf.

»Es war kein Mordanschlag. Ich wollte ihn nicht töten. Wenn er gestorben wäre, hätte es einen Riesenaufruhr in unmittelbarer Nähe meines Verstecks gegeben. Nein, ich wollte ihn lediglich außer Gefecht setzen, ihm außerdem Angst machen, damit er sich nicht noch einmal hier herunter traut. Ich wollte auf keinen Fall, dass es hier unten zu Monstersichtungen kommt und die Reisegruppe ihre Jagd hierher verlegt. Leider hatten sie ausgerechnet an diesem Tag ihre Lager-Besichtigung und haben ihn gefunden, bevor er selber wieder zu sich kommen konnte. Ich hatte vielleicht doch etwas zu hart zugeschlagen.«

»Apropos Gewürzdose«, sagte Sandra. »Jetzt begreife ich auch endlich, woher der Geruch stammt, den Ms. Lindqvist bei ihrer Begegnung mit dem Monster bemerkt und von dem auch Rudd erzählt hat. Wir dachten, dass es sich um Meister Wangs Kräutermischungen handelt. Aber in Wahrheit …«

»… war es der Geruch exotischer Gewürze«, ergänzte Mary, »der sich in der Küche an Mei Li festgesetzt hatte.«

»Ja, das ist hartnäckig«, sagte Sandra. »Wenn ich ein paar Stunden in dem Dunst dort stehe, riecht alles an mir, als hätte ich mich in einem Bottich mit Zwiebeln, Zitronengras, Kardamom und anderen Gewürzen gesuhlt. Das zieht in die Haare, in die Kleidung und hält erstaunlich lange an.«

»Das war es also, Mrs. Arrington, was Sie auf meine Spur gebracht hat?«

Mei Li blickte mit einer gewissen Anerkennung zu ihr auf.

»Sie stehen Ihrem Stuart Smith wirklich in nichts nach. Leider.«

»Es gab noch einige andere Dinge, die auf Sie hingewiesen haben, Mei Li. Dinge, die Sie gesagt haben.«

Sandra legte die Stirn in Falten, während sie überlegte und versuchte, aus den Unterhaltungen mit Mei Li die wichtigen Informationen herauszufiltern.

»Ich erinnere mich, dass Mei Li erwähnt hat, dass ihr Vater sich mit chinesischen Mythen auskannte.«

»Richtig, Sandra. Zudem teilte sie uns mit, dass sie aus Zhengzhou stammte. Das ist die Hauptstadt der Provinz Henan, jener Provinz, aus der die Drachenstatue verschwand, als sie während der Kulturrevolution verloren ging. Außerdem war Mei Lis Vater Lehrer, wie sie uns berichtete. In den Augen der Kommunisten galten Lehrer als Klassenfeinde. Sie hatten in jener Zeit Schlimmes zu erleiden, wurden verfolgt, angegriffen, ihr Besitz wurde ihnen weggenommen. Unter den Besitztümern von Mei Lis Vater befand sich auch der *Drache von Fujian.* Auf diese Weise ging er damals verloren. Habe ich recht, Mei Li?«

Die junge Chinesin zog den Leinensack von der Statue und ihrer Maske. Alle, die um sie herumstanden, wussten, was sich darunter verbarg. Dennoch stießen sie verblüffte Laute aus. Es war einfach unmöglich, sich dafür zu wappnen, diese Statue nun in all ihrer Pracht vor sich zu sehen, die Statue, die für so viel Aufsehen an Bord gesorgt hatte, für die ein schweres Verbrechen begangen worden war und die sie so intensiv gesucht hatten. Sie verfehlte es nicht, jeden Einzelnen von ihnen in ehrfurchtsvolles Staunen zu versetzen.

»Es stimmt«, sagte Mei Li und strich über die Statue. »Die Geschichte des Drachen ist eng mit meiner Familie verknüpft. Er hat viel Unglück über uns gebracht.«

Kummer fiel über die Augen der jungen Frau. Schmerzhafte Erinnerungen schienen in ihr aufzusteigen, während sie fortfuhr.

52

»Der Drache gehörte meinem Vater. Er war, wie Sie wissen, fasziniert von der chinesischen Geister- und Dämonenwelt. Er sammelte alles, was damit zu tun hatte. Von ihm hatte ich auch diese Maske, mit der ich mich verkleidet habe. Ich war noch nicht einmal geboren, als der Drache ihm gestohlen wurde. Ich hab ihn daher nie in unserem Haus gesehen, nur auf Fotos, und kannte ihn nur aus den Erzählungen meines Vaters. Wenn ich gefragt habe, wie er an den Drachen gekommen ist, ist er immer ausgewichen. Ich denke, es ging nicht alles legal zu. Aber der Drache war sein ganzer Stolz, das Prunkstück seiner Sammlung. Es war schrecklich für ihn, diesen Schatz zu verlieren. Er konnte nicht davon berichten, ohne in Tränen auszubrechen. Es muss furchtbar gewesen sein. Als die Kulturrevolution ausgebrochen ist, sind die Roten Garden, Mao Zedongs Schlägertruppen, in unser Haus eingedrungen. Sie haben meinen Vater verprügelt, alles verwüstet und gestohlen, was nicht niet- und nagelfest war. Natürlich auch den *Drachen von Fujian.* Die Maske war das Einzige, was sie nicht entdeckt haben. Später hat er sie mir gegeben. Es ist das Einzige, was mir von meinem Vater geblieben ist. Deshalb nehme ich sie überallhin mit, egal, wohin es mich verschlägt.«

Sie senkte den Blick, und ihre Stimme wurde leiser, beinahe ein Flüstern.

»Mein Vater und ich hatten ein sehr enges Verhältnis. Meine Mutter starb bei meiner Geburt. Mein Vater und ich hatten nur einander. Vor einigen Jahren wurde er sehr krank, unheilbar krank. Ich habe Tag und Nacht an seinem Sterbebett gesessen und ihn gepflegt. Es gab nichts mehr, das ihn retten konnte. Alles, was ich tun konnte, war, es ihm leichter zu machen, seine Schmerzen zu linden. Mit seinen letzten Worten hat er mich beschworen, alles zu tun, was in meiner Macht steht, um den *Drachen von Fujian* zu finden und an mich zu bringen. Ich hab es ihm versprochen. Seitdem bemühe ich mich, dieses Versprechen zu halten. Ich forschte nach. Aber lange Zeit war ich nicht imstande, herauszukriegen, was mit dem Drachen nach der Kulturrevolution geschehen, wohin er verschwunden war. Nach anstrengender, vergeblicher Suche habe ich schon gedacht, ich müsste aufgeben. Da aber habe ich erfahren, dass ein britischer Diplomat in Hongkong ihn gekauft hatte.«

»James Vanderbeek«, sagte Mary. »Lassen Sie mich raten — Sie ließen sich von ihm als Köchin einstellen.«

»Richtig. Eine meiner Tanten besaß ein Restaurant. Dort habe ich als Jugendliche ausgeholfen und kochen gelernt. Ich hatte großen Spaß daran, es wurde zu einer Leidenschaft, sodass ich später noch in anderen Restaurants arbeitete. Ich habe in der Gastronomie eine respektable Karriere gemacht. Aber niemals bin ich vom Weg abgekommen und habe den Drachen vergessen, den Auftrag, den mein Vater mir auf seinem Sterbebett erteilt hatte. Dieser Vanderbeek liebte den Luxus. Für ihn war es selbstverständlich, sich gleich mehrere private Köche zu halten. Ich war eine talentierte Köchin, kreativ, und nachdem ich Vanderbeek etwas vorgekocht hatte, hat er mich sofort eingestellt. Auf diese Weise gelangte ich in sein Haus, in die Nähe des Drachens. Ich war kurz vor dem Ziel. Ich musste ihn nur noch an mich bringen.«

»Und Sie schreckten nicht davor zurück«, sagte George MacNeill, »dafür zu töten.«

»Ganz recht. Aber es war nicht, wie sie dachten. Für Vanderbeek waren seine Angestellten wie Besitztümer. Vor allem die weiblichen. Ich gefiel ihm, und er hat mir Avancen gemacht. Ich habe es hingenommen, weil ich nicht wollte, dass er mich feuert. Aber eines Abends ist er handgreiflich geworden, hat mich betatscht und versucht, mich auf das Sofa in seinem Salon zu zerren. Ich habe mich gewehrt, aber er war stärker als ich. Er hätte mit mir alles gemacht, was er wollte, wenn ich nicht eine kleine Steinskulptur von seinem Kaminsims gegriffen und ihm damit eins übergezogen hätte. Der Schlag war nicht hart genug, um ihn zu töten. Allerdings ist er unglücklich gefallen und mit dem Kopf auf eine Tischkante geknallt. Aus der Wunde lief immer mehr Blut auf den Teppich. Er hat sich nicht mehr geregt, und ich wusste, dass man mich nicht mit ihm erwischen durfte. Gleichzeitig war das meine letzte Chance, an den Drachen zu kommen. Ich wollte die Vitrine zertrümmern, in der Vanderbeek ihn aufbewahrt hat. Aber die Haushälterin und der Butler hatten scheinbar den Aufruhr gehört. Ich musste fliehen, bin untergetaucht und habe mir einen neuen Namen zugelegt. Ich wollte auf keinen Fall aus Hongkong weg, wollte in der Nähe des Drachen bleiben. Es war bitter. Ich war so kurz vor dem Ziel gewesen.«

»Aber Vanderbeeks Tod kam Ihnen zugute, nicht wahr?«, fragte Mary. »Dadurch, dass der Drache versteigert wurde, witterten sie eine weitere Gelegenheit.«

»So ist es, Mrs. Arrington.«

Die Worte sprudelten nur so aus Mei Li heraus. Es war, als habe sie lange Zeit darauf gewartet, endlich jemandem ihre Geschichte erzählen zu können. Auch wenn es sich, genau genommen, um ein Geständnis handelte, das dazu führen würde, dass sie nicht nur für den Mord an Mrs. Gao, sondern auch für den an James Vanderbeek für lange Zeit ins Gefängnis wandern würde. Es schien ihr gleich zu sein.

»Ich brachte in Erfahrung, wer den Drachen ersteigert hatte, und dass Mrs. Gao einige Wochen später mit der *Queen Anne* nach Singapur fahren würde. Ich habe versucht, bei dem Antiquitätenhändler einzubrechen, bei dem sie ihre Stücke gelagert hat. Aber der Versuch ist fehlgeschlagen. Ich wusste, dass es enorm schwierig, vielleicht unmöglich sein würde, den Drachen aus Mrs. Gaos Wohnung in Singapur zu stehlen. Wie es hieß, war sie überaus misstrauisch und hatte alle Räume mit Kameras und Alarmanlagen ausgestattet. Wenn ich an den Drachen herankommen wollte, musste ich es also tun, bevor sie mit ihm Singapur erreicht. Das hieß, es musste mir auf dem Schiff gelingen. Ich habe die Zeit bis zu ihrem Aufbruch genutzt, um mich bei dem Unternehmen um einen Job zu bewerben. Ich habe mir falsche Papiere, Zeugnisse und Empfehlungsschreiben verschafft. Und ich hatte Glück und habe den Posten der Restaurantchefin des *Red Lotus* erhalten. Die nötige Qualifikation hatte ich ja, sodass es mir nicht schwergefallen ist, die entsprechenden Aufgaben zu erfüllen.«

»Während Sie auf eine Gelegenheit warteten, den Drachen zu stehlen.«

Mei Li nickte.

»Als diese alte Dame erzählt hat, sie sei von einem Monster angegriffen worden, habe ich einen Plan gefasst: Ich wollte die Maske verwenden, die ich von meinem Vater hatte, um mich ebenfalls als Monster zu tarnen und in Mrs. Gaos Suite einzubrechen.«

»Moment mal«, rief Sandra. »Wollen Sie behaupten, das waren gar nicht Sie, die Dorothy Beckett erschreckt und später angegriffen hat?«

»Das war ich nicht, ich schwöre es. Ich hatte vorher

nicht einmal die Absicht, die Maske zu benutzen. Erst durch diesen Vorfall bin ich auf diese Idee gekommen. Es war brillant. Alle würden vermuten, dass derjenige, der Dorothy angegriffen hatte, auch der Dieb des Drachen war. Es war eine glückliche Fügung für mich, dass ich diese Maske besaß. Auch wenn es nichts ändert – Sie sollen wissen, dass ich niemals die Absicht hatte, Mrs. Gao zu töten. Ich wollte mir nur die Statue holen. Daher bin ich eingebrochen, als Mrs. Gao gerade bei einer Beautybehandlung im Wellness-Bereich war. Aber sie kam früher zurück, als ich erwartet hatte und erwischte mich in ihrer Suite. Und sie hatte überhaupt keine Angst, sodass ich keine Chance hatte, einfach zu verschwinden. Im Gegenteil ist sie sogar auf mich losgegangen, wollte mich festhalten. Deshalb hab ich keinen anderen Ausweg gesehen, als sie mit der Brechstange zu schlagen. Es tut mir leid, dass sie tot ist. Aber ich hatte keine Wahl. Ich musste den Drachen haben.«

»Aber warum nur?«, fragte MacNeill. »Ich verstehe, dass er sehr wertvoll ist. Aber all diese Mühen auf sich zu nehmen, zwei Menschen zu ermorden – all das für eine Jadestatue?«

Mei Li fuhr über den glatten Stein des Drachen.

»Ja. Aber nicht aus Gier. Ich hatte schließlich niemals vor, den Drachen zu verkaufen. Er war das Vermächtnis meines Vaters und …«

»Was?«, fragte Jasper Willems.

Mei Li zögerte. Dann aber zuckte sie die Schultern.

»Ich schätze, es macht keinen Sinn, noch etwas vor Ihnen verbergen zu wollen.«

»Nein«, sagte MacNeill. »Uns irgendetwas zu verschweigen, würde Sie nur in noch größere Schwierigkeiten bringen. Und die Schwierigkeiten, in denen Sie stecken, sind schon gewaltig. Also packen Sie lieber aus.«

Mei Li seufzte. Sie legte die Maske neben sich auf den Boden und drehte den Drachen, sodass sie an seine Unterseite herankam. Sie öffnete ein Geheimfach in dem rechteckigen Sockel. Die Umstehenden spannten sich an, bereit, vorzuspringen, sollte sie eine Waffe daraus hervorziehen. Aber alles, was sie zutage förderte, waren ein Foto und ein zusammengerolltes Pergament. Tiefe Betrübnis trat in ihr Gesicht, als sie das Foto betrachtete.

»Das hier sind meine Eltern.«

Sie reichte Mary das Bild. Es war eine verblichene Schwarz-Weiß-Aufnahme und zeigte einen Mann und eine Frau, die beide ungefähr zwanzig Jahre alt sein mussten. Sie standen Arm in Arm am Ufer eines Flusses und lächelten freundlich in die Kamera. Ihrer Kleidung war anzusehen, dass sie einfache Menschen waren. Aber sie wirkten sehr glücklich.

Mei Li rollte das Pergament auseinander. Es war von oben bis unten dicht mit chinesischen Schriftzeichen beschrieben.

»Mein Vater war nicht der Erste in meiner Familie, der den *Drachen von Fujian* besaß. Er war seit Generationen in unserem Besitz. Diese Aufzeichnungen hier sind mein Stammbaum, sie verfolgen meine Vorfahren bis in weit zurückliegende Epochen. Damit verknüpft führen sie die Besitzer des Drachen auf.«

Sie hielt Meister Wang die Rolle hin, dem einzigen von ihnen, der außer ihr imstande war, chinesische Schriftzeichen zu lesen. Für eine Weile studierte er die Rolle. Dann fiel ihm buchstäblich die Kinnlade herunter.

»Bei allen großen Geistern«, rief er aus. »Wenn es stimmt, was hier steht, ist sie eine Nachfahrin des hohen kaiserlichen Beamten, in dessen Grab der *Drache von Fujian* gebettet wurde.«

»So ist es«, sagte Mei Li. »Der Drache gehört nicht

nur meiner Familie, er symbolisiert, was wir sind, unseren Stand. Wir sind schon lange keine kaiserlichen Beamten mehr. Aber der Drache zeigt, dass wir von edler Abstammung sind. Er repräsentiert, wo wir herkommen, wo ich herkomme.«

Stolz, gemischt mit Trotz, klang in ihren Worten mit.

»Ich habe mir lediglich zurückgeholt, was unser rechtmäßiges Eigentum ist, was man meiner Familie geraubt hatte.«

»Das mag sein.«

MacNeill bückte sich und nahm ihr die Statue ab. Instinktiv griff Mei Li sie fester, wollte sie an sich ziehen. Aber MacNeill entwand sie ihr mit einem Ruck.

»Doch mit der Art und Weise, wie Sie dabei vorgegangen sind, haben Sie Ihren Ahnen gewiss keine Ehre gemacht.«

»Sie haben recht«, sagte Mei Li, und eine Träne lief ihre Wange hinab. »Ich bin zu weit gegangen. Mit meinen Taten habe ich Schande über meine Familie gebracht. Eine Schande, die ich niemals wiedergutmachen kann.«

MacNeill gab den beiden Offizieren, die er mitgebracht hatte, ein Zeichen. Sie fassten Mei Li an den Armen und zogen sie auf die Füße. Sie wehrte sich nicht. Sie wusste, es wäre aussichtslos gewesen. Sie machte Anstalten, nach der Maske zu greifen, ließ sie dann jedoch liegen. Sie mochte ein Andenken an ihren Vater sein. Doch war sie nun ein blutbeflecktes Andenken, und Mei Li schien davor zurückzuscheuen, sie weiterhin bei sich zu haben und von ihr immer wieder an ihre mörderischen Verbrechen erinnert zu werden.

Die Offiziere wollten Mei Li abführen. Aber Mary trat ihnen in den Weg.

»All das hätte nicht so enden müssen«, sagte sie zu

Mei Li. »Es hätte andere Möglichkeiten gegeben, etwa juristische, um sich den Drachen zu verschaffen. Aber Sie haben sich für diesen Weg entschieden. Es tut mir leid um Sie, Mei Li. Ich hoffe, Ihre Ahnen können Ihnen diese Taten verzeihen.«

Mary reichte ihr das Foto zurück, das sie die ganze Zeit über in der Hand gehabt hatte. Dankbar, es behalten zu dürfen, nahm Mei Li es entgegen, ein reineres Erinnerungsstück als die Maske, eines, das nicht von Schuld besudelt war. Mit tiefem Kummer betrachtete sie die Gesichter ihrer Mutter und ihres Vaters, bevor sie das Foto in ihre Tasche steckte. Zwischen den beiden Offizieren ging sie gebeugt, als hätten sie alle Kräfte verlassen, den Gang hinab. Kapitän MacNeill folgte ihnen, den *Drachen von Fujian* in den Armen.

Mary, Sandra, Jasper und Meister Wang mit seinen Jüngern blickten ihnen nach, noch immer tief bewegt von dem, was sie soeben erfahren hatten. Sandra war die Erste, die ihre Stimme wiederfand.

»Meine Güte, was für eine Geschichte. Mir schwirrt der Kopf. Und dabei ist noch immer nicht alles geklärt. Eine wichtige Frage ist noch offen.«

»Welche denn?«, fragte Jasper Willems, und auch Meister Wang und seine Jünger blickten Sandra gespannt an.

»Nun ja«, sagte die junge Frau. »Wenn wir alles zusammenfassen, sieht die Sache so aus: Der erste Auftritt des Monsters hat Mei Li dazu inspiriert, sich selber als Monster zu verkleiden, um den Drachen zu stehlen. Jonathan Rudd hatte die gleiche Idee und setzte sie um, damit Meister Wangs Kundschaft wuchs.« Sie schaute in die Runde. »Wer aber war dieses erste Monster?«

Mary hob die Maske vom Boden auf. Die Grimasse mit den roten Augen und dem Maul voller scharfer Zähne war unverändert von stummer, rasender Wut verzerrt. Doch würde sie niemanden mehr erschrecken, keine Angst mehr verbreiten. Dieses Ungeheuer hatten sie zur Strecke gebracht. Aber es gab noch andere auf diesem Schiff.

»Diese Frage, Sandra«, wandte Mary sich an ihre Freundin, »ist das Nächste, worum wir uns kümmern werden. Kommen Sie mit mir. Sie auch, Antonio. Wir müssen jemandem einen späten Besuch abstatten.«

53

»Mrs. Arrington? Was machen Sie denn hier?«

Andy Beckett war bereits im Schlafanzug. Er hatte wohl noch nicht geschlafen, hatte auf Marys Klopfen hin recht schnell die Tür geöffnet. Doch war er sichtlich verwirrt darüber, dass Mary, Sandra und Antonio zu dieser späten Stunde vor der Kabine standen, die er sich mit seiner Frau und seiner Mutter teilte.

»Ist irgendetwas passiert?«

»Es ist tatsächlich eine ganze Menge passiert«, antwortete Mary. »Einiges davon hat mit Ihnen zu tun. Allerdings sollten wir das nicht hier auf der Schwelle besprechen. Dürfen wir hereinkommen?«

Andy Beckett zuckte die Schultern.

»Nun, es ist ja schon nach Mitternacht … Aber wenn es unbedingt sein muss.«

»Danke«, sagte Sandra und schob sich an ihm vorbei ins Innere. Mary und Antonio folgten ihr. Andy schloss die Tür hinter ihnen.

Die Kabine, eine der preisgünstigeren, war recht klein, im Grunde zu klein für drei erwachsene Leute. Über einem Stuhl hingen Andys Hawaiihemd und seine Shorts. Catherines breiter roter Strohhut hing an einem Haken an der Wand. Neben dem Doppelbett befand sich eine einfache Pritsche, die mit einer Vorrichtung an der Wand verhakt war, damit sie bei starkem Wellengang an ihrem Platz blieb. Auf dieser Pritsche saß Dorothy Beckett. Sie trug ein langes weißes Nachthemd. Ihr weißes Haar war offen.

»Lydia«, rief sie erfreut, als die drei eintraten, stand auf und kam Mary entgegen. »Wie schön, dich zu sehen. Kommst du, um mit uns Gin Rummy zu spielen? Mit Andy macht es nicht so viel Spaß. Er ist ein ziemlich schlechter Verlierer.«

»Was für ein Verlierer er ist, wird sich gleich erweisen. Ich spiele gerne ein andermal mit, Dorothy. Jetzt haben wir erst einmal etwas Wichtiges mit deinem Sohn zu besprechen. Etwas, das alles andere als ein Spiel ist.«

Catherine Beckett kam aus dem winzigen Bad und knotete den roten, abgetragenen Bademantel zu, den sie wohl auf das Eintreffen der unerwarteten Gäste hin übergezogen hatte.

»Was gibt es denn, Mrs. Arrington? Das ist doch wirklich ziemlich ungewöhnlich, um diese Zeit noch zu uns zu kommen. Wir sind alle müde und wollten gerade schlafen gehen.«

»Es ist allerdings ungewöhnlich, dass wir sie aufsuchen«, erwiderte Mary. »Doch handelt es sich schließlich auch um ungewöhnliche Vorgänge, die einer dringenden Klärung bedürfen.«

Andy Beckett setzte sich auf das Bett. In seinem blauen Schlafanzug, auf dem rote Flugzeuge abgebildet waren, sah er aus wie ein schwergewichtiger Schuljunge. Beunruhigt blickte er von Mary, die neben Dorothy in der Mitte der Kabine stehengeblieben war, zu Sandra, die neugierig um sich schaute, zu Antonio, der mit unbewegter Miene und verschränkten Armen an der Tür Posten bezogen hatte.

»Was denn für Vorgänge?«, fragte er.

»Um direkt auf den Punkt zu kommen: Um Vorgänge, bei denen Sie und Ihre Frau sich als Monster verkleideten, um Ihre Mutter anzugreifen.«

»Was?«, rief Andy und sprang sogleich wieder vom

Bett auf. »Das ist doch wohl die Höhe. Ich liebe meine Mutter, ich würde niemals irgendetwas tun, das ihr schaden könnte.«

»Also wirklich, Mrs. Arrington«, pflichtete ihm Catherine bei. »Wie können Sie uns etwas so Schreckliches unterstellen? Wir beide tun wirklich alles, was wir können, damit es Dorothy gut geht.«

Dorothy schaute Mary mit einem verständnislosen Lächeln an.

»Lydia? Wovon redest du denn da? Was denn für ein Monster? Gut, Andy ist in den letzten Jahren immer dicker und dicker geworden. Aber ihn deswegen als Monster zu bezeichnen, geht doch wirklich ein bisschen zu weit, denkst du nicht? Wobei es dir, Andy, wirklich guttäte, mal ein bisschen abzuspecken.«

Für einen Moment huschte ein Unmut, ja ein Abscheu gar, über Andy Becketts Züge. Nur für einen kurzen Moment, aber lange genug, dass Mary es bemerkte. Wenn sie bis dahin noch Zweifel an ihrer Theorie gehabt hatte, waren sie spätestens jetzt ausgeräumt. Sie legte Dorothy eine Hand auf den Arm. Sie war froh, dass die alte Dame ihre Begegnungen mit dem Monster bereits vergessen zu haben schien. Und vielleicht war es gut, dass sie auch jetzt nicht vollkommen begriff, was vor sich ging. Die Tatsache, dass ihr eigener Sohn und ihre Schwiegertochter es auf ihren Tod angelegt hatten, hätte sie vielleicht nicht verkraftet. Ihre geistige Verwirrung schützte sie vor dieser grausamen Wahrheit.

»Es ist alles gut, Dorothy. Es sind nur ein paar Sachen, die ich gerne mit deinem Sohn besprechen würde.«

»Ich verstehe«, sagte Dorothy. »Du warst schon immer sportlich und hast auf gute Ernährung geachtet. Vielleicht kannst du ihm ein paar Tipps geben. Er hat sich in der letzten Zeit wirklich zu sehr gehen lassen. Ich habe dich gewarnt, Andy. Immer diese fettigen Fish and Chips und das viele Bier. Das rächt sich.«

Andy Beckett schwieg trotzig. Aber er zog sein Schlafanzugoberteil ein Stück weit aus der Hose, damit es lockerer fiel und seinen Bauch besser verbarg.

»Jetzt erklären Sie uns das alles aber mal, Mrs. Arrington«, sagte Catherine ungeduldig. Sie trat neben Andy und griff seine Hand. »Dieser Irrsinn, von dem Sie da sprechen. Wie in Gottes Namen kommen Sie nur darauf?«

»Ich habe viel darüber nachgedacht«, antwortete Mary. »Über diese ganzen Monstererscheinungen hier an Bord. Irgendetwas passte da nicht. Dorothy war nicht nur die Erste, die das Monster zu sehen bekam. Sie war auch noch die Erste, die von ihm angegriffen wurde, als es sie die Treppe hinunterschubste. Es schien mir, dass das kein Zufall sein konnte.«

Andy und Catherine hörten ihr aufmerksam zu. Doch da sie nicht über alle Ereignisse der vergangenen Stunden auf dem Laufenden waren, konnten sie Mary nicht vollständig folgen. Sandra und Antonio jedoch wussten genau, worauf sie sich bezog.

»Stimmt«, sagte Sandra. »Aber warum gerade Dorothy? Keiner von denen, die sich hinter den Masken verbargen, weder Mei Li noch Rudd und seine Freunde, hatten den geringsten Grund, sie anzufallen.«

»Wir wissen«, fuhr Mary fort, »dass Meister Wangs Anhänger sich die Masken nach dem Mord an Mrs. Gao verschafften. Dass die Passagiere Angst vor dem Monster hatten, nutzten sie aus, um ihm nachzueifern. Aber auch Mei Li erwähnte, dass das mit der Verkleidung nicht ihre Idee war. Es war also noch jemand anderes als Monster unterwegs. Und da er weder zu Meister Wang gehörte, noch ein Interesse an Mrs. Gao und der Drachenstatue hatte, musste es sich bei seinem Motiv um irgendetwas handeln, das mit Dorothy in Zusammenhang stand. Sie beide, Catherine und Andy, sind die Einzigen auf diesem Schiff, die näher mit Dorothy zu tun haben. Die Einzigen, die ein Motiv hätten, ihr etwas anzutun. Ich vermute Folgendes: Dorothy hat ein schwaches Herz. Sie muss Tabletten nehmen. Sie beide hofften nun, dass der Angriff durch ein Monster sie dermaßen erschrecken würde, dass sie einen Herzinfarkt erlitt. Nachdem das nicht klappte, stießen sie sie beim zweiten Mal eine Treppe hinunter in der Hoffnung, der Sturz werde tödlich enden.«

»Blödsinn«, rief Catherine. »Ich habe zwar keine Ahnung von diesem ganzen Wirrwarr, den Sie uns da auftischen wollen. Aber wir haben nichts damit zu tun.«

Sie stieß Andy mit dem Ellenbogen an.

»Sag doch was, Andy!«

»Genau«, stimmte er ihr zu. »Wir waren das nicht.« Er sah Dorothy an. »Bitte glaub mir, Mutter.«

Aber die Art, wie er unbehaglich von einem Fuß auf den anderen trat und es mied, Mary in die Augen zu schauen, verriet ihr, dass sie mit ihrem Verdacht richtiglag.

»Schon gut, Andy-Schatz«, sagte Dorothy und tätschelte ihm die Wange. »Du bist ein guter Junge. Aber wenn Lydia streng mit dir ist, wird das schon einen Grund haben.«

Catherine Beckett schüttelte den Kopf.

»Selbst wenn Sie recht hätten, Mrs. Arrington — was ich nicht sage. Warum sollten wir so etwas Bekloppptes tun?«

»Warum?«, fragte Mary. »Die Antwort ist ganz einfach. Wie so häufig ging es Ihnen um eins: Geld.«

»Pah«, stieß Catherine aus. »Was denn für Geld? Die Alte«, sie unterbrach sich erschrocken, »ich meine, meine Schwiegermutter hat doch nichts. Sie kriegt eine kleine Rente, das ist alles. Zu erben gibt es da nichts.«

»Zu erben nicht«, sagte Mary. »Aber ich habe mir das Heim, in dem sie untergebracht ist, im Internet angeschaut. Die Kosten sind immens. Sie beide sind nicht gerade reich. Die monatlichen Zahlungen müssen eine starke finanzielle Belastung für Sie darstellen. Als sie Dorothy dort unterbrachten, hofften sie vielleicht, dass es nur für kurze Zeit wäre. Aber sie lebte länger, als sie erwartet hatten, und die Rechnungen wurden Ihnen zu hoch. Wenn man dazu nimmt, dass Sie sie selten besuchen, kann man daraus schließen, dass Ihr Verhältnis zu ihr nicht so eng ist, wie Sie uns weismachen wollten. Und dass Sie sie nicht aus Großzügigkeit zu dieser Reise eingeladen haben. Sie brachten sie auf dieses Schiff, um sie loszuwerden. Dafür waren Sie sogar bereit, Ihre Ersparnisse zu opfern.«

Andy Beckett kniff die Lippen zusammen.

»Ersparnisse?«, fragte Dorothy. »Im Sparen war Andy nie besonders gut. Schon als kleiner Junge hat er sein ganzes Taschengeld für Süßigkeiten ausgegeben. Damals fing es schon an, dass er ein bisschen zu weich um die Hüften wurde. Wir brachten ihn zum Fußballspielen, damit er fit blieb. Aber er stellte sich so ungeschickt an, stolperte ständig über seine eigenen Füße und …«

Andys Gesicht war immer finsterer geworden, während er ihr zugehört hatte. Jetzt platzte die aufgestaute Wut in einem einzigen Schwall aus ihm heraus.

»Halt endlich die Klappe, du dumme alte Ziege! Ich hätte mehr Ersparnisse, wenn ich nicht alles für dich ausgeben würde, Hunderte jeden Monat, weil du dich ja verdammt noch mal weigerst, endlich zu krepieren.«

»Aber, aber, Andy«, tadelte ihn Dorothy, die von seinem Ausbruch nicht eingeschüchtert, geschweige denn erschrocken schien. Vor Monstern mochte sie sich fürchten. Von ihrem Sohn hingegen ließ sie sich keine Angst einjagen. »So redet man aber wirklich nicht mit seiner Mutter.«

Aber Andy hörte ihr gar nicht zu. Aufgebracht wandte er sich an Mary.

»Ja, es stimmt, was Sie sagen. Wir wollten sie loswerden, darum haben wir sie auf dieses verdammte Schiff gebracht. Aber sie ist ja nicht einmal hier totzukriegen.«

»Andy«, fuhr ihn seine Frau an. »Halt gefälligst den Mund!«

»Was soll es denn noch bringen? Sie weiß ja alles. Sie haben recht, Mrs. Arrington. Es war einfach zu teuer für uns. Wir beteten, dass Mutter endlich das Zeitliche segnen würde.« Er wies auf Dorothy. Die alte Dame hatte sich aus der Unterhaltung zurückgezogen und sich auf ihre Pritsche gesetzt. Sie hatte ein Kartenspiel hervorgeholt und begonnen, ganz in Ruhe eine Patience zu legen. »Aber Sie ist so verdammt robust, dass sie uns wahrscheinlich noch alle überlebt. Sie in unseren Wohnort oder in der Nähe umzubringen, war uns zu heikel. Ich hatte in einem Zeitungsartikel gelesen, dass auf so einem Kreuzfahrtschiff immer wieder Unfälle passieren, Leute verschwinden und dass das oft von den Eigentümern vertuscht wird, damit es keine schlechte Presse gibt. Ich dachte, dass es eine gute Gelegenheit wäre, Mutter loswerden.«

»Aber sie brachten es nicht fertig, sie zu erwürgen oder zu erschlagen und einfach über Bord zu werfen, nicht wahr?«

»Der?«, fragte Catherine. Nun, da er gestanden hatte, schien ihre ganze vorherige Unterstützung für ihn in Verachtung umzuschlagen. »Dieses Weichei hätte niemals den Mumm dazu. Nein, es war, wie Sie sagten: Er wollte sie buchstäblich zu Tode erschrecken. Zu mehr war er nicht imstande.«

Andy warf seiner Frau einen Seitenblick zu. Es war kein liebevoller Blick.

»Das war nicht alles ich allein. Catherine war genauso begierig darauf wie ich. Sie meinte, wenn wir es richtig anstellen, nach unserer Rückkehr Mutters Tod verschweigen und behaupten würden, dass sie wieder bei uns wohnte, hätten wir sogar ihre Rentenzahlungen kassieren können.«

Catherine rückte von ihm ab und drehte ihm die Schulter zu. Wie es aussah, ging in diesem Moment nicht nur ihre Komplizenschaft als ungeschickte Möchtegern-Mörder zu Ende, sondern auch ihr Ehe.

»Ich hatte im Internet die Pläne des Schiffes herausgesucht«, sagte Andy, »und sie studiert, um mich hier auszukennen, den passenden Ort zu finden. Ich habe mich für den Bereich um den Maschinenraum entschieden. Die Bordkarten, die zum Öffnen von Kabinen- und sonstigen Türen dienen, konnte ich nicht fälschen. Aber die Steuerungen für die Lastenaufzüge werden mit ganz normalen Schlüsseln bedient. Durch meine Kenntnisse als Schlosser ist es mir gelungen, die dazugehörigen Schlösser mit meinem Werkzeug zu knacken.«

Ein gewisser Stolz schwang in seinen Worten mit. Mary fand ihn widerwärtig, unterbrach Beckett jedoch nicht.

»Als wir mit der Reisegruppe den Nachtclub besichtigt haben, führte ich Mutter heimlich zu dem Aufzug und fuhr mit ihr nach unten. Ich habe ihr erzählt, die

Führung ginge nun hier entlang und sie allein gelassen, bis sie vergessen hatte, dass ich überhaupt da war, und sich einbildete, sie spaziere in einem Schloss herum oder so etwas. Ihr beknacktes Hirn spuckt ja dauernd solchen Schwachsinn aus. Dann habe ich mir die Maske aufgesetzt und sprang ihr in den Weg, um ihr einen Schrecken einzujagen. Sie schrie und fiel hin – wurde sogar ohnmächtig. Ich war ziemlich sicher, dass sie sich davon nicht erholen würde. Sie hatte ja schon zwei Herzinfarkte gehabt. Dann bin ich schnell wieder mit dem Aufzug nach oben gefahren und habe mich wieder der Gruppe angeschlossen. Niemand hatte bemerkt, dass ich weg war. Dann hab ich so getan, als sei Mutter verschwunden, und machte einen riesigen Aufstand.«

»Meine Güte«, sagte Sandra. Bis jetzt hatte sie schweigend zugehört. Aber bei diesen Eröffnungen konnte sie sich einen Kommentar nicht verkneifen. »Wie skrupellos kann man bitte sein? Ich meine, die eigene Mutter umbringen zu wollen!«

»Was wissen Sie schon?«, keifte Catherine sie an. »Sie haben doch keine Ahnung davon, wie es ist, sich um so eine alte Nervensäge kümmern und auch noch ständig Unsummen für sie bezahlen zu müssen!«

»Das reicht«, unterbrach sie Mary. »Wir haben keine Lust, uns Ihre Unflätigkeiten anzuhören. Erklären Sie uns lieber, wie Sie auf die Idee mit der Maske kamen.«

Im Gegensatz zu Catherine, die wohl gerne noch mehr Gift verspritzt hätte, schien Andy nichts dagegen zu haben, sie in die Hintergründe des Mordplans einzuweihen, auf den er auf eine beklemmende Weise stolz zu sein schien.

»Ach, das war ein Zufall«, sagte er. »Wir haben sie in Hongkong in einem Geschäft gesehen und dachten, das wäre eine gute Tarnung.«

»Verstehe«, sagte Sandra. »Aber warum haben Sie Meister Wang dann in der Lobby für sein bescheuertes Ritual bezahlt, nachdem Dorothy gefunden worden war?«

»Na ja, ich dachte, wenn wir selber total überrascht tun und voll darauf einsteigen, würde uns auf keinen Fall jemand verdächtigen. Vielmehr würde der Verdacht ja auf diesen Meister Wang fallen, der die ganze Zeit was von Dämonen schwafelte. Das hat von uns abgelenkt. Und dass andere uns das mit der Monsterverkleidung dann sogar nachgemacht haben, war natürlich ungeheuer praktisch für uns. Denn wenn wir Mutter dann umgebracht hätten, wäre die Schuld auf die anderen gefallen, und wir wären fein raus gewesen.«

»Wenn du nicht so ein Dämlack wärst«, sagte Catherine, »wären wir jetzt auch fein raus. Aber du hast es ja nicht einmal beim zweiten Mal geschafft, die Sache zu Ende zu bringen. Statt sie umzubringen, hast du ihr nur ein verstauchtes Handgelenk verpasst. Ein toller Mörder bist du!«

»Ach, halt doch die Klappe«, rief er. »Wenn du mitgemacht hättest, anstatt mich immer mit der blöden Maske loszuschicken, hätte es vielleicht hingehauen. Aber du hattest doch selber Angst, dir die Finger schmutzig zu machen. Das wolltest du schön mir überlassen.«

»Ich nehme an«, sagte Mary. »Sie hatten auch noch einen dritten Versuch geplant. Einen, bei dem Sie kein Risiko mehr eingehen, auf Nummer sicher gehen wollten. Habe ich recht?«

Andy Beckett blickte auf seine Pantoffeln. Er wirkte zerknirscht. Aber es kam Mary nicht aufrichtig vor. Was konnte schon aufrichtig sein bei einem Mann, der versucht hatte, seine eigene Mutter zu töten?

»Ich wollte sie über die Reling werfen, heute Nacht.

Damit wären wir Sie endgültig losgeworden. Ich hatte vor, sie vor dem Schlafengehen noch zu einem Spaziergang auf dem Außendeck einzuladen. Da wollte ich es erledigen. Niemanden hätte es gewundert. Es war ja schließlich schon bekannt, dass sie dazu neigte, allein herumzulaufen, sich zu verirren. Wenn sie dabei von Bord gefallen wäre ... Unfälle passieren halt.«

Mary schüttelte den Kopf über die beiden und ihren Plan.

Andy im Schlafanzug und mit reuevollem Gesicht, das Mary ihm keine Sekunde abkaufte, Catherine im Bademantel und mit Schmollmiene — sie wirkten wie zwei ungezogene Kinder, die auf frischer Tat bei einem Streich erwischt worden waren. Aber natürlich war das, was sie getan hatten, alles andere als ein harmloser Streich.

»Sie werden die nächsten Jahre wegen versuchten Mordes im Gefängnis verbringen.«

Andy schluckte schwer. Aber Catherine begehrte noch einmal auf.

»Ach ja? Wenn Sie uns anzeigen, ist niemand mehr da, der sich um Dorothy kümmert. Niemand, der das Pflegeheim bezahlt. Dann sitzt sie auf der Straße. Wollen Sie das, hm?«

Dorothy legte in aller Seelenruhe ihre Karten. Ohne von den Ereignissen um sich auch nur Notiz zu nehmen, hatte sie angefangen, ein heiteres Liedchen zu summen.

»Machen Sie sich darüber keine Gedanken«, sagte Mary. »Ich finde schon einen Weg. Im äußersten Fall werde ich selbst die Kosten übernehmen. Sandra, wenn Sie so freundlich wären, einige Stewards zu verständigen, damit sie Andy und Catherine wegbringen. Es findet sich bestimmt eine Kabine, in der wir sie einschließen können, bis wir Singapur erreichen und wir sie den Behörden ausliefern.«

»Sehr gerne, Mrs. Arrington.«

Antonio gab die Tür frei, damit Sandra nach draußen konnte. Danach schloss er die Tür sofort wieder und nahm seine Rolle als Wachposten wieder auf.

Das Geräusch der Tür riss Dorothy aus ihrer Versunkenheit. Sie stand auf und blickte fragend von einem zum anderen.

»Was ist denn los? Habe ich irgendetwas verpasst?«

»Andy und Catherine müssen von hier ausziehen«, erklärte Mary. »Sie kriegen eine andere Unterkunft.«

»Ach?«, fragte Dorothy erfreut. »Wie schön. Dann habe ich hier etwas mehr Platz.« Sie lehnte sich Mary zu und senkte ihre Stimme zu einem Flüstern. »Wenn ich die Kabine für mich habe, kann ich auch endlich Herrenbesuch empfangen. Ich sage dir, Lydia, einige der jungen Soldaten haben mir schöne Augen gemacht.«

»Das kann ich mir gut vorstellen, Dorothy. Ja, die Kabine gehört dir. Meine gute Freundin Sandra wird sich um dich kümmern, falls du etwas brauchst, und auch ich werde natürlich da sein, um dir Gesellschaft zu leisten, wenn du möchtest. Wenn wir dann Singapur erreichen, fliegen wir gemeinsam zurück nach England, und ich bringe dich nach Hause.«

Andy und Catherine erhoben keinen Einspruch. Sie wussten, dass sie, was Dorothy anging, jedes Mitspracherecht verloren hatten. Sie schienen sich gedanklich schon einmal darauf vorzubereiten, dass sie, nachdem sie Dorothy in einem Heim untergebracht hatten, selber bald eine Einrichtung beziehen würden, wo man sie rund um die Uhr betreute und sie mit warmen Mahlzeiten versorgen würde. Der wesentliche Unterschied allerdings würde darin bestehen, dass sie, wann immer sie aus dem Fenster schauten, durch Gitterstäbe gucken würden.

»Oh, das klingt gut«, rief die alte Dame. »Zwei Mädels auf großer Reise. Aber sag mal, Lydia«, etwas wie bange Hoffnung trat in ihren Blick. »Wenn ich wieder zu Hause bin, wirst du mich denn hin und wieder besuchen kommen?«

Mary griff ihre Hand und drückte sie.

»Fest versprochen, Dorothy. Ich freue mich schon darauf. Aber ich muss dich warnen: In Gin Rummy bin ich gar nicht übel.«

»Ah«, rief Dorothy. »Endlich eine würdige Gegnerin.«

Mary wandte sich an den Maschinisten.

»Was denken Sie, Antonio? Es sieht so aus, als habe sich der Monsterspuk auf der *Queen Anne* damit erledigt. Oder könnte es unter Umständen sein, dass ich mich in dieser Hinsicht irre?«

Antonio wiegte den Kopf. Ein kleines Lächeln zeigte sich auf seinem Mund, und in seine dunklen Augen trat ein schelmisches Funkeln. In dem Blick, den er mit Mary wechselte, lag ein unausgesprochenes Einverständnis, als hätten sie beide im selben Moment genau dieselbe Idee gehabt.

54

Das Monster hetzte über das Schiff. Die Sicherheitsleute waren ihm auf den Fersen. Mit hastigen, rumpelnden Schritten ihrer schweren Stiefel polterten sie ihm nach. Immer wieder einmal gelang es ihnen aufzuholen. Aber immer, wenn sie kurz davor schienen, es zu fassen zu kriegen, erhöhte es seine Geschwindigkeit und baute seinen Vorsprung weiter aus. Geschickt flitzte es über die Gänge, bog um die Ecken, sprintete Stufen hinauf oder hinunter. Immer weitere Männer und Frauen in schwarzen Uniformen stießen hinzu, bis mindestens ein Dutzend von ihnen dem Monster verbissen nachsetzte, fest entschlossen, es zur Strecke zu bringen.

An ihrer Spitze rannte niemand anders als Hauptmann Bogdanovich höchstpersönlich. Sein breites Gesicht war rot vor lauter Anstrengung — vor allem aber auch vor Wut. Es war Abend. 24 Stunden waren vergangen, seit sich diese verdammte Schriftstellerin — schon wieder — dreist über seine Anordnungen und Befehle hinweggesetzt hatte. Zusammen mit ihren rebellischen Verbündeten hatte sie die Mörderin überführt und die verschwundene Drachenstatue sichergestellt. Heute Morgen hatte der Kapitän diesen Ermittlungserfolg offiziell verkündet. Es hatte ihn, Bogdanovich, völlig unvorbereitet getroffen. Eigentlich hatte er vorgehabt, in einer Ansprache allen an Bord Jonathan Rudd als den Täter zu präsentieren und dadurch sowohl den Passagieren als auch der Crew des Schiffes unmissverständlich vor Augen zu führen, von welch unschätzbarer Bedeutung seine Anwesenheit und die seiner Leute für einen geregelten Ablauf dieser Kreuzfahrt waren – nicht nur dieser Kreuzfahrt, sondern auch allen künftigen.

Aber diese Arrington und der dämliche Kapitän hatten ihm die Tour vermasselt. Notgedrungen hatte er zugeben müssen, dass Rudd an den Taten unschuldig war, und ihn freigelassen. Es war ihm gehörig gegen den Strich gegangen, vor Arrington und MacNeill diese Demütigung hinnehmen zu müssen. Germer war nicht weniger wütend gewesen als er, von den beiden ausgebootet worden zu sein und dies nun dem Schiffseigner eingestehen zu müssen. Weder die Schriftstellerin noch der Kapitän hatten sich bei der Unterhaltung mit ihm und dem Arzt triumphierend oder spöttisch verhalten. Aber Bogdanovich saß die Kränkung dennoch tief in den Knochen. Er war nicht imstande gewesen, sie vor ihnen zu verhehlen, seine Niederlage zumindest mit gespielter Würde hinzunehmen. Er hatte geflucht, sie beschimpft und ihnen Rache geschworen.

Nachdem sie gegangen waren, hatte er mit Germer beratschlagt. Es war nicht alles aussichtslos. Gut, diese Runde hatte Arrington gewonnen. Aber es würde weitere geben. Bogdanovich und Germer waren sich darin einig gewesen, dass die Sicherheitstrupps unter allen Umständen auch bei den weiteren Fahrten an Bord sein mussten. Germer war zuversichtlich gewesen, dies allen Widrigkeiten zum Trotz beim Schiffseigner durchsetzen zu können. Die Tatsache, dass Bogdanovich Rudd Zugang zu Bereichen gewährt hatte, die den Passagieren verboten waren, würde sich unter den Teppich kehren lassen. Arrington war dem Schiffseigner ohnehin ein Dorn im Auge, sodass er sicher sofort darauf anspringen würde, sich Bogdanovich zu einem dauerhaften Verbündeten zu machen. Der Kapitän würde nichts dagegen unternehmen können. Trotz des Rückschlags, den er erlitten hatte, war also noch nicht alles verloren. Er würde es den beiden Wichtigtuern noch zeigen. Er war Sergej Bogdanovich, Hauptmann der Sicherheitskräfte, und wer es wagte, sich mit ihm anzulegen, würde es bitter bereuen.

Genau wie dieses vermaledeite Monster, das da, in einen grünen Umhang gehüllt, vor ihm über die Korridore rannte. Vor wenigen Minuten hatten ihm seine Leute gemeldet, dass es gesichtet worden sei und sie bereits die Verfolgung aufgenommen hätten. Bogdanovich hatte sofort sein gesamtes Team verständigt. Er hatte keine Ahnung, woher dieses Monster kam oder was es im Sinn hatte. Aber es war ihm auch egal. Das Einzige, was zählte, war, es zu schnappen. Gegen Arrington und MacNeill konnte er nichts mehr unternehmen. Er wusste ebenso gut wie Germer: Jetzt, wo sie den Fall gelöst hatten, waren sie unantastbar. Aber wenn es ihm gelang, dieses Monster zu erwischen, konnte er seinen Status an Bord zumindest ein wenig wiederherstellen, konnte beweisen, dass er alles andere als nutzlos war, dass sie ihn brauchten. Das würde seine Kritiker verstummen lassen und den Weg dafür ebnen, ihn und seine Leute zu einem festen Teil dieser Reisen zu machen. Ganz abgesehen davon, dass er seinen Ärger an demjenigen auslassen konnte, der hinter dieser dämlichen Maske steckte. Vor allem, weil, wer immer es war, mit ungehöriger Frechheit vorging. Anstatt, wie zuvor, irgendwo kurz aufzutauchen und sofort wieder in irgendeinem Versteck zu verschwinden, schien dieses Monster es darauf angelegt zu haben, von ihnen gesehen zu werden. Es war, als wollte es sie verspotten, indem es ihnen zeigte, dass es ihnen niemals gelingen würde, es in ihre Finger zu bekommen.

Aber da würde es sich noch wundern. Bogdanovich verdoppelte seine Anstrengungen. Er war bereits schweißgebadet, keuchte und hatte Seitenstechen. Aber er zwang sich vorwärts, getrieben von dem Drang, den Mistkerl zu packen, die Maske herunterzureißen und seine Faust mit aller Kraft in das Gesicht zu schmettern, das dahinter zum Vorschein kommen würde. Dass er seine Leute im Rücken hatte, schlagkräftig, gnadenlos und zu allem bereit, verlieh ihm zusätzliche Kräfte, während sie, eine wütende, lärmende Horde, über die Gänge trampelten.

Das Monster drehte sich zu ihnen um, ohne langsamer zu werden. Es war, als wollte es sie anstacheln, sich ins Zeug zu legen. Der Korridor endete in einer breiten Doppeltür. Mit wehendem Umhang rannte das Monster darauf zu, stieß sie einen Spalt weit auf und schlüpfte hindurch.

»Weiter«, rief Bogdanovich über die Schulter. »Schnappen wir uns den Drecksack.«

Sie hatten die Tür erreicht. Bogdanovich rammte sie auf, ohne sein Tempo zu drosseln, und stürmte, dicht gefolgt von seinen Truppen, mit einem gellenden Kampfschrei hindurch.

Einem Schrei, der ihm im nächsten Moment im Hals stecken blieb.

55

Bogdanovich bremste seinen Lauf so abrupt, dass seine Untergebenen in ihn hineinrannten, ihn beinahe umgeworfen hätten. In einem wüsten Haufen stolperten sie ineinander, ohne zu wissen, was los war, warum sie ihre Hetzjagd so plötzlich einstellten, ohne dass ihr Hauptmann das entsprechende Kommando gegeben hätte. Aber dann, als sie sich umsahen, erkannten sie den Grund:

Sie befanden sich im *Buckingham-Ballroom,* wo gerade der Ball stattfand, mit dem die Passagiere der höheren Klassen das Ende der Kreuzfahrt feierten. Die *Queen Anne* war nicht mehr weit von Singapur entfernt, wo sie im Laufe der Nacht anlegen würde. Männer und Frauen in feiner Abendgarderobe hatten sich hier versammelt, um darauf anzustoßen und ihrer Zeit auf See einen festlichen Abschluss zu verschaffen. Zu den Klängen des bordeigenen Kammerorchesters standen sie, im Licht kristallener Kronleuchter, mit Champagnergläsern plaudernd in kleinen Gruppen beisammen, taten sich am Büfett gütlich, das mit Austern, Kaviar, Hummer und anderen erlesenen Köstlichkeiten aufwartete, oder wiegten sich paarweise auf der Tanzfläche zur Musik.

Zumindest hatten sie das bis vor einer Sekunde noch getan. Der Trupp war mit solch einer Wucht hereingestürmt, dass er erst in der Mitte des Saales zum Stehen gekommen war. Bei dieser gewaltsamen Invasion waren alle Anwesenden zusammengefahren. Eine Dame hatte ihr Glas fallenlassen, das klirrend auf dem Parkett zerschellt war, einem älteren Herrn im Smoking waren vor Schreck die Jakobsmuscheln vom Teller gerutscht. Die Tanzenden hatten sich voneinander gelöst und sich in einem Anflug von Panik an die hintere Wand geflüchtet. Das Orchester war schlagartig verstummt. Entgeistert starrten alle auf die uniformierten Eindringlinge, die ihre Blicke nicht weniger entgeistert erwiderten.

Bogdanovich schluckte. Im Jagdfieber hatte er nicht daran gedacht, dass hier und heute der Ball stattfand. Allerdings war dies nicht einmal die größte Überraschung. Hektisch ließ er seinen Blick durch den Saal streifen. Aber von dem Monster war nichts zu sehen, und nichts ließ darauf schließen, dass es nur wenige Augenblicke zuvor hier hereingekommen war. Das Einzige, was das Ballvergnügen unterbrochen hatte, waren er selbst und seine Leute. Und die Reaktionen auf diese Unterbrechung machten deutlich, wie wenig sie hier willkommen waren. Da nichts weiter geschah und die Sicherheitstruppen wie gelähmt in der Mitte des Saales verharrten, legte sich der Schreck der Ballbesucher. Während einige von ihnen ihn und seine Leute mit Verwunderung betrachteten, war den meisten starker — und wachsender — Unmut darüber anzusehen, dass sie die heitere Stimmung ruiniert hatten. Unter einigen erhob sich bereits unwirsches Gemurmel.

Bogdanovich versuchte, Haltung anzunehmen. Aber der Ärger, der ihm entgegenwallte, verunsicherte ihn. Schließlich waren dies hier nicht irgendwelche armen Schlucker, Pauschaltouristen, die sich von ihm einschüchtern und herumkommandieren lassen würden. Das hier waren einflussreiche Herrschaften, Leute mit Geld und Macht, mit denen er es sich lieber nicht verderben wollte.

»Verzeihen Sie bitte«, brachte er hervor. »Aber wir

sind … also wir wollten … ich kann Ihnen versichern, dass …«

Doch er fand nicht die richtigen Worte. Er war geübt darin, lautstark Kommandos zu erteilen, Untergebene runterzuputzen, allen, die sich davon beeindrucken ließen, seine Befehlsgewalt vor Augen zu führen. Er war nie gut darin gewesen, Höherstehende zu beschwichtigen. Er hatte keine Ahnung, wie er sich aus dem Schlamassel, in das er unversehens geraten war, herauswinden sollte.

Zu allem Überfluss trat ihm nun auch noch die vermaledeite Schriftstellerin entgegen.

»Herzlich willkommen, verehrter Herr Hauptmann«, begrüßte sie ihn. »Wie nett, dass Sie und Ihre Leute sich zu uns gesellen. Schauen Sie auf ein Gläschen Champagner vorbei? Haben Sie etwas zu feiern?«

Bogdanovich sah sich ein weiteres Mal im Saal um, hielt Ausschau nach dem Monster. Es konnte doch nicht sein, dass es sich mir nichts dir nichts in Luft aufgelöst hatte. Aber entdecken konnte er es nicht.

»Nein, ich … wir haben … Das Monster …«

Bogdanovich spürte, wie ihm der Schweiß über den Rücken lief. Aber dieses Mal rührte er nicht von der Anstrengung einer Verfolgungsjagd her. Er war eine Folge der Verlegenheit, in die ihn seine peinliche Lage versetzte.

»Das Monster? Welches Monster denn?« Mary wies mit einer weiten Handbewegung durch den Saal. »Ich fürchte, mit einem Monster können wir hier nicht dienen. Es sei denn, Sie meinen die Langusten am Büfett. Die sehen schon ein bisschen gruselig aus. Nein? Nun, dann, fürchte ich, kann ich Ihnen auch nicht helfen. Wie ist es mir dir, George? Siehst du hier irgendwo ein Monster?«

Kapitän MacNeill stellte sich an ihre Seite. Er trug eine prachtvolle Gala-Uniform mit goldenen Tressen und Knöpfen, in der er sich überaus stattlich ausnahm.

»Ein Monster?« Ein Schmunzeln spielte um seine Lippen, als hätte er Mühe, sich das Lachen zu verkneifen. »Was für eine absurde Idee. Wie kommen Sie denn nur darauf?«

Bogdanovich wollte von der Sichtung erzählen, von der Jagd. Davon, dass das Monster eindeutig in diesen Saal gerannt war. Er hatte es doch gesehen, war dicht hinter ihm gewesen! Aber bevor er dazu Gelegenheit erhielt, kam Dorothy Beckett auf ihn zu. Sie trug ein mit kitschigem Blumenmuster besticktes Kleid, das für ihr hohes Alter etwas zu tief ausgeschnitten war und ihr faltiges Dekolleté sehen ließ. Von ihren Ohren baumelten riesige bunte Ohrringe. Bogdanovich war wenig begeistert von ihrer Anwesenheit. Ein frustriertes Grollen entrang sich ihm. Diese alte Schabracke war das Letzte, was er jetzt gebrauchen konnte.

»Lydia«, sagte sie und lächelte Bogdanovich verführerisch zu. »Wer ist denn dieser schmucke Bursche? Ist er einer von den Kavalieren, die uns Mädchen ohne Begleitung heute Abend Gesellschaft leisten sollen?«

»Etwas in dieser Art, Dorothy«, sagte Mary. »Allerdings fürchte ich, dass Mr. Bogdanovich nicht in der Stimmung ist, mit dir das Tanzbein zu schwingen. Er ist gerade mit anderem beschäftigt.«

»Oh, wie bedauerlich. Ich hätte nichts dagegen, mit so einem schicken Burschen eine flotte Sohle aufs Parkett zu legen.«

Bogdanovich achtete gar nicht auf sie. Grimmig starrte er Mary an. Langsam dämmerte ihm, was hier vor sich ging. Die Schriftstellerin und der Kapitän hatten ihn hereingelegt, ihn in eine Falle gelockt, und er war blindlings hineingetappt.

»Sie waren das!«, rief er. »Sie haben diesen Plan ausgeheckt, um mich hereinzulegen.«

Er raffte sich noch einmal zu voller Größe und Breite auf, trat drohend auf Mary zu.

»Sie verdammte, verschlagene Kuh haben mich in eine Falle gelockt. Aber Ihnen zeige ich es.« Seine Hände ballten sich zu riesigen Fäusten. »Ich schwöre Ihnen, ich werde ...«

George stellte sich zwischen ihn und Mary.

»Das reicht«, sagte er mit aller Autorität, die ihm zu eigen war. »Wenn Sie hier noch weitere Drohungen aussprechen, bekommen Sie es mit mir zu tun.«

»Ach ja?«, fragte Bogdanovich, und Kampfeslust blitzte in seinen Augen auf. »Sind Sie sicher, dass Sie den Mumm dazu haben, Herr Kapitän?«

Er versetzte George einen Stoß. Aber George hielt ihm stand.

»Ganz sicher, Sie verdammter Mistkerl. Das hier ist mein Schiff, und Sie haben hier gar nichts zu sagen.«

Er war kleiner als Bogdanovich, wesentlich älter und beileibe nicht so kampferprobt. Aber in diesem Moment hatte keiner der Anwesenden, die diese Auseinandersetzung verfolgten, auch nur den leisesten Zweifel daran, dass er nicht davor zurückschrecken würde, sich mit dem Sicherheitschef zu prügeln, um Mary vor ihm zu schützen und seine Befehlsgewalt zu behaupten. Und Bogdanovich schien durchaus in Erwägung zu ziehen, ihm eine Abreibung verpassen, wenn er schon an Mary nicht herankäme. Mary fürchtete schon, sich verkalkuliert zu haben — und nun zusehen zu müssen, wie George dafür mit einer blutigen Nase, einem blauen Auge oder noch schlimmeren Verletzungen bezahlen müsste.

Zu ihrer Erleichterung kam es nicht so weit. Jetzt, wo der Hauptmann es gewagt hatte, eine Besucherin des Balls zu bedrohen und sich sogar am Kapitän zu vergreifen, war niemand der Versammelten mehr gewillt, die Sicherheitsleute länger im Saal zu dulden. Die Damen und Herren rückten näher, umschlossen Mary, George, Bogdanovich und seine Truppe in einem Kreis.

»Eine Unverschämtheit ist das«, rief jemand.

»Was fällt Ihnen ein, hier hereinzuplatzen wie bei einem Raubüberfall und Angst und Schrecken zu verbreiten?«

»Lassen Sie den Kapitän und die Dame in Ruhe und machen Sie gefälligst, dass Sie wegkommen!«

Immer mehr und mehr wütende Stimmen erhoben sich, immer dichter drangen die Ballgäste auf Bogdanovich und seine Leute ein.

»Die haben wirklich keinerlei Anstand. Dieser Ball sollte ein Highlight der Fahrt werden. Und dann so was!«

»Wir werden uns beschweren, darauf können Sie sich verlassen. Ihr Unternehmen wird eine Sturmflut böser Briefe erhalten.«

Bogdanovich, verstört, dass sich niemand mehr von ihm einschüchtern ließ, wich von MacNeill zurück und schaute unsicher um sich. Die restlichen Sicherheitsleute waren mit der Situation ebenfalls vollkommen überfordert. Wenn das Monster irgendwo zu entdecken gewesen wäre, hätten sie die Kontrolle wieder an sich reißen, auf die Notwendigkeit ihrer Mission hinweisen können. Aber da es verschwunden war, hätten sie sich nur lächerlich gemacht, wenn sie weiter darauf beharrt hätten, dass es sich irgendwo hier im Saal befand.

»Ich fürchte«, sagte Mary, »die übrigen Gäste sind von Ihrem Besuch und ihrem Betragen nicht besonders angetan, Mr. Bogdanovich. Es zeugt allerdings auch wirklich nicht von feinen Manieren, diesen schönen Ball kaputtzumachen. Der Schiffseigner wird sicher gar nicht davon angetan sein. Was denken Sie?«

Bogdanovich wollte etwas erwidern, wollte ihr zeigen, dass er vor ihr nicht einknicken würde, wollte sie anschreien, sie niedermachen. Aber er wusste, es hatte keinen Sinn. Er war geschlagen, ein für alle Mal. Die Passagiere der unteren Kategorien zu malträtieren und ihnen willkürlich Strafgelder abzuknöpfen, war eine Sache. Ihre Beschwerden besaßen kaum Gewicht. Aber nun hatten sich die reichen gegen ihn gewandt, die Bewohner der Suiten und Luxuskabinen, die dem Unternehmen einen beträchtlichen Anteil seines Einkommens bescherten. Sie hatten sich gegen ihn vereint. Ihre Beschwerden konnte der Schiffseigner nicht ignorieren. Er erkannte, dass es ein Fehler gewesen war, seine Hand gegen den Kapitän zu erheben. Er war zu weit gegangen, hatte sich hinreißen lassen, und jetzt noch gegen das Unvermeidliche aufzubegehren, indem er die verflixte Schriftstellerin beschimpfte, würde alles nur noch schlimmer machen.

Er ließ den Kopf hängen, wandte sich um und gab seinen Leuten das Zeichen zum Aufbruch. Sie hatten ihn, ihren durchsetzungsfähigen Anführer, noch niemals so angeschlagen erlebt, so … schwächlich. Verwirrt folgten sie ihm, als er unter den strengen Blicken der Ballgäste zur Tür schlich und den Saal verließ. Er schaute sich noch nicht einmal um. Er hätte es nicht ertragen, der Schriftstellerin oder dem Kapitän ins Gesicht zu sehen.

»Wo willst du denn hin, Herzchen?«, rief Dorothy ihm nach. »Wir wollten doch einen flotten Tango tanzen.«

Bogdanovich hörte nicht hin. Niemals wieder, beschloss er in diesem Moment, würde er einen Fuß auf ein verdammtes Kreuzfahrtschiff setzen.

56

Die Tür schloss sich hinter den Störenfrieden. Noch einige abfällige Bemerkungen wurden geäußert, mit denen die Gäste ihrem Zorn Luft machten. Dann lebte die vorherige Stimmung wieder auf. Das Orchester begann wieder zu spielen. Die Tänze wurden fortgesetzt, die unterbrochenen Gespräche wieder aufgenommen. Bald war der Saal wie zuvor mit Musik, Geplauder, Gelächter und dem Klirren von Gläsern gefüllt.

»Glückwunsch, Mary«, sagte George und hob sein Glas. »Das hat doch wunderbar funktioniert.«

»Wenn man von dem etwas heiklen Ende absieht, hast du recht. Aber es ist ja gut ausgegangen.« Mary stieß mit ihm an. »Ich denke, wir dürfen annehmen, dass der gute Hauptmann und seine Truppen uns auf künftigen Fahrten nicht weiter beehren werden.«

Sie wandte sich an Antonio, der einige Meter entfernt mit Sandra zusammenstand. Statt seines üblichen Overalls mit den Ölflecken trug er einen schwarzen Anzug, der ihm wie angegossen saß, dazu schwarze Halbschuhe. Sein dunkles Haar war sorgfältig gebürstet und zu einem Pferdeschwanz zusammengebunden. Auch Sandra sah fabelhaft aus in einem hellblauen Abendkleid und hohen Schuhen. Nach ihrem Einsatz bei den Ermittlungen hätte MacNeill die beiden so oder so mit einer Einladung zum Ball belohnt. Aber natürlich war dem Maschinisten noch eine besondere Aufgabe zugefallen, die seine Anwesenheit geradezu unumgänglich gemacht hatte.

»Sie wirken ruhig, Antonio«, sagte er. »Sind Sie denn gar nicht außer Atem?«

Antonio schüttelte lächelnd den Kopf. Er und Sandra gesellten sich, Arm in Arm, zu Mary und dem Kapitän.

»So wie Sie, Herr Kapitän, sich von Bogdanovich nicht aus der Ruhe bringen ließen«, sagte Sandra, »braucht es schon mehr als ein paar polternde Sicherheitsdeppen, um Antonio aus der Puste zu bringen.« Sie schmiegte sich an ihn. »Du hast wirklich ein fabelhaftes Monster abgegeben.«

Sie schielte nach einem der Büfetttische. Unter dem weißen Tischtuch, mit dem er bedeckt war und das bis auf den Parkettboden hinabreichte, befanden sich die Maske und der Umhang, die Antonio während der Jagd getragen hatte. Das Timing hatte perfekt gepasst. Mary, George, Sandra und Jasper Willems, der ebenfalls anwesend war, hatten Antonio unmittelbar hinter der Tür erwartet, ihn von möglichen neugierigen Blicken der anderen Ballgäste abgeschirmt, damit die Aufregung, die sie sich erhofften, nicht frühzeitig ausbrach. Blitzschnell hatten sie ihm die Maske und den Umhang abgenommen, unter dem er seinen Anzug getragen hatte, und ihn von einem Monster in einen gut aussehenden, gut gekleideten Gentleman verwandelt. In den wenigen Sekunden, die ihnen geblieben waren, hatte Sandra die Maske in den Umhang gewickelt und versteckt. Dann hatten die fünf sich rasch im Saal verteilt und getan, als schwelgten sie schon den ganzen Abend im Genuss der Musik, des Champagners und der Delikatessen. Als kurz darauf Bogdanovich und seine Leute hereingeprescht waren, hatten sie genauso überrascht getan wie alle anderen auch. Dabei war es ihnen alles andere als leicht gefallen, sich das Lachen über die verblüfften Gesichter des Hauptmanns und seiner Truppen zu verkneifen.

»Aber jetzt«, sagte MacNeill, »reicht es auch mit diesen Monstern. Eins wäre schon genug gewesen. Aber wir hatten es ja gleich mit einer ganzen Monsterhorde zu tun. Es wird Zeit, dass auf meinem Schiff wieder Ruhe einkehrt.«

»Da gebe ich dir recht, George«, sagte Mary. »Es war ein haarsträubendes Abenteuer. Aber zusammen haben wir es bestanden, und wir haben alle verdient, es uns zumindest die letzten Stunden an Bord einfach nur gutgehen zu lassen. Wie Dorothy es tut.«

Dorothy hatte sich auf die Tanzfläche begeben. Sie hatte keinen Partner. Aber den brauchte sie auch nicht. Mit einem seligen Lächeln wiegte sie sich im Takt der Musik, drehte sich mit ausgebreiteten Armen um sich selbst und legte sogar den einen oder anderen übermütigen Hüpfer hin. Niemand störte sich an ihr. Im Gegenteil. Die Paare um sie herum wichen ihr aus, gaben acht, ihr Platz zu machen, freuten sich über die alte Dame im Blumenkleid, die selbstvergessen über das Parkett schwebte, als gehöre die Tanzfläche ihr allein.

»Entschuldigen Sie bitte.«

Sie drehten sich um. Mathilda Lindqvist war zu ihnen getreten. Als Concierge oblag ihr die Organisation des Balles, und während der Veranstaltung wachte sie mit Argusaugen darüber, dass jedem stets Champagner nachgeschenkt, leere Büfettplatten sofort nachgefüllt wurden und das Personal den Gästen auch sonst jeden Wunsch von den Augen ablas. Sie trug ihre Uniform und hatte ihr blondes Haar wie üblich zu einem perfekten Knoten aufgesteckt. Ihre gesamte Erscheinung, einschließlich ihrer eisblauen Augen, strahlte jene Strenge aus, die alle von ihr gewohnt waren. Auch ihre Stimme war wie immer kühl und beherrscht. Umso überraschender waren die Worte, die sie an Sandra richtete.

»Ich wollte Ihnen gratulieren, Ms. Kaczmarek. Wie ich gehört habe, haben Sie im Rahmen von Mrs. Arringtons Ermittlungen solide Arbeit und einen wichtigen Beitrag zur Aufklärung des Verbrechens geleistet.«

Sie schien weit davon entfernt, ihr um den Hals zu fallen oder Sandra durch eine ähnliche starke Gefühlsäußerung ihren Dank auszudrücken. Mary war sicher, dass sie erleichtert war, heilfroh, dass das Monster, das sie so verschreckt hatte, gefasst war und sie nichts mehr von ihm zu befürchten hatte. Aber Mary wusste auch, dass diese Frau, mit ihrer geradezu verbissenen Selbstbeherrschung, sich ihnen nicht noch einmal so öffnen würde wie in der Abstellkammer. Die beiden hatten hinter ihre mühsam aufrechterhaltene Fassade geblickt, hatten gesehen, was sich dahinter verbarg. Aber das war ein einmaliger Vorfall gewesen. Sie würde sich nicht noch einmal diese Blöße geben, sie erkennen zu lassen, was wirklich in ihr vorging. Eine etwas steife Ansprache wie diese war das Äußerste, was sie von ihr erwarten durften.

»Sie haben Verantwortungsbewusstsein, Zuverlässigkeit und Reife bewiesen. Daher habe ich beschlossen, Sie als Zeichen meiner Dankbarkeit aus dem Küchendienst abzuziehen und Sie auf Ihren vorherigen Posten im Reinigungsdienst zurückzuversetzen.«

Sandra machte keine Anstalten, über diese Mitteilung in Freudentaumel auszubrechen.

»Ernsthaft? Ich helfe, einen Mord aufzuklären, und meine Belohnung ist, dass ich wieder Kabinen putzen darf?«

Ms. Lindqvist verzog nicht einen einzigen Gesichtsmuskel.

»Nun ja, Sie werden wohl kaum davon ausgegangen sein, dass ich Sie befördere, nicht wahr? Für eine Führungsposition sind Sie schließlich nach wie vor nicht qualifiziert. Ich bin allerdings bereit, Ihnen gewisse Zugeständnisse zu machen.«

»Und die wären?«

»Wenn Mrs. Arrington an Bord ist, dürfen Sie auch während der Arbeitszeit private Gespräche mit ihr führen, natürlich nur, solange sie darüber ihre Aufgaben nicht vernachlässigen. Sollte sie, in welcher Form auch immer, auf Ihre Unterstützung angewiesen sein, werde ich zudem in Erwägung ziehen, Sie für diese, nennen wir sie Sondereinsätze, freizustellen, nach vorheriger Absprache und immer auf Widerruf, versteht sich.«

Sandra grinste Mary an. Eine solche Freiheit war tatsächlich mehr, als sie jemals erwartet hätte. Wenn Ms. Lindqvist es in ihrer etwas steifen Art auch nicht direkt in Worte fasste, war den beiden Frauen doch bewusst, was dies bedeutete: Zumindest der Concierge brauchten sie nie wieder etwas vorzumachen, brauchten nicht mehr zu fürchten, von ihr ertappt zu werden, würden bei möglichen künftigen Ermittlungen ungehindert von ihr schalten und walten können. Dafür nahm Sandra gerne in Kauf, weiterhin die eine oder andere Kabine sauberzumachen.

»Versteht sich.«

»Natürlich«, fügte Ms. Lindqvist an, »gehe ich davon aus, dass Sie in Zukunft bei Ihrer Arbeit die gleiche Hingabe und Sorgfalt walten lassen wie bei Ihren kriminologischen Unternehmungen.«

Die Andeutung eines Lächelns huschte über ihre Lippen, und wer genau hinsah, konnte erkennen, wie die Temperatur ihres Eisblicks sich kurz über den Gefrierpunkt hob. Aber all das dauerte nur einen winzigen Moment.

»Aber natürlich«, antwortete Sandra.

»Dann bin ich froh, dass wir das geklärt haben. Sie

treten also morgen früh wie gehabt zum Dienst an. Amüsieren Sie sich gut. Aber schlagen Sie nicht über die Stränge und vergessen Sie nicht, dass Sie das Personal der *Queen Anne* repräsentieren. Mrs. Arrington, Herr Kapitän — ich wünsche einen angenehmen Abend.«

Mit diesen Worten drehte sie sich um und schritt hinüber zum Büfett, um einem der dort beschäftigten Stewards Anweisungen zu erteilen.

»Wow«, sagte Sandra. »Für ihre Verhältnisse war das ja geradezu herzlich. Nicht, dass wir jetzt beste Freundinnen auf Lebenszeit wären. Aber das ist schon eine deutliche Verbesserung. Ich bin echt froh, dass ich aus der Küche raus bin und das Ganze auch in dieser Hinsicht gut ausgegangen ist.«

»Übrigens nicht nur für Sie«, sagte Mary. »Es gibt noch jemanden, für den es eine erfreuliche Wendung gab.«

»Wen denn?«

»Ihn.«

George deutete auf Jasper, der am anderen Ende des Saales stand. Er hatte eine kleine Gruppe von Ballgästen um sich versammelt, denen er offenbar gerade die Einzelheiten des Saales und seiner Ausstattung erklärte. Immer weitere Interessierte gesellten sich hinzu, hingen an seinen Lippen, stellten ihm allerlei Fragen. Es war schön, zu sehen, wie Willems in seiner Leidenschaft für das Schiff aufging.

»Ich habe dafür gesorgt«, sagte George, »dass er eine Festanstellung bekommt, als der offizielle Besichtigungsbeauftragte der *Queen Anne*. Es gibt wohl niemanden, der besser dafür geeignet wäre.«

Jasper bemerkte, dass sie zu ihm herübersahen. Er winkte ihnen zu, ohne sich jedoch in seinen Ausführungen zu unterbrechen.

»Na dann«, sagte Sandra. »Ende gut, alles gut. Was meinst du, Geliebter – sollen wir den hüftsteifen Gestalten hier mal zeigen, wie das Tanzen richtig geht?«

Antonio hielt ihr die Hand hin. Sandra ergriff sie und ließ sich von ihm auf die Tanzfläche führen.

Mary und George schauten ihnen nach, wie sie sich lachend und scherzend unter die anderen Tanzenden mischten. Der Anblick des Liebespaares blieb auf sie nicht ohne Wirkung. Sie standen dicht beieinander. Ihre Finger berührten einander. Aber George fasste nicht Marys Hand. Sie musste daran denken, wie gerne sie mit ihm eng umschlungen getanzt hätte, und dass er sie nicht dazu aufforderte, sich noch immer nicht dazu überwinden konnte, allen zu zeigen, dass sie zusammen waren, trübte ihre festliche Laune. Sie war froh, als Dorothy Beckett auf sie zutanzte und sie von diesem bedrückenden Gefühl ablenkte.

»Du siehst wundervoll aus«, sagte sie zu Mary, die ein dunkelblaues, eng geschnittenes Kleid trug. »Dazu der Herr General in seiner prächtigen Uniform. Ihr beiden Turteltäubchen gebt wirklich ein herrliches Paar ab.«

Georges Gesicht mochte wettergegerbt sein von vielen Jahren auf See. Doch war die Röte, die seine Wangen hinaufzog, unübersehbar.

»Aber, … woher wissen Sie denn, dass wir ein Paar sind?«

Dorothy zwinkerte ihm zu.

»Ach, mir könnt ihr doch nichts vormachen. Ich erkenne Turteltäubchen, wenn ich welche sehe. Sie sind ein Glückspilz, sie zu haben, Herr General. Unsere Mary ist wirklich etwas ganz Besonderes.«

Mary konnte kaum glauben, was sie gerade gehört hatte.

»Dorothy, hast du mich gerade Mary genannt?«

»Was? Oh, ja, ich schätze, das habe ich. Tut mir leid.« Sie drückte Mary einen Kuss auf die Wange. »Es wird nie wieder vorkommen, Lydia. Was Sie angeht, Herr General«, sie drohte ihm scherzhaft mit dem Finger, »geben Sie acht, sie gut zu behandeln, sie auf Händen zu tragen. Tun Sie alles, um sie glücklich zu machen. Das hat sie verdient.«

George nickte und in seine Züge trat eine Entschlossenheit, die Mary nur an ihm sah, wenn es galt, Verantwortung zu übernehmen und ernste Belange zu regeln.

»Sie haben recht, Verehrteste.«

Ehe Mary wusste, wie ihr geschah, hatte George ihre Hand genommen. Zielstrebig zog er sie, mitten durch die Tanzenden hindurch, die ihnen verwundert, jedoch bereitwillig auswichen, zu der niedrigen Bühne, auf der das Orchester spielte. Sie erklommen die Stufen, die hinaufführten, und traten vor die Musiker. Ein weiteres Mal hörten sie auf, zu spielen. Dieses Mal allerdings nicht, weil der Ball grob unterbrochen worden wäre, sondern weil der Kapitän sich anschickte, eine Ansprache zu halten.

»Meine Damen und Herren«, rief George. Gespräche verstummten und alle Augen richteten sich auf ihn und Mary. Er hielt sie noch immer an der Hand. »Wie Sie wissen, gab es ein Verbrechen hier an Bord. Ich freue mich, ihnen diejenige vorzustellen, die dafür gesorgt hat, dass die Täterin gefasst werden konnte. Ladys und Gentlemen: Mary Elizabeth Arrington.«

Beifall erhob sich, und die Versammelten rückten näher an die Bühne heran. Mary, verlegen, vollführte eine kleine Verbeugung. Sie hoffte, dass George sie nicht auf die Bühne gebracht hatte, damit sie nun ihrerseits eine Rede schwang. Im Zentrum der Aufmerksamkeit zu stehen war nichts, um das sie sich riss, und nichts lag ihr ferner, als Lob für ihre Ermittlungsleistung einzuheimsen.

George wartete, bis der Applaus abgeebbt war.

»Ganz besonders freue ich mich, Ihnen allen nicht nur mitteilen zu dürfen, mit wie viel Mut und Einfallsreichtum sie diesen Fall gelöst hat. Sie hat auch mein Herz erobert.«

Mit diesen Worten fasste er Mary um die Hüfte. Der Beifall brandete von Neuem auf, weitaus lauter jetzt und gemischt mit Jubelschreien, als er sie mit einem sachten Ruck an sich zog und sie küsste. Mary, vollkommen überrumpelt, brauchte einen Moment, um diese Überraschung zu verwinden. Dann aber ließ sie sich auf diesen Kuss ein und schlang ihre Arme um ihn.

»Jawohl, Mrs. Arrington«, schrie Sandra aus der Menge. »So gehört sich das.«

»Bravo, Herr General«, meldete sich Dorothy zu Wort. »Küssen Sie Ihre Liebste, als zögen sie morgen in die Schlacht.«

Mary kriegte all das, den Beifall und die Rufe, nur am Rande mit. Sie ging völlig auf in diesem Kuss. Sie hatte gar nicht gewusst, dass George zu einer derart überschwänglichen Hingabe fähig war. Als ihre Münder sich voneinander lösten, waren sie beide außer Atem.

»Aber George«, sagte Mary. »Was ist denn nur in dich gefahren?«

George drückte sie an sich.

»Ich war ein Dummkopf, Mary. Ich habe mich von albernen Bedenken leiten lassen. Aber damit ist es vorbei. Alle sollen wissen, dass wir ein Paar sind. Alle sollen wissen, wie glücklich ich mit dir bin.«

Mary lächelte und ein leichter, liebevoller Spott schlich sich in ihre Stimme.

»Heißt das, ich brauche mich nicht noch einmal in deinem Schrank zu verstecken?«

»Nie wieder. Versprochen.«

Sie küssten einander ein weiteres Mal, bevor sie Arm in Arm von der Bühne stiegen. Die Leute auf der Tanzfläche machten ihnen Platz, während sie sich mitten zwischen ihnen in Position stellten.

Der Kapitän gab dem Dirigenten ein Zeichen.

Das Orchester begann wieder zu spielen, ein fröhliches Stück, das den Ballgästen sogleich in die Glieder fuhr und sie mit sich riss. Die Musik hallte durch den Saal, drang aus den leicht geöffneten Fenstern nach draußen. Der Wind fing sie auf, trug sie mit sich. Vermischt mit dem Rauschen der Wellen schwebte sie über den Ozean. Sternenglanz schmückte die nächtliche Dunkelheit, in der, nicht mehr weit entfernt, die spektakuläre Skyline von Singapur mit ihren Wolkenkratzern erstrahlte. Begleitet von der heiteren Melodie schnitt die *Queen Anne* durch die mächtigen Wogen darauf zu. Würdevoll, majestätisch – wahrhaft eine Königin der Meere.

ENDE

Leseprobe

Helena Marchmont

Bunburry

Ein Idyll zum Sterben

Vorhang auf für einen Mord

Aus dem Englischen von Sabine Schilasky

Er war der Einzige, der in Bunburry ausstieg. Auf dem Bahnsteig peitschte ihm sogleich ein Schwall Wasser ins Gesicht. Er mühte sich ab, den Schirm auszuklappen, während der Zug in Richtung Cheltenham wegtuckerte. Sein Mantel war nicht wasserfest, und bereits jetzt rannen ihm Regentropfen den Nacken hinab.

Nirgends war ein Lebenszeichen zu sehen. Bunburrys Bahnhof war nicht mit Personal ausgestattet. Die Lichter verschwammen im herabprasselnden Regen, und Alfie konnte nicht erkennen, was sich hinter ihnen befand. Ihm wurde bewusst, dass er sich so gut wie gar nicht an den Ortsplan des Dorfes erinnern konnte. Allerdings war er sicher, dass er über die Eisenbahnbrücke musste. Dort hatte er oft mit Kindern aus dem Ort gestanden und zugesehen, wie die Züge unter der Brücke hindurchdonnerten, während die Sonne am Himmel strahlte. Jetzt aber, als er die Eisenstufen hinaufstieg, erwischte ihn eine Sturmbö und entriss ihm den Schirm. Er blickte dem davonwirbelnden Regenschutz hinterher, der wohl zu einer neuen Ursache von Zugverspätungen werden könnte: Schirme auf den Gleisen.

Auf der anderen Seite der Brücke fand er eine schlecht beleuchtete Anschlagtafel mit der Überschrift »Informationen für den Weitertransport«. Er benutzte das Licht seines Handys, um sie zu lesen. »Es gibt keinen Taxistand in Bahnhofsnähe«, stand dort. »Die nächste Bushaltestelle befindet sich vor dem Postamt, ca. 750 m von hier. Das Dorfzentrum ist 1,2 km entfernt – ca. 15 Minuten Fußweg.«

Darunter befand sich eine Karte, auf der jedoch weder ein Postamt noch eine Bushaltestelle oder sonstige

Orientierungshilfen markiert waren. Alfie schob die Holzpforte unter dem Schild »Ausgang« auf und ging vorsichtig durch eine schmale dunkle Gasse. Sein Mantel war bereits vollkommen durchnässt. Seine teuren italienischen Lederschuhe waren für Promenaden oder Kunstgalerien gemacht, nicht für eisige Pfützen oder tückisches Kopfsteinpflaster. Inzwischen waren auch seine Socken ganz nass, und er wünschte, er wäre wieder im Zug, am liebsten auf dem Rückweg nach London.

Er stapfte bis zum Ende der Gasse und betrachtete das Gewirr regengesprenkelter Häuser. Es fühlte sich sehr viel länger als fünfzehn Minuten an, bis er sich in halbwegs vertraut scheinender Umgebung wiederfand. Er war sich ziemlich sicher, dass er, wenn er am Ende der Straße nach rechts bog, zu seinem Zielort gelangen würde, dem Drunken Horse Inn. Er war noch nie in dem Pub gewesen, doch er galt als feste Institution im Dorf.

Als er in die, wie er hoffte, richtige Richtung ging, bemerkte Alfie ein Werbebanner, das erbärmlich im Regen und Wind flatterte. Es war nur an einer Seite befestigt, sodass es sich um sich selbst gewickelt hatte und unmöglich zu lesen war. *Eine ziemlich ineffektive Form der Werbung,* dachte er. Zwischen Zurückhaltung und Inkompetenz verlief manchmal nur eine schmale Linie. Sah so das Dorfleben im Allgemeinen aus? Und, wichtiger noch, war dies die beste Übernachtungsadresse in diesem Ort?

Er bog um die Ecke, und dort war das Drunken Horse am Ende der Straße. Das Wirtshaus sah betrunkener aus, als Alfie es in Erinnerung hatte. Das Gebäude war regelrecht in Schieflage: Es stellte eine Verbindung aus drei oder vielleicht auch vier Trakten dar, die teils ein-, teils zweigeschossig waren und die nur lose miteinander verbunden schienen. Er hoffte, der Bau würde den Sturm besser überstehen als das Banner.

Fröhlicher Lärm drang aus dem Pub, als er sich der Eingangstür näherte. Alfie war klar, dass die Geräusche verstummen würden, sobald er eintrat. Pints blieben unangerührt, wenn sämtliche Einheimischen den Neuankömmling beäugten. Das hatte er so an London gemocht – die Anonymität der Großstadt. Keiner wusste, wer man war, und, noch besser, es war allen egal. In Bunburry würde Alfie öffentliches Eigentum sein.

Er schlang seinen tropfenden Mantel fester um sich, packte den Griff seines Koffers energischer, holte tief Luft und drückte die Tür auf.

Niemand beachtete ihn. Ebenso gut hätte er unsichtbar sein können. Er ging hinüber zu dem altmodischen Holztresen, an dem mehrere Männer hockten und sich über den Gemeinderat beklagten. Sie ignorierten Alfie, als er sich an ihnen vorbeibeugte, um zu sehen, ob jemand bediente.

»Verzeihung!«, rief er der Bedienung zu, die am anderen Ende mit einem Gast plauderte. Sie drehte sich zu ihm um und lächelte freundlich. Das passierte Alfie oft, und es machte einen Großteil seines Charmes aus, dass er schlicht annahm, es ginge allen so. Er hatte wirklich keine Ahnung, was für ein attraktiver Mann er war oder welche Wirkung er auf viele vom anderen Geschlecht und einige von seinem eigenen hatte.

»Hallo«, grüßte er, als die Bedienung näher kam. »Ich bin Alfie McAlister. Ich habe ein Zimmer für zwei Nächte gebucht.«

Sie kramte unter der Theke herum und holte eine Art Kassenbuch hervor. Das schlug sie auf und wanderte eine Seite mit dem Finger ab. »Ah ja«, sagte sie. »Mr McAlister.« Anscheinend hielt man im Drunken Horse nichts von Online-Reservierungen. Sie griff nach oben zu einem Schlüssel, an dem ein Stück Holz hing. Es diente als Schlüsselanhänger, in das die Information »Zimmer 3, Drunken Horse Inn, Bunburry« geschnitzt war. Von Schlüsselkarten hielt man hier offenbar auch nichts. Was sich nicht gut anließ.

»Ich bringe Sie zu Ihrem Zimmer.«

Alfie folgte ihr durch eine Tür hinten im Raum.

»Sind Sie zum ersten Mal in Bunburry?«, fragte sie, als sie vor ihm eine enge Holztreppe hinaufstieg.

»Als Kind war ich oft hier, um meine Großeltern zu besuchen.«

»Ah, das ist nett. Besuchen Sie sie jetzt auch?«

»Nein«, antwortete Alfie. »Sie sind vor einigen Jahren gestorben.« Vor dreißig Jahren, um genau zu sein, als Alfie zwölf war.

»Wie schade«, sagte die Bedienung. »Aber so ist es eben mit Großeltern, nicht?«

»Ja, das stimmt«, pflichtete Alfie ihr höflich bei.

Sie gingen jetzt durch einen Korridor, der sich bedenklich neigte.

»Dann sind Sie nur fürs Wochenende hier, um Erinnerungen aufzufrischen?«

»Vielleicht länger«, erwiderte Alfie. »Ich besitze ein Cottage in der Love Lane, allerdings habe ich das noch nicht gesehen. Ich habe es vor Kurzem von meiner Tante Augusta geerbt.«

Die Bedienung fuhr herum und sah ihn betroffen an. »Es tut mir so leid; ich habe ja nicht geahnt, dass Sie der Neffe aus London sind«, hauchte sie. »Wir alle vermissen sie schrecklich, aber für Sie als Verwandten muss es noch viel schlimmer sein. Im Namen aller im Drunken Horse – unser aufrichtiges Beileid.«

»Danke, das ist sehr freundlich«, murmelte Alfie.

Sie hatten das Ende des Korridors erreicht und waren nun in einem der Seitentrakte. Die Bedienung steckte den Schlüssel ins Schloss von Zimmer 3 und drehte ihn herum. Alfie wappnete sich für das Grauen, das ihn hinter der Tür erwarten mochte. Alles, was er brauchte, war ein Platz zum Schlafen. Und egal, wie furchtbar dieser Raum auch sein mochte, es musste zumindest ein Bett drinnen sein. Die zweite Nacht könnte er morgen immer noch stornieren.

»Sie sind noch rechtzeitig für ein Abendessen unten gekommen«, teilte die Bedienung ihm mit, als sie die Tür öffnete.

Alfie hatte keine Lust auf ein schlechtes Fertiggericht, das in der Mikrowelle erhitzt worden war. »Danke, ich habe im Zug gegessen.«

»Für Tee und Kaffee finden Sie alles im Zimmer«, sagte sie und trat beiseite, um ihn durchzulassen.

Alfie stand ungläubig da. Dicke Deckenbalken und weiß getünchte Wände. Polierter Dielenboden mit antiken Teppichen. Ein Himmelbett mit Samtvorhängen. Dezente, aber effektive Zentralheizung. Ein Flachbildfernseher. Eine sehr moderne Kaffeemaschine.

»Alle Zimmer haben ein direkt angeschlossenes Bad«, fuhr die Bedienung fort und öffnete eine weitere Tür. Das Badezimmer war verblüffend modern mit Wanne und Dusche sowie mit Spiegeln, die vom Boden bis zur Decke reichten. Ein großer Bademantel hing an der Wand, aus dessen Tasche ein Paar Frottee-Hausschuhe lugte.

»Ich hoffe, es ist zu Ihrer Zufriedenheit?«, fragte die Bedienung unsicher.

»Bestens«, antwortete Alfie. »Bestens.«

»Morgen ist Samstag, also gibt es Frühstück erst ab halb acht und bis halb elf«, teilte sie ihm mit und legte den Schlüssel auf die Mahagoni-Kommode. »Falls Sie irgendetwas brauchen, wählen Sie einfach die Null. Und das mit Ihrer Tante tut mir leid. Wenigstens hatte sie ein gutes Leben, und es muss ein Trost für Sie sein, dass sie im Schlaf gestorben ist.«

»Ja, ein großer Trost«, sagte Alfie, der dies zum ersten Mal hörte. »Vielen Dank!«

»Dann gute Nacht«, verabschiedete sich die Bedienung und ging zurück nach unten.

Sowie er allein war, zog Alfie seine durchnässten Sachen aus und gönnte sich ein heißes Bad. Er hatte der sympathischen Bedienung nicht sagen wollen, dass er sich so gut wie gar nicht an seine Tante Augusta erinnerte. Ihm war vage das Bild von einer großen Frau im Gedächtnis haften geblieben, die seltsame, grellbunte Kleidung getragen hatte und hin und wieder seine Großeltern besuchen kam. An ihr Gesicht konnte er sich überhaupt nicht erinnern. Noch vager – so vage, dass es vielleicht nicht mal stimmte – war die Erinnerung an irgendeinen Streit zwischen ihr und seiner Mutter. Seine Mutter hatte nie wieder von seiner Tante gesprochen, doch eigentlich hatte sie insgesamt wenig von ihrer Familie geredet. Es gab so vieles, was er gerne wissen würde, und er wünschte sich, dass er sie hätte fragen können.

Und es gab auch so vieles, was er Tante Augusta hätte fragen wollen. Gewiss hatte er nie erwartet, irgendwas von ihr zu erben, von einem ganzen Cottage ganz zu schweigen. Ein Cottage, von dem er hoffte, dass es die ideale Zuflucht für ihn wäre, solange er ergründete, was er als Nächstes tun wollte. Zumindest fühlte er sich nun ein wenig zuversichtlicher, was dieses Unterfangen anging – trotz Oscars Skepsis.

Er trocknete sich ab, zog den Bademantel und die Hausschuhe an, nahm sein Handy und machte ein Foto von dem stattlich eingerichteten Schlafzimmer. Das Bild schickte er an Oscar mit der Nachricht: »Bunburrysieren hat angefangen. Alles gut.«

Innerhalb einer Minute war Oscars Antwort da: »Auf dem Land kann jeder Mensch gut sein. Dort gibt's keine Versuchungen.«

Kopfschüttelnd wandte Alfie sich der Kaffeemaschine zu, die einen exquisiten Cappuccino zubereitete. Auf einem Tablett neben der Maschine waren eine Auswahl edler Teebeutel, weißer und brauner Zucker, Süßstoff und eine kleine Zellophantüte mit einer roten Schleife. Alfie hob sie hoch. Das waren doch bestimmt nicht …? Doch, waren es. Er zog die Schleife auf, öffnete die Tüte und griff nach einem der beigen Quadrate. Sogleich biss er hinein. Es war genauso, wie er es in Erinnerung hatte. Schiere Ekstase. Das beste Karamell in den Cotswolds.